顾明道 著

民国武侠系列丛书

珍·藏·版

荒江女侠

山西出版传媒集团
北岳文艺出版社·太原

第四十八回

低首作情俘幸脱虎狼口
侠心平巨盗巧成麟凤缘

毓麟听桂香说了这一番的话，方知自己已陷身匪窟，果然是为了以前宿仇。今天虽然不死，可是一等那盗魁回来时，总是一死，哪里能够侥幸出险呢？不由叹了一口气。桂香又说道："姓曾的，你也不必悲叹，你若肯凡事依从我，我必定想法使你不死，不知你的心里如何？"毓麟听了她的几句话，暗想：莫非桂香有情于他，不然她是个杀人放火的女强盗，怎会对我如此和气呢？不如我就将计就计，哄她一哄，以便乘机兔脱。遂假意说道："你真的能够允许我不死，那么你真是一位女菩萨了。"

桂香微笑道："甚么女菩萨，我却不敢当，不过允许了你，大概总不至于使你再上断头之台。"一边说，一边立起身来，走到毓麟身边，问问他家中的状况。毓麟胡乱答着，又说自己尚没有娶妻，有意去握她的柔荑。桂香以为毓麟也已动了心了，十分欢喜。因为她本是一个淫荡的女子，见了毓麟丰姿如珠辉玉阔，俨然浊世翩翩公子；若和她丈夫牛海青比较，那么一个儿如玉树临风，一个儿如黑炭委地，相去不可以道里计了。

所以她早已看上了毓麟，假托着娄一枪没有归来，便催她丈夫到京里去找娄一枪，好使她得此间隙去和曾毓麟勾搭。牛海青是个粗心直肠之人，没有防到这一着，立刻动身去了。她遂把曾毓麟唤来，试探他的意思，现在瞧他很有意的，自思这事就容易办了。禁不住心中暗喜，于是引导毓麟到她卧房里去坐，毓麟也竭力敷衍着，去博她的欢心。

到了吃饭的时候，桂香吩咐侍候女仆，将午饭端到房里来，伴着毓麟同食，午饭后，二人仍坐在一起谈话。

毓麟忽然皱着眉头，对桂香说道："承蒙你女菩萨诸多爱护，使我感激得很，情愿一辈子侍候你。只是你丈夫不多几天就要回来，我仍就是一死；因为他们的心肠都十分狠毒，决没有像你这样慈悲的。岂非辜负了你的美意，你方才答应我可以不死，不知你有何妙法，请你告诉我，也可以使我定心。不然，我心中总是怀着恐惧的。"

桂香听了毓麟的话，对毓麟看了一看，将身子偎傍着他，柔声说道："你果肯一辈子伺候我，我也情愿一辈子跟从你。我已定下一个计划在此，待我老实和你说明了，免得你心神不定。我与牛海青的结合，并非出于我的自愿。一向憎厌着这个黑炭团，现在遇见了你，我真心爱上了你，情愿和你远走高飞，到别处去快乐度假。在山海关外有个螺蛳谷，那边有个女盗，名唤风姑娘，以前是和我相识的。我想和你一起到那里去投奔她，可以有个安身之所。不知你的意思如何？"

毓麟听桂香提起螺蛳谷中的风姑娘，好像是在哪里听见过的。细细一想，方知玉琴曾经告诉自己怎样破灭螺蛳谷中巨盗的一回事。那么风姑娘已不在那里了，大概她还没有知道这消息呢！也不敢向她直说，却说道："难得你情愿跟从我，这是再好没有的事。不过螺蛳谷远在关外，你何不随我一起回到我的家中呢？"

桂香笑道："好人，你只思念你的老家，你家中也没有妻子，何必这样念念不忘？不知你那里距此远不远？他们得到了我们一同逃走的消息，岂肯干休，一定要追来寻事。倘然我们走到别地方去，他们就找不到我们了。"毓麟听桂香如此说法，也就不再固执。好在只要逃了出去，总可想法脱身，遂连连点头。

桂香见毓麟已肯听她之言，便又向毓麟说道："现在你总可定心了。今晚你就同我在此间一起睡，好不好？横竖那黑炭团早已出门，用不着提防，你尽可放心。明天我再和你一起离开这里便了。"毓麟暗想：若然我答应了她，少不得今宵将有一番厮缠。我是个守身如玉的君子，岂可和这种女强盗干这荒唐的事情呢？遂又向她央求道："我想今晚便走罢。因为我在此间总是提心吊胆，不能平安。所以恳求早早使我离开了这个虎穴，将来我和你的日子正长，何必急于此呢！"说毕，拍着桂香的肩膀，笑了一笑。

桂香把手在他额上一指道："怎么你这样不中用？我从来没有瞧见如此胆怯的男子，今晚我一定要你睡在此间。有我做了护身符，难道你还害怕么？你不要小觑我，凭我这身本领，二三十人近我不得，便是那个黑炭团我也可以抵挡得住，你何必这样紧要走呢？"

毓麟苦笑着说道："不错，你的本领果然高强的，但是我心中总是不安，哪里寻得出快乐？你可怜我的，答应我今晚同走罢，以后我不忘你的深情，好好报答你就是了。"

桂香见毓麟坚求着要今晚同走，瞧着他可怜的样子，心上不由软了一软，遂说道："既是这样，我就答应你罢。"毓麟便向她深深一揖道："多谢女菩萨恩德。"桂香一耸身，坐在毓麟的怀中，格格地笑道："我瞧你态度斯文，说话也斯文，但是有些书呆子气，你以后不要称呼我什么菩萨菩萨，怪难听的。"毓麟笑道："很好，我也称呼你的名字罢。"毓麟遂假意和她温存了一番。

转瞬天色已暗，毓麟也巴不得早到黄昏，二人吃过晚饭，桂香收拾些金银珠宝，预备以后到他方可以应用，路上也不至缺乏盘缠。及换了一身黑衣，腰间带着一圈锦索。毓麟见了，便问是干什么用的？桂香微微答道："你问这个么，我自有用处。倘然你要三心二意，背了我逃走时，我就可以用这个来缚你了。"

毓麟也笑道："你恐怕我逃走么？你千万放心，我难得遇见你这样真心对我，救我出险，我岂肯忘恩负义呢？"桂香道："人心难测，全凭你的良心，只是你若真的要逃走时，我也不肯放松的。"说罢，又从枕边取出一把雪亮的单刀，对毓麟晃了一晃，说道："这刀子不认得人的，倘有人对我违背，我就一刀把他两段。"毓麟看了，不由打了一个寒战，默默无言。

桂香一边将刀放入鞘中，插入包裹里面，一边向毓麟瞧了一眼，说道："你别害怕，我喜欢这样多说的。其实我哪里舍得伤你一根汗毛呢？我知道你是爱我的，所以情愿跟你同走，我并不害怕的。"于是桂香收拾好了，和毓麟静坐了一会儿，听听四面人声寂静，约莫已近三更时分，桂香对毓麟说道："我们走罢，路中如遇人，你只不要开口，有我应付。"毓麟点点头，两人一同走出卧室，桂香在前引导。

打从古庙的后门走出，那边正有一个马厩，虽然有人看守，可是看守的人早已熟睡了。桂香悄悄走入厩中，牵出两匹马来，问毓麟道："你会骑马么？"毓麟答道："还能够勉强坐坐。"桂香遂将一匹黑马给毓麟坐了，自己也骑了一匹胭脂马，一同跑出山谷来。

将近谷口，黑暗中见有两个人影拦住去路，喝问："来的是谁？"桂香听得出是自己手下巡逻的弟兄，便道："是我。"又报了一个口令，巡逻的盗贼就说道："可是女寨主？深夜出去何事？"桂香道："我自有要事，此刻不便和你们说，你们好好在此巡风，我就要回来的。"说罢，便和毓麟个个加上一鞭，冲过去了。

出了谷口，方始缓辔而行。到得天明，二人已跑出野猪山，毓麟瞧着东边的一条山径，知道打从这里去，便是走到自己村里的要道，但是不敢说什么，只跟着往北而行。

跑到日中时候，二人肠中觉得有些饥饿，一时找不到客店。毓麟指着前面五六家低矮屋舍，说道："那边正有人家，我们何不向他们告借一顿饭吃？"桂香点点头道："好的。"二人跑到相近，一齐下马，把马系在一株大树之下。跑到一家门口，正有一个二十多岁的农夫走出，毓麟便向他说明借饭的事情。

农人一口答应，请二人走进里面，到得一间和厨房相近的小屋里坐定。屋中黑暗而湫隘，天井中有一个妇人，正在那里洗衣服，就是农人的妻子。农人教她赶紧去煮饭，自己从墙上摘下一条咸鱼，又取出几个鸡蛋，到厨房里去帮着做饭了。因为此地并非商客来往的要道，所以途中没有饭店的客寓，一般乡人都肯接招旅客的。二人坐了一歇，饭已煮熟。农人夫妇一齐搬将出来，放在桌上，代他们盛好饭，放了筷，说道："客人请。"毓麟和桂香吃了一个饱。

桂香便从身上摸出二三两碎银给那农人，农人接过，谢了又谢。一边撤去残肴，一边倒上两杯茶来。二人瞧着茶杯积垢不少，那茶又是黑而且浓，哪里喝得下。桂香见毓麟吃了饭，懒懒地坐着，眼珠不住地打转。正想催他动身，忽然自己肚中一阵便急，再也忍不住，只得向那妇人问道："你们这边有大便的去处么？对不起，我要出个恭哩。"妇人道："有有。"便引桂香转到里头去。桂香对毓麟道："你好好儿地坐着，不要走开，我就来的。"

毓麟点点头，瞧着桂香到得里面去后，暗想：此地离自己的村庄还算不远，这时正是一个好机会，我何不马上逃走呢？遂立起身来，见那农人也正走到厨房里去，他就很快地溜到门外。跑到那大树下，牵过自己的坐骑，跨上马鞍，"呼呼呼"的一连三鞭，打得那马展开四蹄，向前奔跑。他就将缰绳拉转，掉过马头，向南边取道往曾家村飞跑而去。

不料桂香在大便的时候，忽然放心不下，便教那妇人去看毓麟可在屋中，不要让他走开。哪知妇人出来的时候，毓麟已走出门去了。妇人遂教她丈夫去看毓麟走向哪里。农夫听说，连忙跑出门去，瞧见毓麟坐着马向南疾驰，已在一二百步以外了，连忙和妇人回进去报告一番说："那位大官人已骑马去了。"

桂香闻言，大吃一惊，不由喊一声："啊呀，不好了！"连忙草草了事，立起身来，跑至外边。取过包裹，背在背上，拔出那把单刀，奔至门外。从大树下牵过胭脂马，又问农人可瞧见和她同来的男子往哪里去的？农人把手向南一指，桂香疾跃上马，把马紧紧一夹，朝着南方大路上飞也似的追去。

农人夫妇瞧了这种情形，不知是什么一回事，大家连呼奇怪不止！桂香心里十分怨恨毓麟，紧紧追赶上去。毓麟的骑马功夫，甚属平常，而且座下的马不及那胭脂马跑得快，所以跑不上二三里，早被桂香追及。

毓麟回头瞧见桂香跨着胭脂马，早从背后风驰电掣一般的追来，十分惊慌，拼命向前逃奔。但是背后马蹄之声，渐走渐响，越逼越近。旁边正有个枫林，毓麟便将马一勒，窜进林中。

桂香岂肯饶他？也将马一拍，追入林子。二人在林子里打了几个转，毓麟又跑出林子。桂香跟着追出，距离已近，便高声骂了几句，从腰间掏出锦索，照准毓麟身上抛去，把他拖下马来。心中一喜，暗想：这遭他总难以逃脱了。正要上前擒住时，恰巧宋彩凤和双钩窦氏也来了。他们母女二人见此情景，疑是盗劫，不觉动了侠义之心，岂肯袖手旁观？于是宋彩凤拔出宝剑，一个箭步跳过去，拦住不让她动手。

桂香见毓麟业已到手，平白地跑来这女子上前干涉。无名之火，顿高三丈，喝道："人家的事与你何涉？难道你活得不耐烦，自来送死么？"宋彩凤也不答话，冷笑一声，将手中剑使个犀牛分水式，向桂香胸口刺去。桂香回刀迎住，两个人一在马上，一在步下，各把手中兵器舞动，狠斗起来。

此时曾毓麟已从地下爬起，脱去锦索，立在一边呆看，也不想逃走。窦氏早把双钩取出，站立着看自己女儿和那黑衣女子战到三十余合，难分胜负。再也忍耐不住，把双钩一摆，上前助阵。窦氏将一对虎头钩使开时，滚来滚去，只在桂香身前身后紧紧的盘旋，桂香哪里敌得过他们母女二人？早累得香汗淋漓，只得虚晃一刀，将马一勒，跳出圈子，往枫林里便逃。窦氏母女守着"遇林莫入"的宗旨，所以也不追赶。

毓麟见桂香已去，如梦方醒，便向窦氏母女作揖道谢。窦氏便问："大官人可是遇着盗匪？"毓麟点点头道："正是，我前天被盗匪用计劫到匪窟中去，今天被我想法逃脱，谁知被那女盗追来，险些送了性命。幸亏二位前来援救，把这女盗杀退，救得我的性命，使我心中万分感激。不知二位姓甚名谁？从哪里来，到哪里去？"

窦氏说道："我们姓宋，家住虎牢关，我们母家姓窦，江湖上都称呼我'双钩窦氏'。"又指着宋彩凤道："这就是我的女儿彩凤，我们此刻是到曾家村去的。相逢甚巧，拔刀相助，这是我们分内的事，何德之有？"毓麟听窦氏道出姓名，方知这就是女侠玉琴口中所说的窦氏母女了。怪道有如此高深的本领，把秦桂香杀得大败，不由对宋彩凤仔细看了一眼。宋彩凤在旁瞧着毓麟，心中也在思想，这个文弱书生怎样陷身匪窟，被他逃走出来，也非容易啊！

毓麟等窦氏的话说毕，便问窦氏道："你们到曾家村去有何贵干？"窦氏道："我到曾家村去拜访曾氏兄弟。因为我们要寻找荒江女侠方玉琴，听人说女侠常到曾家的，所以到他家去探问消息。还不曾请教官人姓名，不知官人是哪里人，可认得曾家村？"毓麟闻言，不由笑出来道："原来二位就是女侠玉琴时常说起的，难得相逢，可谓巧极。你们要到曾家村去寻找曾氏兄弟，我就是曾毓麟……"

窦氏不待他说毕，十分惊异的说道："你就是曾家的二官人吗？那么女侠玉琴可在你们府上？"毓麟摇摇头道："她早已去了。"宋彩凤不觉在旁说道："玉琴姊不在府上么？我们跑来跑去，总是找不到她，缘悭之至了！"窦氏也道："我们已白跑一趟关外，不想这遭又走了个空，那么大约她到昆仑去的了。"毓麟答道："是的，还有个姓岳的少年，是她的师兄，他们先后离此，听说是上昆仑山去的。"

窦氏顾谓彩凤道："那姓岳的就是剑秋了，我们现在要不要上昆仑？但是这路程不是太远了些吗？"说时，面上露出失望的样子。毓麟道："二位既已到此，舍间曾家村也相隔不远，可否请到舍间去盘桓数天？我们久闻二位英名，思慕得很，今日相见，真是幸事。何况二位对于我又有救命之恩，务请屈驾前去一叙。二位风尘劳顿，也该稍事休息了。"窦氏母女见毓麟态度诚恳，说话温和，就点头答应。毓麟遂牵着马，陪着窦氏母女回转曾家村来。

薄暮时候，已到了曾家村，见村口的碉楼大门早已紧闭，碉楼上站着五六个团丁，正向下面注视着走来的人。毓麟到得碉楼下，便向上叫喊着道："请你快快开门，我是曾家的曾毓麟，从匪窟逃回来了。"上面的团丁听得出是毓麟的声音，便下来开了门，让毓麟等三人入内。一个团丁见了毓麟，笑嘻嘻地上前询问原因。毓麟道："说来话长，我们以后再谈罢。"于是毓麟便引导窦氏母女，走到自己的门口。

只见门外，也站立着五六个团丁，手中各举兵刃，十分威武。一见毓麟回来，大家都很欢迎，纷纷问询，毓麟略答数语。走进大门，早有家人瞧见，连忙进去报告喜信。曾翁老夫妇和梦熊夫妇正在内室坐着，谈论营救毓麟的事，听得毓麟的消息，喜出望外，一齐争先恐后地奔出来。毓麟见了父母，连忙上前拜见，曾翁夫妇大家握着他的一只手，心里悲欢交集，滴出泪来。

曾翁先问毓麟道："儿啊，自从你昨天失踪后，把我们急得几乎要死，现在你怎样回来的呢？"

梦熊也在一旁抢着说道："老二，幸亏你回来了，不然我们这位老爹爹的性命也要跟你一齐送去哩！这二位是谁，怎会跟你同来？"说着话，一手指着窦氏母女，两只眼睛却滴溜溜地向彩凤瞧个不住，张开着嘴，哈哈大笑起来。

毓麟便道："代我先来介绍你们相见，然后再将详细情形告诉。这二位就是女侠以前提起的虎牢关的窦氏太太和宋彩凤姑娘，我幸亏遇见了这二位救星，方才能够平安归来。"曾翁夫妇和梦熊等听了毓麟的话，且惊且喜，一齐向窦氏母女申述羡慕的私衷。窦氏母女谦谢不迭。

大家分宾主坐定，下人献上茶来。于是毓麟又将自己从车中被诳骗，陷身盗窟讲起，直到农家趁机偷逃，枫林被敌所厄，窦氏母女拔刀相助，击退女盗，细细说来。当他说到枫林中的一节，梦熊等都代他捏把汗。

曾翁夫妇齐向窦氏母女道谢，曾母尤感激入骨，握着宋彩凤的手说道："小儿此番若没有你母女二人相救，恐怕归不得家乡了。二位恩德不浅，而宋姑娘以女子之身，却能有精通的武艺，难能得很。想起以前方姑娘留居寒舍的时候，夜半忽逢盗劫，多亏她一人将盗杀退，保得平安。后来小儿毓麟被大盗劫到一个地方去，也幸亏方姑娘前来。闻得惊耗，冒着危险到那里去搭救出来。这样重大的功德，使我们一家老幼，永远不会忘记的了。

"现在宋姑娘和方姑娘一样美貌，一样武技，正是江东二乔，无分轩轾，无怪二位和方姑娘是同道了。我也感想到一个人生在这种乱世，真不可不有些防身本领。像方姑娘和宋姑娘，虽然都是女子，而能有高深的武技，所以天南地北，任凭你们来去，有恃无恐。而且能够相助人家的困难，得个侠义之名，令人羡慕。我家大儿虽也懂些武艺，却是不够事。次儿又是个文弱书生，偏偏那些狗强盗和他死命作冤家，几次前来缠扰不清，真是可怕之至。"说着话，瞧着宋彩凤的面庞。

窦氏却说道："多蒙老太太夸奖，我女儿虽然习得一些武艺，但是哪里及到方姑娘？我们此来也是想寻找方姑娘的。"

梦熊道："他们是到昆仑山去了，听说他们也要来找你们。还有姓岳的是女侠的师兄，不知和她有什么关系，怎样如此影踪不离,十分亲密呢!"说着话又呵呵地笑将起来。

窦氏道:"我们也闻得方姑娘的师叔余观海说过,他们要到虎牢关去寻找我们的,可惜彼此要找仇人,且喜闻得人说方姑娘已在白牛山剔刃仇人之胸了。方姑娘仁孝侠勇,一身兼全,真可算得天壤间的奇女子。"毓麟闻言,不由微喟。

梦熊忽对毓麟道:"老二,女侠是不会来的了。这位宋姑娘真是不错,我劝你不要错过啊!"毓麟不防梦熊会发起傻气,乱说八道起来,不由面上一红。幸亏窦氏母女还没有注意到梦熊的说话,也不知女侠以前的一回事。连忙接着说道:"是的,我已见过宋姑娘的武艺和女侠不相上下,所以我特地坚请他们二位到此,共商御盗之策。"

曾翁道:"昨天晚上,我们久候你不归,连忙差人到柳庄去探听,方知你并未前去。柳家也无人来接,显见得有坏人无中生有,设此诡计,将你骗去。其中自然凶多吉少,急得我们一夜没有安睡。今天早上,四出探听,又发现了团丁的死尸,知道你必然遇见了盗匪。

"听说在野猪山,新近有盗匪的踪迹。我已差曾福将我之书信,赶赴天津杨参将那里请兵剿匪了。杨参将以前和我们有过交情,这地方也在他管辖之内,他必要派兵前来的。等他到了,我们着以一同前去将盗窟扑灭,永除后患,此刻不必打草惊蛇了。"

毓麟道:"既然父亲已请杨参将派兵到来,这也很好。因为那边的盗魁方出外哩!我们只要把村庄防守住就好了。"

大家这样谈谈说说,不知不觉,也有好多时候。毓麟道:"我们不要只顾讲话,忘记了肚皮。他们二位远道而来,腹中想已饥饿,我们快些预备些酒菜,代二位洗尘。"曾太太说道:"不消你说得,方才我已吩咐女仆到厨房去关照小三子,端正一桌丰盛的酒菜,此刻想已安排好。"

曾母正说着话,屋后闪出一个女仆,对曾太太说道:"老太太,酒席已摆在花篮厅上了。"曾翁便首先起立,邀请窦氏母女,走到后面花篮厅上。

大家坐定,曾太太和她媳妇宋氏先敬过酒。窦氏见桌上摆着精美的肴馔,便对曾太太说道:"我们是不会客气的,所以到此惊扰,家常便饭,已是很好的了。老太太何必这样客气呢?"曾太太说道:"我本来不欢喜客气的,这一些粗肴薄酒,聊表敬礼而已。"

曾毓麟也说道:"窦太太说不客气的,那么我们不必多说客气闲话,且请用酒。"一边说,一边提起酒壶,向窦氏母女二人斟酒。且说道:"我蒙二位热心援助,说不到什么报答,此刻先要敬奉水酒一杯,聊表我一点儿感谢之心。"

当他斟到宋彩凤的面前时,宋彩凤连忙双手托着酒杯,等着毓麟斟满了,一边放下,一边却对毓麟带着微笑说道:"曾先生教我们不要客气,那么自己为何如此客气呢?"

梦熊听了,拍手笑道:"这位宋姑娘说的话,真是爽快。老二,你该罚酒一杯。"说罢,不由毓麟分说,便代他斟上一杯满酒。

毓麟也只有带笑说道:"我该罚的,我该罚的。"拿起酒杯一饮而尽,将空杯对宋彩凤说道:"我已罚了,请姑娘和窦太太也领情一喝罢。"于是宋彩凤又笑了一笑,和窦氏举起杯来,把酒喝下,也回敬各人一杯。席间大家闲谈,时常要讲起女侠玉琴,因为大家都想念着她呢!

席散时,曾氏婆媳掌着灯,引导窦氏母女到内里一间客室中去睡眠,室中陈设精美,正是女侠昔日下榻之处。一宵无话,次日母女俩起身,曾太太早差一个年轻女仆前来伺候早餐。大家出来相见,曾太太等都竭诚款待,宾主之间,甚是融洽。曾毓麟也常常在旁陪着谈话,要请她们在此多留数天,略尽地主之谊。窦氏母女因为找不到女侠,一时也想不到别的地方去,所以答应在此住下。

梦熊伸长头颈,盼望杨参将火速到来,连候二天,不见一兵一卒,曾福也不见回来,因此他大骂杨参将的颟顸无能。他遂想自己带领团丁，前去捣灭盗窟。一则早除匪患，二则代四个已死的团丁复仇。不过自己一人恐怕力不足敌，要请窦氏母女也能一同前往。窦氏母女一口应承，梦熊大喜，便预备到明日早上同去剿匪。倘能除得匪患，曾家村的威名可以震慑远近了。

谁知翌日黎明的时候，窦氏母女正在睡梦中，忽被外面的敲门声惊醒，宋彩凤先从床上一跃而起。窦氏遂问："外边是谁？"早听得毓麟和他嫂子宋氏的声音，错杂着答道："是我！……不好了！……快开门！……窦太太请快开门。"窦氏母女听他们如此惊慌，不知是什么一回事。窦氏也从床上走下，宋彩凤便拔出门闩。开了房门，毓麟和宋氏匆匆闯入房中，对二人说道："窦太太和宋彩凤姑娘，请你们快快相助一下。"

窦氏便问道："莫非外面有盗匪来了么？"毓麟说道："正是，现在盗匪正在攻我们的碉楼，想要夺门而入。大约就是野猪山的盗匪，家兄经团丁到来报告，因为事情紧急，所以他一人先去接应。教我们来恳求二位出去助战，想不至于拒绝。"宋彩凤听说，便答道："可以遵命。"说时却觉得自己身上没穿外裙，还穿着小衣，见毓麟正向她注视，不觉双颊微红，连忙回到床边去，穿着外面的衣服，从枕边取出了宝剑在手，说道："我们去罢。"

窦氏母女将衣服穿好，带了双钩，说道："可恶的狗盗，如此猖獗，还当了得！待老娘前去把他们杀个一干二净。"毓麟道："全赖二位出力了。"遂执着烛台，引导窦氏母女，走到门外。早又见两个团丁，慌慌张张地跑来说道："强寇甚是厉害，攻打甚急，团长教我们来报信，速请窦太太等前往援助。"

窦氏母女闻言，跟着团丁便走，毓麟也跟将上来。宋彩凤回头见毓麟在后跟着，对他微微一笑，说道："曾先生，你不要来罢！前面是很危险的。"

毓麟道："我虽不能上前相助，却喜看姑娘杀敌。"窦氏道："那么曾官人远远地瞧着罢！"一边说，一边走，已到碉楼下。见外边火光一片，喊声大起，碉楼上众团丁正在悉刀抵御。人声嘈杂，夹着村狗四吠，村中人鸣锣为号，正在互相呼喊，聚集壮丁，以便抵御。毓麟也微微吃惊，一同走上碉楼。向碉楼外看时，只见碉楼外有数十盗贼匪，各执兵刃，高举火炬，一齐向碉楼攻打。有几个盗匪把梯子架着爬上碉楼来，梦熊指挥团丁，将石子滚下去，不许他们爬上。

火把丛中，瞧得分明，见那个"赛咬金"牛海青，袒着前胸，手握两柄板斧，杀气腾腾，带领五六个盗匪，正在用力爬上炮楼。背后一匹胭脂马上，坐着一个黑衣女盗，手横双刀，正是牛海青的妻子秦桂香。旁边一匹白马上，坐着一个年轻的盗魁，身躯健硕，挺着长枪，大约就是桂香口中说起的娄一枪了。

此时牛海青已奋勇杀上碉楼，众团丁拦截不住，早被他砍倒了三四个，锐不可当。

窦氏立即摆动双钩，跳过去将他拦住，喝道："狗盗慢来。"

牛海青杀得性起，刚向前冲，却见一个老妇摆动着双钩，当路拦住。他也不问情由，手起一斧，照准窦氏头上劈下。窦氏侧身避过，回手一钩，向他胁上扎去。牛海青将左手斧往下一掠，"当"的一响，把窦氏的虎头钩掠开。窦氏接着又是一钩，照准他胸口钩去。牛海青大吼一声，展开双斧，一上一下地尽向窦氏猛攻。

窦氏也把双钩使开，和牛海青在碉楼上酣战起来。秦桂香却和娄一枪见牛海青在碉楼上厮杀，急忙驱动部下盗匪来冲碉楼。宋彩凤便教梦熊索性把碉楼门开了，带领团丁杀出来。娄一枪见村人杀出，将马一拍，舞动长枪，直冲过来。宋彩凤迎住他，一马一步，狠斗起来。

秦桂香见了宋彩凤，想起前仇，愤不可遏，立即赶上来助战。宋彩凤独当二人，毫不惧怯，将手中剑舞成一道白光，只在二人马前马后，闪闪霍霍地刺击。

梦熊指挥团丁抵住其余的盗党，他在后面立着，见宋彩凤和二盗魁狠斗，生恐有失。便在背上取下弹弓，又从腰囊摸出三颗铁弹，按在弦上，照准娄一枪张弓而发。"嚯嚯嚯"一连三弹，如三颗流星，飞向娄一枪身上来。娄一枪左避右闪，面门上早中了一弹，跌下马夫。

梦熊大喜，喝令团丁们将娄一枪缚住，押送入村。部下的盗匪要赶来援助，梦熊早挥动手中朴刀，上前拦住。梦熊的武艺虽然及不上盗魁，但是对付这些小喽啰却还来得，两下里混战起来。

双钩窦氏在碉楼上和牛海青战到六七十合，她的一对双钩愈舞愈紧。牛海青想不到这年迈的老妇，竟有如许的本领，自己手中斧法渐乱，无心恋战，要想逃走。窦氏觑个真切，等牛海青一斧砍到怀中来，便把虎头钩向外一迎，乘势送去，早钩着牛海青的手腕。

牛海青大叫一声，把右手斧直掼出去，手上鲜血淋漓，窦氏又使个毒蛇盘鼠式，将双钩一分，向牛海青腰里兜抄进去。牛海青闪避不及，腰间早又着了一钩，仰后而倒。恰巧两个团丁奔上前，将手中大刀齐向牛海青身上砍下，把牛海青砍做三段。

双钩窦氏结果了牛海青，即从碉楼飞身跃下，疾如鹰隼，跑到女儿身边，要来助战。宋彩凤忙说道："母亲不必相助，待女儿独自把她送上鬼门关去便了。"窦氏也就挺着双钩，在旁观战。宋彩凤又和秦桂香斗了十数个回合。秦桂香见同党一半儿被杀，一半儿被擒，大大失利。自己丈夫又被人家杀死，心中怎不惊慌？急欲逃走，无如被宋彩凤的剑光困住，不得脱身。

宋彩凤瞧得明白，卖个破绽，故意让秦桂香的双刀卷进来，便向旁边一跳。秦桂香得个空，将马一拉，刚想跳出圈子，宋彩凤已将宝剑向她腰里刺来，喝声："着！"但见秦桂香在马上晃一晃，一个倒栽葱跌下马来。宋彩凤踏进一步，一剑劈下，秦桂香早已身首异处了。宋彩凤见这匹胭脂马很好，便牵将过来，其余的盗匪早已四散逃窜，没有一个存留。于是梦熊收集团丁，伴着窦氏母女回进村中。

原来秦桂香被曾毓麟假意哄骗，脱身逃走以后，她又气又恨，誓要把曾毓鳞置之死地而后快，遂懒懒的回转巢穴。等待牛海青和娄一枪归来时，她就诡言曾毓麟乘隙逃走。牛海青等都是鲁莽武夫，问了几句，没有细细查究，哪里知道其中另有隐情呢。于是大家商议着，乘这夜前来攻打，以报前仇。谁知遇着劲敌，自取灭亡，这也可见得天道好还，作恶者必自毙了。

当宋彩凤等回进碉楼时，毓麟早上前含笑迎接，对二人说道："方才我在碉楼上作壁上观，见二位杀贼神勇绝伦，真巾帼英雄也。敝村幸赖二位大力，杀退群盗，平安无恙，一村咸感大德哩！"宋彩凤笑了一笑，也不回答，跟着走回曾家去了。仰首天空星斗繁密，正有一颗流星，十分光芒，飞向东南方。

曾毓麟又对着宋彩凤带笑说道："我见了流星的光，便想起姑娘的剑光闪烁，恰和玉琴一样的。明明是一柄宝剑，怎会变成一道白光，真是令人惊奇。向在书上读的轶闻，不能无疑，现在经过亲眼目睹，方知古人之言，并非欺人了。"一路说着话，早已回到庄中。宋彩凤把那匹胭脂马交给下人牵去了。毓麟知道她心爱此马了，遂吩咐下人好好饲养。

曾翁夫妇和宋氏正在厅上等候好音，见他们得胜归来，一齐大喜。曾毓麟便将窦氏母女奋勇杀敌的情形，从始至终，详细地告知他的父母。曾翁和曾太太等听了，见窦氏母女如此英勇，莫不为之惊叹，又向二人道谢。这一夜大家不能再睡了，谈谈说说，转瞬天色大明。梦熊检点自己的团丁，被杀的有三名，受伤的四五人，酌量抚恤的方法，安慰死伤的家属。计生擒贼首娄一枪一人，徒党三人，碉楼门前死尸八九具，吩咐乡人一起拖去埋葬。

众乡人都知道窦氏母女相助杀贼的事，无不感激。大家都说到了"第二荒江女侠"了，纷纷赶上曾家大门，要瞻仰他们母女俩的颜色。当日曾翁便设筵庆功，次日，又有村中别家富家，摆宴邀请窦氏母女和梦熊弟兄，十分热闹。梦熊更是嘻嘻哈哈，笑口常开。

到第三日的早晨，忽然有队官兵前来，原来就是曾福前去请求的官兵。因为杨参将有事到京里去，所以耽搁了几天，直到杨参将回转津沽，得闻曾福报告遂派一位韩千总，带领三百官兵前来剿匪。但是窦氏母女早已将盗贼歼灭，用不着他们来放马后炮了；可是照例又不能不迎接，便由梦熊出来招接到庄中请酒，宰了许多猪羊，开了许多坛数的好酒，给众官兵大嚼一顿。

曾氏弟兄将村中杀贼的事告诉韩千总，韩千总也不说什么，模样儿很是骄傲。梦熊又把抓来的娄一枪等盗党交与韩千总，韩千总遂命手下官兵好好监押，准备解回津沽去报功。这天下午，韩千总又带领官兵，辞别了曾氏弟兄，赶到野猪山去。又将贼窟搜查一遍，早已寂然无人，遂把那古庙封闭起来。回转天津，报告杨参将，都说自己的功劳，好得一奖赏。好笑杨参将只当韩千总办事能干，哪里知道都是窦氏母女代他立下的功劳呢？

窦氏母女在曾家住了好几天，曾氏一家对他们十分敬重，而曾毓麟又是常常陪着他们谈天说地，更是亲密。窦氏母女见毓麟为人温文尔雅，和他交接，不知不觉的令人心醉。何况窦氏母女一向奔走江湖，常和犷悍的武夫、草莽的英雄交接，哪里有像曾毓麟那样的品格潇洒，性情温柔呢？所以格外觉得曾毓麟的可爱了。

曾毓麟在没见过宋彩凤时候，一心爱慕着女侠玉琴，以为天下间决无第二个奇女子能够像玉琴的为人。因此他自从女侠走后，情绪颓丧不已。玉琴虽许他到虎牢关去做媒，要将宋彩凤撮合于他，然而他对于宋彩凤面长面短，都不知道，毫无一些情感，自然心中不欲。现在却无端会和宋彩凤见面，而且自己的性命又是她救得来的，觉得她虽然不及玉琴豪爽，而妩媚则一。并且武艺也很高强，也是一位女中豪杰，相聚多日，渐生爱心。不过他因为对玉琴的单恋，受过重大的创痕，得了一次教训，所以他对于宋彩凤不敢贸然用情，神情之间，若即若离。

但是曾太太却非常钟爱宋彩凤，她知道她儿子的心思，对于前次向玉琴求婚未成，常常引为绝大的缺憾。玉琴要代毓麟和彩凤做媒的事，她也知道，现在见毓麟和彩凤性情也还投合，若得彩凤为妇，自是佳媳。所以她心中很是急切，等不及玉琴来做媒，遂先和毓麟谈起这事，探探她儿子的口气。曾毓麟却无可无不可的答应。曾太太便又去和曾翁商量，曾翁因为毓麟年已长大，尚未授室，卑欲遂向平之愿，且因长子梦熊和宋氏结缡多年，尚无螽斯之兆，更觉得抱孙心切。对于这绝好的机会，不欲错过，还要曾太太极力去进行。

一天，曾太太遂拉窦氏到她自己房里座谈衷情，曾太太先将玉琴好意为媒的事，告诉窦氏；又说了一大篇娓娓动听的话，要求窦氏允许，把彩凤下嫁。

窦氏本来也早欲她的女儿配到一个如意郎君，终身有归宿之处，自己也了却一重心愿。现在眼见毓麟的人品和学问，都够得中雀屏之选，而毓麟的家道又很富有，曾翁夫妇也是十分慈祥，再好也没有了。不过毓麟不晓武艺，未知她女儿心中究竟如何？因为宋彩凤的脾气很任性的，不能不先得了她的同意，然后方可应允。遂回答曾太太，说她自己先要去和女儿一度商量，然后再给回音。曾太太带笑说道："我准等候你的好音便了。"

于是这天晚上，窦氏便将曾太太向她乞婚前事告诉彩凤知道，且极口夸赞毓麟的好处，以及女侠为媒的消息。宋彩凤听了，百思玉琴自己不欲坠落情网，却把别人家来代替么？低垂粉颈，一句话也不答。

窦氏瞧彩凤的情态，已有几分默允，否则以前自己曾对她提起过婚事，她却立刻将话回绝的；所以她又逼进一步，再问究竟愿不愿意？且言自己母女俩奔走江湖，日复一日，也非久长之计。女子生而愿为之有家，劝她女儿将就一些，不要选择太苛，蹉跎年华。

彩凤被她母亲逼紧着问，只得低声说道："这事悉凭母亲做主便了，何必多问？"说罢，把手去挑桌上的灯，别转着脸儿。

窦氏暗想：她女儿如此说法，明明是已表同意了，当然不必再问。遂对宋彩凤一笑说道："你既然不反对，那么我就做主了。"宋彩凤被她母亲一笑，倒觉得有些不好意思起来，手托香腮，对着灯光，默默无语。窦氏觉得女孩儿对于这件事，终有几分害羞。又想起自己以前和铁头金刚宋霸先，初次相逢，两下比武，成就婚缘的时候，她父亲也曾向她询问，此情此景，大同小异。然而光阴很快，自己年纪已老，丈夫也早被仇人杀害，埋骨地下，今日却谈到儿女的婚姻问题了。人生如白驹过隙，能无慨叹，遂和她女儿闲谈了一歇，各自解衣安寝。

次日早晨，窦氏便去见曾太太，将这婚事答应下来。曾太太更是不胜感谢，马上把这好消息报告给毓麟知道，母子二人心中大喜。曾太太又去告知曾翁和梦熊夫妇，大家莫不喜悦。梦熊更是喊着要吃喜酒，闹得一宅中大小上下人等，一齐得知这个喜信，大家都向曾翁夫妇及毓麟等道喜。曾太太遂和窦氏商量，要赶紧选择吉日良辰，代毓麟和彩凤早日成婚。窦氏自然同意。

曾太太便去请人选定了日期，一边忙着预备青庐。窦氏早和曾太太说过，他们一则身在客边，二则家世清贫，所以不办妆奁，一切都由曾太太代办。好在曾太太的目的并不在这个上，丝毫没有问题的。毓麟喜孜孜地待做新郎，宋彩凤也时常守在房中，因为自己和毓麟已有婚约，反不能时常聚在一起，引人说笑了。

到得成婚的那天，悬灯结彩，十分热闹，嘉宾满座，车马盈门。天津的杨参将，柳树庄的柳士良等，都来道贺。村中人也一齐赶来贺喜，争观嘉礼，足足热闹了三天。大媒一席本来是玉琴的名分，现在曾翁商请柳士良和村中的一位包先生临时代表，一切繁文缛节，在我书上不必细述。婚后二人的好事，正是如鱼得水，甜蜜无比。曾太太和窦氏也都快慰。

新婚的时日不知不觉地过得很快，毓麟在闲中和彩凤时常要讲起女侠，大家很是挂念。却不想到琴、剑二人旧地重来，相见之后，自然大家有无限的欣喜。玉琴和剑秋尚未知道彩凤姻缘早已成就，还有窦氏母女素与曾家不相熟识，怎会住在曾家？这个闷葫芦二人急欲打破，遂向窦氏母女询问。窦氏母女便将他们如何被邓氏七怪逼迫不过，遂不得不远离家乡，出关到荒江去拜访过玉琴，以及打虎集相遇余观海，回到北京又遇见李鹏，方才指点到这里来。

玉琴听了，带笑说道："好呀，我们彼此扑了个空。有劳你们远涉关山，到我那荒江老屋去，失迎得很。"遂也将自己如何在红叶村与云三娘援救剑秋，大家重又北上，同破天王寺。遂到虎牢关访寻窦氏母女，初探邓家堡，遇见薛焕，龙门山二次拜访黄鹤和尚，得到地图，回转洛阳。重逢公孙龙，一同前去把邓家堡破掉，七怪死去其四。然后上昆仑山参谒禅师，得到余观海上山报信，知道窦氏母女在京、津漫游。遂和剑秋再回到京里来，路过这里，因为挂念曾家众人，所以便道过来向义父义母请安的事，一五一十告诉出来。

窦氏母女听到邓氏七怪已被女侠等合力歼灭，十分欣喜，曾母道："还有一件事情不可不知，待我来报告给义女和岳先生知道罢。"遂指着曾毓麟和宋彩凤，对玉琴微笑说道："多蒙义女盛情，要代小儿为媒，现在他们俩早已在这里结婚了。大概你们听得这个喜信，一定很快活的。"玉琴和剑秋听得毓麟和彩凤成婚，不觉又惊又喜。

玉琴便道："这真是天缘巧合，可喜可贺。我到虎牢关也是因为了这件事情，难得毓麟兄和彩凤姑娘已在这里成了百年良缘，我心里何等快慰！"说到这里，掉转头瞧着宋彩凤说道："此后我不能再叫你姊姊，要叫你嫂嫂了，是不是？但是我这个媒人却没有喝着一杯喜酒，你们怎样说法？"宋彩凤听了，面上一红，不好意思回答什么话。

毓麟便对玉琴说道："琴妹务请原谅，水酒一杯，改日奉敬可好？并且剑秋兄远道前来，我们也该代二位洗尘的。"于是毓麟又将焦大官的余党怎样前来复仇，以及自己陷身匪窟，设计逃生，途遇窦氏母女救助出险，以后还仗着他们母女之力，把巨盗诛掉，保得桑梓无恙的经过告诉剑、琴二人。于是二人完全明白了，大家说了一大篇的话，曾翁早吩咐下人们摆上酒肴，请剑、琴二人同用晚餐。

曾太太又悄悄地对玉琴询问她的婚事。玉琴想起前情，脸上不由晕红，不得已就将云三娘为媒，自己和剑秋在二郎庙订婚的事告知曾太太。

曾太太笑道："那么，我也要吃你们的喜酒了，不知何日吉期，不可瞒过我的。"剑秋代着回答道："到时我们总要禀知府上诸位的，但是我们一时却还谈不到这事，只好让毓麟兄和宋彩凤嫂嫂先享伉俪之福了。"说罢，又对玉琴带笑说道："现在我已改口称呼，对不对？"玉琴点头道："对。"

曾毓麟听女侠已和剑秋订婚，剑胆琴心，奇男侠女，当然是天生的一对儿，心中不觉又生感慨，便向剑、琴二人说了许多恭贺的话。梦熊也在旁抢着胡说八道的，引得众人发笑。玉琴虽然豪爽，今宵也觉得有些含羞，尤其是对于毓麟，也不能不使她芳心中发生一种绵绵切切的感想，且喜他已得彩凤为妇，自己可以对得住他了。

直到更深时席散，曾太太早已另外收拾好一间精美的内室给玉琴下榻，剑秋便宿在曾毓麟以前的卧室中，大家各自道了晚安，回归寝处安睡。

次日起身，庭阶中早堆满着一片白雪。原来昨夜飞了一夜的雪花，老天特地装砌出这个银世界，改变一番风景。这天天气也很冷，琴、剑二人加多了衣服，玉琴先走到曾太太房中去请安，适巧毓麟、彩凤也来了。毓麟便对玉琴说道："今天午时我已差人在后园红梅阁预备酒席，请琴妹和剑秋兄一同赏雪，作为我们补请二位吃的喜酒。"玉琴说道："呀！这是不敢当的。"宋彩凤说道："玉琴姊，自家人何必客气。"玉琴握着彩凤的手，笑了一笑，于是三人又走出来看剑秋，大家坐着闲谈。

将近午时，毓麟便引琴、剑二人来到后园红梅阁上，阁前堆着一座玲珑的假山，上面堆满着雪，变成玉山了。天空中玉龙飞舞，那雪兀自下个不住。四人坐定后，接着曾翁夫妇和窦氏也来了。又听见阁下一阵哈哈的笑声大哗，梦熊又陪着宋氏走上阁来。

大家入席坐定，阁上生着火炉，暖烘烘的一点也不觉寒冷。从玻璃窗中望出去，处处都是琼楼玉宇，恍如置身玻璃世界中，大家围坐着开怀畅饮。剑秋见肴馔十分丰美，便向曾氏兄弟道谢，大家彼此敬酒，言笑甚欢。直吃到下午三时左右，方才散席。

从此琴、剑二人住在曾家，因为天寒岁暮，不欲他出；更加曾太太和毓麟夫妇再三挽留，不放他们就走，要他们多住一二个月。所以琴、剑二人便在曾家度岁，很是安闲。转瞬莺啼燕鸣，又报新年，大地回春，渐成活泼气象，到二月初旬，村中陌上的杨柳渐渐儿抽出绿色的嫩芽来。琴、剑二人静极思动，又想出外去走走，毓麟和彩凤也想跟他们出去游览各处。大家商定的三个去处，一是螺蛳谷，二是龙骧寨，三是杭州的西湖。

剑秋因为以前在山东道上遇见李天豪夫妇，匆匆未曾细谈，很想到那里去走一遭，可以兼游长城，览居庸关之胜。宋彩凤却想到螺蛳谷去，因为她闻玉琴谈起年小鸾和袁彪等众人，欲往一见。玉琴的心却又不然，她一向在北边往来，没有到过江南，久慕西子湖的胜景，趁此无事之时，很想一游。毓麟也赞成去游西湖，且说江南山明水秀，风景如画，姑苏台畔有虎阜石湖之胜，西子湖边有六桥三竺的风景，际此春风和暖，草绿花红，正宜游玩山水。

于是大家各执一见，不能解决，争辩甚烈。剑秋说道：

"最公平的办法，我们可以拈阄。"毓麟道："很好。"于是他就去取过笔砚来，写了三个纸条，搓作三个小团，向桌上一抛，说道："你们哪一个来取一个罢。"于是玉琴首先上前，拈了一个拆开一看，却不发表。剑秋道："琴妹拈的什么，快快宣布。"玉琴笑嘻嘻地说道："你们试猜猜看。"

第四十九回

神灯妖篆旧事重提
赛会迎仙怪相毕现

玉琴拈着了一个阄儿，笑嘻嘻且不发表，要叫他们猜。宋彩凤便道："玉琴姊，你拈的可是螺蛳谷么？"玉琴道："不是。"毓麟微笑道："这也不难猜着的，当然是西湖了。琴妹心上本要南游的，所以拈得了很是快活，要教我们猜哩，你们不看她的脸上笑嘻嘻么，否则她又要努起嘴了。"

毓麟说罢，玉琴咭的一声笑将起来，就把纸条展开说道："被你猜中了。"大家看时，纸上很清楚的写着"西湖"两字。剑秋道："这样称了琴妹的心了。"

宋彩凤道："啊呀，我的希望却落空了。"玉琴道："彩凤姊不要发急，他日我们归来后，一定伴你到那边去走一遭便是了。"于是大家决定便在后天动身南下，到苏杭一带去游览。窦氏也要出去走走，因为听得女婿女儿一同出门，她年纪虽老，却不肯老守在家里的。毓麟的意思，大家都走了，堂上双亲不免要感觉寂寞，意欲将他哥哥梦熊留在家中较为放心。所以教大家把这事不要声张，要想瞒过梦熊。

但是在隔天大家端正行箧，稍有匆忙，便被梦熊探知底细,大嚷起来,怪他们不该隐瞒,也要前去走走。毓麟用话阻他不住,曾太太爱子之心并无偏袒,遂也让他跟着同去,且叮嘱他们早日归来,不要多耽搁。又因毓麟没有出过远门,梦熊性子又是鲁莽,便嘱托窦氏当心照顾,窦氏自然一口答应。曾太太又因有琴、剑做伴,较为安心。曾翁见琴、剑要走,遂又设宴送行,热闹一番。

次日,剑秋、玉琴、毓麟、彩凤两对儿,以及窦氏、梦熊一共六人,带了行装,向曾翁夫妇等告别出门。这一次琴、剑二人则因有窦氏母女,曾家兄弟同行,坐骑缺少,且不方便,二则江南地方较多,有许多处都要坐船;所谓"北人乘马,南人乘舟",带了坐骑,有时反觉累赘,所以便将花驴、龙驹留养在曾家厩中了。一行人离了曾家村,取道南行,好在没有要事,不必急于赶路,其中要推曾氏弟兄最为快乐了。

这一天,到得直鲁交界的一个村子,唤做三道沟,那里虽是一个小小村庄,居民却也不少。他们途经村中,却瞧见家家门上挂着一张五寸多长三寸阔的黄色符篆,上写着三个似蝌蚪般的小字,还有两盏白色黑字的小灯笼,随风飘着。

梦熊指着对众人说道:"你们可见这个玩意儿,不知是什么意思,莫非村中正在打醮么?"剑秋见了这许多符篆,忽然想及好像什么似的,向玉琴耳边咕叽着几句。玉琴点点头道:"也许是那些妖魔作怪!"

这时,恰巧有一个中年妇人,提了一篮洗好的衣服,从河滩边走回来。剑秋便对众人说道:"我们腹中大概都有些饥饿了,不知道这里可有饭店,不如便向乡人家中借饭吃罢!"窦氏母女点点头,都说道:"很好。"于是剑秋便迎着那个妇女,开口说道:"我们是过路的客人,想向你家借吃一顿午饭,倘蒙允许,当多多致谢。"

那妇女向他们一行人望了一望,遂答道:"可以可以,请你们随我来罢。"众人跟着那妇人,走了十数步,见柳树下有数间矮屋,双扉轻掩,门上也挂着一张符篆,两盏灯笼。那妇人一边推开双扉，一边招手请大家进去，剑秋等跟着走进。见客堂里有一个老妇，正在纺纱，一见众人步入，很是奇异，那妇人放下篮子说道："婆婆，这几位客人是来向我家借用午饭的，我们的饭虽烧好，却还不够；婆婆，你快去取一条腌鱼去烧，待我再去淘米煮饭。"

那老妇答应一声，立起身子，离开纺车，走到里面去了。同时东边房中走出一个十四五岁的小女儿来，妇人对她说道："小喜子，你快到后面去砍些干柴，帮同烧火。"小喜子答应着，也跑到里面去了。妇人又对剑秋等说一声："大家请坐，不要客气。"自己便到房里去量米了。剑秋等也将行箧放下，大家坐下。可是屋中座椅很少，梦熊便一屁股坐向纺车前那老妇坐的小竹凳上去，只听"咔嚓"一声，那只凳子忽地坍倒下去。梦熊不防，跌了个仰面朝天，连忙爬起身来，大嚷道："哎呀，这捞什子怎样如此不中用，却跌了俺一交。"众人都觉得好笑。

原来这凳子的脚，本来已是半坏，把草绳连扎着将就用的，老妇当当心心地坐着，当然不致翻倒，怎当得梦熊的身躯。他又是很粗莽的人，没有留心，所以凳子支持不住便倒了。毓麟笑道："大哥，你怎么如此粗莽啊！"这时那妇人恰好拿米进来，瞧见了便道："啊呀，客人受惊么？这竹凳子本来坏得不好用，早要把它劈了当柴烧，都是老人家舍不得，今天却累客人倾跌了。"

毓麟说道："这却不妨事的，不过弄坏了你们的凳子。少停只好赔钱给你们，重去买一只新的罢。"妇人笑道："哪里要客人赔呢，笑话了。"一边说，一边伸着左手，提起那坏竹凳，走到后面厨下去了。不多时又出来，到房里去端出一张很新的木凳，请梦熊坐，于是大家坐了闲谈。隔了一歇，闻得后面一阵饭香，梦熊道："我的肚子饿够，还不拿饭来吃么？"

剑秋笑道："你莫慌，快要来了。"果然，一会儿那妇人和小喜子送上饭和菜来，六人遂坐在正中一张方桌四周，一同用饭。那妇人立在一边看他们吃，梦熊狼吞虎咽地一连吃了六碗，还不罢休，再去添时，篮中饭已完了。妇人又教小喜子再盛一篮饭来，梦熊吃了八九碗，方才放下碗筷。毓麟、彩凤等都已吃毕，小喜子送上面汤水来，大家洗过脸，妇人教小喜子把那残肴搬进去，自己倒了数杯茶，请他们喝。

剑秋便从身边摸出三两银子，送与妇人说道："这一些偿还你们柴米的。"妇人把手摇摇道："客人你就是要给么，也不消这许多啊。"剑秋道："不多不多，请你不要客气，收了罢，辛苦你们了。"妇人遂谢了一声，把银子揣在怀里。剑秋又对她说道："大嫂姓谁，你们当家的呢？"

妇人答道："我们姓高，我们当家的名唤高占魁，以前在济南巡抚大老爷衙门里当过马弁，现在解职回来。我们家中本是种田的，所以他是在家不出去了，昨天恰才有事出去。"

剑秋点点头，又问道："我还有一件事要问你，你们村子上家家挂着符篆和灯笼，这是什么意思？"

妇人答道："客人有所不知，近来我们村上都信奉了仙子，这地方也归了仙人管辖，这灵符和神灯都是仙人赐给我们挂的。挂了灵符，可以避免一切灾殃，悬了神灯，天上仙人就赐福给他的信徒。所以我们村上家家挂的。"玉琴和彩凤听了，不由笑将起来。

那妇人正色说道："二位姑娘休要见笑，得罪了仙人不是玩的。"剑秋道："那么你们信奉的仙人名唤什么，现在哪里？"妇人又说道："那位仙人是个活活的女神仙，名唤清风仙子，现在离开此地六七十里的伊家镇上，九天玄女娘娘庙内。"琴、剑二人一听那妇人提起九天玄女庙，心中不由一动，大家面对面的看了一下。

剑秋遂问道："原来如此，天下竟有活神仙么？"

妇人道："是的。记得前年东光吕祖师庙里来了两位神仙，一位是吕洞宾仙师，一位是何仙姑，常在塔上显露真身。东光人民都受其福，四乡各镇前去烧香也是不少。后来不知怎样的，两位神仙忽然绝迹不来了，地方上人十分失望，大概有人得罪了神仙，以致神仙去了。

"后来那伊家镇的九天玄女庙里来了那位清风仙子，每逢三六九，现身说法，劝化世人，所以四处乡村的男女都到那里去烧香、求仙水。据说那位清风仙子便是九天玄女娘娘的徒弟，道行很深，若然信奉了她，可以消灾纳福，所以我们三道沟的人都相信了。这灯笼和灵符也是庙里新近发来的，现在大概共有二十多村的人信奉了。"

妇人说到这里，顿使琴、剑二人回忆到古塔兴妖的一幕。毓麟却笑起来道："哪里会有活神仙，这不是一般女巫巧言哄人么？"妇人说道："罪过罪过，明天伊家镇正有赛会，乃是九天玄女娘娘出巡，至于那位清风仙儿也要出来的，大家欢迎她，要瞻仰她的仙姿。还有玄女庙里两位道姑，生得年轻貌美，正像仙姑一般，你们倘然看见时也要拜倒了。我们当家的此番出去，也是到那边去还愿，且观赛会的。"剑秋听了点点头。

妇人说毕，又道："客人们请宽坐一歇，我要进去吃饭哩。"妇人走后，窦氏母女便说道："乡人迷信的风气很盛。常常有这种事的，大约那玄女庙里的道姑借此敛钱罢了。"

剑秋却说道："事实不是这样简单的，据我所知，其中别有内幕，倘然我把这事告诉出来，你们自会知道。"便对玉琴说道："琴妹，那个清风仙子必然是风姑娘了。"

毓麟听了"风姑娘"三字便一怔，道："你们说的风姑娘，是不是螺蛳谷中的那一个？你们前番似乎和我曾经讲起过的。"

玉琴点点头道："是的，她又在这里兴妖作怪，图谋不轨了。"剑秋道："那玄女庙以前我也曾到过的，险些儿把我昂藏七尺之躯断送在那里。至今思之，尚有余悸。"窦氏母女很兴奋地问道："到底是怎么一回事，请岳先生快快告诉我们。"

剑秋喝了一口茶，便将自己和玉琴一同从临城北回，路过东光，夜探古塔，窥探假神仙的秘密，以及自己中了迷香，被九天玄女庙里的祥姑擒至庙中,百般诱惑,不能脱身;幸亏被自己用了离间之计,使他们三姊妹先操同室之戈;然后自己乘隙杀死瑞姑,逃出虎穴来的经过,略述一遍。

梦熊在旁不由跳起来道:"有这种秘密的地方么,我倒要去见识一下哩!"

剑秋摇摇手道:"梦熊兄,不要声张!我们本来也想把一件未了的事情顺便结束,为地方除害。你要去的话,不要多响,免给人家知道。"梦熊说声:"是。"

剑秋又道:"那庙里现在只有祥姑和霞姑了,那风姑娘一定在他们庙中。她自从螺蛳谷漏网以后,就到这里来了。去年我找寻琴妹时,在老龙口渡船上遇见一次,曾和他们恶战一番,乐山、乐水两位师兄赶来帮忙,将他们杀退的。

"好久时候我没有机会再到此地,竟任他们妖雾重兴,毒焰又张。因为他们都是白莲教中的余党,白莲教的匪首倪全安和翼德真人,要想把白莲教重兴起来,作死灰复燃之举。所以四处派遣他们的党徒,暗中把邪说去引诱愚民,阳为信奉神仙,暗中就是收入教徒,扩张势力,这种邪教我们是大为反对的。"

玉琴道:"在翼德真人的门下,我们所知道的有四个大弟子,名为风、火、云、雷,便是风姑娘、火姑娘和云真人、雷真人。两男两女,都有非常的本领,也是他们教中最为活动的份子。云真人以前在东光传教,是我师父协助我将他诛掉的,那风姑娘本在关外螺蛳谷,也被我们合力将她驱走,所以她就到这里来活动了。我们此番前去,再不可让她逃走了。"

窦氏母女也欣然说道:"听你们如此一说,果然别有内幕,我们母女当和你们一起去扫灭妖魔。"说到这里,那妇人已走出来了,剑秋又向她问道:"请问伊家镇的赛会是否明日举行?从这里前去,打从哪条路走?因为我们也要去看看赛会,并且瞻仰神仙哩!"

妇人答道:"这赛会听说是很盛的,你们要去瞧热闹么?

不过就是明天的事。你们要去时须要赶紧了,此去足有七十里路,没有车儿可以代步,你们怎么走得动呢?"

剑秋暗想:别人却不须顾虑,只有毓麟一人,他是个文弱书生,教他怎能一口气赶这路呢?遂又问道:"那么可有水路去呢?"

妇人道:"从这里可以坐船,只可到田家店,再从田家店上陆行去,不过十数里了。你们人多,还是坐船去罢。"剑秋道:"那么这里到哪儿去喊船的?"那妇人说道:"你们要坐的,我可以代你们去喊。"剑秋点点头道:"很好,有劳大嫂了。"妇人便匆匆走出门去。

剑秋回头对众人说道:"我恐怕毓麟兄不惯赶路,所以托这妇人雇船,可好么?"毓麟听了,脸上不由一红,说道:"你们都是有本领的人,带了我这个没用的东西,便觉得不方便了。"彩凤瞧着毓麟,不由微笑。窦氏道:"我们坐船去也好,较为适意。"玉琴也微笑不语。

不多时候,那妇人跑回来了,对他们说道:"我已代你们雇得一艘小船,言明船价一千青蚨,你们若要吃饭,可以预先知照,加补饭钱便了。只是今天摇到田家店,最早要到半夜时候,你们也只可宿在船上的。"剑秋道:"多谢你,我们就走了。"说罢,大家立起身来,剑秋和梦熊携着行箧,一同走出门来。妇人说道:"我来领你们去。"遂打先走路,大家跟着她行去。转了两个弯,走过一条田岸,那边便有一条小河,有一小船泊在垂杨柳之下。

一个年轻的舟子立在船头上,向妇人打招呼道:"就是这几位客人么?"妇人喊道:"是的。小吴,你好好送他们到田家店,自有赏赐的。"那舟子答应一声说道:"客人请下船罢。"剑秋、玉琴、窦氏、彩凤、毓麟、梦熊一齐走下小船。那妇人又对他们说:"顺风啦!"自己走回去了。船中还有一个妇人,大约是舟子的老婆,捧着把黄砂茶壶和两个积满垢腻的茶杯,走到舱中来献茶,大家哪里要喝这茶呢!但是预料一顿晚餐必须在船上吃的了,剑秋遂先吩咐了舟子,教他预备得洁净些,舟子连声答应。一会儿解了缆,便开船了。

大家坐在舱中谈话,惟有玉琴嫌舱中闷气,和彩凤坐在船头上,闲眺乡野风景。小船行了不知许多路,渐渐儿见那红日向山后去,暮色笼罩,一群群的乌鸦在天空中鼓噪着,飞回林去。天要黑了,玉琴和彩凤只好坐到舱中去。

梦熊便嚷道:"这劳什子的船,我们实在坐不惯的,被他这样一侧一摆的晃摇着,使我有些头晕心泛。方才我吃了八碗饭,险些儿要吐出来了,若是骑马,岂不爽快。现在天已晚,也不知走了多少路,几时可以达到,好不闷气。"说得大家都笑了。

那舟子在船头上撑篙,接着话答道:"请耐心,此去田家店,还有三十余里路哩!我们现在要停了船,端上晚餐,请客人吃了,然后再摇。"梦熊又是哈呀呀的喊道:"怎么摇了半天,只行得一半路呢!我要上岸走了,你们坐船去罢。"

毓麟道:"大哥怎么这样性急,无论如何,总要到的,你一个人要上岸走,你又怎会认识路程呢?我们此番出来,一切都要听剑秋兄的主张,否则请你还是先回去好罢。"梦熊被毓麟这么一说,方才不响。

这时船已停了,天也黑了,舟子点上一支蜡烛来,自去船艄烧饭。隔得不多时候,已把饭和菜肴送上来。玉琴将光照着一看,一碗是小鱼,一碗是煎蛋,还有两样素菜,还算洁净,大家端着饭碗吃了。梦熊却只吃得一碗,便说不要吃,大概他坐不惯船以致于此,所以大家也不勉强他。晚饭吃毕,又隔了些时,方才开船。

大家对坐着,听河中流水的声音以及后梢咿呀之声,他们也准备不睡了,闭目养神的坐着。直到下半夜才到田家店,这时梦熊已伏在小桌子上睡着了,大家也不惊动他。在夜间也不好上岸,仍坐在船中,各打瞌睡。

转瞬天明,舟子已将早饭烧好,先送上面汤水来,毓麟把梦熊唤醒，大家洗了脸，吃了早饭，带着行箧，离船上岸。毓麟取出三四两碎银付给舟子，打发他回去。

梦熊上得岸，伸了一个懒腰，吐了两口气，说道："坐了这许多时候的船，屁股都坐得疼痛了。"剑秋在船中时早已向舟子问清路径，所以他遂当先走路，一行人走向西南方去了。

在日中的时候，已到达伊家镇。那里居民甚多，地方热闹，比较三清沟、田家店更是繁盛，差不多和东光一样。他们到了镇上，见人来人去，十分挤拥，先找到了一家饭店进去吃饭；里面的客人坐得很满，都是从四乡来的。

当他们用饭的时候，店小二便问道："客人莫不是来看赛会的么？今天的赛会非常盛大，可算十数年来所未见的。现在时候，娘娘和仙子快要出庙了，你们用了饭，赶快去看。在小店的后面东溪桥，很是空旷，客人可以早些到那里去占个地方。"剑秋和毓麟点点头，此时外边又拥进十数个乡人，他们正从玄女庙烧了香出来，要在这里吃饭。店小二拿了一张破桌子，请他们到天井中去吃，因为屋里也没有空座了。

大家说道："娘娘已出了庙，一切导子已排好，快要出巡了。"剑秋等听说，忙将午饭赶紧吃完，将行箧寄在店中，大家走出店来。寻到东溪桥，已见那边挤满了不少乡人，等候赛会到临。梦熊和剑秋一个在前，一个在后，挤到人丛中去，找得地形高些的地方，立着等候。

此时看的人益发多了，"会来了，会来了"的谣言也出了许多次，遂见有好几多会中人走前来，赶开塞满在路中的乡人，说道："娘娘驾到了，你们快快让开些，休得冲犯。"

于是观众由喧哗渐而转归平静，隐隐听得一二大锣的声音。隔得一歇，赛会的仪仗已到，旗呢、伞呢，还有一对对的行牌，应有尽有，挨次而过。跟着来了十多匹马，马上坐的都是乐人，吹吹打打得很是好听。背后便是高跷，许多乡人都化装着各种状态，有的是老汤翁，有的是滑稽小丑，奇形怪状，引得观众好笑起来。还有扮着荡湖船的，杀子报的；足上缚着两根高高的木棒，脚便踏在上面，离地约有三尺多高，最高的也有四五尺；摇摇摆摆在路上走着，不会倾跌，也是他们练得的一种技能了。

高跷过后，过了几只亭子，便听得锣鼓铙钹的声音，敲得震天价响，大家都说道："抬阁来了。"接着抬阁到临，许多乡孩扮着各种京戏，什么"翠屏山""审判官"呀，很是好看，都由强健的男子抬着而走。剑秋等看得很是好玩。大家又指着背后说道："犯人来了。"便见许多男女乡人穿着大红的衣服，披散了头发，手上套了手铐，三三两两的走来。

梦熊便问剑秋："这是什么一回事？"窦氏说道："这也是乡人的迷信。他们中间有疾病的，便到庙里去许愿，求菩萨保佑。若是病好了，便要来扮着犯人，在会中游行，以还心愿。"剑秋叹道："乡人的知识真不开通，有了疾病不肯请医服药诊治，反去求仙问卜。有的喝仙水，有的请女巫来瞎嚼一番，往往把病人耽误而送掉性命。虽是可笑，实亦可怜。最好有地方之责的赶紧要想法，把乡人的知识开通，迷信祛除，才好呢！"

说着话又听得呼喝的声音，见有六七个乡人赤裸着上身，臂上挂着很重的铁香炉，钩子深深的嵌入肉里。他们眉头也不皱一皱，将臂膊挺得笔直，向前飞跑，以示英武。还有臂上挂着锣的，一记记地敲着，这些玩意儿也是乡人许了愿做的。

据他们说，只要有了信心，神佛必然保护，便不会痛的；但是也有人因此臂上溃烂起来，受了许多痛苦。大家反说他不能诚心所致，只好埋怨自己，不能怪及菩萨。诸如此类，可见乡人的迷信，根深蒂固，不易劝化。庚子之乱，义和团起事，大杀洋人，闹出八国联军攻陷京、津的大祸，使我国外交上多受一重大大的损失，原因也由于此。所以移风易俗，开通民智，欲使国家富强，非先从这个上着手不可了。

上香过后，跟着有一班细乐，几个会中的人，一对对的很静肃地走着。观众都轻轻说道："仙子来了，快不要声张。"剑秋等忙留心看时，见四个乡人抬着一肩彩舆，舆中坐着一个古

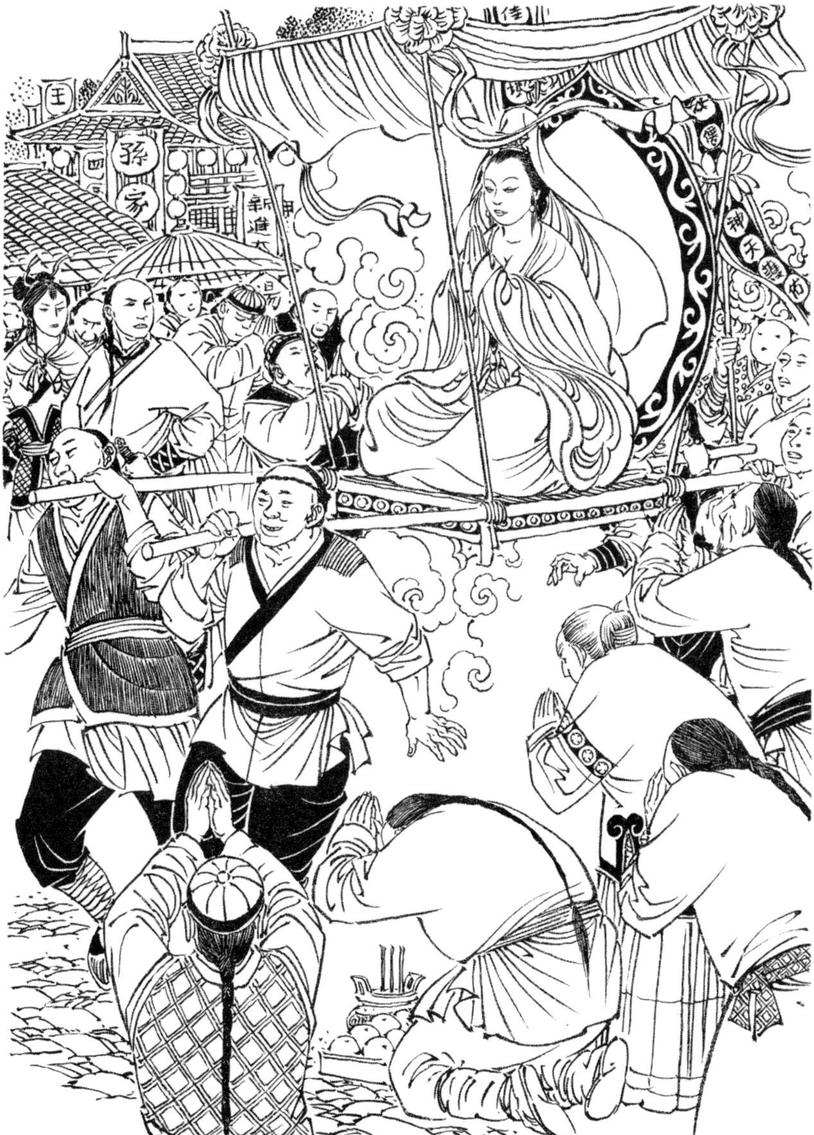
王
孫家

装打扮的仙子，果然非常美貌，端正正的坐在上面，乃是大众所说的清风仙子。大众都合掌敬礼，有些甚至于跪下地来。剑、琴二人躲在人丛中，瞧得分明，那清风仙子不是螺蛳谷中的风姑娘还有谁呢！背后香烟环绕，接着又有两肩彩舆到来，上面坐的正是霞姑、祥姑，他们也装作神圣不可侵犯的样子，目观鼻鼻观心的过去了。

剑秋和玉琴心中暗暗好笑。宋彩凤在后面一拉玉琴的衣襟，问道："琴姊，你瞧方才过去的清风仙子，是不是风姑娘？"玉琴对她点点头，又听一阵锣鼓响，有许多乡人画着花脸，乔装了什么王灵官、八臂哪吒、二郎神，手中握着钢叉，举着铁刀，跳跳纵纵地跑来，算是驱鬼的，看得梦熊张开着嘴只是笑。这一群人过后，便有一对对的皂隶，扮着鬼脸走过去。

玉琴笑起来道："这真是奇怪，他们一对对的面对面紧瞧着，板起脸孔，怎样不会笑将出来的呢？"窦氏道："这就叫作扮皂隶，他们扮的时候不能笑的，倘然笑将起来，就要触犯神怒了。"梦熊伸着舌头说道："这个样子，换了我一定不行的。"接着又听细乐声响，便有一对对的宫扇和提香，九天玄女娘娘的宝座由十六个人抬着来，众人连忙合掌顶礼。

宝座过后，却只有二匹马，马上人竖着大旗，缓缓地过去，看的人就一哄而散。顿时挤拥起来，相打相骂的也有，倾跌的也有，坠履失簪的也有，乱得不成样子。

剑秋看着笑道："这真叫作害人不浅，我们也来凑热闹了。"正说着话，有几个无赖样子的长大汉子，故意挤轧，冲撞到玉琴、彩凤二人身边，伸出手不怀好念。

玉琴正看着那边，忽觉有人冲到前面，一只手伸上来时，不由大怒，便将玉臂一抬，说声："去罢！"早将那人直挥出去，翻跌了一跤。宋彩凤也照样把两臂向左右一分，两个无赖早已踉跄地退下去。他们吃了苦头，心中还有些不信，难道像这般花娇玉媚的年轻姑娘，竟有这样大的气力么？跟着连结在一起，用出气力，又向玉琴、彩凤怀中撞去。

二人已预备，等他们近身时，各施身手，把众无赖左搁右格地直打开去。恰巧有一个退跌到窦氏脚跟边，窦氏骂一声："贼种，瞎了眼珠，敢撞到老娘身上来了。"只一抬腿，把他跌倒在地。此时梦熊也睁起眼睛，大声骂道："你们这些狗养的，休要不识时务，乱撞乱冲。再要来时，俺老子也不肯轻饶的。"说罢，捋起衣袖，提着一对拳头，向左右晃了一晃。那些无赖已经吃着苦头，又见梦熊声势十足，料他们都是有本领的，谁敢再上，只得自认晦气，逡巡着退去。

于是琴、剑众人看罢赛会，也就回饭店里去，取过行箧，付了饭钱，便问店家："这里可有借宿的旅店？"

店主说道："有的，在东镇有个招商旅馆，是镇上最大的逆旅了。"便教店小二引众人前去。剑秋等到得那里，果然房间很是清净，遂定了两个房间住下。窦氏母女和玉琴合居一室，曾氏兄弟和剑秋共住一室。到了晚上，晚餐过后，六人聚在一起，商议如何去破玄女庙。

剑秋道："我和琴妹不能露面，因为风姑娘认识我们的，现在我想得一条计策在此，不知你们赞成不赞成？"众人道："有何妙计，我们无不赞成。"剑秋瞧着玉琴微笑道："那九天玄女庙内的祥姑和霞姑等，都是妖冶荒淫的女子，风姑娘和他们也是一丘之貉。他们不但借着邪教异说去欺哄愚民，还要凭着他们一些姿色，诱惑一般少年，云雨荒唐，朝夕淫乐。所以我便想在这个上下手，包他们入我彀中。"说到这里，又对着毓麟说道："毓麟兄翩翩少年，风流潇洒，倘然给他们瞧见了，一定不能自持。所以我们要破玄女庙，还得仰仗毓麟兄的力量。"

曾毓麟被剑秋这么一说，面上不由微红，连忙接口说道："剑秋兄，休要取笑，你也知道我手无缚鸡之力，是个文弱之辈，怎说得要用得着我呢？"玉琴和彩凤听着，都瞧着毓麟微笑。窦氏和梦熊也觉得剑秋的说话有些离奇。

剑秋正色说道："毓麟兄，休要发急，你们也不要好笑，我说的话实在是真，并非取笑。因为那玄女庙中机关很多，以前我虽然从里面脱身出来，可是一切都没有明白。况且风姑娘和霞姑、祥姑等本领都是不差，倘然逞着勇气，冒昧前去，说不定要吃他们的亏的。

"现在我就用以毒攻毒的方法，对不起毓麟兄，只得借你做一个幌子。还请彩凤嫂嫂也改扮了男人，明天一同先到庙里去拜香，不妨到处乱走。风姑娘等见了你们这般的美男子，好似猫捉老鼠，一定不肯放过你们，而要用手段来诱惑你们的。你们不妨假作受了他们的迷惑，随他们去。不必回来，见机行事。察探他们的密室，认清他们的途径。到了夜间，我们自会前来接应，里应外合，破除他们便较易了。"

毓麟道："原来如此，剑秋兄既然神机妙算，有了稳妥的安排，我当然肯去冒险，况有彩凤妹妹做伴，我更不怕了。"彩凤听说剑秋要教她乔装男子和毓麟同去探庙，这是一种很有趣味的尝试，便欣然答应道："我去我去。"玉琴却说道："可恨风姑娘等认识我的，否则我也必要前去看看他们的轻狂和荒淫。"剑秋笑道："你是不能这样去的了，请你耐心些，明天晚上我们一同去厮杀便了。"

梦熊在旁边嚷起来道："我和他们是不认识的，我要跟我兄弟和弟妇一同前去，探探他们的香窝艳薮，一广我的眼界。"剑秋却对梦熊笑笑，没有开口。毓麟说道："大哥还是在夜间和剑秋兄来罢。不是我说你，你的性子十分鲁莽，倘然和你同去，万一露了马脚，如何是好？"剑秋听了点点头，也说道："梦熊兄，探庙的工作用你不着。我说一句话，请你不要生气，我所以请令弟前去，其中自有作用。你自己不妨用面镜子照照自己的面孔，风姑娘等可能爱上你么？即使你去，又有何用？"这几句话说得大家忍不住都笑了，尤其是玉琴，伏在彩凤的肩上，吃吃地笑个不住。

梦熊涨红了脸，说道："不是这样讲的，我自己知道生得不好，但是我也不想什么风姑娘、雨姑娘等和我来勾搭。我只想到庙里去看看，所以我情愿做你们的下人，跟着同去，总不妨事的。"

玉琴又笑道："啊呀！哥哥做起弟弟的下人来了，梦熊兄这样要去么？"剑秋见梦熊坚执要去，便对梦熊说道："你若一定要去，也可以的，但是你须要听从我一个主张。"

梦熊见剑秋肯放他去，喜得跳起来道："什么主张，我都肯依从的，请你快快地说罢。"剑秋却笑了一笑，还不肯就说，先附玉琴的耳畔，低低地说了几句。玉琴已掩着口笑将起来了。

第五十回

故意谈天书蛇神牛鬼
有心探密室粉腻脂香

梦熊瞧见这个情景,哪里忍耐得住?又嚷起来道:"剑秋兄,究竟你有什么主张,快说快说!不要只有你们两个人心中明白啊!"

剑秋带笑说道:"我教梦熊兄去罢,万一你不小心,泄露秘密,却不是儿戏的事;倘然一定不放你去,你又心中不快活。所以我想得一个方法,只要梦熊兄能够照此遵行,便不致误事了。"梦熊将手拱拱道:"剑秋兄,你说话不要迂回曲折,使人难过,快如大刀阔斧般,爽爽快快地说了罢。"

剑秋道:"那么我说了,我们请你暂时做个哑子,你依不依?"梦熊道:"依的依的,我说过一切都听你的主张,只要放我前去,当然依的。做哑子不难不难,只要不开口,若要教我做瞎子,那么恕不遵命了。"

毓麟笑道:"大哥须知做哑子也不是容易的事情,悄然你在旁边听我们讲话,一个忍耐不住,便要脱口而出,不知不觉地拆穿西洋镜了。"

梦熊摇摇头道:"断乎不会的,我只闭着嘴,一声儿也不响。此去倘然说一句话，回来的时候，你们可以把我的舌头割掉，就是我譬如嘴上生了一个疔疮，自然不会说话了。"说得大家笑将起来。剑秋道："梦熊兄既是这般说法，明天你一准可以同去，装作仆人也好，只要装得戆些。"梦熊道："戆么，本来你们常常说我戆的，只要多戆些就是了。"说得大家又笑将起来。

剑秋又对毓麟、彩凤二人说道："贤伉俪到了那边，最紧要的事情，是要把庙中出入的要道探知明白，以便我们下手的时候不致误中机关，受他们的欺骗。"二人点头答道："我们当照剑秋兄的说话行事，你们进来时，大家拍掌为号，里应外合，将这玄女庙破去，才不虚此行了。"

玉琴也带笑说道："你们都是聪明人，自有随机应变的方法。并且你们此番前去，一定很有趣味的，他们必容易上你们的当，你们不妨和他们游戏三昧，玩耍一下。可惜我不能跟你们同去啊！记得以前我在方城，乔装男子，到青楼去厮混，捉住大盗褚混混，也是非常有趣的。可笑那个小白兰花，竟被我哄得她入魔呢！现在风姑娘等都是荒淫的女妖，见了你们贤伉俪，好似鱼儿见了香饵，你们不去找他们时，他们自己也会上你们的钩子。"

毓麟笑道："玉琴贤妹比喻得很好，那么我们变做香饵哩！"剑秋道："安排香饵钩金鱼，你们到了庙里，请放出手段来吧，那条凤鱼不要被她漏网而去啊！"大家谈谈说说，已是更深，于是各去安寝。

次日起身，吃了早餐，毓麟便取出自己的衣裳，教彩凤改装。彩凤遂去对着镜子，先将头发拆开，毓麟立在她的背后，代她梳就一条大辫，玉琴立在旁边看着，面上都露出微笑。彩凤等辫子梳好以后，便立起来脱下自己的衣服，将毓麟的一件灰色绉纱的棉袍穿上，外边又罩了一件黑缎的马甲；头上戴了一顶小帽，脚下也换上毓麟的缎靴，在鞋头里塞上一大团棉絮。这样在房中摇摇摆摆地走了一个打转，说道："你们瞧我像不像?"

窦氏在旁见了,笑嘻嘻地说道:"真像真像,凤儿,可惜你是个西贝的男子,否则我有了你这样一个好儿子,更是欢喜了。"彩凤把嘴一努道:"男女不是一样的吗?你有了个好女儿,总恨没有儿子,若是有了儿子没有女儿时,你要不要可惜没得女儿呢?"窦氏笑道:"你不要生气,本来儿女是一样的,只要能够孝顺就好了。"

彩凤又走到毓麟身边,和他一起并肩立着,向玉琴问道:"姊姊,你瞧我和毓麟哪一个俊美?"玉琴见彩凤、毓麟并立着,宛如一双玉树,丰姿绰约,无分轩轾,便道:"你们都俊美。"毓麟把手拍着彩凤的香肩笑道:"我哪里及得凤妹的俊美呢?"梦熊早在旁喊起来道:"你们不要在这里比较什么俊美了,早些去吧。"

毓麟道:"大哥,你今番需要做哑子,怎样又开起口来呢?"梦熊道:"我又没有和你们到得庙中,此刻为什么便要我做哑子,不许开口呢?"

毓麟道:"无论如何,你总该留心些。并且今天我是主人,你是下人,你当听我的命令,否则你就不能同去。"说罢,又对着剑秋道:"是不是?"剑秋点点头。

梦熊道:"啊呀,我是要去的,我做哑子就是了。"玉琴笑道:"那么你就哑起来吧。"梦熊果然闭了嘴不敢说话。

窦氏遂取过一只小皮箧,将自己的双钩、彩凤的宝剑以及梦熊的单刀,一齐放在其中,盖上了交给梦熊说道:"大公子,请你代我们提着,不要忘记在哪里,并且不要泄露,晚间我们要使用这些家伙的。"梦熊接过说道:"你们放心,交给我便是了。"

彩凤又将三支镖暗暗藏在贴身袋里,然后携着毓麟的手说道:"我们现在是弟兄了,走吧。"于是毓麟、彩凤、梦熊、窦氏四人和琴、剑告辞,走出店门,向九天玄女庙走去了。

梦熊提着皮箧,身上穿了短衣,跟在后面,果然像个强壮的男仆。一路问了两个讯,早已走到九天玄女庙的门前。但见庙门很是高大,油漆新髹,一面黄墙也像最近修理过的,都有新的气象。门前两株遮荫大树,枝叶蔽天,树下拴着几头牲口,还有几顶小轿歇在那里。照墙里放着香烛摊,有许多人都从摊上购了香烛,跑进庙去。

窦氏对毓麟笑笑道:"我们既然前来烧香,不可不买一些了。"毓麟点点头,四人走到香烛摊边,摊上人忙撮着笑脸,向窦氏问道:"老太太要买香烛元宝吗?这里都有。"窦氏遂向他们买了许多香烛纸锭大元宝,毓麟付去了钱,对梦熊将手向香烛一指,梦熊遂上前取了,跟毓麟等走进庙去。

庙里烧香的人很多,庭中大香炉里烟雾冲天,四人走到大殿上,见正中神龛里供着九天玄女娘娘的金身神像,庄严美丽,兼而有之。旁边还挂着许多彩幡,面前拜垫上有许多乡人正在那里拜跪。早有一个庙祝,走过来向他们招呼。毓麟假作专诚来烧香,吩咐梦熊将带着的香烛、元宝一起交给他。

庙祝一边代他们去烧化,一边对他们说道:"爷们请到后面彩云殿上,去听这里的霞师讲仙法罢。"

毓麟听了,遂和彩凤、窦氏走到里面去,梦熊依旧跟在背后。穿过一个庭心,早到得彩云殿前,果见殿上排排坐着许多善男信女,在那里听讲。正中高坛上坐一个道姑,姿色很是美丽,只是瞧她的眉梢眼角,很含淫荡之意,口讲手指地向众人说法。毓麟等立在一边,听她所讲的都是称道九天玄女娘娘如何灵验,以及吕洞宾仙师的异迹,劝众人信道入教。

至于什么教,那道姑虽然没有讲得明白,但是毓麟自然已知道是白莲教。风姑娘无非借此诱惑一般无知识的民众,好教他们归依邪教,使白莲教的声势可以渐渐重张。

其时坛上的道姑也已瞧见了他们,一双妖媚的眼睛时时向毓麟、彩凤二人脸上瞭看。因为到这里烧香的人,大都是些愚蠢丑陋的乡人,使他们难动美感,现在忽然来了这一对眉清目秀、珠圆玉润的佳公子,宛如鹤立鸡群,自有一种光彩放射出来。这光彩便将那道姑的眼光吸引住，动了她的美感，使她不得不偷眼来看，心中暗暗惊讶，哪里走来这一对美男子呢？几乎使她的说法都要讲错了！

正在这时，殿后早又走出两个艳装的道姑来，其中一个穿绿衣的，便是昨天赛会中所见的那个风姑娘了。原来风姑娘自从在螺蛳谷失败以后，便回到关内，想起师兄云真人在山东播教，潜植势力，不知他那里成了什么局面？遂到鲁省来访问云真人。找到玄女庙，遇见祥姑、霞姑，问讯之下方知云真人已死在人家手里。谈起情形，风姑娘便料他们仇人也是琴、剑二人了。

祥姑、霞姑本来觉得云真人死后，山东方面缺少主持的人，教务不免因此停顿，便请风姑娘在此代替云真人暗中进行一切。风姑娘自然答应，于是白莲教的邪说又渐渐兴盛起来。

风姑娘和霞姑等都是生性淫荡、一夕无男子不欢的女妖，所以一方面将邪说去诱惑人民，一方面又把艳容去引诱一般急色儿。那个九天玄女庙，表面上看起来似乎是庄严神圣之地，其实内里也是藏垢纳污，是个香窝艳薮，不知害了多少子弟。然而地方上那些乡愚，正被他们深深迷惑，拜倒在玄女娘娘和吕洞宾等众仙宝座之下，求福祷病的忙个不了。谁知道其中的暗幕呢？

有些桀黠之辈，都被风姑娘等巧言花语，说动了心，投入白莲教，希望将来的富贵。一年以来，收得信徒三四百人，都是附近各处的乡氓，所以潜势力也很不小。去年他们又在老龙口无意之中遇见了剑秋，两下厮杀了一阵，剑秋得乐山、乐水之助，将他们杀退。他们回庙后，大家谈起剑秋，果然是他们共同的仇敌了。风姑娘狠狠地说道："只要我等不死，将来总还有遇见他的日子，代师兄和瑞姑报仇。"

近来风姑娘等借着神灯妖符去诱惑人民，又募得款项，将玄女庙大加修葺，焕然一新。至于内中的机关，也重新布置一过。这几天忙着赛会，引动各处的乡人都来进香看会，特地又把玄女庙大大开放数天。三人轮流讲演仙法，招罗一辈信徒来听讲，以便劝他们入教，扩充自己的势力，待时而动。却不料因此又惹起琴、剑的注意了。

这一天轮着霞姑在彩云殿讲法，风姑娘和祥姑一齐妆饰着，走出后殿瞧瞧今天有若干人来听讲。恰巧瞧见了毓麟和彩凤一对儿立在那里，正如傅粉何郎、掷果潘安，好多时没有遇见过这种风流美少年了。不觉四道秋波向毓麟等身上射来。

毓麟也已瞧见了他们，却装作不知。窦氏口里却咕着道："这里的香烟真盛，玄女娘娘必然很灵验的，我倒要求个签，问问心事哩！"

风姑娘听着窦氏的说话，借此机会，连忙和祥姑走上前来，带着笑向窦氏问道："老太太求签么？我来领你去。"窦氏道："很好，你们二位就是庙中的女师吗？请教法名。"风姑娘笑道："不敢不敢，贱名清风，她是我师妹，名唤祥云。"窦氏笑道："好个清风、祥云，老身等有缘相见，何幸如之。"于是风姑娘和祥姑迎着窦氏等四人走到大殿上。

庙祝见了风姑娘等亲自招待，便上前告诉窦氏等已烧过香了。风姑娘便又对窦氏道："原来老太太等已在这里进过香，有失招待，不胜抱歉。"窦氏笑道："不要客气。"

风姑娘又陪着窦氏到神座之前，教别的乡人向旁边让开些，以便窦氏求签。众乡人见了风姑娘，口中嚷着清风仙子，有的竟向她合掌顶礼，一齐退到旁边去，面上都露着惊异之色，向他们呆呆看着。

窦氏本来不要求什么签，不过借此要和风姑娘说说罢了。现在弄假成真，只得走到神座前，俯身下拜。取过签筒，摇了几摇，跳出一支签来。风姑娘忙代她拾起，交给庙祝去对认签条。

窦氏立起身来，风姑娘便和祥姑一齐对窦氏说道："老太太，请你们到里面去坐着歇息一下吧。"窦氏道："多谢清风师的美意，老身等诚心到此，正要观光呢。"风姑娘、祥姑遂引导四人走入殿后,沿着回廊,曲曲折折地行去。

来到一个月洞门前,上面镌着四个朱红色的小字"别有世界"。门里花木甚多,真是别有佳境。四人跟着步入,乃是一个小小花园,叠着玲珑的假山石。

正在春天时候,园中花木开得姹紫嫣红,十分烂漫。那边有一个小轩,轩前放着许多花盆,收拾得十分清洁。风姑娘等招接四人入内,在一只红木的方台边坐下。台上放着一只果盘,早有一个佛婆托上几碗茶来,放在窦氏面前。风姑娘便请他们用茶,且开了果盘,取过瓜子、蜜枣、青豆等食物,敬给他们吃。

梦熊既然装了仆人,此时自然不能和他们同坐,只好立在一边;又不能开口,睁着一双三角眼睛,向风姑娘等怔怔地瞧着;并且张开大嘴,露出焦黄的牙齿。

风姑娘瞧着他的丑陋形容,便笑向窦氏道:"这是老太太家里的贵下人吗?"窦氏道:"正是。"遂回头向梦熊做手势,意思教他到外边去玩吧。梦熊点点头,挟了皮箧,欣然向外而去。窦氏就带笑说道:"这是我们的仆人,他是个哑子,性情又是傻得很。不过自幼便跟从我们,忠实可靠,所以我们不论到什么地方,他都随着走的。"

祥姑便问窦氏道:"敢问老太太是何处人氏,府上尊姓?"窦氏答道:"我们姓宋,一向住在北京。此番为到临城来拜访亲戚,所以路过此间。昨日得观盛会,今天遂来烧香,求玄女娘娘的祝福。"

风姑娘笑道:"原来老太太是远道到此,难得的很。我们庙中的娘娘十分灵验,时常有仙人前来降坛示异,因此信仰的人很多。这几天正在宣讲仙法,老太太等此来,真所谓有缘之人。"说到这里,就指着毓麟和彩凤问道:"这二位公子是不是老太太的令郎?"

窦氏点点头道:"是的。"又指着毓麟说道:"这是我的长子荣林。"又指着彩凤说道:"这是我的次子彩文,他们一起跟我出来的。"

风姑娘一边将眼睛瞟着毓麟和彩凤，一边又对窦氏说道："老太太有此一对佳儿，可喜可贺。我看老太太等都有仙骨，将来都是了不得的。何不在小庙暂住几天，听过了仙法，再行动身南下，岂不是好？况且后天的夜里，上八洞神仙中的何仙姑到这里来现身说法，老太太不可错过这个好机会。如蒙不嫌简慢，肯在此小作勾留，贫道等当扫榻以待。"

窦氏听了风姑娘的说话，明白她的意思，正中自己的心怀，也就含糊答应着，并不推辞。这时，一个庙祝拿着一张黄色的签条进来，风姑娘先取过一看，脸上微微一笑，对窦氏说道："这是一张上上签，大吉大利，老太太可识字吗？"窦氏摇摇头。风姑娘遂双手奉给毓麟道："那么请大公子看了，讲给老太太听吧。"毓麟笑笑，接在手中和彩凤假意同看。

风姑娘又问窦氏道："不知老太太求的什么事，可能告诉我们？"

窦氏笑道："不瞒二位女师，只因两个小儿年纪虽已长大，却还没有订过婚姻。都因为他们生性古怪，眼光非常高傲，非要姿色十分绝妙，性子十分温和的姑娘，不能遂他们的心愿，这样他们的婚事也就耽搁下来了。但是老身望孙心切，早心要他们成婚，所以此番南下，虽然是探望亲戚，也为了婚姻的关系。不知可能成就了美满姻缘，遂向娘娘面前求一灵签指示。现在既然得到了上上的签，大约前途很见乐观了，老身心里怎样不快活呢！"

说到这里，回头向毓麟、彩凤问道："签上说的怎么样？"

毓麟微笑道："母亲你快活吧，签上的语句都是很好的，大概此行不虚了。"窦氏胡乱说了几句话，哄骗得风姑娘、祥姑二人十分相信。

风姑娘又笑道："恭喜老太太，这二位公子都是美好的郎君，此去姻缘当有成就。不知谁家姑娘有福，能够匹配二位公子？"说罢，她的一双水汪汪的眼睛，又对着毓麟、彩凤二人睨视了一下。

窦氏听了她的话，便有意说道："若是二位女师不见怪时，我敢斗胆说，倘有人家姑娘像二位这样美丽的得为老身媳妇，那就心满意足了。"说时哈哈笑将起来。二人被窦氏这么一说，脸上微有些红云，风姑娘却很得意地又对毓麟微微一笑。这时霞姑已从外边走来，风姑娘便代她和窦氏等众人介绍。

霞姑笑道："方才我在坛上宣讲仙法的时候，已瞧见了老太太和二位公子都有仙骨，非常人可比。我们难得相逢，大家可谓有缘。"

毓麟忍不住笑道："真是有缘了，大概玄女娘娘暗中指点我们到此的。"

风姑娘道："不错，我们庙里的玄女娘娘非常灵验，我们都是娘娘的弟子。娘娘有天书三卷，要指点给有缘的人知道，我们时常在夜间向娘娘祝告，娘娘便会显现法身，指示天书中的道法。二位公子倘然要明白天书中的秘密，求前途的幸福，何不拜在娘娘门下，以求呵护。这里的香烟非常兴盛，相信的人也非常之多，不过众人的根底尚浅，缘法尚少，不似两位公子生有仙骨的容易悟道。"

毓麟道："承蒙谬赞，我们极欲得知天书的内容，请你们指点可好？"风姑娘听了毓麟的话，满面笑容，又笑道："只要二位公子真有信心，必能达到愿望，请你们住在此间，待到晚上，我们当相助二位公子向娘娘祈祷，求她的指示。倘然娘娘允许你们的话，将来明白天书中的意思，一生幸福无穷了。"

彩凤道："很好，我们就请三位女师指教一切吧。"

风姑娘道："二位公子有此信心，必能得娘娘的允许，待到夜间你们自会知道。"

窦氏对毓麟、彩凤二人说道："你们既然愿意求天书，那么我们只好在此庙中耽搁了。只是有扰女师，如何是好！"

祥姑道："老太太不要说这些话，你们不嫌小庙龌龊，在此下榻，荣幸之至。"

窦氏等笑了一笑，就不说什么了。风姑娘又问霞姑："外面听讲的人是否都已退去？"霞姑答道："早已散了。现在日已近午，大家都要吃饭去了，大殿上烧香的人也逐渐减少哩！"

风姑娘遂教祥姑到厨房里去，吩咐赶紧添几样上等的素肴，好请客人吃饭。祥姑答应一声，走到里面去了。风姑娘和霞姑陪着三人，闲话一番。

不多时，祥姑进来，报称午饭已开在外面餐室中，请老太太和公子等去用午饭。于是风姑娘、祥姑、霞姑陪伴窦氏、毓麟、彩凤等三人，一同走到餐室里，坐定吃饭。风姑娘又吩咐厨房里另外盛几样小菜，请宋老太太带来的哑仆人吃饭。

窦氏等将午饭用毕，遂到外边去四处散步。见梦熊也吃好了饭，走将出来，腰间仍紧紧地挟着那个皮箧。三人见了，不觉好笑，暗想：梦熊真有些傻的，教他看管了这皮箧，他就一步不离地带着同走了。人家还疑心内中必然藏有重价之物，哪里知道都是杀人的家伙呢！

梦熊见了三人，很想说话，但是恐怕泄露秘密，不敢启齿，只好忍住了，向毓麟等做手势。毓麟也做着手势告诉他，说自己等人今晚要耽搁在庙中了。梦熊听了，知是可乘之机，很是快慰，他就坐在大殿旁边看热闹。

风姑娘等又陪着窦氏三人到里面轩中坐着谈话。窦氏假意问问风姑娘等以前的历史。风姑娘等岂肯吐露实话，自然捏造了一些虚假的事情告诉他们。风姑娘等又夹夹杂杂的讲些仙法，毓麟等知道白莲教的势力已增加得不少了。

这样不知不觉已将天晚，风姑娘遂对毓麟和彩凤说道："二位公子若要求见玄女娘娘天书，必须要换个清洁幽静的地方，不在外边的，现在要预备起来了。"

毓麟答道："很好，你们要我们到什么地方去都可以的，请你们不吝指教。"彩凤道："但愿我们今晚得睹天书，那么真说得有缘，也情愿一辈子拜倒在娘娘门下了。"

风姑娘微微一笑，她以为二人都已堕其术中；今夕何夕，见此良人，好遂于飞之乐了。便又向窦氏说道："今晚我们要伴二位公子到一个地方去，拜求娘娘的天书，那地方老太太是不能去的，我们只得失陪了。且等到何仙姑降坛时，老太太也可有缘得见仙人的，现在我教佛婆奉陪老太太，如有什么呼唤，尽可吩咐她。至于卧室，早已打扫好一间清洁的客房，请老太太下榻，还有老太太的下人，我也吩咐庙祝招待他同在一处睡了。"

窦氏点点头道："很好，但是小儿跟你们到什么地方去呢，老身可能知道？"风姑娘道："这一个地方现在老太太虽不能去，将来自会知道，近在眼前，并不远的。"窦氏假做惊奇道："啊哟，就在眼前么？老身不明白了。"

祥姑忍不住将手向轩中东边一指道："就在那边。"三人跟手一看，见东边靠墙乃是一座神龛，龛里供着一个坐的吕仙金身，并无什么特异之处，心里明知那边有机关了。

毓麟故意装作呆呆的样子，问道："这是吕洞宾仙师之像，有什么地方呢？你们不要和我们开玩笑。"风姑娘道："大公子，决不骗你的，停一会儿自会明白。"

此时一个佛婆早走进轩来，风姑娘叮嘱她好好伺候老太太，不可使老太太寂寞；晚膳也特别丰盛，休得怠慢。佛婆笑嘻嘻地瞧着窦氏等三人，诺诺答应，便要领窦氏到别处去。

窦氏摇手道："老身要在此看他们走到什么地方去了，然后我的心里可以不疑惑呢！"

风姑娘道："好的，我们就引导二位公子去吧，老太太不妨在此旁观，但请不必惊奇。那里是我们拜见娘娘的地方，所以十分隐秘，外人不能轻易进去的，也请老太太不要见怪，缓日老太太或能一同进去，也未可知。"

窦氏道："你们去吧，明天我听候你们的好音。不过小儿是不懂什么的，全仗女师们的指教。"风姑娘又笑道："老太太放心便了，二位公子是有缘的人，与众不同。"

风姑娘说着时，霞姑早走到那吕仙龛前，在龛前栏杆上轻轻旋转了三下。只见那吕仙的金身渐渐儿腾空而上，到了龛的上面，龛后却露出一个门户来。里面黑沉沉的，因为天色暗了，更是瞧不清楚。风姑娘把手向毓麟、彩凤二人一招道："请二位随我们进去吧。"又对窦氏点点头说道："恕我们失陪了。"

毓麟、彩凤毫不迟疑地跟着三人，步入神龛，从那小门里走进去。方见里面远远地低下之处，有一盏红灯亮着。原来里面乃是层层的石阶，向下面走去的。风姑娘又把手向旁边一个螺旋形的铜钮拨了一下，那门又变成了墙壁，遂携着毓麟的手说道："你们随我来罢，足下当心些。"霞姑、祥姑也各扶彩凤的一条臂膊，慢慢儿从石阶上踏下去。走完石阶，早到一个地室，前面一带甬道，每隔十多步路。便有一盏红灯亮着，两边转弯处似有几个房间。

风姑娘等引着二人，走到前面一盏红灯之下，旁有一个门户，风姑娘将手一推，门开了。见里面是一间很宽大的起坐室，四隅悬着粉红色的纱灯，器具陈设非常奢丽。有两个十三四岁的女婢，打扮得也很妖娆，正在那里捉迷藏，一见他们进来，连忙上前叫应。风姑娘便教他们快去献茶，二婢女对毓麟等看了一看，面对面地笑了一笑，走将出去。

风姑娘等遂请毓麟、彩凤坐下，有一搭没一搭的和他们闲谈。二女婢早送上茶来，且托着一大盘糖果敬给二人吃。毓麟和彩凤留心瞧着风姑娘等渐渐露出淫声浪态了。

彩凤故意问道："我们要如何祈求娘娘，方才得见天书呢？"霞姑道："二公子不要心急，少停我们自会伴你们去祈求的。"毓麟暗想：自己和彩凤只有二人，他们却有三个，怎样分配得平均呢？不要闹出三士争二桃的故事来。但愿他们自己吃醋起来，那就更好了。

毓麟心中正在这样想，风姑娘却带笑对霞姑、祥姑说道："停会我伴大公子去，但是你们中间哪一个陪伴二公子呢？"霞姑、祥姑听了这话，一声不响，好像有话说不出来的样子。风姑娘道："你们不如拈一个阄儿吧，谁拈得的谁伴二公子，可好吗？"毓麟、彩凤在旁听着，心中暗觉好笑。彩凤忍不住又说道："他们不好都伴我吗？何必抽什么签呢？"

风姑娘笑道："二公子有所不知，此事只好一个人陪伴的。少停二公子自会知道，其中自有妙用哩！"说罢，格格地笑将起来，这一笑多么妖媚，满怀春意早已透露出来。二人始终假装痴呆，似乎不觉得的样子，风姑娘道："这样也好。"祥姑道："也只有这样办法了。"风姑娘遂从身边摸出一个康熙通宝的白铜钱说道："我把它抛在地下，正面向上的请霞姑相伴，背面向上的请祥姑相伴。"二人齐说："很好。"

风姑娘便将那铜钱向上一抛，落在地上，兀自打着转不停，霞姑、祥姑都睁着眼睛，全神贯注地瞧着。那铜钱转了几下，徐徐停住，却是背面向上，风姑娘便道："那么二公子可请祥姑相陪了。"此时祥姑面上露出欣喜的笑容，而霞姑却现着懊丧之色。风姑娘又拍着霞姑的肩膀说道："今晚委屈妹妹了。明天晚上，你可以奉陪二公子的，只差一夕罢了。妹妹倘然感到寂寞时，昨夜我陪伴的那个人儿由你引导他去吧，如此可好。"霞姑没精打采地答应了一声。

风姑娘又吩咐两个婢女说道："你们把我房中的人送到霞师的房里去，然后再来伺候我们，将酒菜送到我们房里来，我要伴大公子喝酒哩。"两婢女应声而去，霞姑也跟着怏怏地走将出去。彩凤笑道："这样有劳你们二位女师了。"祥姑遂上前握住彩凤的手腕说道："不要客气，我们得伴二公子，非常荣幸，可说有缘千里来相会，我们的缘法真是不错。二公子若要早睹天书，请随我去吧。"遂携着彩凤的手，回头对风姑娘和毓麟说道："我们先去了。"遂走出室去。

室中只剩下风姑娘和毓麟二人，粉红色的灯光映到风姑娘的粉脸上，益觉得艳丽，换了别的登徒子一流人物，此时此景，早已情不自禁，欲亲香泽了。但是毓麟一则是个见色不乱的君子，二则他是有为而来，所以任你风姑娘怎样妖媚，他心上不会为她诱惑的。

但是他不得不和风姑娘假意周旋，所以他就走过去，一握她的柔荑问道："他们都去了，我们到何处去呢？"风姑娘对他笑道："大公子莫慌，我当引导你到一个地方去。"

毓麟道："很好，那么早些去罢。"风姑娘又立着迟延了一会儿，然后和毓麟手拉手地走出室去。在甬道里走得十几步，向左面转了一个弯儿，见那边红灯之下，又有一个门户。

风姑娘开了门，领着毓麟走进去，原来是一间华丽的闺房。室内陈设都很富丽，点着两盏琉璃灯，靠里一张红木雕花大床，湖色绉纱的绵帐，垂着红色流苏，灿烂的银钩床上堆叠着一叠棉被和两个鸳鸯绣花大枕，在灯光下照眼生缬。只要一瞧这大床，便充满着无限艳意了。

毓麟便问风姑娘道："好一个美丽的所在，是不是女师的卧室，怎样教我到这里来的？"

风姑娘含笑指着妆台旁一只嵌大理石的红木椅子，对他说道："大公子，请你坐下再说。我们既是彼此有缘，我如何不把好意来招待大公子呢？"

毓麟只得在椅子上坐下。风姑娘把外面的道装卸了，露出里面艳丽的内衣；又对着镜子，略略梳理一遍，敷些香粉，颊上点了两点胭脂。回转头来对毓麟启齿一笑道："你看我如何？"毓麟也笑道："清风师，你果然美好。"这时小婢早已端上酒菜来，放在一张小圆桌上，退了出去了。

风姑娘遂去取出两个小玻璃杯，一双象牙筷儿，分开了放在桌上，对毓麟说道："请过来，待我奉伴大公子喝一杯酒罢。"

毓麟笑道："多劳你了。"遂走过去和风姑娘对面坐着。风姑娘伸出纤纤玉手，提着酒壶，代毓麟斟上一杯酒，自己也斟满了，笑盈盈地举着酒杯，对毓麟道："大公子，请尝尝我们庙里酿的玫瑰酒，味道好不好？"毓麟呷了一口，吮舌赞道："妙妙！"风姑娘也喝了一口，请毓麟用些菜。

毓麟一看，桌上放着八只碟子，都是火腿、腌鸡、烧鱼、鸭皮蛋之类,和日间所用的素菜大不相同,便假意说道:"你端整着这些精美的下酒之物来请我,教我何以克当呢?"

风姑娘道:"休要客气,我们都是有缘的,今宵须得痛饮一番,尽平生之乐。"遂劝毓麟多喝几杯。毓麟自己不敢多喝,但是心中很想借此把她灌醉,少停琴、剑来时可以下手较易。遂代风姑娘斟酒,请风姑娘多喝几杯。

谁知风姑娘十分狡猾,不肯多喝,只是春风满面的和毓麟有说有笑。毓麟见她不肯多喝,知道这事情就难办了,遂问风姑娘道:"我们喝过了酒,可以去求娘娘得睹天书吗?"

风姑娘道:"早哩,须到下半夜。我可以指点你,此刻我们在此快乐一番,岂不是好?"毓麟瞧着风姑娘的面庞,微微一笑,不说什么。

风姑娘脸上本涂着胭脂,现在又喝了两杯酒后,益发红了。她的妖媚的眼睛,流动得非常厉害,似乎有一团火焰在里面烧着,照到毓麟的面上身上来。她搁了筷子,对毓麟说道:"大公子尚没有成过亲吗?此去论婚,必能得着一个美人儿,将来闺房之乐,甚于画眉,可喜可贺,决不会想到这里的女道士了。"

毓麟道:"清风师说哪里话,你们都是修道的人,将来白日升天,名列仙界,岂是我们凡夫俗子所能比较的呢?"

风姑娘听了毓麟的话,扑哧一声笑道:"你太恭维我了。你也有仙骨的人,若蒙不弃,我愿终身陪伴公子,他日共登大罗之天,岂不是好?"

毓麟见风姑娘已说出她心中的本意来了,不得不勉强奉承她,遂说道:"清风师若能如此,真是平生幸事了。"风姑娘荡着媚眼,对他说道:"好个平生幸事,你真是有缘的人了。"

此时那小婢又走进来,添上一壶酒,问风姑娘可要用饭。毓麟有意要挨过时光,便说道:"我们再喝些酒可好?"风姑娘说道:"好的。"便教女婢慢些盛饭。但是毓麟虽然说了这话,仍旧不敢多喝,遂问问风姑娘以前的身世。风姑娘还不肯实说，却说了一大篇鬼话，说她自己是个名门闺秀，只因虔心修行，所以到此庙里来做道姑。毓麟一边听，一边几乎笑将出来。

隔了一歇，风姑娘见毓麟不喝酒，自己也不喝，那么这样尽是对坐着，岂非辜负良宵？所以她再也忍不住了，遂去门边一拉响铃，女婢立刻走来，风姑娘便教她预备送饭上来。不多时女婢托着一盘菜，提了一小锅饭来。风姑娘又陪毓麟用饭。

毓麟正有心事，勉强吃了一碗，风姑娘也吃了一碗，便教小婢撤去。洗过脸后，小婢又奉上两杯茶来，带笑问风姑娘道："可还有事么？"风姑娘把手一摆道："没有你的事了，你去罢。"小婢轻轻退出。

风姑娘将门合上，走到毓麟身边，握着他的手，将身子紧靠在毓麟肩上说道："时候不早了。"毓麟也道："不错，此时已过了二更，你可引导我去求见天书了。"

风姑娘把手在毓麟面上一摸，笑道："大公子，你果然要见天书么，时候尚早哩！"遂附在毓麟耳边，低低说了几句，将她的粉颊贴到毓麟的脸上，便有一缕香气透进毓麟的鼻孔。几乎使毓麟不克自持起来，连忙镇定心神，但是他的脸上也露出尴尬之色。

风姑娘道："你若然不是傻子，必能同意的。须知我还是一个处女，今晚愿将我这千金之体来献奉给你，使你快乐，难道你还有什么不愿意吗？好人，快且答应罢！"

毓麟知道此时已在紧急的当儿了，风姑娘的淫心已动，决不肯放他出门，好像一刻也不能迟延了，但是琴、剑等为什么还不前来呢？彩凤在那边又作何光景呢？窦氏和梦熊都隔离在外边，他们可会进来呢？自己是个文弱之人，毫无抵抗能力，被她这样包围住，如何是好？便觉得这一种冒险之计，也不是千稳万妥的了。倘若失败，怎样是好？此时他心中突突地跳跃不已，无法解去他当面的难关，只盼望玉琴和剑秋早一刻前来，好解去他这个脂粉的包围，正像大旱之望云霓了。

但是四下里寂寂无声，不见琴、剑二人前来，亦不听得窦氏母女的声音,自己一个人已做了风姑娘妆台的俘虏了。风姑娘见他不乐,便把他身子摇摇道:"你转什么心事呢,为什么不响?我想二公子此时早已得到无穷的乐趣了,不料你面貌这样美,性情却是这样傻的,难道我和你坐到天明不成。"

　　毓麟勉强对她笑了一笑,方要说话,风姑娘早把他搂拖到她的怀中。毓麟慌忙说道:"且慢。"但是风姑娘已将他轻轻抱到大床上,对他肩上轻轻拍了一下,说道:"傻子,慢什么呢?"毓麟抵拒不得,风姑娘早已代他脱去外边的衣服,两人并头横在鸳鸯枕上了。

第五十一回

运奇谋大破玄女庙
访故友重来贾家庄

彩凤随着祥姑从甬道上向南走去，也走到一盏红灯之下立定，面前有一个小小门户，祥姑将门轻轻推开，和彩凤走入。只见室中灯光明亮，乃是一个很美丽的卧室，并且鼻子里嗅到一种非兰非麝的香气，彩凤知道这就是祥姑的香窝了。

祥姑拉着彩凤的手，请她在椅子上坐下，对她带笑说道："二公子，我来陪你喝一杯酒可好？我们是难得相见的，今晚也是天缘，理该快活快活。"彩凤道："多谢女师美意，教我何以敢当呢？"祥姑道："不要客气。"

这时室门开了，也有一个女婢走进来伺候。祥姑遂教她将酒菜快快送来，小婢答应一声而去。隔了一刻，将酒菜送到房中，一一放在桌上，祥姑便伴着彩凤饮酒。彩凤恐防祥姑要看出她的破绽，遂故意和祥姑有说有笑地着意温存。

祥姑见彩凤知情，心中更是欢喜，以为今宵得到一个美郎君了，遂代彩凤斟酒，劝她多喝几杯。彩凤诡称她有胃病，不能多饮；反代祥姑一杯一杯地斟着，要她尽量多饮，祥姑中了她的计，一杯一杯地喝下去。

彩凤又假意问道:"我们何时可以求见天书呢?"祥姑斜着眼睛,对彩凤笑道:"二公子,你要求见天书,少停我自会教你,且不要性急。"彩凤笑道:"我一切听你的说话便了。"

祥姑的酒量很好,所以喝了许多酒还没有醉,却用她的莲钩在桌子底下伸过来,钩拨彩凤的双足。彩凤暗想:这女妖已动了淫念,今宵逢到了我,管教她死在我的手里,决不让她逃脱了,遂也故意把自己的脚和她钩了一会儿,又对着祥姑微笑不语。

祥姑忍不住对彩凤说道:"我总想不到像你这样一个美郎君,却还没有娶妻,未享闺房之乐。不知你对春花秋月,动什么感想?"

彩凤道:"女师有所不知,只因我的家乡,实在没有美妇人可以配偶,所以懈怠下来了。此去求亲,尚不知成功不成功。可惜女师是修道中人,我斗胆说一句冒昧的话,若是有女师一般的女子和我配成一对儿,那就心满意足了。"

祥姑听了彩凤的话,逗得她情不自禁起来,遂对彩凤带笑说道:"二公子倒有意于我吗?倘蒙不弃,待我侍奉枕席可好?"

彩凤道:"你说这话是真的么?我有了你,也不想南下了。"一边说,一边又代祥姑斟酒,劝祥姑再喝几杯。祥姑着了迷,一连又喝了三杯,已有些醉意,便立起身来,按着桌子,一步一歪地走到彩凤身前,向彩凤怀中一扑,勾住她的颈项说道:"二公子,你不要求什么天书了,你爱我的便和我同睡一宵吧。"说罢,把她的香颊贴到彩凤的面庞上,醉眼蒙眬地做出许多媚态。

彩凤见了,觉得祥姑真是妖艳,自己幸虞也是个女儿身,否则不要被她诱惑入彀么?现在她却反入了我们的彀了。又想到毓麟是和凤姑娘一起去的,他们的情景必然和我们仿佛,似凤姑娘这般妖淫,岂不用狐媚的手段去诱引毓麟的呢?毓麟虽是赋性诚实,然而这紧要关头,被凤姑娘美色相诱,武力相迫,他是一个手无缚鸡之力的文弱书生,又将如何对付呢?想到这里，又不觉代毓麟担忧。只有自己早把祥姑解决了，好去解毓麟之围，且好接应母亲和琴、剑等众人进来。

此时祥姑见彩凤低头不语，便又道："我亲爱的二公子，你怎么呆起来了，究竟你爱我不爱我？"彩凤忙道："我岂有不爱你呢？"便把双手将祥姑抱起，走到床边，放在床上。自己回转身来，瞧着壁上挂的双股剑，胆气顿壮。

祥姑伏在床上，身上好像瘫的一般，软绵绵的，毫无气力，只张开双臂，呢声说道："二公子，你来吧！"彩凤将祥姑衣钮解去了数个。祥姑以为彩凤已被自己诱惑上了，所以半合着双眼，一任她宽衣解带。

谁知彩凤说一声："且慢！"倏的回身向墙边一跃，摘下双股剑，握在手里，回到床边。祥姑一则已醉得糊涂了，二则双眼半开半合地静候彩凤来和她温存绸缪，所以竟没有觉得。兀自展开双臂，娇声说道："你快来罢。"

彩凤说一声："来了！"一剑向她颈上砍下。祥姑真如睡在梦中，还用双臂来钩抱彩凤，剑锋着在她的颈内，方才喊得一声："哎哟！"她的头早已滚落床上了。

彩凤见祥姑业已授首，想不到如此容易，心中十分快活。便将外边长衣脱下，挟着双剑，开了门，走到外边甬道里来。红灯依旧亮着，遂蹑足走向前边来寻找毓麟，却见前面有几个黑影一闪，遂轻轻击了一掌，前边也回击一下，便知道自己人来了。走过去一看，首先的乃是她母亲窦氏，背后跟着女侠玉琴和傻梦熊，遂低声问道："你们来了么？居然被你们走进密室，很不容易。"窦氏道："是的，在你们进来的时候，我已留心看得开门的诀窍了。"

原来窦氏在外边吃了晚饭，被佛婆引了她去睡眠，然而她睡在床上哪里睡得着？眼见她的女儿女婿跟着人家入了虎穴，不知他们能不能随机应变。倘然将事弄糟了，露出破绽，女儿或者还能自卫，而她这位文质彬彬的女婿怕不要吃亏吗？

所以她睡到二更时，再也忍耐不住了，轻轻地从床上爬起身,开了窗,跟到外面庭心中。听听四下里沉寂得很,遂很快地走到那个轩里来,心中又想:这个时候玉琴和剑秋不知有没有前来,为什么不见一些动静?

她正在想时,听轩外微有足声,一个很大的黑影向轩中摸索而来,心里知道是梦熊了,便轻轻唤了一声,果然是他。走进轩中,便说道:"我在外边等得好不心焦,他们怎样了?"窦氏答道:"他们都在里面,我是不知道啊!"

梦熊将兵器递上说道:"我们不要再等,马上杀进去吧。再迟了,我的兄弟要有危险呢。"窦氏将一对虎头钩接在手里,答道:"你说的话不错,但是玉琴、剑秋怎样还不来呢?"

正说着话,忽听轩外早有人低声说道:"我们来了。"窦氏听得是剑秋的声音,心中很喜,便道:"很好,你们请进来吧。"刚刚说罢,忽见两条黑影一闪,琴、剑二人已立在面前。手中各挺着宝剑,低声问道:"密室在哪里?"窦氏把手指着里面的神龛答道:"就在这个里面,我女儿女婿故意被他们谎骗进去,已有好多时候了。我正想入内窥探动静呢!"

玉琴道:"伯母可知道神龛里的机关是怎样的?"

窦氏道:"我已窥得秘密,可以进门,只是里面究竟如何,我却不能知道。我想彩凤在内必要接应的,不过他们有三人在内,所虑的彩凤一人恐怕被他们缠绕住,不能脱身,那样毓麟又是个不通武艺的人,未免危险了!"

玉琴道:"我们进去罢。"四人遂举步走到神龛里。窦氏伸手将神龛外面的栏杆照样转了三下,那神像便冉冉上升,背后便露出一个小门。

窦氏将门开了,第一个跨进去,玉琴、梦熊跟着走入。见里面乃是一层层的石阶,窦氏说声:"留心些!"幸亏前面有盏红灯,不致误踏。

这时剑秋忽在门边低声说道:"你们进去吧,大约足够对付了,我还有一些要紧的事情呢!"说罢,回身去了。玉琴要问也来不及,她心里和窦氏一样暗暗奇怪,剑秋走到哪里去呢？但也不能管了，一步一步走下石阶，来到甬道，向前偷偷地走去。正要寻找毓麟、彩凤二人在什么地方，恰巧遇着彩凤了。

彩凤又对玉琴道："剑秋兄怎么没有前来？"玉琴道："本是同来的，不过到了这里，他又走开去了。"说时面上不高兴的样子。彩凤道："我们四人也足够对付。"梦熊一手握着单刀，一手挟着弹弓，向三人说道："我虽然武艺不甚高妙，然而凭我的一张弹弓，也可相助一下的。快去找那些道姑罢，不要我的兄弟和他们睡在一起，那就糟了。"三人听了他的话，几乎笑出来。

彩凤道："别多说，你不是哑巴吗？怎样开口来了？我们走罢。"遂指着左手甬道里远远的一盏红灯说道："那边有个门户，大约就是风姑娘的卧室了。那祥姑已被我将酒灌醉，就用她的剑将她杀死了，现在庙里只有风姑娘和霞姑二人，我们足够对付哩！"

于是玉琴等跟着彩凤，蹑足潜步，走到那个红灯下的小门。彩凤一看，这室子十分严密，除了这扇门没有别处可以进去的，遂教梦熊不要声张，自己伸手在门上叩了数下，故意叩得很急。

这时风姑娘正把曾毓麟包围住，要和他同成好事的当儿了，忽然听得门上叩门声甚急。风姑娘陡地一怔，口里咕着道："哪一个敢来戏弄老娘？打扰我们的好事，老娘决不开门的。"

毓麟听得门响，料想是他们来了。心中暗喜自己可以解困，又听风姑娘说决不开门，不由心中一惊，便带笑对她说道："我想你还是开的好，看看是何人，也许有些事情。倘然无事，你不妨呼叱一番，也使他们不敢再来缠绕。"

风姑娘道："这里没有人敢来戏弄，莫非霞姑……"她的话还没有说完，门上又敲起来了。风姑娘骂一声："哪个小鬼头敢来打搅，仔细你的手指头要被我拧下啊！"遂勉强丢了毓麟，怒气冲冲地过去开门。却见当门而立的正是那个二公子，又见他手提双剑，背后还跟着窦氏等三人。心里突地一跳，明知事情不妙，急忙退转娇躯，很快地取出两柄宝剑来。

这时彩凤已飞起一脚，把门踢开，和玉琴冲进室去。灯光下，风姑娘瞧见了玉琴，不由更怒，恍然大悟，将剑指住玉琴，恶狠狠地说道："原来是你这鬼丫头，又找到我们门上来了。好好，我与你拼个你死我活。"

玉琴也冷笑一声道："螺蛳谷中被你漏网，多活了几时。今番我来送你和那姓吴的一起去罢，免得你再在世上害人。"说罢，一剑向风姑娘胸口刺来。

风姑娘连忙将双剑架开，二人就在室中"叮叮当当"的狠斗起来。彩凤恐怕风姑娘恨极了乘间要向毓麟下毒手，不可不防，横着双剑，立在毓麟面前保护着他。毓麟躲在彩凤背后，瞧见玉琴和风姑娘三柄剑在空中飞舞，寒光闪闪，冷气逼人。离开自己不过几步路，心中未免有些害怕，幸亏彩凤在身边防护着，稍觉放心。

风姑娘斗了十数回合，觉得室中地方小，不便施展身手；要想冲出门去时，又见窦氏挺着虎头钩，立在门边。暗想：不好，今晚我要失败在他们手里了，祥姑、霞姑在哪里呢？况且祥姑不拥着那个二公子去的么？怎样他会脱身前来，莫非也已遭了不测了吗？想到这里，心中有些胆寒起来，勇气也减少了许多。渐渐退到壁间，一手架住了玉琴的剑，一手向壁上一个铜环上轻轻一点。玉琴也不知有什么作用，却把真刚剑舞得紧急，将她紧紧逼住。

隔了一歇，外面甬道里有个道姑挺着双剑赶来，这就是霞姑了。风姑娘适才向壁上铜环一点，就是他们装着的机关，在紧急时彼此通信的。所以霞姑赶来了，窦氏喝一声："妖精！向哪里走？老娘今夜来一齐送你们上鬼门关去。"使开虎头钩便和霞姑在甬道里厮杀起来。梦熊站在一旁，取出弹子扣在弓弦上，想得闲放它一下。无奈他们杀在一起，地方又窄，恐怕误中自己人，所以只有等着。

风姑娘和玉琴又战了十数回合，觉得玉琴的剑术比昔日更进步了。自己有些敌不过，不如退到外面去，引她退入机关，以便取胜罢。好在门边已空着有路，遂发个狠，将双剑向玉琴头上左右扫去。玉琴见来势凶猛，略退一步。风姑娘趁势一跃，已跳出室来，向前面甬道中逃去。玉琴哪里肯放她走，急忙跟着追出。

彩凤也同时追出室来，见风姑娘正往前奔跑，且回头说道："我们到外边去厮杀吧。"玉琴喝声："不要走！"正想飞步追上去时，只听弓弦响处，风姑娘喊了一声："啊呀！"扑通跌倒在地。

玉琴大喜，追到她的身边。风姑娘要想挣扎爬起，玉琴剑光下落，红雨飞溅，风姑娘已身首异处了。原来梦熊在无意中发了一弹，风姑娘没有防备，正中后脑，所以她就因此而送了性命。

喜得梦熊大喊起来道："我的弹子准不准，灵不灵？居然被我一击而中，须知哑巴也不是好惹的啊！"

玉琴杀了风姑娘，回身又奔到霞姑那边来相助窦氏，宋彩凤也挥剑进攻。霞姑本和窦氏杀个平手，现在又加上玉琴和彩凤二位女侠，教她怎能抵敌得住？况且又见风姑娘被杀，心中早已惊慌，急思逃生，遂虚晃一剑，回身向后面甬道中逃去。玉琴当先挺着宝剑便追，窦氏舞着双钩也追将上去。

彩凤恐怕庙中尚有余孽，不敢离开，便和梦熊把守在这里。毓麟早走到门边，探出头来瞧看，向彩凤问道："他们杀到哪里去了？"

梦熊嚷着答道："老弟，你放得胆大些，走出来罢。难道你还怕那无头的道姑再来迷惑你么？"说罢，将手向前面地上一指。毓麟跨出门，跟着仔细看看，见那风姑娘已横尸在血泊中了。彩凤故意问他道："这道姑死了，你可惜不可惜？方才你们快乐得怎样子，只有你自己知道的了。"

毓麟听说，面上不由一红，忙道："凤妹你休要取笑我，古人云'目中有妓，心中无妓'。我遵守了你们的主意，不得不虚与那道姑委蛇一番。我被她正缠绕得走投无路之时，幸亏凤妹来了，解了我的困围。像我这样行事，未免有些危险性，几乎上了你们的当了。"

彩凤笑道："谁教你上当呢，你要不要怪我来搅扰你们的好事呢？"毓麟将彩凤的左手紧紧一握，又说道："你还尽向我取笑做甚？难道我和你离开了一会儿的时候，你就要喝……"说到这里，顿了一顿，彩凤把眼一睁道："喝什么？"毓麟笑道："喝什么呢，当然是喝那酸溜溜的醋啊！"彩凤把手一洒，向毓麟啐了一声。

梦熊站在旁边，听他们夫妇俩彼此戏言，却忍不住哈哈大笑起来。笑声未已，瞥见那红灯下有一个人头，从黑暗里一探，梦熊喝一声："捉妖！"跳过去抓住了一个小婢，拖将过来，正要举刀下砍，彩凤忙把剑拦住道："我认得的，这是在室中侍候我的小婢，她没有罪过，何必要杀她呢？"

那小婢见了彩凤，只跪在地上叩头哀求道："二公子饶了我的命罢！"彩凤遂唤她立起，教她不要声张。

这时后面甬道里脚声响，瞧见窦氏和玉琴走将回来。彩凤问道："那个霞姑怎样了，你们追得着么？"

玉琴摇摇头道："被她逃走了。说也惭愧的，我们追上去时，穿过了一甬道，地形渐渐向高，不知怎样的，见她在墙上用手一按，便有一扇铁门从上落下，将我们挡住了，不得追去。我们用脚向门乱踢了数下，我又将宝剑在门上乱劈一通，不料那门是很厚的；好不容易被我劈穿了一条裂缝，向里面张望时，黑洞洞的也无灯光，料她早已逃生去了，我们只得走回来。还是到别处去搜寻罢。"

彩凤道："这真便宜了那女妖，我们现在捉得一个小婢在此，不妨向她问个下落。"玉琴便仗着宝剑，向小婢喝问道："这里可有什么别的机关，那霞姑向后面逃到哪里去的？庙中可有什么人，快快实说。"

那小婢见了他们手里都挟着兵刃，早已吓得瘫软，便说道："现在我们庙里三位女师，一个是风姑娘，已被你们杀掉了；一个是霞姑，还有一个祥姑，其余只有佛婆和几个佣工了。我是这密室里伺候女师的，密室中有六个房间，都是他们行乐之处。现在第六号卧室还有一个病少年睡在那里呢。"

玉琴道："我问你霞姑逃到哪里去，你为何不说？"小婢道："我实在没有瞧见，方才我在后边听得声音，出来看看时，被这位爷捉住了。"玉琴便将手指着后边问道："这条甬道是通到哪里去的？"

小婢战战兢兢的又说道："这条甬道里有一条秘密途径，是他们特地造成的，以防紧急时可以从那里逃到庙后，走出地面走别处去的。这是一条逃生的甬道，其余除了大殿上略有一些机关，也不再有了。"

玉琴听了小婢的话，知道庙里果然没有其他的能人了，遂和毓麟、梦熊、窦氏母女押着小婢，从甬道里走到外边来。毓麟、彩凤因为不见剑秋，都向玉琴询问。玉琴道："他本和我同来的，方才走向这密室时，他忽然回转身走向别处去了。我也不知道他究竟为了何事，心中很是纳闷呢！"

窦氏道："老身想他必有缘故，少停自会明白，我们且去寻找他看。"玉琴道："这庙中只有风姑娘等三人，两个死了，一个逃了，他又去对付谁呢？此时还不见他踪影，好不奇怪。"

玉琴的话方才说毕，又听到对面屋上有人说道："奇奇奇奇，我在这里呢！"大家听得是剑秋的声音，玉琴便喊道："你这人真有些奇怪。我们到密室里和那些女妖血战一场，现在死的死，逃的逃，你却躲在这里袖手旁观做什么呢？难道你出了主意便不肯动手么？还是你怕风姑娘厉害么？"

玉琴说罢，屋上又说道："不要发急，我来了。"便见一条黑影如飞鸟一般的落在地上，走进轩来，正是剑秋，一手握着惊鲵宝剑，一手反藏在背后。玉琴又问道："你究竟在此干什么呢?"

剑秋遂把反藏的手伸出来说道:"你们试瞧这是什么,便知我在那儿干什么了。"

大众定睛看时,乃是霞姑的一颗头颅。玉琴不觉奇怪道:"这是我们在密室内追不到的霞姑,正在可惜被她漏网逃出庙后去的么?难道剑秋兄未卜先知,预先在那儿等候的吗?"

剑秋很得意地笑道:"岂敢岂敢,只因我以前跟随瑞姑从这里出走的时候,知道地室中有一条秘密隧道,通到庙后做出路的。此番这玄女庙虽然重新改造过了,可是这条出路总是存在的,所以我不跟琴妹等同入,回身便寻到庙后地道出口的所在,坐在那大青石上等候。料想你们在里面必然动手起来了,他们不能取胜时,情虚胆怯,必要走到这里来的。

"果然等了一歇,坐下的大青石忽然摇动起来。我遂伏在暗中,在旁监视着。见那青石动了几下,渐渐移向一边,地下露出一个小穴来,穴里钻出一个人,正是霞姑。我就乘其不备,从后一剑刺去,正中她的后背。她大叫一声,向前跌倒。我抽出剑锋,又向她颈上一剑,把她的头颅割了下来。再等一歇,不见动静,大概无人出来了,心中惦念你们,遂回到这里来。你们果已从密室中出来,不知凤姑娘和祥姑是给谁结果性命的?"

玉琴答道:"祥姑是被彩凤姊用计刺死的,凤姑娘和我酣斗了一会儿,当她逃走的时候,被梦熊一弹打倒,而我将她杀死的。现在三人都已授首,且喜我们此行不虚,诛却妖人,为地方除害了。"

剑秋便把霞姑的头颅挂在窗边,又对梦熊笑道:"恭喜恭喜,你装了多时候的哑子,到底也成了一弹之功。"梦熊笑道:"当我装哑巴的时候,非常难受,现在大吐其气了。"

窦氏便到那边去,将佛婆唤起,点上一支蜡烛,一同走到轩里来。那佛婆从梦中起身,还不知道这一幕事,但见了许多人手中各执兵刃,十分吃惊,又不敢询问,心中却想:凤姑娘等都到哪里去了,这些人是不是来行劫的呢?回头一眼见了窗边悬着的头颅,不由喊了一声:"哎哟!"身子向后倒退几步,险些跌下。

梦熊跳至她的面前喝道:"你这老乞婆,在此通同女妖,欺骗良民,你可知道后面可还有人住着?你们所称的仙子早已被我们一齐杀死了,你也要跟他们去么?"佛婆见梦熊是个哑子,此时却会开口讲话,又见他手中握着明晃晃的刀,吓得她连忙向他跪倒,磕了几个响头,颤声说道:"大王饶命!我不过在这里伺候客人烧香,吃饭度日,别的事是一概不知道,千万不要杀我,庙中所有的财物都在他们房中。"

梦熊又大喝道:"老乞婆,你不要缠错了,称呼我什么大王;须知我们并非是来行劫的,要什么财。"剑秋也说道:"你快快直说,庙中还有什么人,可有什么人往来?"

佛婆道:"庙中只有他们三个人,可怜现在都被你们杀了。里面只有我和两个小婢,外面住着两个香司务和一个看门的,都不懂武术,此外没有别人,有时候也有道姑和两个男子到来,可是都从远道来的,数宿便去,我们也不知道详细。爷们不相信时,可问这女婢便知道,我佛婆不打诳语了。"

剑秋遂教佛婆快去把那些人唤来。玉琴也吩咐那女婢将密室中的那个病少年,以及其他婢女引来询问。

第五十二回

挑衅斗娇全村罹巨劫
逞能负气小侠作双探

佛婆答应了,立起身往外走去。那小婢到里面去时,玉琴也跟着同走。不多时,佛婆引着香司务前来,一齐向剑秋拜倒。剑秋问了他们几句,见他们都是愚笨的乡民,一半已吓呆了,期期艾艾地回报不出什么话。

剑秋料想风姑娘等在此也没有什么大组织,不必查根究底了。便对他们说道:"此来为扑灭白莲教的妖孽,你们既然不知情,休得害怕。"众人惟惟称是,站在一旁,不敢退去。心中却怙惙着,不知剑秋等男男女女是何许人物。

佛婆见密室已破,遂将风姑娘等在此引诱少年,荒淫作乐的事约略告诉。并说庙中被他们迷死的男子已有好多人,尸身都葬在后园中。他们所以造这密室,与和尚们造地穴一样的用意。又说以前也闻有个瑞姑,是他们三姊妹支持这庙的,后来不知怎样,瑞姑死了,换了一个风姑娘前来。于是庙中开会哩,讲经哩,渐渐热闹起来。

佛婆正说着,见玉琴掌着灯,手中挟一包书,背后两个小婢扶着一个弱不禁风,病容满面的少年走将出来。见了众人,还勉强作揖行礼。

玉琴将灯火和书放在桌上，吩咐佛婆端过一把椅子给那少年坐下。便带笑对剑秋说道："这人我已问过他了，姓柯名云章，却是一个德州地方的秀才先生。他到这里来，是为着他母亲顽疾难愈，闻得这里仙水很灵，所以特地到这里来向玄女娘娘烧香，求仙水回去。不料被风姑娘等诱入密室，不放他出来，在里面已有两个多月了，被他们迷惑得生了病还兀自不肯舍弃。你们看他竟病到这个样子了，真是可怜，这不是风姑娘罪恶之一么？"

说罢，回转头去对毓麟说道："你看看危险不危险，倘然你没有别人保护，到了此地，来要来时有门，去时无路了。"毓麟笑道："我若是一个人，哪里肯到这地方来呢？即使不幸而落在他们的手里，我也宁可早些死的，可谓士可杀，不可辱。"

那姓柯的少年听了毓麟的话，咳嗽了几声，接着说道："我起初也想一死的，但是他们很严密的看守住，不由我死。一则还存着侥幸之心，希望有一日重见青天，谁知我后来竟病倒了，他们还不顾怜我，尽向我缠绕不清。现在幸亏遇见诸位侠士诛却妖姑，救了我出来，心里真是说不出来的感谢。他日病体若能治愈，诸位再生之德，没齿不忘的。"说到这里，又咳嗽起来。

佛婆道："柯少爷，老实对你说了罢，此次你真是大大的运气哩！去年从济南来一个少年，也被他们诱入密室，不放出去，可怜那少年竟死在这里。在将死之前，他还背地里向我哀求，要我私自负着他，放他出去。因为他想念家人，尤其是对他新婚不到三个月的妻子，但是我哪里敢放他走呢，到后来他熬了一日一夜，终于死了，尸骨也埋在后园泥土中。你若没有爷们来救你时，怕也不和那少年一个样子！"姓柯的少年点点头说道："正是。"

剑秋对他说道："我们救了你，明天你也代我们做一件事，便是倘然官中的人来到,你可将庙中道姑邪说诱人,密室荒淫的事一一告知。因为你是一个最好的证人,他们都是白莲教的余孽,想在这鲁省煽惑愚民,重张毒焰,我们远地到此,为民除害,达到了目的,我们就要走的。"

姓柯的少年听了,点头说道:"谨遵侠士的吩咐。"他说时,心中很欲一问剑秋等的姓名,但他始终不敢冒昧询问。

剑秋见时候已近四鼓,遂教佛婆取过笔砚来,他又在墙上写了两行大字道:"玄女庙道姑为白莲教中之女妖,性既妖淫,事又秘密;在此将邪说引诱四乡愚民,作死灰复燃之举,实属为害匪浅。我等道出是间,尽歼主谋之徒,此后请将玄女庙封闭,以杜塞乡民佞神迷信之途,但望不必多所株连,妄兴大狱,反为良民滋累也。剑白。"

玉琴看了,便对剑秋说道:"你倒交代得十足地道,但是这样东西不必留着了。"说罢,便将放在桌上的那包书打开一看,原来是两本账簿,上面都写着信教的姓名籍贯。给剑秋、毓麟等同看,且说道:"这两本书是我从风姑娘室中找出来的。那些愚民受了邪说的诱惑,都已入了教了,我想若然被官中得去时,必然株连的,不如把它烧了,一干二净。自古道:蛇无头而不行。那些人倘然知道风姑娘等除去了,无人再去引导,自然不散而散了。"

剑秋、毓麟齐声赞成,于是将簿子撕去了,即在烛上点火焚讫。剑秋又对众人说道:"转眼天色将明,我们要早些赶路,也不必回到客寓里去了,免得惹人动疑。不过我们尚有些行李留在那边,并且房饭钱也没有付,不如待我去走一遭罢。你们在此等候我回来,一清早便离开这里可好?"

毓麟等都说道:"很好,不过要有劳剑秋兄。"剑秋说一声:"理当效劳。"走出轩去,一耸身上屋上去了。

这里大家坐着等候剑秋回来,玉琴便向毓麟、彩凤二人问起密室中和风姑娘怎样周旋的情形,二人照实讲了。彩凤带着笑向毓麟说道:"我与祥姑是没有什么道理的,但不知你和风姑娘却怎样。我来打破你们的好梦，你心里又怎样？"

毓麟忙分辩道："凤妹不要说这些话，我不过照剑秋兄的吩咐，一样和他们敷衍而已。你和祥姑是没有什么道理，难道我和凤姑娘却有道理吗？又说什么好梦不好梦，岂非笑话，难道你还不相信我么？还是有意取笑我呢？"彩凤只是笑着不答，玉琴也瞒着毓麟微笑，倒使得毓麟有些儿发窘了。

梦熊却在旁边将各人的兵器收拾好，且代玉琴将真刚剑洗拭干净，插入鞘中，口里却嚷着肚子饿。窦氏便吩咐那佛婆和一个香司务快去厨房里煮一锅粥，端整些粥果，佛婆答应着，便同那香司务走到里面去了。窦氏又教一个香司务到密室里端出一张榻来，让姓柯的少年可以睡卧。

他们等了一歇，看看东方渐渐发白。剑秋已带来行李，从屋上跳下。于是窦氏吩咐佛婆等将粥端上，大家便在轩中吃了一顿早餐，彩凤仍旧换了女装，恢复本来面目。天色已明，急于离庙，众人遂带着行李，又对香司务和佛婆、小婢等吩咐了几句话。剑秋又对那姓柯的少年说道："我的话你记得了，我们现在去哩。你以后好好儿地保养罢。"

那姓柯的少年从榻上勉强爬起，泥首相谢。剑秋一挥手，和玉琴、毓麟、梦熊、彩凤、窦氏等一齐举步走到外面来，佛婆在后相送，看门的早开了庙门，在一边伺候着。

剑秋等走出玄女庙，又对佛婆说道："你们进去好好侍奉那位柯家少年，不得有误。少停这事发觉了，自有人来处置的。"佛婆答应一声，躲在庙门里，张望他们行路。

剑秋等离了玄女庙，急忙赶路。不识途径，一路向行人打听，虽然耽搁了些时候，觉得此行全得胜利，把玄女庙破除了，凤姑娘杀死了，两重公案一齐清结，很觉爽快。

一路赶到济南，在大明湖坐舟游览；一会儿到泰安，又上泰山观日出。毓麟弟兄跟着他们一起游览，增加了不少见闻。尤其是泰山之游，畅观了不少古迹和奇景，可知读破万卷书果然是好，而行尽万里路更足以畅快胸襟，苏子由称太史公文章有奇气，确是不虚了。

隔了几天，方才到得临城，剑秋对玉琴说道："好多时候不见神弹子了。我记得前年伴同琴妹探听飞天蜈蚣的消息，一起南下，在贾家庄遇见了闻天声，很有趣味。以后我虽也到过一遭，他却不在家，只遇见着瞿英和芳辰。"玉琴道："这一对小儿女武艺高强，性情活泼，使人家很喜欢的，现在想已长大不少了。"

他们一边走向九胜桥贾家庄时，一边玉琴将小神童当筵献技的一回事讲给彩凤等听。又对梦熊说道："梦熊先生精于射弹的，此番你可以见见神弹子的本领如何了。"

梦熊笑道："他既名神弹子，当然本领比我高强，我这个起码弹子怎及得上他呢！"一会儿已到了贾家门前，门上人通报进去，贾三春亲自出迎。

琴、剑二人和贾三春阔别已久，却见他魁梧奇伟的状貌依然如故，似乎发胖了些，而颔下一撮短须更觉浓厚。一见琴、剑等众人，连忙抱拳作揖道："女侠等好久不见了。你们奔走风尘，想遭逢了许多奇闻异事，老夫蛰居乡里，局促如辕下驹，很是愧惭。"又对剑秋说道："前番听说大驾曾光临舍间，恰逢我到杭州去，不巧得很，幸恕失迎之罪。"

剑秋忙说道："贾老英雄说哪话来。我等仆仆天涯，也不知忙些什么，所得无几，也是非常惭愧的。"贾三春又说道："不要客气。"遂招待他们到了里面景贤堂。分宾主坐定，下人献上香茗，接过他们带来的行李。剑秋便代窦氏母女、曾家弟兄介绍与贾三春相识。

贾三春听了他们的来历，也很敬重，问起闻天声来。至于侠女复仇的事，前次已由剑秋告诉了瞿英；贾三春回家的时候，瞿英已转告给他知道了。琴、剑二人遂将闻天声助着他们大破天王寺的事略述一遍，且说自从那次分离之后，好久没有见面了，不知他行踪何在，也很执念。

贾三春又带笑向琴、剑二人问道："我有一句冒昧的话要问二位，因为你们俩都是昆仑门下的剑侠，又是志同道合的生死之交，老夫很想吃你们一杯喜酒，不知你们二位有没有订了鸳盟？"

剑秋和玉琴听贾三春问起这事，微笑不答。毓麟却在旁代答道："鸳盟已订，合卺则尚未有日。"

贾三春摸着颔下短须，哈哈笑道："此事愈早愈妙，怎么二位还要迟迟有待呢？"剑秋遂将云三娘做媒的事告诉一遍，且和玉琴取出白玉琴和翡翠剑两件宝物给贾三春看。

贾三春摸弄一番，啧啧赞道："好物好物，这价值连城的东西恰被二位所得，又恰和二位的大名相合，良缘天定，非偶然也。"仍把来还与二人珍藏，又说道："诸位远道到此，承蒙下访，老夫理该做东道主，请诸位在此多住几天，不嫌简慢，当扫榻以待。"剑秋也说道："不要客气。"

这时天色将晚，贾三春吩咐下人一边去打扫客房，一边知照预备一桌丰盛的筵席，摆在后园飞鸾阁上。玉琴不见瞿英和贾芳辰两个，心中很是奇怪，忍不住便向贾三春问道："令千金近来可好？还有那个小神童瞿英，今在何处，怎么不见呢？"

贾三春被玉琴一问，不由叹口气说道："承蒙女侠垂念，感谢之至。但是提起了他们二人，令人气恼，因为他们俩最近闯了一个大祸，使老夫正在为难之际呢！"琴、剑二人听了，不由一怔，不知道瞿英等闯下了什么大祸，静候贾三春把这事告诉出来。

其时山东民气强悍，匪风炽盛，尤其在兖、曹之间，更是盗匪的渊薮。在那绿林中确有不少艺高胆大的英雄好汉，他们过惯了草莽生活，月黑风高，杀人放火，好似出柙的虎兕，不怕触犯什么法网的。而那地方的安分良民，因为要防护自己生命财产起见，每个村庄也组织了民团，筑起了碉楼，实行自卫。子弟们也是驰马使剑，好勇斗狠，武士道的风气很盛。

在那临城附近，有一个天险之区，名唤抱犊崮，地势生得非常险峻，外面人也轻易不得上去。因为那山四壁高峻，无路可通，只有当中绝狭的一条小径，只容一人侧身而上，连一头牛也都走不上去的。山上却是平地，良田很多，树木茂盛。相传古人抱犊上山而耕的，故有此名。

山上常有盗匪，借着这地方盘踞逞雄，附近的人也都不敢上去取樵，视为畏途。便是军官也很觉进剿不易，只求他们不出来打家劫舍，骚扰城乡，也就不闻不问，多一事不如少一事了。新抱犊崮有一伙强悍的盗匪占据着，为首的共有三个头领。大头领姓赵名无畏，别号"插翅虎"，他的妻子姓穆名云英，便是河南卫辉府"金刀穆雄"的幼妹，他们夫妇都有非常好的本领。

赵无畏善使三节连环棍，舞动时水滴泼不进，穆云英却善使双斧，因此得了一个别号，唤做"女咬金"。二头领姓钱名世辉，三头领姓李名大勇，都有非常好的武艺。山中儿郎们也有四五百人，所以这股土匪在鲁西一带要算最厉害的了。他们的山上既然田亩很多，对于粮食一项不愁缺乏，所以每年也不过下山干几次，扩充些人马和军械，都是境外地方的。至于附近乡镇，他们却并不行劫，所以一般土人尚没有受着匪祸，只是不敢轻易惑动他们罢了。

不料这年在抱犊崮之西，有个张家堡，堡中人民也有二三百人，大半是农民以及渔户。其中有一家姓张的弟兄二人，兄名家驹，弟名家骐，他们的叔父张新，以前曾在福建漳州为都司。家驹、家骐因为自己的父母早已没有了，遂跟着他们的叔父一同在外。张新膝下只有一女，并无儿子，因此把这一对小弟兄宠爱得很如自己所生一般。

二人身体很强健，常常喜欢使枪弄棒。张新自己也是武人，见他爱学武技，便请了一个拳师在署中，每日教他们弟兄二人练习武艺。有时自己高兴，也亲来指导。家驹、家骐专心学习，他们的武艺也与日俱进，张新见了，当然欢喜。预备将来送他们去考武场，好博得功名，荣宗耀祖。后来张新带兵去剿一处土匪，家驹、家骐自请随往，张新也就带了他们同去，和大股土匪在途中相遇，大战一场。

家驹、家骐舞着兵刃，帮助他们的叔父向盗匪猛冲。果然初生之虎气吞全牛，杀得很是勇敢。连砍土匪十数人，土匪败退而去。张新大喜，抚着他们的背说道："二侄真我家的千里驹了。"家驹、家骐听他们的叔父称赞自己，也觉得自己本领不弱，那些土匪不在他们的眼里，未免有些自傲之心。张新贪功心切，意欲直捣土匪的巢穴，遂带着部队向前面山谷中挺进，却不料中了土匪的埋伏，加以地理也不甚熟悉，便被匪众围困住。

张新和他两个侄儿挥动大刀，左右舞动，但是土匪愈杀愈多，自己的官兵死伤不少。张新知道轻进偾事，未免心里有些惊慌，要想杀出重围而走。

忽然半空中飞来一枝流矢，正中张新面门，大叫一声，跌下马来。家驹、家骐吃了一惊，连忙把张新扶起，勉强坐上马鞍。兄弟二人各出死力保护着他，杀开一条血路逃回来，所带的官兵伤亡大半。

家驹、家骐把他叔父舁回署中，可是张新已昏迷不知人事。张新的夫人发了急，连忙请良医前来代他医治，拔去了箭头，敷上金疮药。无奈张新所中的是毒箭，并且又在要害之处，呻吟了一夜，竟弃了家人而长逝。在易箦之际，兀自喊了一声："气死我也！"张新的妻子、女儿和两侄一齐号叫大哭。遂由家骐做孝子，即日棺木盛殓，一面将剿匪的事报告上司。

于是家驹、家骐等待张新的奠期过后，便奉着婶母和堂妹，护着灵柩，坐船回到故乡来。得着清廷所赐的一笔抚恤金，然而张新却为着地方而殉身了，因此家驹、家骐对于盗匪深嫉痛恶。回到了家乡，长日无事，便在门外场地上练习武艺。那村中的少年子弟大都喜欢武的，见他们弟兄武技果然超群轶类，况又是将门之子，所以大家十分佩服，都来相从。

张家本来是村中大族，只因他们弟兄一向随着张新在外，不免和邻里亲戚生疏。归来后时日一多，他们弟兄二人竟隐隐

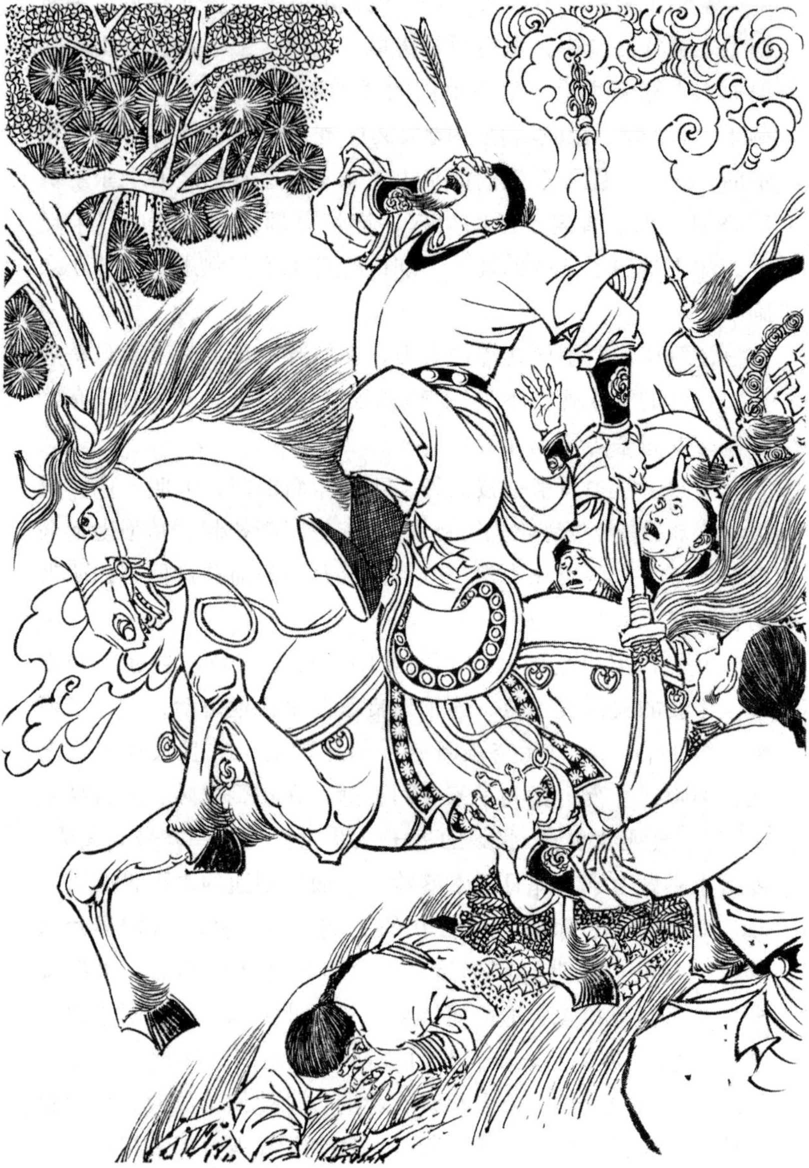

地在乡中做了领袖，正合着孔老夫子所说的"后生可畏"一句话。

他们弟兄二人听得四边匪气甚盛，便以保卫桑梓之责自任，遂募集经费，将村中所有旧时毁败的堡墙重加修葺。又添购了许多兵器，教导众少年一齐练武，组成一队精壮的团丁，以便防护。他们对于抱犊崮的一股土匪尤其痛恨；家驹、家骐曾有一度要联合各地乡村举行大团练，安靖地方。其实借此要和抱犊崮的土匪对垒，后因有几处不得同意，未能成功。

他们兄弟常对人夸言道："无论哪一处的土匪，倘敢来侵犯张家堡的一草一木，断不肯被他们蹂躏的。"这件事抱犊崮上的赵无畏也有些听得风声。张家弟兄见堡垒重筑一新，众团丁服装兵刃俱已整齐，大有跃跃欲试之势，很想立些威名；只因抱犊崮上的土匪并没有来侵犯，也就相安无事。

恰巧有一天，抱犊崮上有两个新入伙的弟兄，在外劫得财物回来，误走途径，闯到了张家堡。家驹、家骐正督令着七八十名团丁，在堡外空地上练习战斗。两匪见了，不免有些心虚，回头拔脚便跑，却被家骐看见，吩咐团丁追上去。将两匪捉住，抄得赃物，指为匪类，推到他们面前来查询。两匪也就承认是抱犊崮的土匪，要求释放。

家驹、家骐把他们痛骂一顿，说他们任意蹂躏、危害乡村，便将他们的赃物截留下来；又将他们的耳朵和鼻子一齐割下，喝声："滚蛋！"在他们身上狠狠地踢了几下，两匪抱头鼠窜而去。过后堡中的老年人知道了这事，都有些心慌，告诉他们弟兄二人说道："抱犊崮的盗匪非别地的疥癞小丑可比，不要因此闯出祸来。"

家驹、家骐冷笑道："他们胆敢在这里称霸道狠，旁若无人么？官军见他们都忌惮，以致他们尽管猖獗，养痈成患，岂是地方人民的幸福？我们弟兄正要去扑灭他们，倘然他们不怕死，敢来侵犯我们张家堡时，包管他们自取灭亡。"父老们听了二人说得嘴响，虽然果有本领，不是无能之辈，然而素闻土匪凶悍，心中仍是懦懦地恐怕自己堡中敌不住他们。

家驹、家骐却意气自豪，一点也不馁怯，吩咐团丁时常戒备着，一有警报，立刻集中在一起和土匪抵抗。在夜间，前后堡把守严密，以防盗匪夜袭，又命工匠特地赶制四架槛车，等待盗匪来时，把他们生擒活捉，递解官府请奖。四架槛车做好了，便放在堡前示威。看着张家弟兄二人的举动，明明是骄气凌人，有意和抱犊崮上的土匪挑衅的。

有一天，忽然接到抱犊崮上差人送来的一封信，家驹、家骐弟兄拆开来阅读，信内道：

  我等抱犊崮上众弟兄，仗义疏财，替天行道。历年以来，从未骚扰四周近处村庄；因在本山境内保护有加，以示亲善也。今不料汝等张家堡不知厉害，有意挑衅，擅敢将我山上弟兄割鼻截耳，故施羞辱，且将财物扣留。是可忍，孰不可忍！今限汝等于接到此信后，二天之内，着将为首之人予以严惩，并须堡主亲自来山谢罪，更献纳损失费二十万，方不得究。否则本头领等当与问罪之时，玉石俱焚，鸡犬不留，到时莫怪我等无情也。切切勿误！

赵无畏白

家驹、家骐看罢这信，大怒道："狗盗敢轻视我们张家堡吗？我们早预备和这些狗盗见个高下了！"遂将这信撕得粉碎，抛于地上，并不作答，并将来人乱棒打出。那人只得跑回去复命，告诉张家弟兄如何强硬无理，又将堡中防御严密，以及槛车示威的情形告诉一遍。只气得赵无畏三匪暴跳如雷、七窍生烟，大骂："张家小子还当了得，料你们也不知道我插翅虎的厉害！"

原来赵无畏见他山上的弟兄被人如此凌辱，已是十分发怒，便想去兴师问罪。经二头领钱世辉在旁劝解，以为近山各村平日和山上素无怨仇，各不侵犯，此番张家堡有这种行为，也是年幼无知之辈惹出来的祸殃。最好先礼而后兵，派人下一封书信前去，着令他们的堡主亲来谢罪；可以将他们责备一番，且可得到二十万钱。倘然再有不服，那是他们自取其咎，不能再怪山上众弟兄的屠戮。不料家驹、家骐强硬到底，反又讨上一个没趣。连钱世辉和李大勇也都怒发冲冠，抚剑疾视了。

赵无畏更是忍耐不住，一心要出这口气。吩咐部下众儿郎，今夜一齐出发，攻打张家堡，大肆屠杀，务使鸡犬不留，方快心意。他自己和妻子穆云英率领三百儿郎攻打堡前，李大勇、钱世辉率领二百人攻打堡后，在下午日落的时候，全体饱餐了晚饭，个个端整兵刃、火把，以及硫黄、松香等引火之物，暗暗分两路下山，向张家堡进发。

这天，张氏弟兄又将抱犊崮的人打回去后，知道赵无畏再忍耐不住，自己的村堡和他们相离很近，说不定今夜他们便要前来侵犯了，这却不可不防。二人遂将自己善使的兵器取出，张家驹使一对短戟，张家骐用一柄大砍刀，全身穿着武装，英气虎虎。点齐八十名精壮团丁，都是平常时候经过自己亲身教授的豪侠少年，对他们讲话一番。且说："抱犊崮盗匪跋扈非凡，借天然的形势以自固，以致外间人不敢深入，日后必为地方之害。所以自己诱他们出来厮杀，好把他们剿灭，准备土匪到来，决一雌雄。"

二人又去安慰父老们，教他们夜间尽管放心安睡，不要慌张，包管土匪有来无去，杀得他们片甲不留。又命其他强健的男女，没有加入团中的，也帮着端整石子、弓箭，助守堡墙。众乡人见事已如此，也只得一切都听张家弟兄行事。希望侥天之幸，仗着张家弟兄的勇敢，保住村庄无恙，便要谢天谢地谢神明了。

到了晚上，张家弟兄率领六十团丁守在堡前；又命二十团丁防守堡后。如遇匪来，鸣炮为号，然后敲锣迎战，大家都照着去办。这可怖之夜到来了，杀气笼罩在张家堡上，天空里星斗无光,野风很大,黑沉沉的大地瞧不出什么来。张家弟兄抖擞精神,和团丁们潜伏在堡上向堡外窥望,近处无声,远处却听得隐隐狗吠之声。

距离堡外二三里路,正有一队黑物,蠕蠕而动,这就是抱犊崮上的一队魔君了。赵无畏挺着三节连环棍,和他的妻子穆云英当先督令着儿郎们,悄悄地向前进行。远远已望见张家堡的黑影了,他知道堡中必然也有防备,少不得有一番恶战。倒要试试那两个张家小子的本领,究竟怎样的厉害,敢来捋他的虎须。于是,他足下一紧,待到离堡半里光景,遂回头喝一声:"儿郎们!快快举起兵刃,亮着火把,一鼓作气,冲进堡中去,杀他一个落花流水吧!"群匪齐声答应。于是灯笼火把一齐亮起,呐喊一声,跟着赵无畏夫妇二人杀奔堡前而来。此时,张家弟兄吩咐四十团丁一齐随他们出战,余众守在堡上,也把灯笼亮起,一声号炮,开了堡门,冲将出来。家驹挺着双戟,将团丁一字排开,见一簇盗匪火光照耀。当先一人黄布扎头,身穿黑色短衣,面貌却很白净,手中握着三节连环棍,向他们大踏步赶来。家驹虽不认得赵无畏,料想这也是头领了,遂将戟一指,高声喝问道:"你是谁人,可教赵无畏来纳命!咱们小爷预备的槛车在此。"

赵无畏圆睁双目,也喝道:"好小子,休出狂言!咱就是插翅虎赵无畏,今夜前来问罪。"家驹忙笑道:"什么插翅虎,你到了此间,管教插翅难飞,咱们小爷偏不怕你的。"呼的一戟,向赵无畏的胸前刺去。赵无畏一棍扫开,回手向家驹头上打下。家驹便将左手戟去架住棍子,觉得沉重非凡,便使开双戟,左右进刺。赵无畏也把三节棍舞开来,上下翻飞,尽向家驹迎头盖顶地打去。

家驹知道这三节连环棍是十八般武器最厉害的家伙,并且见赵无畏其势十分凶猛,所以也不敢怠慢,用出生平之力和他鏖战在一起。两人一来一往地战了二三十回合,不分胜负。家骐在后瞧得清楚,见赵无畏果然凶猛,便将手中大砍刀举起,冲过来要想助战。却听匪中一声娇喝道："不要脸的小子，你们要想二对一取胜么？老娘来了。"

接着又有一个近三十岁的妇人，浑身青衣裤，鬓戴着一朵大红花，头上用青帕裹住，火光中瞧见她的脸孔也有几分姿色，手里却使着两柄银斧，飞跃而至。手起一斧，便向家骐腰里扫来。家骐把大砍刀往下一压，当的一声，早将来斧扫开，使一个独劈华山，一刀向那妇人头上砍下。那妇人却十分灵捷，早已收转双斧，往上架住，家骐刚要收回大刀，却不防那妇人已将双斧向他胁下砍来，只得托地向后一跳，跳开五步路，让过了双斧。

那妇人乘势又把双斧转着，往他上三路扫来。家骐见那妇人很有几路好的斧法，而且勇若虎豹，捷如猿猱，料是赵无畏的押寨夫人了。莫要小觑了她，遂将他师父所传的刀法舞起来，和穆云英战住。众盗匪见四人狠斗不休，因为未得头领的命令，只是在旁呐喊着，不即上前攻堡。堡中团丁见盗匪势众，张家弟兄又未能将他们的头领击败，自己保护堡门要紧，也未敢上前。

家驹、家骐一边和赵无畏夫妇酣战，一边也觉得抱犊崮的土匪果然厉害，未可轻视，心中十分焦躁。正在这紧要的时候，忽然堡后鸣起炮来，张家弟兄听了，知道后面也有土匪在那里攻打了，心中不觉有些担忧。因为后面把守的人较少，不知能够抵敌得住么？自己这里又恰逢劲敌，一时不能取胜。又隔了不多时，只见后面火光冲天而起，隐隐有喊哭之声，家驹知道事情不妙。

因为他一向晓得家骐的武艺比较高强一些，便对家骐大声说道："兄弟，你在这里抵御，我到堡后去看看。"说罢，便把双戟架开赵无畏的三节连环棍，奋身跳出圈子，回头便跑。赵无畏喝一声："小子哪里走！"刚想追赶，家骐已抛了穆云英，过来拦住他。赵无畏说道："也罢，且将你这小子的性命结果了再说。"遂舞棍和家骐厮杀起来。穆云英哪里肯放松，舞着双斧也赶上来双战家骐。

好家骐毫无惧怯，将大刀使开了，刀光霍霍，和二人拼命狠斗。此时赵无畏见堡中已起了火，黑烟越弄越多，料想李大勇等已得手了，便回头喝令儿郎上前攻堡。众盗匪一闻号令，立刻上前动手。众团丁虽然不怕，迎住众盗，恶战一场。可是自己方面又被家驹带去了十人，人数实在太少，反被群盗包围住，喊杀连天，早被数十土匪杀入堡中去。堡上人因见堡后已被攻破，心中胆怯，各自纷纷逃生去了。

这时堡前堡后先后起火，火光映得满天通红，家骐手里虽然尚能抵挡得住，可是苦于不能脱身，又见自己的团丁渐杀渐少，堡上又已失陷，心里又惊又怒，咬紧牙关，将大砍刀向二人猛砍。二人闻张家堡已破，勇气倍增，把家骐紧紧困住，不放他走。战到后来，家骐力气渐渐缺乏，刀法松懈，口中还大呼杀贼，却被赵无畏觑个隙间，一棍向他下三路扫去。家骐的大刀正被穆云英双斧拦住，跳避不及，腿上早着了一棍，向前跌下地去。

穆云英大喜，踏进一步，一斧劈下，不防家骐猛吼一声，跳将起来，一刀向上猛刺。穆云英急避让时，肩上早已被刀锋掠着，连衣带肉削去了一小片。赵无畏急了，接着又是一棍，将家骐再打倒在地。穆云英左肩虽伤，右手无恙，所以连忙一斧砍下，于是这小英雄便死在土匪手里了。赵无畏见他妻子已杀了家骐，马上过来看她的伤处，幸亏没有伤骨，其势尚轻，便在家骐身上撕下一块布，将她的伤处裹住，率领着众匪一齐杀入堡去。

当家驹得了报警，回到堡后去接应时，因为堡后实在太空虚了，他们弟兄事前没有防备到盗匪用两路夹攻之计，以致被李大勇等一攻即破；杀进堡中来，将堡中人民乱斩乱杀，四处放着火，声势汹涌。家驹虽然勇敢，但是众寡不敌，已难抵御，眼看着许多盗匪们冲进堡来，四处去焚烧；自己堡中呐喊声和号哭声同作，一处处地着火，烈焰飞腾。他知道村庄已破，心里好不难过，舞着双戟向那边冲去。

见有一小群盗匪正在那里放火，他大喝一声杀过去，一连刺死了四五个。前边一带火把，照得墙壁通红。当先一个盗匪，黑布扎头，裸着前胸，手里舞着一柄大斧；带领一伙盗匪向这里赶来，就是李大勇了。家驹喝一声："狗盗休要逞能！"挥动手中戟和他战在一起。

李大勇是个勇莽之辈，素有"赛樊哙"的别号。此次他和钱世辉同攻后堡，首先杀上堡门。堡上人少，被他挥动大斧杀死了七八人，一路杀来，好不爽快。现在遇到家驹，正是劲敌；所以两人如饿虎一般地往来猛扑。杀了八九十个回合，不分胜负。家驹暗想：抱犊崮上的盗匪怎样个个如此厉害的呢？只得死战不退。

在这时，赵无畏等已从堡前杀入。堡前、堡后都陷入匪手，团丁们也死伤殆尽了。家驹一边厮杀，一边瞧着情势，知道他的兄弟一定凶多吉少，心里更是难过。斜刺里又杀出一个盗匪，摆动手中双刀，大喝："不要放走了这张家小子，咱们要将这堡里人杀个净尽呢！"这正是钱世辉，遂助着李大勇双战家驹。家驹杀了许多时候，盗匪愈聚愈多，自己已战得筋疲力尽。

只见赵无畏提着他兄弟的首级奔来，大喊道："小子，你看这头是谁的？今夜你也不免了。"家驹看了，不觉大叫一声，嘴里喷出一口鲜血；手中一不留心，钱世辉的双刀已从左边卷进，急忙招架住。手上正着了一刀，一柄戟握不住了，早坠在地上。李大勇等大喜，你一斧我一刀的向前逼近。家驹退后数步，大喝："谁敢犯我！"将他右手的戟向自己喉咙里猛刺一下，鲜血直喷，渐渐仰后而倒。

赵无畏见家驹已自尽了，自然欢喜，和众盗匪四下里去劫掠焚杀。可怜张家堡里男女老幼一齐同遭大劫，逃得性命的不过十数人罢了。家驹的婶母和女儿恐受盗匪污辱，一齐投井而死。赵无畏等焚杀到五更时分，见张家堡几乎变成白地，火焰尚在四处肆威。他遂收齐队伍，带着劫来的财色，奏着他们的得胜歌回山去了。

张家堡这一回的屠烧，远近各处都瞧见这里的红光，知道遭着盗匪的光临了，但是没有一个村庄敢去援救。这也是平时没有联络之故，不能实行"守望相助"之义。到得天明，张家堡逃出来的人到各处报告凶耗，且到兖州府去请剿。

这个消息传到了九胜桥，小神童瞿英和贾三春的女儿贾芳辰大为不平，便来见贾三春。谈起这事说："抱犊崮盗匪不当劫掠附近村庄，此次张家堡受了惨祸，以后这里各村庄难免不再受他们的蹂躏。我们理当想法去和张家堡人报仇，并除盗患。"贾三春说道："你们不要发急，这一件事闹得大了，官中断乎再不能装聋作哑，置之不理了。他们自会派兵去进剿的。"

瞿英忍不住说道："那些官兵都是不中用的脓包！平常时候对着一般小民作威作福，野蛮无理，坐糜仓廪之粟而不羞。若要教他们去剿匪时，便如耗子见了大猫一样，畏首畏尾，不敢前进了。反而到乡间来骚扰一番，有什么用呢？"

芳辰也说道："哥哥说他们见了盗匪如同耗子见了大猫，我却说盗匪是凶猛的硕鼠，官军是躲懒怕事的煨灶猫。教他们去捕鼠，反被鼠咬了呢！总而言之，官军是靠不住的。以前张家堡张氏兄弟曾经发起和各村庄一同联络，组织民团，这本是很好的事，无奈注意的人较少，以致不能成功了。倘然联络了，何至有今日之祸？

"我等鉴于张家堡的惨祸，应当快快起来，自己去把他们剿灭，何必要去等无用的官兵呢？父亲是这里有名的人物，岂能坐视盗匪愈益猖獗？不如待我们二人跟随父亲，一同冒险抱犊崮去，将匪首擒住，肃清匪众。也好教他们知道九胜桥贾家英雄，且使官兵大大的惭愧呢！"

贾三春听了二人的说话，微微叹道："你们二人的话固然说得不错，但是你们也不免蹈着好勇轻敌之弊。张家堡所以得祸，本因张氏兄弟仗着自己的艺高，把盗匪太看轻了。我已查得起祸的原因，起先张家弟兄修筑堡墙，训练团丁，已有凭着己力去杀匪的宣言。继则向匪盗挑衅，且闻他们特制槛车，说要生擒匪首，未免傲气凌人，自遭杀身之祸。我看你们不必多事吧，只要他们不来侵犯这里便是。"

芳辰见她父亲不赞成她的说话，反说他们多事，心里更是不欢，鼓起两个小腮，说道："张氏弟兄虽是有意和匪众挑衅，蹈已傲者必败之病，但是匪众如此猖獗，我们岂可坐视？父亲有了很好的本领，怎样也怕起事来？"

贾三春连忙说道："胡说，你们年纪尚轻，童子何知？你们不去闭户读书，精练武术，预备将来的成功，却想管什么闲事呢？"

芳辰一团高兴，前来请命，却不料反被她父亲叱责，讨得一场没趣，只得和瞿英退去。回到书房里，大家不说什么。瞿英坐在桌旁，取出一本《古文观止》摊开来，看着不读，芳辰也在他的对面坐下。这几天因为贾三春请的老先生忽然有了感冒，发病在床，不能教读，所以二人自己温课。

芳辰心里十分懊恼，对瞿英说道："父亲不愿意管这事，我们白白地多说了几句话，却怎样呢？"

瞿英抬起头来，瞧着芳辰的面上含有一些薄怒，也懒懒地回答道："既然大伯不许我们多事，我们也只得罢休。让那些盗匪去猖獗，倘然要来侵犯这里时，我和你当不可放过他们的。"

芳辰听了瞿英的话，将脚向地上一顿道："他不许我们管闲事，我们偏要管闲事。难道必要等到土匪杀到我们这里来，方才对付吗？这却来不及了。偏偏你也不争气，被我父亲一说，把适才的豪兴一齐打消了，使人真是生气。"

瞿英见芳辰说得甚是激烈，顿时两道蛾眉倒竖了起来，两个小腮益发鼓起来了。只得轻轻带笑问道："你又要来怪我了，依你又怎样办呢？"

芳辰道："你和我的心思不同，你赞成我父亲的说话吧，不要再来问我了。"说罢,将身子一扭,回转而去。瞿英连忙立起身来,走到她的面前时,芳辰又将身子一转,面对墙,仍是不响。

瞿英又走进一步,伸着头去瞧她的,芳辰不觉"噗嗤"一声,笑了出来。索性将身子回转来和瞿英相对着,小腮依旧鼓起,说了一声:"谁和你取笑呢?"瞿英道:"好妹妹,你受了你父亲的气,却想出在我的身上吗?须知我也是很怄气呢!依你又怎样办法,快快说吧。"于是芳辰开口说道:"你过来,我和你轻轻地说。"瞿英遂走上前,将自己的耳朵凑到芳辰的桃唇边,听她说话。

芳辰在瞿英耳上悄悄地说了许多话,瞿英只是点头。等到芳辰说完了,瞿英带笑说道:"一切我总听你的吩咐,我当谨守秘密。"于是芳辰的两腮不复鼓起,已还嗔作喜了。

两人在书室中读了一会儿书,吃过饭后,又到后院中练习了一会儿武术。看看天色已晚,贾家的晚饭是吃得很早的。瞿英和芳辰跟着贾三春等将晚饭吃毕,瞿英一人独自回到他的书室里。

因为平常时候瞿英总要到他自己书室中读一黄昏的书,然后安睡,和他的老母并不同睡一起的。但是这个晚上,他到了书室中,虽然展开了书卷,双目却是闭着,静坐养神。

不多一会儿,便见芳辰走来,换了一身绿色衣裤,腰里挂着一对蜈蚣短铜棍,轻轻对瞿英说道:"我们走吧。"瞿英道:"好的。"于是瞿英站起身来,将长衣脱下,罩上一件黑背心,从壁上摘下那柄龙雀宝刀,连鞘子背在背上;又从抽屉里取出一小囊梅花针系在腰边,熄灭了火,一同走出来。把书室门反带上了,到得庭心中,听听外边没有人声,遂各将身子轻轻一跃,已到了屋上。向左边屋越过去,已到外边的围墙,飘身而下,并肩向左边路上走去。

这时月色很好,田野间景色隐约可睹,二人走出村子,幸喜没有撞见一个人,遂加快脚步,飞也似的向前奔跑。到二鼓以后，已到得一个峻峭雄险的山下，那就是著名的抱犊崮了。

原来芳辰年幼好勇，不服她父亲的说话，偏偏要去抱犊崮和盗匪较量一下，代张家堡复仇。她方才凑在耳朵边说的话便是要叫瞿英同去。瞿英也是个年少好动的人，正中他的心怀，便相约着在夜间一同冒险来抱犊崮了。瞿英到得山下，见山势果然峻险，并且知道上面的要口只容一人过去，那里必然有盗匪把守；况且又逢月明之夜，无处藏匿，此举很是危险，不觉有些踌躇。

芳辰初出茅庐，急欲试技，什么都不顾到，见瞿英忽然立定了，向山上张望，便将他肩胛一拉道："哥哥快上去吧，不入虎穴，焉得虎子？我们去打老虎，那头领不是别号'插翅虎'的么，遇见我，倒要看看他是怎样一个人物？有没有生翅，也好把他的翅膀都扯将下来，教他做个没翅虎。"瞿英听芳辰说着，忍不住一笑，遂不再踌躇，伴着芳辰，壮着胆一同上山。

山路甚是崎岖不平，两旁怪石矗天，奇形怪状；在月光下望去，好似一个个妖魔在那里等候着张吻噬人，倒好似象征着山上的那些悍匪了。两边松树最多，被风吹着，呼呼地发出很大的声音。二人一心来找匪首，一点儿也不觉惧怯，并且反觉得这山中月景好看得很；但是恐防被山上人窥见，沿着松树之下，或是大石之旁，鹤伏鹭行地向上走。

走了不少山径，前面渐渐狭窄，山石更是嶙峋，月光大半被山壁蔽住，知道要隘快到了。前面又有一条山涧，流水淙淙，在那寂寞的夜里如奏着音乐，以慰山灵。二人渡过涧去，前面都是很大的石头，二人连窜带跳地走了十数级，只见对面有两道山壁挡住去路，似乎不能上去了。

及走到壁下，抬头一看，见两峰之间月光照下来，在地上现出一个弯曲的线形。原来壁间正有一条非常之狭的石径通到上面去。但是很高远的，望不出什么；而且很是曲折，大概这就是抱犊崮鸟道了。二人爬上去，很留心地走着，走到一半时,却见前面横插着一扇很厚很大的铁闸,把去路挡住。二人无计可想,立定脚步,芳辰对瞿英说道:"怎样走上去呢?"

瞿英从背上拔出那柄龙雀宝刀,说道:"待我来试试看。"便将宝刀向那铁闸乱砍一下,却被他穿透了几个洞,瞿英喜道:"多谢这宝刀之力,我们可以设法了。"遂将脚踏在刀穿的洞关上,一脚一脚地爬上去,已爬过了铁闸。芳辰也照样爬了过来,见里面有铁拴关上,瞿英伸手拔去了铁拴,以备下山有路,又向上面走得十数步,方才到达平地。

前面又有一个堡垒,堡上插着旗帜。二人走到堡前,正想越过堡去,瞥见背后有个人影一闪,跟着有人高喊一声道:"快捉奸细哪!"二人陡吃一惊,一齐回过身来。

第五十三回

蜈蚣棍群惊娇女
问罪书独难老人

瞿英连忙从腰边袋中摸出一枚梅花针，见有一个人向东边拔腿便逃。瞿英瞧得清楚，跟着一扬手，那人早喊了一声："啊哟！"扑通跌倒在地。瞿英跳过去手起一刀，便将那人杀死；忙和芳辰避入林子后面山石背后，伏着不动。等候了好一会儿，却不见堡上有何动静，知道堡上的人正在熟睡，大约没有听见那人的喊声，所以如此。二人遂又从山石后走出，轻轻一跃，到了堡上。

原来是一道矮矮的堡墙，堡后有几处小屋，大约是守堡的匪党住的，里面没有灯光，已深入睡乡了。二人再向前面走去，中间是一条石砌的大路，两旁都是田畴，远远有些房屋，却四散着的，分成一处处，好似蜂房一样。二人不管三七二十一，顺着这条大道走去。那些土匪拥着这山头南面称王，虽是绿林强盗，却也足以自豪了。前面已有很高大的房屋，隐隐有些灯光，估料这就是盗窟了。二人更是放出精神，向前悄悄走去，到得前面，见两扇很大的寨门紧闭着，里面也听不到什么声息。

二人方想打从那里入去，忽然屋后一阵脚步声响，走出五六个土匪来。手里都拿着灯笼和兵刃，乃是山上的巡逻队。此时二人躲避不及，只得挺身相见。

巡逻队虽然一夜数次，照例巡逻。可是仗着抱犊崮形势险恶，半山又有一个铁闸，非有能人不能飞渡的；山上从没有出过什么岔儿，所以他们走着，并不十分严密注意的。不料现在陡地瞧见了两个人影，齐吃一惊！一个队长将手中大刀向二人指道："你们是哪里来的奸细，怎敢如此大胆？休得乱闯！"

话犹未毕，瞿英早已一摆手中龙雀宝刀，跳过来当头就是一刀。贾芳辰也将蜈蚣棍舞动，杀入巡逻队。这区区五六个土匪如何是二人的对手？那队长和瞿英抵不到三合，已被瞿英一刀砍倒在地。一匪见情势不佳，连忙退后数步，将手中锣拼命地敲起来，"当当"一阵锣响，早惊动了寨里寨外的人。

钱世辉睡在外面，闻得锣声，知道山上有外人到了，连忙披了一件短衣，从床头取过双刀，和几个匪徒首先杀过来。瞿英见钱世辉的模样，知是盗首了，便和芳辰丢了巡逻队，一同向钱世辉进攻。钱世辉使开双刀，战住二人。起初心中以为来的乃是两个小儿女，料他们没有什么多大本领。不料交起手来，一个在左，一个在右；刀如雨点，棍如龙腾，把他紧紧围住。宛如两头小小猛虎一般，杀得他只有招架，不能回手，心中遂大惊起来！

幸亏这时背后火把大举，赵无畏和李大勇率领寨中盗匪，大开寨门，赶来接应。一瞧钱世辉正被两个十三四岁的小儿女围住厮杀，心中很是奇怪。暗想：我们在此抱犊崮称霸一方，绿林中英雄也都敬畏几分，哪里来个乳臭小儿到此骚扰？一边想，一边看钱世辉手中刀法已渐渐散乱。

那个童子舞着一柄宝刀，刀光霍霍，十分矫捷，只在钱世辉头上、胸口打转，功夫十分了得。自己若不去援助时，恐怕钱世辉要败在他们手里了，遂虎吼一声，舞开三节连环棍，杀上前去。喝道："乳臭小儿，休要猖狂！可认识赵爷吗？"瞿英见了,便回身将刀迎住。说道:"好,你就是赵无畏吗?快快献上头颅,免得小爷动手。"赵无畏闻言大怒,更不说话,"呼"的一棍对瞿英头上打来。

瞿英将刀往上架时,不料这三节棍乃是软硬之物,也是武器中最厉害的家伙。他一刀去拦时,赵无畏乘势将棍一送,第一节棍恰向瞿英头上落下。幸亏瞿英眼快,连忙将身子向后一跃,退出七八步外,方才避过那一棍。赵无畏见一击不中,又是一棍向瞿英下三路扫来。瞿英轻轻一跳,让过这一棍。却已跳至赵无畏身旁,喝声:"着!"一刀直刺向赵无畏的胯下。这一下是非常之快,而且出乎赵无畏所料,看着龙雀宝刀的刀颠已将刺进了,赵无畏的棍尚未收转,万万不及招架,只好闭目待死。

谁知东边黑暗里飞来一件东西,正中瞿英的右肩,瞿英喊声:"啊哟!"手中一松,"当琅琅"宝刀落地。赵无畏大喜,退后一步,收转三节棍,正要向瞿英打下。芳辰瞧得清楚,丢了钱世辉,忙跳过来,将蜈蚣棍敌住赵无畏。瞿英趁这时也将自己的宝刀拾起,但是一摸右臂上已中了一镖,赶紧将镖头拔出。而因臂上着了伤,一时不能使动,只得左手使刀了。

跟着黑暗里跑来两个女匪,一个年纪轻的,手中挟着两斧,就是赵无畏的妻子"女咬金"穆云英了。还有一个年纪已老,丑陋如鸠盘荼一般,握着一根粗重的竹节钢鞭。原来此人就是母夜叉胜氏。她自从在乌龙山上被玉琴、剑秋将她的丈夫和女儿杀死,自己抵敌不过,逃生出来。一时无可立足,在曹州府亲戚家里耽搁了多时。静极思动,想起了穆云英嫁了赵无畏,这几年占据了抱犊崮,甚是得意,何不到那里去投奔!遂离了曹州,跑到抱犊崮山上来。

赵无畏夫妇见胜氏到此,很是欢迎,谈起穆雄等惨遭荒江女侠杀害,都觉悲伤。赵无畏且安慰胜氏道:"那两个狗男女在外面东闯西奔,专和我们绿林中人作对,将来我若遇见了他们,一定不肯放过的。他们若要到抱犊崮来送死,这也是很好的事。"从此胜氏遂住在山上了。

今夜闻得锣声告警,赵无畏先出去,穆云英先去唤起胜氏,一同到外边去瞧瞧到底来了什么人。所以二人从旁边儿转来,黑暗中望到亮处,更是明显。正当赵无畏一棍扫空,瞿英刀到赵无畏胯下之时,穆云英大吃一惊,不及前救,急忙发了一镖。穆云英的镖法虽然不很高明,然而瞿英的全副精神正贯注在赵无畏身上,所以不提防中了一镖,而赵无畏却脱险了。

穆云英发过镖后,见那个童子虽已击中,尚在拾起地下的刀,再作挣扎,遂使开双斧,赶过来和瞿英厮杀。李大勇也舞着大斧来助赵无畏。母夜叉胜氏摆动竹节钢鞭来助穆云英。钱世辉见大家已出来助战,遂抱着双刀,立在一旁,休息着观战。其余的匪党也举着灯笼火把,刀枪棍棒,围成一个圈子,不让来人逃走。

瞿英虽然勇敢,却因右肩受了伤,左手使刀有些不得劲儿。况又逢着穆云英和胜氏都是凶悍善战的女匪,宛似两头噬人的雌狮;避开了左面的斧,又来了右面的鞭,只杀得他汗流浃背,手中刀法渐渐松懈。一个不留心,被胜氏一钢鞭扫中后股,身子往前一冲,"扑"地跌倒在地,早被穆云英夺下宝刀,赶上两个匪党把瞿英活活缚住。

芳辰正竭力抵住赵无畏、李大勇二人,见瞿英业已被擒,心中慌乱,虚击一棍,向后跳出圈子,回身便跑。四五个匪徒前来拦袭时,却被芳辰的蜈蚣棍打倒,飞也似的向山下逃去。钱世辉和李大勇接着便追,赵无畏也带领数十匪徒紧紧追上。穆云英和胜氏见敌人只有一个小姑娘,已有三人追赶,应可取胜了,遂押着瞿英先回进寨中去了。

钱世辉和李大勇同追芳辰,在月光下瞧见芳辰短小的影子向堡后方跑去,飞行功夫着实不错,二人也将脚步加紧。看看将至堡下,芳辰身体轻捷,只是一耸身已到了堡墙上。钱世辉正要跳上去,却见芳辰回身立定,把左手蜈蚣棍高高举起,向他一指,便不知不觉的臂上中了一样东西,痛彻骨髓,手中的刀握不住，早坠在地上。

李大勇跟着赶上前，芳辰右手的蜈蚣棍又向他一指，便有一小枚绝细的蜈蚣针向李大勇头上飞来。李大勇急忙避闪时，耳边已着了一针，痛得他直跳起来。

在这时候，赵无畏也已赶上，见钱、李二人都受了伤，不由大惊，忙问："怎的？"二人便从耳上，臂上拔出两枚蜈蚣针来。见针身狭而小，宛如一条小小蜈蚣，伤处的血泊泊地流将出来。

赵无畏说道："不料这小娃娃竟有这样厉害的暗器，倒也神通广大，莫怪他们敢上这里来寻衅了。"又瞧堡上人影已杳，月色空明，想她早已去了。自己若要追去，恐怕反要吃她的亏，且回去细问那被擒的童子，当能水落石出，知道二人的行径了，遂一同回至寨中。

胜氏、穆云英见三人回来，便问："你们追那小姑娘怎样了？为何空手而归，莫非被她逃去了么？"

赵无畏点点头道："是的，不但放走了她，钱、李二兄弟都受了伤。"

穆云英听了便道："啊哟，那小姑娘竟有这么厉害么？你们三个人追一个，仍被她脱身而去，这不是笑话么？"遂赶快到里面去取出金创药来，给二人在伤处涂上了包扎好。大家来到聚义厅上，灯火大明，堂下排列着一二十徒党。赵无畏在正中虎皮椅上箕踞而坐，他用的三节连环棍搁在椅背上；穆云英、钱世辉等分两边，便吩咐左右将捉来童子推上来。接着便听得左右呼喝一声，有两个徒众握着鬼头刀，将瞿英推倒阶前。

瞿英虽已被擒，面上却神色自若，立而不跪。赵无畏伸着二指喝问道："瞧你这厮年纪轻轻，还是个乳臭小鬼，胆敢在这间冒险上山来做奸细，究竟是谁人主使的？还有那个小丫头是谁？快快直说，你们可晓抱犊崮的威风么？"

瞿英说道："呸，强寇不要自夸，我既然不幸跌翻在你们手里，大丈夫一死而已，何必多言。"赵无畏听瞿英说得十分倔强，便回头对钱世辉冷笑道："你们看这小儿说话倒也强硬，如何发落，把他砍了吧。"

穆云英在旁也指着瞿英问道："你这小孩子，须知你的性命就在眼前，你若不说，转瞬之间就要身首异处；倘然说了，我们自会饶你，放你下山的。人死不能活，你该仔细思量思量，不要逞着一时血气之勇。"

瞿英哈哈笑道："你这贼婆娘，休要用鬼话来惊我。当知我既来此，岂是贪生怕死之徒？要杀便杀，你家小爷的头儿预备给你们了。只是你们这些狗匪狗强盗，也如釜底游魂一般，早晚自有人来收拾你们这些狗贼的。今天也算小爷倒晦，便宜了你这狗头。"

赵无畏和穆云英等本想骗瞿英的口供，反被瞿英"狗贼、狗强盗"的骂了一顿；瞿英骂得虽然畅快，然而他们心里怒火却直冒起来。赵无畏便大喊道："你这小子一味蛮骂，不懂好歹。你既然情愿送死，好！我们不再问你的口供，就把你砍了罢。"钱世辉、李大勇等又一齐喊道："砍了罢，砍了罢。"

那两个监押瞿英的匪徒，听三位头领已有吩咐，一齐回应，便将瞿英推到庭心东边一株大树之下。一个人把瞿英按倒在地，拉住发辫，用力向后面一拽，瞿英的脖子便伸了出来；一人双手将鬼头刀举起，摆着坐马势，一刀向瞿英颈上砍将下去。

只听"咕咚"一声，跌倒在地，赵无畏等以为瞿英已经完了。大家站起来看时，却见跌倒的并非瞿英，乃是用刀砍瞿英的人，一齐奇怪起来。接着，那个拖住瞿英的人，口中喊了一声："啊呀！"两手一松，也跌下地去，月光下瞧得清清楚楚。

大家正在莫名其妙的当儿，穆云英抬头一看，早见西边屋上立着一个小小人影，刚要喊出来。同时那小小人影已如飞燕一般跳到庭心中，要去救助瞿英。她忙将双斧一摆，跳过去拦住那人，叮叮咚咚地杀将起来。

原来此时来救瞿英的仍是芳辰。因为芳辰方才在堡上用蜈蜈蚣针击伤了钱、李二人，被她乘机脱身逃去，一个人独自循着原路，跑到铁闸那里。忽然立定脚步，瞧瞧后边没有人追赶前来，遂在一块大石上坐下，把一对蜈蚣棍放在足旁。一手支着颊默思：我们是来探山的，岂耐那些狗盗果然本领不弱，我们众寡不敌，瞿英哥哥受了伤，竟被他们擒去了。我虽然侥幸兔脱，然而我又怎样能够一人回家去呢？一则对不起瞿英哥哥，二则给我父亲知道，不要怪我么？唉，瞿英哥哥和我是很好的，此番前去抱犊崮，也出于我的主张；现在遇到了危险，他已被人家活捉，我却偷生逃回，扪心自问，怎样对得起他呢？料想他落在强人之手，一定凶多吉少，我不去救他，更有谁去援救？我又不忍让瞿英哥哥死而我偷生，我们要死也死在一块儿，这样我才对得住他。现在别的问题我不能管了，只有回转去想法把他救出，倘然不成功，我也不愿生还了。

想到这里，勇气陡增，抬起头来，山边的明月正映在她的脸上。有一鹳鸟张开车轮般大的翼，从她的头顶上掠过，向下面山谷中飞去，叫了一声，好似老人欷笑，听了使人毛发悚然。她从石上立起身来，握着蜈蚣棍，悄悄地又向堡前飞奔而来。

其时守堡的匪徒都已惊起，开了堡门在那里巡查。芳辰走到近处，躲在一株树后，举起蜈蚣棍，一连放出数枚蜈蚣针去，打倒了几个匪徒。还有两个眼见同伴好好儿的行路，不知怎样地纷纷跌倒，骇极返奔，芳辰赶紧追上去，手起棍落，将那两人也打倒在地。

堡上已没有人了，便走进了堡，回到寨前。遥见正面有些灯火，估料必有人守在那里，遂溜到侧面去，悄悄跃上边墙，向里面高大的去处跑去。芳辰的飞行术已练得很好，况且人又轻小，宛如一头小狸奴，走在屋上一点也没有声息。

她到得前面灯火明亮的地方，乃是一座厅堂，她遂伏在瓦楞上，向下偷窥。正当赵无畏询问瞿英口供的时候，她本想找到了瞿英的踪迹，把他救出，无奈瞿英强硬的说话已触怒了盗匪，眼瞧着瞿英被两匪徒推到庭东树下去，要将他执行死刑。

瞿英的性命正在呼吸之间，她在屋上看着，一颗芳心不由很急地跳起来，不能顾虑到什么了。立即把手中蜈蚣棍的机关一按，放出一枚蜈蚣针，将那握刀砍瞿英的匪徒打倒在地。接着又发一针，正中那拖拉瞿英发辫的人的咽喉，跟着也跌翻了。芳辰连忙翻身跳下，想要出其不备的去救瞿英。谁知恰被穆云英挡住，心中大怒，几乎将一口银牙都咬碎了，使开蜈蚣棍，只向穆云英的要害打去。

穆云英也将双斧飞舞着，和芳辰酣战起来，李大勇和钱世辉连忙过去看住了瞿英，不让他挣扎起来。瞿英倒在地上，双手反缚着，又被匪徒严密地监视，一些也不能活动；眼瞧着芳辰和穆云英厮杀，他心里一边代芳辰发急，恐防她孤身一人，敌不住这些狗盗；一边却又很感谢芳辰，因为她方才不是已逃走了么？现在重又前来，要把自己救出，虽然不能如愿以偿，可是她的情意、她的勇敢，已使他非常感佩了。

母夜叉胜氏见穆云英一人战芳辰不下，便舞动那枝竹节钢鞭，大喝一声，向芳辰身边扑过来。好芳辰一点也没有畏怯，一对蜈蚣棍上下翻飞着，用出生平之力，和这两女魔王恶斗不退。赵无畏提着三节连环棍，立在阶上观战。见芳辰小小年纪竟有这样超群出类的武艺，他心里也十分惊叹！看看斗到七八十个回合，芳辰力气来不得了，手里招架多而进攻少了。

但见她已拼着一死，再也不想逃生，一面抵敌，一面将蜈蚣棍按动，发出两枚蜈蚣针。胜氏早已防备及此，闪身避过，又一枚蜈蚣针正中在穆云英头上的绢帕，穆云英吓了一跳！赵无畏喝道："你这小丫头又要用暗器伤人吗？"一摆手中棍过来助战，三个人把芳辰围住。

芳辰见自己的蜈蚣针打不中敌人，心中未免有些慌张，又加上赵无畏，教她如何抵敌得住？挡开了穆云英的双斧，胜氏的钢鞭已从她的头打下；连忙收转蜈蚣棍向上招架时，而赵无畏的三节连环棍又从下三路扫来；跳避不及，小腿上着了一棍，跌倒在地上。胜氏早将她一脚踏住，过来两个匪徒，用绳索把芳辰双手缚了，推到瞿英那边去。瞿英瞧了，不觉微微叹了一口气。

这时天色已明，穆云英从地上抬起那对蜈蚣棍，又在她的绢帕上取下蜈蚣针，对赵无畏说道："这种家伙果然厉害，很使人不防的，莫怪钱、李二位头领吃亏了。"赵无畏看那蜈蚣棍时有三尺多长，形式正像蜈蚣，因为四周都有很尖的铜刺，攻手的地方又作戟形，棍头下一小孔，果非寻常的兵器。

穆云英握在手里，连说："好玩好玩。"不料她无意中按动了柄上的机关，便有一枚绝细的蜈蚣针从棍头上发出来，唰的一声，几乎打中了赵无畏的面门。

赵无畏倒退两步，说道："险啊，你怎么这样不留心？若不是我避得快时，也要吃一针了。"钱、李二人也过来观看，都说："这小丫头有这样特制的棍子，我们都吃亏了。"赵无畏便吩咐将蜈蚣棍放在一边，和众人同到厅上去。

李大勇便说道："这两个小娃娃年纪虽轻，本领很好，斗了这么一夜工夫，好容易将他们捉住，不如马上砍掉了罢，免得后患。"

赵无畏略一沉吟说道："且慢，本来我也想把他们杀却了，但是瞧他们的光景必然有来历的。必须查问一个明白，以便对付。那童子是不肯说的了，不如向这小丫头问问看。"

穆云英笑道："你还不怕人家骂吗？"赵无畏哈哈笑道："咒骂由人咒骂，强盗我自为之！若怕人骂，那么做什么强盗？现在一般惶惶然的封疆大吏，总该有些德政施行出来，使得人民赞美了。而哪一个不是背后怨声载道，闹得一路哭呢？"说罢，便叫人把芳辰推上厅来。

这一番赵无畏却换了温和的口气，对芳辰说道："你们俩究竟是哪里来的，姓甚名谁？我们抱犊崮上和你们有什么怨仇，而劳你们来窥探？你们尚未成年的儿女，竟敢闯入虎穴，胆量也不小；并且你们的武艺也可算得高强，寻常的人断不是你们的对手。我若杀了你们，未免可惜！你们家里当有家长的，你们到此，他们可知道呢？不要凭着一时血气之勇，送掉你们的小性命。"

芳辰本来也想不说的，后听强盗的话很是恭顺，而且有几句说到她的心坎里，所以她就老实告诉出来了。赵无畏对于神弹子贾三春是久仰声名的，知道是一位江湖前辈的老英雄，遂和众人商量，怎样把二人处置。

穆云英道："贾三春和我们山上是邻近，平日无冤无仇，此番他放儿女来此胡闹，也决不能宽恕他们的。不如唤他前来，然后放去，这样可以显得我们山上的威严。"

赵无畏道："江湖上人最重义气，我们虽然在此和贾三春毫无关系，可是他也并没有来撩拨过。这二人前来探山，老头儿是不晓得的。既然不是他的主使，我们也只好认作胡闹，和孩子们又有什么计较呢？反见得我们气量不大，有意认真。不如先行释放他们回去，附上一封书信，向他问罪。若他愿意道歉，我们就此了事，否则我们再和那老头儿算账。"钱、李二人也都赞成赵无畏的主张，穆云英只好同意了。

赵无畏当即叫人写了一封书信，吩咐四个健儿押送瞿英、芳辰二人下山，到九胜桥贾家庄去交回贾三春。将二人所有的兵器也都送回去，看贾三春如何答话。

四人奉了命令，立即带了书信和兵器，推着瞿英、芳辰，在这朝阳初上的时候，一路下山。瞿英和芳辰虽然保全了性命归去，可是心中大大的不愿意。因为他们出来探山，本是私行的，现在这样回去，一则非常惭愧；二则给贾三春知道，非但要将他们痛责，而且多一个难问题。叫他老人家应付，倒不如死在山上爽快了。然而身不由主，只好硬着头皮回家去。

这天早上，贾家上下人等都已起身，却不见瞿英和芳辰。芳辰的母亲跑到芳辰的房里一看，不见了她的女儿；同时瞿英的母亲走至瞿英室中一看，也不见了她的儿子。两位老母一齐惊疑起来，连忙报告与贾三春知道。贾三春听了，忙进去一找二人的武器，不见了龙雀宝刀与蜈蚣棍，便拍案大骂道："不好了，他们必是不听我的说话，背地里瞒了我上抱犊崮去了。"

贾夫人听得抱犊崮三字，知道是强人盘踞的所在，忙问："怎的怎的？"贾三春遂将昨日芳辰向他请求到抱犊崮去的事告诉了他们，且说："此刻不见回来，一定凶多吉少。他们仗着艺高胆大，冒险前往，岂知那些盗匪并不是好惹？他们俩究竟是小孩子，寡不敌众，如何敌得住人家呢？唉，完了完了，我这条老命也只好和那些狗盗去拼一下子了。"贾三春说罢，须发怒竖，把脚向地下一蹬，蹬碎了一大块方砖。

贾夫人和瞿母听了，一齐掩面哭泣。贾夫人且埋怨贾三春道："本来人家生了女儿，都是教她读书刺绣，斯斯文文的养在深闺。偏有你自己懂了一些武艺，却不惜工夫去教她使枪弄棒，现在闹出了这天大的祸殃，我们只有这一个女儿，竟送在强盗手里，不知她死得如何凄惨！恐怕这就是报应了。"一边说，一边搥胸大哭。

贾三春心里本来气恼，悔恨得不得了，又给他夫人怪怨，又听着二人这样的痛哭，便把袖子一拭老泪，大声说道："我贾三春枉自做了一世的英雄好汉，今天却弄得如此下场，正是报应。我也不管得什么了，现在我就上抱犊崮去找他们罢！"立刻回身跑出去，到书房里取过他一对多年不用的黄金锏，并带上弹弓弹囊，回身跑到厅上。

贾夫人却和瞿英母亲走了出来，把他拦住道："送了他们两人还不够，难道你这样的年纪又要去饶上一个么？不要去罢！"

贾三春又把脚一顿道："怎么不去？人家害了我的女儿，我若不去复仇，还有何面目住在这里呢？"贾夫人把他衣袖拖住道："强盗如此厉害，你一个人怎样去呢？"贾三春把袖子一挥，推脱了贾夫人的手，头也不回，大踏步地往前走。

正在这个时候，门上早跑进来报告道："老爷不要走，小姐和少爷一同回来了。"

贾三春听说，便立定脚步问道："真的么？"门上人道：

"小的安敢说谎,是抱犊崮上匪徒送来的,现在快进来了。"接着,果见芳辰和瞿英垂头丧气地走了进来,背后跟着四个健儿,一齐来见贾三春。其时二人手上的绳索早已解去了,见了贾三春,叫了一声,涨红着脸立在一边,不敢说话。贾三春瞧了他们一眼,说道:"好,你们的胆子这样大啊!"贾夫人和瞿母见儿子女儿们都平安回来,悲喜交集,便拖了二人的手到后面去问讯。

一个匪徒把宝刀和蜈蚣棍放在桌子上,将一封书信双手奉上,说道:"贾老英雄,这是敝寨主给你老的信,要听你老回音的。"贾三春将头点了一下,接过书信,撕去了一边,抽出一张八行红笺来,展开一读,上面书着道:

三春老丈大鉴:

久仰你老的英名,如雷贯耳,一向不曾到府拜望为憾!咱们在这抱犊崮上聚集众弟兄,敢学梁山泊宋公明等替天行道的故事;对于附近乡村,从来不敢骚扰。前因张家堡张氏弟兄无端向咱们寻衅,所以咱们下山动了一回手,这也是他们自取其咎,不能单怪咱们无情。不料昨夜山上忽来了一双小儿女,不知是来做奸细还是刺客。和咱们恶斗一番,杀死咱们的弟兄,伤我钱、李二头领,最后被咱们所擒。本待处以死刑,但问讯之下,始知是你的女儿和义侄。他们借口代张家村复仇,不自量力,入山寻衅。咱们因为一则是你老的骨肉,二则你老也没有知道这事,所以未敢伤害,特遣部下护送回府。不过山上无端受人侮慢,众弟兄无以解释,想你老必有赐教也。专此即请。

大安。

抱犊崮赵无畏拜首

贾三春一口气把这信读完,眉头略皱一下;便从身边摸出十两银子,赏给那个匪徒,且对他说道:"你回去报你家头领,在三天之内必有回信的，你们去罢。"四人答应"是"，便回身走出去了。

贾三春便将那信放在书房中书桌抽屉里，将自己的武器和芳辰、瞿英的刀棍也一同放好了，走到后面去。见芳辰、瞿英正和他们母亲谈话，瞿英的肩上已包扎好伤处了。贾夫人见贾三春走将进来，面上一无笑容，忙抢着说道："他们虽然倔强，不听你的说话，不过昨夜已吃过一番苦，闹出了这个乱子，已自知警戒，你也不要来责备他们。"

贾三春不答，走到上首椅子边坐下，对芳辰说道："你且将昨晚如何前去，如何被擒的事详细告诉我。"芳辰遂一一老实地说了出来，且说道："这件事都是我的不是，不关瞿英哥的事。他本来不肯去，是我强迫他去的，父亲若要责打，孩儿自当承取，不要错怪瞿英哥哥。他的肩上已受了镖伤呢！"瞿英也说道："伯父，我是自己情愿去的，妹妹并没有强迫，我不该带她同去。伯父若要责打，侄儿自当承接，不要单怪她。"芳辰连忙说道："你怎的这样说，我已说过都是我的不是了，干你什么事呢？"说罢，把嘴一咳。瞿英道："祸是我们一同闯下的，怎好怪在妹妹一人身上，天下岂有此理？"

贾夫人和瞿英母亲听他们辩论起来，忍不住破涕为笑，贾夫人道："你们这一对倒有这样亲密，彼此回护，既然如此，我们也不忍来责备你们了。"贾三春叹了一口气说道："祸已闯下了，我责备你们也是无益，不过我所恨的，你们为什么隐瞒我出去冒这个险？我也明白的，都是芳辰首先起的意。"说到这里，又指着芳辰说下去道："我已对你说过，不要多管闲事，你偏偏不听我。也许你以为我年老怕事，所以你负着气，拖着瞿英侄儿同去。不和你们一同去，是因为你们一则年轻，二则人少，岂能有这力量去灭除他们呢？现在他们把你们送回来，表面上是买我的面子，暗底里却对我大大怀疑。我将如何去应付他们，不是一个很难解决的问题么？"

芳辰道："土匪的本领我们也见过了，并不见得怎样厉害，不过他们倚仗着人多地险而已。父亲不如去约几个老朋友帮忙,一同入山去,索性把他们除去了,代你的女儿雪耻,岂不是好?"贾三春听了,睁着眼说道:"你倒说得这样容易,现在你们去休息罢。这件事只好待我慢慢儿想一个稳妥之计去对付他们。"说罢,立起身来,走到外边去。可是他嘴里虽然这样说,心中一时却还没有什么办法。

三天的光阴是很容易过去的,到得次日,贾三春正独坐在书房里,想来想去,想不出一个很好的计策,十分沉闷,恰巧琴、剑等一干人来了。所以见面之后,剑秋、玉琴想念瞿英和芳辰,向贾三春问起时,贾三春便将此事详详细细地告诉了他们,问他们可有什么意思?玉琴道:"老英雄若然不去见他们讲明这事,未免示弱于人;倘然一人前去,又有孤单之虑。好在我们即已到此,情愿相助一臂之力,跟随老英雄同去,将那些狗盗扑灭了,也是很爽快的事。"贾三春点点头道:"很好。"

剑秋略一沉吟道:"老英雄,我倒想得一个较稳妥的计策在此,不知道老英雄可以为然?"贾三春大喜道:"剑秋兄,请你快快说罢。"剑秋笑了一笑,刚要说时,忽然厅后一片笑声,跳出两个人来。

第五十四回

竞雄犊崮三弹显奇能
卧底贼巢群英除巨害

玉琴、剑秋回头看时，正是瞿英和贾芳辰。芳辰跑到玉琴身边，握住她的手说道："荒江女侠，你好久没有来了，我们思念得很。去年剑秋先生一人来此住了数天，我们曾向他问起你来，他却说不知你在何方。今天怎会一起来的呢？"

玉琴道："我们也是时常想念你们。此番我们同作江南游，所以便顺道来拜访的。我再代你们介绍介绍我的同伴。"遂说了窦氏母女、毓麟兄弟的姓名，和他们相见。谈起窦孝天和宋霸先，贾三春也是一向闻名的，并且他曾和宋霸先在北京姓林的家里叙过一次呢！

芳辰见来了许多人，尤其玉琴、剑秋，是她心里佩服的剑侠，因此格外高兴，对玉琴说道："我父亲大概已把抱犊崮的事告诉你们了。我一时好勇，拖着瞿英哥哥同去冒了一个险，闯下了祸，害得我父亲想不出对付的办法。我也背地里想，大丈夫一人做事一身当，我杀不过他们，既已被擒，他们若然把我杀了，倒也爽快。偏偏问明了来历，竟把我们送回来，向我父亲理论。这不是弄到我父亲身上去么？我看那些狗盗本领也不过如此。我们吃亏的是寡不敌众,现在你们来了,可能帮助着我们上山去把那些狗盗杀个精光,看他们还能够耀武扬威么?我们二人去了一次,已认识山中途径,情愿做你们的向导。"玉琴笑道:"很好,刚才你父亲已告诉我们这事,我们可以随你们同去的,因为诛恶锄暴是我们的本旨啊!"

芳辰再要说时,贾三春喝住道:"大人在此讲话,你且站在一边少说些。"芳辰被父亲一说,便倚在玉琴怀中,一手拈头上的双丫髻,对着瞿英只是嘻嘻地笑。瞿英却立在剑秋的身旁,静听他们说话。

贾三春便向剑秋说道:"剑秋兄,你方才说有一较稳的计策,请你赐教。"

剑秋道:"抱犊崮的盗匪虽然厉害,但是老英雄一世威名也不可丧在他们手里。此次他们故意将令千金等送回,下书诘责,明明是要试试老英雄能不能对付。否则他们若是真心诚服的,一则应当自己来了,二则函中语气不当像老英雄所说的如此傲慢,所以老英雄最好上山走一遭。表面上可说谢罪,暗中也不妨警戒他们数语,试试他们的真心,如何?他们若是领教的,也就罢休;否则乘此机会把他们驱除,将来老英雄和人家讲时也理由充足了。凭见如是,不知老英雄尊见如何?"

贾三春听剑秋这样说,不觉大喜道:"这两天老朽也是这样想法。所虑者一人入山,倘然翻起脸来时,恐要吃他们的亏,所以踌躇未决。现在经剑秋兄这一说,老朽决定明日到山上去见他们了。"

剑秋道:"老英雄若然前去,我和玉琴师妹当随老英雄一同前往,见机行事。不过在去的时候,我们可以乔装做老英雄的徒弟,以免被他们窥破行藏。"

贾三春道:"你们二位能够劳驾同去,这是老朽之幸了。"瞿英、芳辰听了,也一齐欢喜。贾三春对此事已决,心头顿时宽松了不少,遂引众人到后堂去和贾夫人、瞿母相见。

贾夫人等见了玉琴也不胜欢迎,且闻琴、剑二人肯伴贾三春同至抱犊崮，知道他们都是有本领的，也十分放心。当夜贾三春便设席为琴、剑等众人洗尘，贾夫人且吩咐下人打扫两间客房，为众人下榻，竭诚款待。大家讲些过去的事情，津津然很有回味，真可谓宾主尽欢。

次日上午，贾三春便预备上抱犊崮去了。剑秋叫玉琴改扮男装，玉琴以前乔装过，很有经验了。因为她的身材正和毓麟差不多，便向毓麟借了一套衣服鞋袜，到室中去更了装，走将出来，又活似一个浊世公子。毓麟看了，不由暗暗喝彩。

玉琴对彩凤说道："上次到玄女庙，姊姊装了男子，此番上抱犊崮，我却也要改装一下了。早知如此，我们何不做了男子，比较爽快呢！"

窦氏哈哈大笑道："好姑娘，照你现在的式样，不是一个很好的美少年么？"剑秋道："琴妹前次乔装入青楼，今番是到匪窟，所以我却嫌太斯文了。我们是老英雄的徒弟，不妨来得豪莽一些。"玉琴道："斯文的人一定不会武艺的么？这也未必见得。"彩凤指着毓麟笑道："他就是现成的例子！"

梦熊却抢着说道："你们要鲁莽的人么？那要算我最适合了。你们若是让我去时，装哑也好，装聋也好。"说得众人都笑起来了。

剑秋对梦熊看了一看，说道："前番玄女庙你没有闯祸，今天你若要同去也不妨事，不必再装哑巴，只要少开口便了。"梦熊见剑秋肯让他去，好不快活。于是众人各将兵器暗藏身边，贾三春也带上黄金铜和弹弓、弹囊，伴着剑秋、玉琴、梦熊一齐走出庄来。

临行时，贾三春又对瞿英、芳辰说道："窦老太太和曾先生等在此空闲无事，你们可以陪伴他们到红杏观去逛逛。"又对毓麟说道："此地也没有什么名胜可游，不过在村口有一个红杏观，观里有两株巨大的杏树，据说是元朝时候所种植的，至今已有数百年了。年年开花，灿烂夺目，煞是好看，是一个古迹。现在正当盛放之时，你们大可前往一游。那边且有园林,比较在舍间枯坐好得多了。"

毓麟道:"谢老丈美意,谨祝老丈胜利回来。"贾三春点点头,遂同玉琴、剑秋等三人大踏步走出村去。

路上谈谈说说,走得不多时候,早已望见那连峰际天。抱犊崮云气笼罩着,团团都成紫色,待至近时却又变黄色了。这时日已近午,剑秋说道:"我们要上山了,大家戒备着。既然我们算是贾老英雄的徒弟,礼当让贾老英雄打前走,我们跟在后面,不可露出破绽。"梦熊闻言,立刻退到贾三春背后说道:"师父请,弟子来了。"贾三春不由笑了一笑,他自己遂打前走着。

渐渐走入了峻险的山路,忽见上面树林里有几个人影晃动着,就不见了。玉琴便道:"我们须得留心,山上有人窥见了。"剑秋道:"我们明说是来拜访的,那么仍当做出坦然无碍的态度。"贾三春说一声:"是。"依旧昂着头,挺起身子,迈步前进。将近林子边,果然林子里一声呼喝,跳出十数匪徒来,手中各执兵器,大声喝道:"喂,你们这些人往哪里去的?上面是我们的山寨,你们胆敢任意乱闯,莫非来做奸细的么?"

贾三春立定脚步,就对他们说道:"不要胡说,我是九胜桥贾家庄的神弹子贾三春,特地到此拜访你们赵头领的。请你们让开路径,引导我们上去。"

内中有一个匪徒听了,便点头道:"原来是贾老英雄,我们头领正要见你,待我领导你们上山去。"说罢,那匪徒便和两个同伴走过来引路,贾三春等一行人跟着便走。其余的匪徒吱吱喳喳地说了几句话,走开去了。贾三春跟着引路的匪徒走了许多路,只见上面攀天的山壁,遮得阳光都没见,在那山壁中间,有一条非常狭小的山径,通到上边去。

贾三春回头对剑秋说道:"抱犊崮的险要全在这上面,它的得名也在此,你们试看这样狭的路,庞大的牛怎样走得上呢!"梦熊早嚷起来道:"师父,我不去了。我是个胖子,身体差不多和牛一样大,不要走到中间被山石挤住了,弄我不上不下,如何是好?"

贾三春正要回答，引路的匪徒听了，早已笑将出来，回头说道："傻子，你只管放心。你看看这山路狭小得似乎走不上去，其实一个人总可容你走上走下的；否则我们山上人怎样上去下来的呢？"贾三春道："我的徒弟是有些傻的，说出话来总带些傻气，你们不要见笑。"一边说，一边已打从这条狭小险恶的鸟道一步步走上去。

走至一半，忽见旁边有一座大铁闸，高高吊起。贾三春知道这就是匪徒的防御物。瞧那铁闸又厚又重，十分坚固，琴、剑二人也同样估量着。过得铁闸，走完这条鸟道时，上面又吊着一个大铁闸。贾三春暗想：芳辰说山上有一个铁闸，怎么现在有了两个？大约是匪徒添设的了。走上了山头，都是平地。又穿过了一个堡，将近寨门。匪徒早已抢先飞奔入去报告消息了。

所以贾三春等走到寨前的时候，赵无畏和钱世辉、李大勇迎将出来，两旁排列二十名校刀手，手中的刀都是光亮耀目。一见贾三春便打恭说道："不知贾老英雄到来，有失迎迓。"贾三春也作揖答礼，说道："久仰寨主威名，今日特地上山拜见，果然不虚。"

赵无畏哈哈大笑，一拉手就请贾三春等进寨去。贾三春带着剑秋、玉琴、梦熊，毫不迟疑地从容步入。大家到得堂上，分宾主坐定。赵无畏先代钱、李二人介绍过。贾三春也代剑秋等三人介绍一遍，只是没有说出真姓名，三人也坐在下首一声不响，静候贾三春和匪徒们讲话。

贾三春喝过敬上的茶，又对赵无畏说道："寨主赐下的信，早已拜读过。前晚小女等年幼无知，冒险入山，多多有犯，蒙寨主施以不杀之恩，遣送回舍，老朽当然不胜感谢的。所以今日特来谢罪，不知寨主意下如何？"

赵无畏道："贾老英雄，咱们在这个山头已有多年，对于山下各村好如乡邻一般，从不侵扰。老英雄的声望也是咱们素所钦仰的，彼此客客气气，不敢惊动。前天晚上不知怎样的来了一对小儿女，不问青黄皂白，将咱们山上弟兄任意杀伤，并且向咱们口出恶言，故意挑衅。咱们实在忍耐不住了，两下动起手来，被咱们擒住。

"咱们本当即刻杀却，但查问之后，方知是贾老英雄的令千金和义侄，毋怪本领高强。咱们想平日和你并无怨仇，他们都是年纪很小的人，一旦杀却，不但使老英雄增加许多悲哀，且也非常可惜的，所以特地护送回府。但是咱们想，小儿女何以平白无端地冒险到山上来，莫非有人唆使？然而想你老很光明的，决不致于如此。心中未免有些疑惑，遂附上一函，请求你老回答，加以解释。

"咱和你老当然决愿和平了结，不过令千金等杀伤了山上众弟兄，叫咱怎样对得起他们？又怎样对其他的众弟兄解释得过去呢？今日你到此，非常快慰。谅必有以见教，咱愿听你老怎样的处置吧！"赵无畏滔滔不绝地一口气把他的话讲完了，面色很是严厉，静候贾三春的答话。

贾三春也正色答道："这件事果然是小女等的不是，老朽已向他们切责。但据他们说是为了张家堡受了山上的祸，很有不平之心，所以他们背着老朽，黑夜上山来冒犯虎驾了，又有什么人唆使呢？假使老朽有了这个意思，难道我自己鬼鬼祟祟，闪闪缩缩地躲在后面，反教他们年纪小的人到山上来吗？天下宁有是理？寨主若然把他们杀了，也只好算他们自取其咎，老朽又有什么话说。现在寨主要叫我处置，真叫老朽为难。杀了人除非偿命，叫老朽还想出什么别的法儿？但是寨主等屠了张家堡一村的良民，倘有人要你们偿起命来，这又将怎么办呢？"说毕，冷笑了一声。

赵无畏见贾三春态度倔强，言语之间很不服气，他心中也有些着恼，便说道："照你老说来，他们上山虽非你老唆使，而你老也深表同情的，又提起什么张家堡的事？大概你们很有意思要代张家堡复仇吧！不错，前晚令千金口上也说过为张家堡复仇而来的，那么还说什么令千金等的不是，都是咱们的不是了。你老要叫我们偿张家堡一村的人命么，哪里知道这是张氏弟兄自己招的祸殃呢？你老休要错怪我们的不仁不义，可知……"

赵无畏的话还没有说完，贾三春抢着截住道："原来寨主是要讲仁义的。那么任凭张氏弟兄怎样不是，你们屠杀一堡的良民，把全堡烧成白地，恐怕再不能说什么仁义了。老朽虽不敢说为张家堡复仇，却不能不说一句公平的话。"

赵无畏听了，脸色一沉，厉声说道："不要多讲废话了，请问你老今天前来，是为令千金等请缨，还是为张家堡的事而来向咱们问罪呢？这倒要讲个明白。"

贾三春道："这样的时世也讲不得什么罪不罪！寨主洗劫了张家堡，也没有什么人来定你们的罪，所以老朽此来，并无成见，听候寨主怎样吩咐吧。"

赵无畏不由冷笑道："咱们接待你老前来，并非听你老教训的。咱们前日把令千金等送回，反送错了，至于张家堡的事，咱们早已做下，你老又将怎样奈何我们呢？"

钱世辉在旁也忍耐不住说道："你老是江湖上的前辈，然而咱们寨主也是不好欺侮的。此次令千金等上山，杀死了许多弟兄，咱们虽把他们捉住，仍旧遣人送回不敢损伤；只问你老怎样一个办法，可算得十分和气了。你老到来却没有说一句不是的话，反把张家堡的事责备我们不仁不义，你老试想叫我们怎样过得去。"

贾三春道："老朽本已向你们道谢，表示歉意，寨主仍要叫老朽给他一个办法，老朽实在没有办法，所以这样说啊。"赵无畏道："好，我们不必再讲废话，在三天之内请你给我们一个满意的答复。否则过了三天，山上众弟兄忍耐不住，那么九胜桥将为张家堡之续，你老莫怪我们不仁不义了。"贾三春道："老朽并没有什么满意的答复给你们，三天之后等候你们驾临罢。"说毕便要起身告辞。

赵无畏话道："且慢，你老到了山上，总得喝一杯酒回去，我们吩咐属下预备了，请吃了下山罢。"贾三春道："多谢盛意，我们叨领佳肴了。"赵无畏遂叫左右快快摆上酒菜。

一会儿，一桌很丰盛的筵席早已摆在堂中，赵无畏便请贾三春在第一位坐下，剑秋等挨次而坐。自己和钱、李二人在下首坐了，斟过酒，举杯相劝。贾三春等也就不客气的老实吃喝，大块肉、大碗鱼，烹煮得很是入味。大家因为方才的话，差不多几乎翻脸，所以酒席上只略讲些江湖上的事，也没多话可谈。梦熊却只管酒哪肉哪，吃得既醉且饱。

散席后，贾三春方向赵无畏等三人告别，三人在后相送。大家走下堂来，贾三春一眼瞧见了庭中竖立着一根高高的旗杆，上缚着一面大红旗，旗上绣着四个黑字"替天行道"，猎猎的在风中招展着。不由冷笑道："既然做了绿林生涯，偏要假仁假义，说什么替天行道，无非效那梁山泊宋江等欺人的故事；待我来除了他罢。"说着话，就将弹弓取出，拈了弹子，向着那大红旗"括括括"的一连发出三弹。

一弹把旗杆上葫芦顶扑的一声打落下来，一弹正中旗上的"替"字，穿了一个洞，一弹正中缚着的绳索。那绳索在风雨烈日中已是很久，经不起这一弹，立刻折断，那面替天行道的大红旗已就飘飘地落下来了。剑秋等三人看着，不由暗中喝一声彩。

两旁侍立的校刀手，一齐愤怒，正欲发作，却见赵无畏等没有吩咐，所以只是睁大了眼睛，不敢动手。赵无畏见了，心中也有些吃惊，冷笑道："神弹子果然名不虚传。今天毁了我们的旗，三天后，我们到府上再算这笔账罢。"

送到寨门外，赵无畏又道："你老慢请，恕不再送了。"便叫左右引导他们下山，贾三春也说了声："再会！"遂和剑秋等一路下山走回去。匪徒跟着送到了山下，也就停止了。

途中贾三春便向剑秋道："老朽和他们说的话可不错么？"剑秋道："说得很好，这种狗盗断乎不能向他们示弱的，老英雄已算得十分客气了。"

贾三春道："只是三天之内，他们必要兴师动众，到我们这里来骚扰了。"玉琴道："当然不能让他们前来的。明天晚上我们可以先发制人，把他们先剿除了，看他们再能够猖獗么？"贾三春道："女侠说得是，全仗诸位相助了。"梦熊道："贾老英雄的弹法真是神乎其技，方才连发三弹，把他们的大旗击落，先向他们下个警告，爽快得很。"

玉琴回头笑道："曾先生，你也是善于此道，现在瞧到老英雄的神弹了，佩服不佩服？"贾三春道："原来曾君也精于弹术的，失敬失敬。"梦熊道："啊呀，我哪里敢说会用弹子？像老英雄的技术方可称得上神弹，我真如小巫之见大巫了。"

四人谈谈说说，将要走到村口时，前面有两条岔路，一条向左，是回九胜桥的，一条向右，是通到临城那边去的官道。这时那条官道上尘土大起，有五六骑疾驰而至。

四人立定脚步，闪在道旁。瞧见第一匹是浑身胭脂色的桃花马，绣花的鞍辔，白银的踏镫，上坐着一个二十多岁的艳装少妇。头挽凤髻，鬓边斜插一枝碧桃，手中握着一张宝雕弓。虽有几分姿色，而眉梢眼角微露杀气。背后跟着一匹黑马，上坐一个老妇，面貌很是丑陋，额上且有一个刀疤，腰里围着一条竹节钢鞭。在二人背后的数匹马上，坐着几个健儿，带着不少鸟、兔等物，像是出猎回来的样子；从四人旁边飞也似的跑过，直向抱犊崮的路上而去。

剑秋、玉琴目光敏捷，认得那老妇是金刀穆雄的老妻母夜叉胜氏。自从乌龙山被她侥幸免脱以后，不知怎样在此间相遇着。那个少妇又是何许人？同时胜氏的马奔过了十数步，她也在马上回转头来偷窥琴、剑二人，一双三角眼好似有凶恶的烈焰在那里发放出来。但是他们几匹马跑得非常之快，渐走渐远；转了一个弯，被树林掩蔽住，便不见了。

剑秋见贾三春也在那里细细打量，他就向贾三春说道："老英雄，你瞧这一行人觉得有些奇怪么？内中一老妇就是乌龙山悍匪金刀穆雄的妻子，不知他们是不是上抱犊崮去的？"

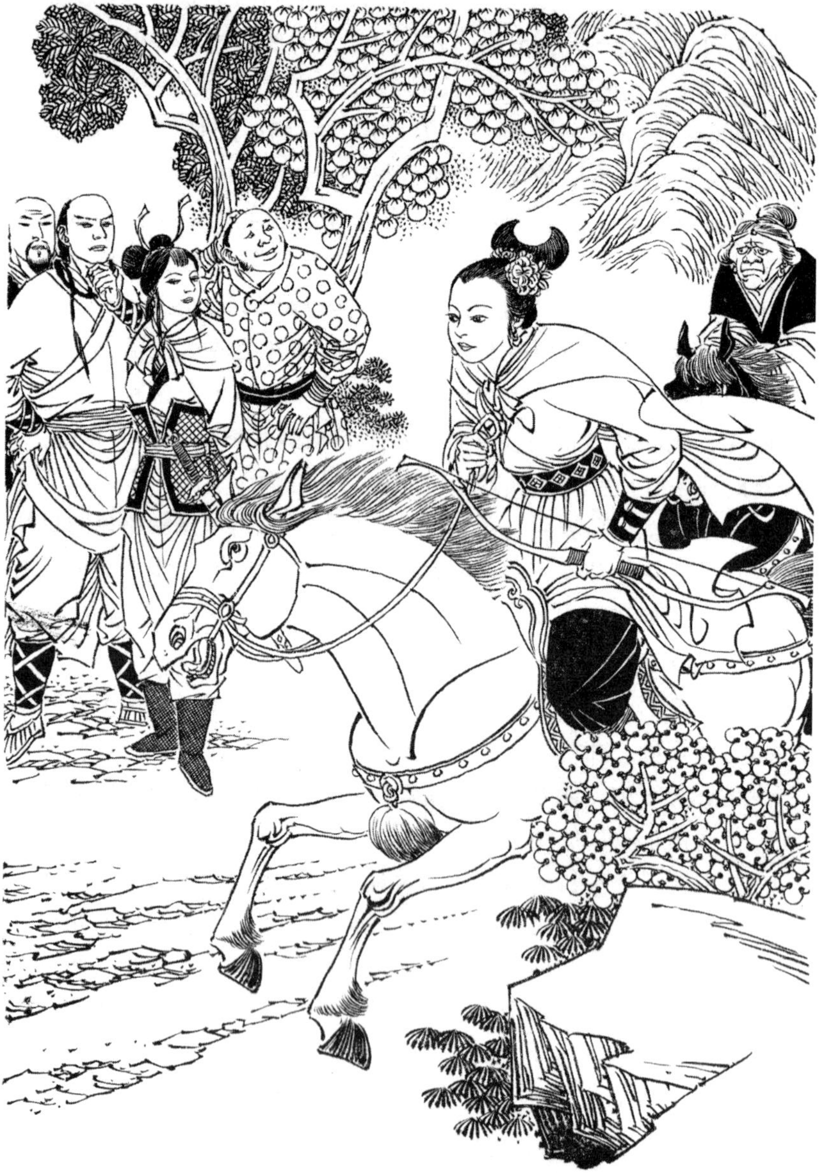

贾三春点点头道："我听人说赵无畏有个浑家名唤'赛咬金'穆云英，大约就是方才那个少妇了。你们瞧这情景，早已知道不是寻常人家的驯良妇女了。我女儿说过，他们山上有一个老妇，使用竹节钢鞭的，本领十分了得。方才那老妇不是腰里围着一条钢鞭么，哪里会有第二人呢？"

玉琴听了，便对剑秋带笑说道："原来那母夜叉也在那抱犊崮上，这是很好的事，我们可以把他们一起除掉了。料她也已瞧见了我们，回山去必然提起，他们也知道我等在贾家庄上了。好，两边准备厮杀一番吧。前次玄女庙里杀得并不酣畅，现在有了强硬的对手，好以大大地舒展一下筋骨了。"于是四个人走回九胜桥。

到了贾三春家中，见窦氏母女和毓麟正伴着两个伟男子，坐在厅上谈话，窦氏一见他们回来，便代那二人介绍与贾三春、琴、剑等相识。始知那一个面色稍白，身穿蓝袍的，姓解名大元，别号"摇头狮子"，那一个穿黑袍的姓马名魁，别号"小蝎子"，都是陕州人氏，而小蝎子马魁乃是窦氏的丈夫铁头金钢宋霸先的徒弟。

原来今天琴、剑伴着贾三春上抱犊崮去后，瞿英和芳辰听了贾三春的吩咐，便陪着窦氏母女、曾毓麟等三人，一齐到那红杏观去游览。在观内盘桓多时，方才走回，不料在途中遇见两个汉子匆匆地走来。毓麟和瞿英走在前面，不防一个汉子忽然一把拖住了毓麟，向他问道："请问到抱犊崮怎样走的？"

毓麟听得那人问抱犊崮，不由一怔，他又不识途径，如何作答。那男子却催急着道："快说快说，不说时我便孝敬你一拳。"说着，做出扬拳要打的样子。

瞿英在旁，瞧得不服气，便将手臂把那男子拖住毓麟的一条胳膊，只轻轻一抬，那男子的手早已被他直抬上去，退后了二三步。他是不防的，便对瞿英看了一眼，说道："好小子，倒有些道儿的，可知你家马爷也不是好惹的啊！"正要上前动手，窦氏母女和芳辰早走上来。

那男子见了窦氏和彩凤,便向二人仔细相了一相,说道:"这位老太太可就是虎牢关的宋师母么?"窦氏听了这话,也向那男子凝神看了一下,方才说道:"正是。你莫非就是'小蝎子'马魁,好多年不见你面,几乎不认识了。"

马魁忙向窦氏拜倒行礼,又和宋彩凤行过礼,说道:"师母、师妹,自从师父故世以后,我就离了镖局,一向在川、陕一带厮混。好久没有来府上请安,荒唐得很。想今日竟会在这里相逢,真是幸事。"

窦氏又问道:"你在外可得意?现在要到什么地方去?"马魁顿了一顿,然后答道:"我们想上抱犊崮去。"说到这里,便代那同行的男子介绍道:"这是我的结义弟兄'摇头狮子'解大元,以前也在营里吃过粮。可是我们二人说也惭愧,东飘西泊,常常不得一饱,没有安身之处。此番我们二人到这里来,是因解兄和抱犊崮上的头领李大勇以前相识的,屡次叫他去入伙,没有答应。现在穷极无路,遂约我一同到山上去投奔。师母知道了,也要笑我没有出息么?"

窦氏点点头道:"不错,如你这样方当壮年的好男子,只要能够熬苦,什么事不好做?何必要去投奔盗匪,做他们的小喽啰?空负了七尺之躯,太不值得了。"马魁被窦氏这么一说,脸上不由涨红了,连说:"是是。"那解大元也有些局促不安。窦氏又说道:"你们也是不得已而如此,但是我劝你们不要去罢,他那里不久便要被人除灭了,你们犯不着去送死。"

马魁听说,很是奇异,便问道:"师母怎么知道?"窦氏微笑了一笑,说道:"我们现在住在贾家庄,你不如和贵友跟我们一起去吧!少停把这事细细告诉你,自会明白。"马魁喜道:"谨遵师母之命。"于是窦氏又代毓麟、瞿英、芳辰等相识过。马魁方知毓麟就是他师母的祖腹东床,忙又向毓麟深深一揖道:"原来尊驾便是我们师妹的夫婿,方才我们向你问路时,多多冒犯,请你不要见怪,我本是一个粗鲁之人。"

毓麟也说道:"马兄不要如此,区区小事,何足介怀?"窦氏笑着对彩凤说道:"小蝎子多年不见,他的莽撞情态依然如此。"彩凤笑了一笑,于是马魁和解大元就跟着窦氏等到了贾三春家中。

大家在厅上坐定,窦氏先将自己复仇的事约略告诉些,然后把抱犊崮盗匪猖獗的情形,以及玉琴、剑秋陪伴神弹子贾三春上山的经过,一一告知二人。又将玉琴、剑秋的来历略述一遍。

二人素来也闻那荒江女侠的大名,也知道女侠又有一位同伴姓岳的,都是昆仑门下的剑侠,一向很是景慕,常恨不得一见。今闻琴、剑二人都在那里,因神弹子贾三春又是江湖上前辈英雄,可说群英济济,会于一堂。自己可在此和他们识荆,岂非平生荣幸的事呢!

马魁遂喜孜孜地对窦氏说道:"如此说来,我们在途中幸亏和师母等巧遇,否则我们二人真的像飞蛾投火,跑到山上去送死了。"于是他们坐着互相谈话,等候众人回来。

瞿英和芳辰却走到里面去了。窦氏代他们一一介绍完毕。马魁、解大元对贾三春、玉琴、剑秋等三人说了许多景仰的话。三人各自谦谢。芳辰和瞿英听得众人回来,赶紧跑出来探听消息,大家团团坐定,便由贾三春把上山情形报告一遍。大家听了,无不称快,而芳辰更是高兴,一扭身跳到玉琴膝上,坐在她怀里,勾住了玉琴的粉颈说道:"很好很好,你们夜里到山上去时,我和瞿英哥哥也要跟你们同往,一雪我们前番的耻辱。"

玉琴笑道:"我准带你们同去。你的蜈蚣棍好不厉害,赵无畏也在称赞你们的本领高强!"

剑秋对瞿英、芳辰二人说:"你们前次上山,半山里不是有一个铁闸么?方才我们上去,却又瞧见有两个重硕的铁闸,大约是他们防备人家再去,所以又添上了一座铁闸。而且据我的推想,那里夜间必有人看守了。那么,我们即使要上山去,却难以过得这二重铁闸,不知有没有别的小径可通?"

芳辰道:"这个抱犊崮大众所以认为天险之地,便是为只有此一条山径可通,别处难以飞越啊!前次那个铁闸,我们也无法渡过,幸赖翟英哥哥的龙雀宝刀,把它劈破了,方能上去。此番他们加厚了,不知能否破得?况又有人把守,那么更难上去了。"

玉琴道:"这样说来,夜间既难上去,白昼去也好。或者等到三天期满,让他们过来送死,以逸待劳。不过村子里的人要受些虚惊了。"贾三春听众人议论,却摸着短髭,沉默不语。

剑秋双目瞧着解、马二人,对众人说道:"我倒又想一条妙计了。"玉琴、芳辰听得,一齐大喜道:"快说快说。"毓麟在旁笑道:"我猜得出的,大约剑秋兄又要仰仗这新来的二位相助了。"马魁听了早嚷道:"你们如要需要我们,我们当惟命是听,可惜我们的武艺浅薄,不足相助你们啊!"

剑秋道:"二位休要客气,我们正要借你们一臂之力。方才我听说马兄等本来是赶到山上去入伙的,那么便请二位照常前往,投奔赵无畏。明天夜里,可请你们暗中至铁闸那边,杀死把守的盗匪,里应外合,共破山寨。这样,他们虽有天险,也无用了。"马魁点点头道:"很好,我们准依岳先生的计划,愿为先驱,决不误事。"

贾三春开口说道:"剑秋兄所说的妙计实获我心,老朽心里也是有这样想法。但老朽以为山上盗匪众多,且皆凶悍,恐怕马、解二人前往,尚嫌力弱势孤,最好多两个人前去,方克有济。"剑秋道:"老英雄说的话不错,我们数人都已露脸,此间只有宋老太太和毓麟夫人,他们都不认识的,不如有劳二位走一遭罢。"

窦氏笑道:"要我们母女前去卧底么?玄女庙我们已乔装改扮了一遭,现在又到盗窟去做奸细。好,我们是不论什么地方都去的。请你吩咐便了。"

剑秋见窦氏母女已能同意,十分欣喜,便又对马魁说道:"你们四人可以一起去了。好在马兄向来是宋老太太的高徒,现在委屈你暂时算做她的长子；带了你母亲和妹妹同行的，那么不会露出破绽哩！"马魁看着窦氏母女说道："啊呀，像我这种没得出息的人，怎好算做我师母的儿子？不但师母不肯承认，就是师父在地下也要痛斥我呢！"说得窦氏和彩凤都笑将起来。

剑秋笑道："这本是一时权宜之计策啊。"马魁就对解大元说道："这个全仗你怎样去说了。"解大元道："马兄放心，包在我身上，他们决不会生疑的。"

众人正说着话，忽见门口下人来报，外面兖州府的许守备要见庄主。贾三春听了便道："我一向不和官中人通声气，许守备和我素昧平生，何事下访，却不得不接见。"一边说一声："请。"一边对剑秋等说道："现在只得请诸位暂在老朽书房中一坐罢。"于是剑秋、毓麟、梦熊、解大元、马魁都避到书房里去，窦氏母女、玉琴、瞿英、芳辰都到后厅去，和贾夫人、瞿母闲谈。玉琴也在这时换了男装。

贾三春自己走出大厅，已见下人高高地擎起一张大红名帖，背后跟着那个许守备，紫棠色的面皮，年纪约有三旬左右。身穿枣红棉袍，系着一条蓝绸腰带，外罩玄色京缎的马褂，脚踏粉底快靴。见了贾三春，便作揖道："这位就是贾老英雄么？"贾三春忙答礼道："不敢不敢，老朽就是三春，不知守备光临，有失迎迓，罪甚罪甚。"一边说，一边请许守备走进大厅，分宾主坐定，下人早献上香茗。

许守备先对贾三春说几句仰慕的话，便接着说道："贾老英雄对于张家堡被抱犊崮的土匪洗劫的事，谅已早悉。那些土匪啸聚山林，目无王法，驻军早欲征剿，只因抱犊崮形势险要，上司没有紧急公文，不免因循坐视；以致酿成巨患，故有今日之祸，惭愧得很。现在兖州府据报，即商同敝人克日进剿，肃清匪患。

"敝人久慕老英雄的大名，且因九胜桥邻近抱犊崮，老英雄或能知其底细，故在出兵之前，先到老英雄府上来求指示。

如蒙老英雄俯赐南针，不胜幸甚。敝人幼时从关中大侠黄面虎吕明辉习武，明辉师和老英雄虽是湖海至交，常常谈起老英雄的能耐，一向佩服。只恨未识荆州，今日乘便拜见，足慰平生。"

贾三春听了许守备的话，便道："呀，原来许守备就是老友明辉的高足，辱承下问，愧不敢当。但天下真有巧事，老朽这里私人方面，也正要向抱犊崮盗匪实行除恶之计呢！"便将瞿英、芳辰双探抱犊崮，赵无畏下书，自己登山理论，以及昆仑剑侠玉琴、剑秋前来相助的事，约略告知许守备。

许守备听了，大喜道："那么我们官军能有众英雄相助，破抱犊崮易如反掌了。众剑侠何在？敝人渴欲一见，敢请老英雄相识。"贾三春答应一声，便令下人去书房里请剑秋等出见。

一会儿，剑秋等五人走至，许守备慌忙从椅上起立。贾三春代他们介绍一过，大家坐着，把剿除抱犊崮土匪的计划决定。约好在明天夜里先由这里贾三春等众人入山，马魁等为内应，同时许守备率领官兵，在二鼓以后须赶至山下，包围进攻。这里的人臂上各缠一白布，以为记号，到那时庶不致误，许守备听了无不同意。坐谈多时，便起身告辞。众人送到门外，见有两个小卒，牵着一匹白马过来，许守备向众人作了一个揖，翻身上鞍，鞭影一挥，回兖州去了。

贾三春回到厅上，玉琴和芳辰等都走将出来询问，贾三春把这事说了。芳辰说道："那些官军到现在方才梦醒了么？他们自己没有能力去剿匪，却来这里求人相助，真是可笑。"贾三春说道："官军本来是怕事的，不足为怪，此番大约因为张家堡的事闹得大了，所以这官样文章不能不做一做了。他本来虚心请教，尚属难得，所以我答应他合作。那么我们破了山头，将来一切善后事情都让给官军去办，我们反可脱身事外，岂不干净呢！"

剑秋也说道："许守备来得真好，我们就便宜他去得一次功劳吧！现在马兄等赶紧要陪同宋老太太们上抱犊崮去，你们到了山上，一切当心。明天夜里只要把铁闸吊起，我们便可登山了。"马魁诺诺答应。窦氏也对彩凤说道："我们预备去走走罢。"说毕，母女俩遂到里面收拾一个衣包，带了兵器，出来和众人告别。曾毓麟却叮嘱彩凤诸事谨慎，似乎有些依依难舍的样子。

彩凤笑道："那几个狗盗也不放在我娘儿俩的心上，你放一百二十个心吧。这次不比玄女庙，用不着你斯文公子效劳的，山上只有夜叉，没有年轻貌美的道姑，你坐在家中安心等候，我们就要回来的。"琴、剑二人在旁瞧着，不觉微笑。窦氏母女便随着马魁、解大元去了。

一天的光阴很快过去，到得次日薄暮时候，众人提早吃了晚饭，个个端正兵刃。天色黑暗了，贾三春立即偕同剑秋、玉琴、梦熊、瞿英、芳辰出了庄门，赶向抱犊崮去。惟有毓麟守在家中，好不沉闷，深愧自己是个怯书生，毫无本领，不能追随同往。

贾三春等跑到抱犊崮下，已近二鼓时分，大家鹤伏鹭行地从鸟道上走上去。早见上面那座大铁闸，在山石中间紧紧盖住，不能飞越，大家只好鱼贯般站着等候。第一个是贾三春，剑秋第二，玉琴第三，芳辰第四，瞿英第五，梦熊第六，等候了好一刻，不见上面有何动静。

玉琴有些焦躁不耐，对剑秋说道："到了这个时候，他们为什么还不来开这铁闸？我们等候不及了，不如就用宝剑去砍开罢。"剑秋答道："也好。"玉琴遂和剑秋一个儿拔出真刚宝剑，一个儿拔出惊鲵宝剑，待要上前动手，忽听上面轧轧有声，铁闸开了。

众人大喜，一个个蹿将过去，第二重也早开着，大家早到山上。只见地下乱躺着几个死尸，马魁和解大元立在前面。剑秋正要询问，马魁急忙地上前说道："不好，我们的行径不幸已被他们看破，窦氏母女正被他们包围着呢！"众人闻言，也不暇细问，跟着二人向前飞奔。

到得堡前，却见前面灯火明亮，钱世辉手横双刀，带领数十盗匪，旋风也似的赶来。一见解大元，开口骂道："你这贼子，是到山上来做奸细的么？好！你已把他们放上山来了，管叫你们来时有路，去时无门！"解大元摆动手中朴刀，便和钱世辉狠斗起来。马魁也将手中一对莲花锤使开了，跳过去助战。贾三春对瞿英说道："你在这里照顾一下吧，我们要去救援窦氏母女哩！"

众人越过这堡，赶紧向山寨跑去，早见前面一群盗匪高声呐喊，灯火照耀如同白日，把窦氏母女围在垓心。窦氏被母夜叉战住，宋彩凤却和赵无畏战在一起。恰巧这时候宋彩凤脚下一滑，跌将下去；赵无畏见状大喜，急忙举起三节连环棍，恶狠狠地向彩凤头上呼的一棍打下。正如迅雷不及掩耳之速，其势不可抵御。

第五十五回

买剑龙飞何来老道士
品茗虎跑忽遇怪头陀

当赵无畏举棍击下的时候,彩凤不及逃避,闭目等死。便是窦氏在旁,眼见自己的女儿的生命已濒于危,而她被母夜叉的钢鞭缠住,不能脱身去救助,口中只喊了一声:"不好!"忽然外边有一样东西横空飞至,扑的一声,正中赵无畏的嘴巴,只打得赵无畏直跳起来,连忙用手去掩住口,口中鲜血直淌出来,一只门牙已被击落。彩凤乘这个空儿,一个鲤鱼打挺,早从地上跃起。原来贾三春等恰巧赶到,见彩凤正逢危急,不及前救,贾三春连忙发了一弹,果然击中了赵无畏,救得彩凤性命。众人跟着杀进圈子。

赵无畏吃了一弹的亏,瞧见贾三春,便一摆手中棍,跳过来骂道:"你这老头儿,胆敢派了奸细前来做内应,咱与你势不两立,现在又弹伤咱齿,须吃咱一棍。"说着话,一棍已向贾三春胸前捣来。贾三春早从腰里抽出黄金锏,架开棍子,哈哈笑道:"草寇,你今番识得老夫的厉害了。"便使开双锏,和赵无畏厮杀起来。

穆云英本来在旁观战,今见情势不妙,舞动手中双斧杀上前来，彩凤迎住，便和她战在一起。李大勇使开手中大斧，向琴剑二人冲来。剑秋一挥惊鲵宝剑与他迎战。玉琴抱着真刚宝剑，和芳辰立着，看贾三春舞动双铜，十分紧急，年纪虽老，武艺确乎纯熟。不禁使她想起宾州的鲍提督雪地狠斗的一幕，老当益壮，古人的话实不欺我了。梦熊却握了一张弹弓，也想献献本领，只是一时没有机会。

玉琴又瞧母夜叉胜氏一枝钢鞭使得神出鬼没，和窦氏的双钩正是一个儿半斤，一个儿八两，杀得难分难解。她遂舞动真刚宝剑跳过去，说道："老伯母，待我来结果她的性命。"窦氏遂跳出圈子，让玉琴去战胜氏，自己去助彩凤。胜氏见了玉琴，双眼已红，将钢鞭指着玉琴骂道："你这小丫头，苦苦与我们作对，前番把我的丈夫女儿一齐害死，此仇还没有报，今日相见，必与你拼个死活存亡。"

玉琴笑道："母夜叉，你家老头儿正在鬼门关上等候你去，所以你又碰在我的手里，待我把你一起送了去罢。"胜氏闻言，更是大怒，将一枝钢鞭使得呼呼的，化作一团黑影，滚向玉琴身上。玉琴也将真刚宝剑使成一道白光，两个人狠斗起来。

这时忽听山上山下号炮四响，喊声大起。赵无畏等不知缘由，未免有些惊慌，剑秋等却知道许守备等官兵已到了。这天许守备照了贾家庄所定的计划，调齐五百名官军，会同一位柴千总，在下午时候从兖州秘密出发，黄昏时潜至抱犊崮下。估料贾三春等已到了山上，遂亮起灯火，下令攻山。他自己握着一柄方天画戟，和柴千总奋勇先登，因为半山的铁闸已吊起，所以一直杀上了山头。到得堡前，瞿英见官军已至，马、解二人双战钱世辉不下，遂一摆龙雀宝刀，过来助战。

钱世辉识得他厉害，又见官兵杀至，心中大惊，便将双刀用力一扫，跳出圈子，便向自己山寨奔逃。瞿英一抬手，发出一小枝梅花神针，正中钱世辉后颈，钱世辉狂叫一声，倒下地去。瞿英赶上一刀，将钱世辉的头颅割下，血淋淋地提在手里。其余的盗匪有几个被解、马二人杀死，有几个往山寨中逃去。许守备见了瞿英，看他小小年纪如此勇猛，很是惊异，便问马魁："贾老英雄等在什么地方？"马魁道："他们都在寨中。"许守备点点头道："很好，那么烦你引导我们杀进去罢。"

于是马魁、解大元、瞿英三人在前，许守备、柴千总率领官兵在后，过了这堡，杀到里面来。放炮为号，要把抱犊崮群盗一网打尽。此时贾三春便对赵无畏说道："草寇，你快快受缚罢，官军到了，今夜就是你的末日。"赵无畏虽知情势不佳，可是他们已无路可逃，不能不咬紧牙关，作困兽之斗。李大勇和剑秋战得良久，他虽十分勇敢，怎敌得剑秋的剑术神妙？所以战到分际，被剑秋觑个间隙，一剑刺进他的胸口，结果了他的性命，便来助玉琴双战胜氏。

芳辰本在旁边闲着没有事做，见了瞿英，十分高兴地说道："瞿英哥哥，他们在这里厮杀，你与我杀进寨中去看看罢。"瞿英答应一声，遂和芳辰冲进寨中去。许守备、柴千总和解、马二人反把盗匪围住，砍瓜切菜地乱杀。众盗匪虽然死命抵敌，一则官兵势足，二则自己的头领被人围住，他们哪里是许守备和马、解二人的对手？因此死的死，降的降，缚的缚，渐渐解决。

穆云英被窦氏母女左右夹攻，饶她勇武，此时也难抵敌。手中一个松懈，却被窦氏一钩钩中了左肩，喊得一声："啊呀！"窦氏已往怀中猛力一搜，穆云英立足不住，身子直跌过来，宋彩凤顺势一剑扫去，削去了她半个头颅，鲜血直喷，倒在地下死了。

胜氏暗想：情势不妙，三十六计，走为上着，不如逃走了，以后再可复仇。但是琴、剑二人猜出她的心理，怎肯再放她逃生？青、白剑光一前一后地把胜氏密密围住，步步进迫。胜氏尽把钢鞭上下左右的一阵横扫，要想脱出剑光的包围，无如力气已尽，早被玉琴娇喝一声，一剑削去，正中胜氏的手腕，"当琅琅"的钢鞭落地，剑秋跟着一个秋风扫落叶，一剑刺中胜氏的大腿，跌倒在地；玉琴上前一脚踏住，手起剑落，这一个凶悍万端，杀人不眨眼的女妖魔便伏尸地下了。

赵无畏见自己人都已被杀，遂将手中三节连环棍一紧，一棍向贾三春下三路扫来。贾三春闪身一跳，躲避这棍时，他趁这个空儿，跳出圈子，回身向寨中便逃。贾三春喝声："哪里去！"立即随后追赶，剑秋、玉琴恐被赵无畏兔脱，也一同追去。到了寨中，里面一重重房屋很是曲折，两三个转弯便不见了赵无畏。贾三春回头对琴、剑二人说道："我们不认识门径，竟被这贼子逃走了，如何是好？"

玉琴道："不料这里也有机关的，这样却便宜了他了。"剑秋立刻跳到屋顶上，向四下里一看，不见影踪，又跳下来对二人说道："不要管他，我们且到后面去搜查一下再说。"于是三人往里面跑去，只听东边一个门里有笑语之声，瞿英、芳辰正从门里走出。瞿英的背上扛着一个人，见了三人，瞿英便将背上的人向地下一掷，说道："这贼子已被我们捉得了。我们俩正在搜寻可有余党藏匿，却见这厮慌慌张张地逃过来，我便上前拦住。他还想下屋逃走，被芳辰妹妹发出蜈蚣针，把他打倒，才将这厮擒住。母夜叉怎样了？"

玉琴道："很好，这厮被你们捉住，正可一雪前次的耻辱。母夜叉等都被我们除掉了，一个也没有逃生，可称杀得爽快。"这时许守备等大家都到了寨里，照得一片灯火之光。贾三春将地下绳索捆缚的赵无畏交给许守备道："盗魁经已被擒，现在交予守备，让你去得个头功可好？"许守备带笑说道："多谢老英雄和诸位剑侠相助之力，敝人不胜感谢的。这一遭破了抱犊崮，剿灭悍匪，也为地方上除去了巨害，诸位的功德不浅啊！"众人说话时，柴千总已率官军在寨里搜抄了一番，抄得无数赃物，以及许多军械、粮食。

不多时天色已明，贾三春等便回去，对许守备说道："这善后的事我们只得交托守备了。"许守备答道："当然，这是敝人的责任，此番有劳老英雄等费力，缓日敝人当到府相谢，且与诸位侠士一叙。"贾三春和剑秋都笑道："这些小事，不足挂齿，请守备不要放在心上。"众人于是别了许守备、柴千总，下山回去。途中剑秋、玉琴又向窦氏母女问起他们怎样被山上看出破绽的事。

窦氏说道："昨天我们上山入伙，因为李大勇和解大元是熟识的，所以一经相识，他们便深信不疑，留我们住下。次日听他们正在商议三天期满如何来攻打九胜桥的事。母夜叉胜氏因前天和穆云英出猎回来，瞧见了你们，遂告赵无畏等知道；恐防你们要上山寻衅，叫他们在夜间好好防备。所以这天夜里赵无畏叫手下盗匪一律严备，且请钱、李二人亲自出巡。我们知道你们必要来的，想要接应你们，必先破去这铁闸；挨到晚上，见寨中人静，我们母女俩遂会合了马、解二人，悄悄地溜出寨来。不料即被钱世辉等窥见，于是我们卧底的计划穿了。赵无畏等闻讯赶出，我急了，一边同我女儿抵住他们，一边教解、马二人赶紧去抢破铁闸。"

窦氏说到这里，马魁嚷着道："可不是么，幸亏我们脚快手快，赶紧把铁闸那里把守的人杀掉，吊起了铁闸，接应诸位上来。否则钱世辉率领匪徒随后追来，倘被他围住了，你们又不能上山救援，我们四人寡不敌众，岂非很危险的么？"解大元道："这也是天幸啊！"

梦熊道："你们都杀得热闹而痛快，只有我却杀了几个盗党，此番便宜了那个许守备，生擒盗魁回去，可以得一大功了。"瞿英笑道："这功劳还是我和芳辰妹妹让给他的呢！"琴、剑二人因杀了母夜叉，更觉快意。众人谈谈说说，回到了贾家庄，贾夫人和瞿母以及人们都含笑相见。贾夫人便将她预备的点心，吩咐下人端出给众人充饥。

贾三春遂对瞿英、芳辰说道："我年纪已老，本来不欲多管闲事，今番都因你们二人到山上去，惹下了是非，使我不得不亲自应付。幸有诸位前来，帮了老朽的忙，才侥幸把这抱犊崮破去，但我已重开了杀戒。以后你们需要格外谨慎，免得多结冤仇，自惹烦恼，不要恃着自己能懂武艺，便不管三七二十一的去向人家挑衅。"芳辰和瞿英诺诺答应。玉琴闻语，将一对妙目瞧着剑秋，微微一笑。这天众人都觉得有些疲倦，大家休息休息，没有什么事。

邻近各乡村闻得抱犊崮巨害已除，无不称快，但他们尚以为官兵前去剿灭的呢！许守备把盗窟肃清了，命数十官兵暂守山头，自己回去了兖州府，即办好公文，把赵无畏槛送赴省。他自己便端正了四样厚重的礼物，带了马弁，挑了两桌上等的好菜，赶到贾家庄来见贾三春等众人，谢他们相助之力，遂在庄上大宴群英，尽欢而别。贾三春把他送来的礼物一概璧谢，许守备见他们真心不受，也只得带了回去。

又隔了二天，玉琴等便要告辞南下。剑秋和窦氏知道解、马二人无枝可栖，要商量他们安置的法儿。据窦氏的意思，因为此次破抱犊崮，他们二人也有一臂之力，而解大元又曾吃过粮的，不如就荐给许守备，让他们二人从军去，许守备当然不会拒却的。谁知马魁偏不赞同，他说："我们闲散惯了，无意功名，并且现在的官军卑鄙龌龊得很，谁高兴去和他们一起厮混！"

剑秋见马魁不欲当兵，脑中便又想着一个去处，就对马魁说道："山海关外有个螺蛳谷，那里我有一个朋友姓袁名彪，别号'摩云金翅'，雄霸一方，在关外很有声名的。你们不如到那里去，他必然欢迎的。"马魁听说，便向窦氏看了一看说道："岳先生，那边不是绿林么？"剑秋笑道："确乎是的，不过他们干这生涯和别的绿林不同，且暗中怀着兴汉拒满的宗旨。你们到了那里，自会知道我的话不虚了，所以我敢介绍你们前往。"

窦氏道："你们既然不愿意吃粮，又无别的去处，那么还是到螺蛳谷暂住吧。"马魁、解大元见窦氏亦赞同，于是他们的主意也决定如此。剑秋立即代他们写了一封介绍书，交给马魁。贾三春取出五十两纹银，送给二人为盘缠，马魁、解大元谢了收下，遂和众人告别，动身北上，到螺蛳谷去投奔袁彪了。

这里贾三春又留琴、剑等在此多住数天。玉琴见天气很好，急于去游西湖，所以贾家父女再三留不住，只得设宴饯行。琴、剑等六人别了贾家庄起程南下。这一天将到徐州，剑秋对玉琴等说道："前边有个官渡驿，是个繁盛的小镇，我们就到那边去歇宿罢。"玉琴道："此刻尚在上午，我们可以赶到徐州，你却要急急歇宿做什么？"

剑秋笑道："我当然有事的。前年我南下时，记得就住在官渡驿龙飞旅店之内，遇见了少年夏听鹂。那夜便和飞毛腿唐阎重逢，被他引至江叶村，坠身石窟，幽闭了许多时，后来幸亏琴妹和我师云三娘前来援助出险。但是我那头可爱的金眼雕，却牺牲在姓贾的火箭之下。以后我把死雕托给店主，便在云龙山下购地而葬。再路过这里，我想要便道去一看。"

玉琴道："呀，原来你为了这个缘故么！这金眼雕很有功于我们，它在螺蛳谷曾救了我的性命，和我的花驴一样，使人心爱，可惜这雕不幸早死了。无怪你很痛惜的。时常要想起它，那么我们就到那边去歇罢。"剑秋将金眼雕的事告诉窦氏母女，二人听了，也连呼可惜。曾氏弟兄是见过的，也不胜太息。众人到了官渡驿，剑秋早到了那个龙飞旅店，便一齐进去投宿。

店主见了剑秋，尚能认识，连忙带笑上前招呼，很殷勤地招待他们住下。众人看定了东西两大间厢房，剑秋、毓麟、梦熊住东边一间，把行李放下了，大家聚在东边房里。剑秋就向店主问起那金眼雕。

店主答道："那死雕早已埋葬在云龙山下，少停爷们用过饭后，在下可以引导往那里一观的。"剑秋说声："好。"遂点了几样菜，由店主出去关照。隔得一刻，店主早将饭菜搬上来，大家坐在一桌。吃罢了饭，店主遂走进来，要引导剑秋去看。大家都去，于是一行六人跟了店主，走出店门，向南面走去。

走出了镇，地面渐渐荒野，四面都是山脉；走了不少路，方才到得云龙山下。店主领着剑秋等走进一个林子，指着山石下一个小小土馒头说道:"这就是了。"大家立定身子,凝神看着,墓前一块小小石碑,上面刻着"义鸟金眼雕之墓"七字。剑秋看着,叹息了一回,谢了店主的费心,便和众人走回来。玉琴瞧得出剑秋的脸上很有怜惜的情绪,遂用话去安慰他。

走到将近龙飞旅店门前时,见有许多人围着一个大圈子,乱嚷的不知说些什么。剑秋、玉琴首先推开众人,和毓麟、彩凤等挤进人里看时。见中间立着一个二十多岁的男子,身穿一件灰布长衫,脚上踏着一双布鞋;脸上生着几个小肉瘤,手里抱着一柄光闪闪的宝剑,地下放着一个绿鲨鱼皮鞘。他见剑秋等入内,便大着声音说道:"诸位,方才我已说过一遍了,诸位倘再不信,不妨让我再说一遍罢。从前三国时,吴大帝有六把宝剑,此六把宝剑,乃是盖世宝物,锋利无匹,削铁如泥。此六把宝剑名曰白虹、紫电、辟邪、流星、青冥、百里,都是宝锷霜锋。此剑就是流星宝剑,含金铁之英,吐银锡之精!诸位试瞧,此剑一拔出鞘,便觉湛湛如秋水照人,可知非寻常之物了。此剑砍石切玉,削铁如泥,吹毛能断。我一向佩在身边,视若至宝。只因现在欠了人家的钱,债主逼我好苦,不得已欲将此剑出售于人,索债八十两银子,并无减价。诸位如有识货的人,不要错过这个机会啊!"

说毕,他从地上取了一大块钢铁,把剑随意向钢铁而削,那钢铁果然像泥一般地簌簌下落。又拿过一把鸡毛,凑着剑锋一吹,那鸡毛便整齐的切作两截,飘飘坠地。剑秋等众人看了,都知道真是一口稀世难得的宝剑。

旁边有几个乡人,却乱七八糟地说道:"这剑大约是好的,你们不瞧寒光森森,令人有些肤栗吗!"一个人道:"徐州城外淮阴侯庙里也有一口宝剑,和此剑差不多的,不过铁锈了些。为什么他要卖这大价钱呢?若是三吊钱的话,我就买了。"又一人道:"他索价八十两银子,三吊钱能够买得动吗?那是我也要买了回去,挂在我家小儿的床上,倒可以压邪镇恶哩!"

那男子见还没有人要买,回转头去,瞧见背后恰巧有块大青石，便握着宝剑，走到青石边，对众人说道："待我借这块大石试试我的宝剑利与不利。"说着，做出举剑欲砍的样子。众人连忙退得远些。只见剑光下落，豁然一声，那大青石已断作两块。剑秋不由喝一声："好剑！"

男子听得有人喝彩，忙回过身来说道："哪一位赞美此剑？荣幸得很，快请一见。"剑秋遂和玉琴、彩凤等走上前。男子对剑秋看了一眼，拱拱手道："我看先生真是一位能用此剑的人，倘蒙买下，此剑也可得一新主了。"

剑秋问道："你姓甚名谁？何处得来这柄宝剑？一旦卖去，岂不可惜！"

男子叹了一口气说道："此剑随我多年，是亲戚送给我的。今日把剑出售，当然可惜。不过一钱逼死英雄汉，我也是不得已而出此策。先生要问我姓名时，我实在不欲告人，请恕我吧！"

剑秋点点头道："你索的价不为算多，但是我们是旅行的人，身边带钱不多；你若能再低廉一些，我就买了。"

男子道："先生真心买时，我就减作六十两银子如何？"说罢，将剑插入鞘中，双手奉上。剑秋接过，回身对着宋彩凤笑嘻嘻地说道："嫂嫂喜欢用剑的，一向还没有好的宝剑，这流星剑果是利器，我代你买了，送给你吧。"

彩凤笑道："岳先生，这是不敢当的，待我买了便了。"玉琴道："不要客气，你买我买，总是一样的。"彩凤遂将宝剑接过，曾毓麟笑嘻嘻地向她道贺。彩凤道："你且慢贺，我要你出钱的啊！"

毓麟道："惟命是听，只要你有宝剑，区区阿堵物值得什么？莫说买一柄宝剑，就随你的喜欢，我就给你买吧。"剑秋便对那男子说道："我们住在龙飞旅店之内，请你跟我来到店里去拿钱吧。"男子答应一声，跟着剑秋等就走，众人渐渐散去。

剑秋回到店里，有几个好事的人还跟来观看，店主用好话请他们出去。那男子一直跟了剑秋等走到店里面上房门口，彩凤抱着宝剑，和玉琴、窦氏带笑说地走进西边房中去。剑秋和毓麟抢着开箧取银，结果大家拿出六十两银子，付给那男子手里，那男子谢了一声，把银两揣在怀里，又在两边看了一下，方才告别而去。

晚上，毓麟因为彩凤新得宝剑，便吩咐店主端了一桌酒菜，宴请众人，发表贺喜的意思。大家开怀畅饮。彩凤因为得了宝剑，当然芳心喜悦无限，所以多喝几杯酒，玉颜红晕，微有醉意，和玉琴讲着剑术。毓麟瞧着她只是微笑。梦熊喝得酒最多，早已醉倒了，剑秋先扶他进去安睡。窦氏见大家喝得有些醉意，惟有她一人没喝，时候已是不早，便教散席。

剑秋和毓麟回到自己房间里去睡眠，窦氏、玉琴、彩凤也走入西面的上房。彩凤将那柄流星剑抽出鞘来，在灯下把玩。玉琴也将她的真刚宝剑取出来，两道寒光耀得室中一道道的光明，在壁上屋底闪动不已。

彩凤觉得这流星剑端的不输于真刚，便对玉琴说道："我虽然得了这宝剑，但也很代那个男子可惜。料他也是懂武艺之辈，一旦将宝剑脱售，如何舍得？换了我的，宁可没饭吃，饿死也不肯卖去的。"

窦氏道："你没有听得那人说欠了债没得还，遂不得已而出卖的吗？"彩凤道："无论如何，总可惜。"玉琴笑道："若不是这样，姊姊哪里得来宝剑？大约物各有主，此剑应该归你的。"

三人略谈片刻，彩凤便将流星剑悬在床头，玉琴也把剑放在自己枕边，大家脱了衣服，玉琴、彩凤同睡一床。熄了灯，一会儿玉琴、彩凤都已深入黑甜乡里。

窦氏尚没有睡着，听得外面屋檐边有鼠子叫打的声音，不多时便沉寂了。店中内外都已熄火安睡，寂寂无声，窦氏也微有倦意，闭目睡去。不知在什么时候，忽觉眼前一亮，蒙眬中睁开眼皮瞧时，见有一个黑影已走至彩凤床前，手中一晃，便有一条亮光射出,正向床头取下那柄新买来的流星宝剑。

窦氏起初疑心来的是刺客,现在已经这亮光一闪,早认得那人就是店外卖剑的男子。连忙掀开棉被一跃而起,大喝:"贼骨头,胆敢偷到老娘这里来吗?不要走,吃我一钩!"一边从床边取下她两柄虎头钩。那男子早已取得宝剑,纵身跃出窗去。窦氏连忙随后跳出,那男子很快地已跃上屋顶。

窦氏刚想呼喊,却见屋面上又有一个黑影一闪,把那个男子拦住,剑光飞腾地战在一起,"叮叮当当"的厮杀起来。窦氏心里有些奇怪,跃上屋顶瞧时,正是剑秋和偷剑的男子。

原来这天夜里,曾毓麟多吃了些菜,肚皮不争气,时时作痛;所以睡在床上,没有安眠,听剑秋、梦熊二人鼾声如雷,辗转至三更时分,腹中更痛得再也耐不住了,想要上茅厕去,遂披衣起来。恐防惊醒他人,悄悄地开了门。刚刚探出半个身体去,却见屋面上有一条黑影窜将下来,如飞鸟坠地,一点没有声息;跑至西边厢房窗前,在那里撬窗。

毓麟疑心是刺客,吃了一惊,不敢声张,连茅坑也不敢上了。蹑足走至剑秋榻畔,把他唤醒,告诉他说:"对面房里有刺客前去,不知他们可能觉得?"剑秋听了,连忙跃起,取过惊鲵宝剑,开了窗,跳至庭心中。恰听窦氏在房中呼喝,连忙先跃上屋,防刺客逃逸。果然那男子逃上屋来了,便拦住他厮杀。

窦氏舞动双钩来助剑秋,且对剑秋说道:"那厮将剑卖给了我们,夜里却来盗回,乃是个贼骨头,骗人金钱。不可放他逃走。"男子不响,将他手中的宝剑使开,力敌二人,本领倒也不弱。这时玉琴和彩凤都已闻声惊起。彩凤一摸那柄流星宝剑已不见了,心中大气,忙掣了自己的剑,和玉琴一同飞身出窗,跳到屋面上。

那男子瞧见他们一齐来了,他已领教得剑秋和窦氏的武艺,知道他们都是能人。今夜遇见了劲敌,不敢恋战,好在自己的剑业已取到手中,三十六计走为上策,遂觑个间隙,使个白蛇吐信，一剑向窦氏手上刺去，想来削窦氏的虎头钩。窦氏收转双钩，退后半步时，那男子倏地一跃，已跳出丈外，往后边奔逃。

彩凤娇喝道："贼子，你偷了宝剑想逃到哪里去？"四人一齐追来。那男子跑到后墙，飘身而下。四人哪里肯轻放他？"扑扑扑"的也跟着跳下。店后有一条小路，过去便是旷野，那男子飞也似的向小路跑去，跑得非常之快。四人加紧脚步，在后追赶。看看前面有一个林子，彩凤恐他逃到林子里去，便不容易寻获，且喜自己的镖囊系在腰边，连忙摸出两枝金镖，纤手向上一抬，两支镖便往那男子的背后一上一下飞去。

那男子觉得背后风声，知道有暗器来了，将身子一侧，第一支镖恰从他颈边拂过。不防另一支镖飞来，正中左腿，立脚不住，"扑通"一声，跌倒在地。彩凤大喜，当先跑过去把他一脚踏住，喝一声："贼子！今夜送你上鬼门关去吧！"举剑向那男子颈上砍下。

这时忽然在她背后来了一条拂尘，把她的剑拦住。自己手中陡觉一震，叮当一声，回头看时，星光下见是一个老道。道冠道袍，童颜鹤发；颔下三绺银髯长垂过腹，手中握着一柄拂尘，立在她的身后，对她说道："姑娘，你体上天好生之德，饶了小徒吧。"彩凤见这老道双瞳中发出奕奕的光，知非常人，一时倒反呆了！

第五十六回

黄昏寂寂铁杖惊书生
碧海茫茫孤舟追巨盗

剑秋本和彩凤同追，当彩凤用镖打倒盗剑的男子，跳过去动手之时，他们都觉得背后唰的一声，有一黑影很快地从他们身边撩向前去，就是这老道了。以为那边来了助手，剑秋忙上前说道："我们本不欲和人家开衅，只因……"

剑秋刚说得一句话，老道早已哈哈笑道："不用说了，我都知道。小徒娄震学习武艺，偏偏不肯向上，犯了观中的条规。贫道将他痛责一番，他倒不受教训；乘贫道不在山上时，偷了流星宝剑逃亡出外。直到贫道回山，方才知道，因此贫道特地出来找他。

"闻人传说他在外边常把这剑作幌子，哄人出钱购买了去；当夜或稍缓一二日，他就施展本领盗了回来，再去欺骗别人。如此不肖，玷污了我山上的名声。因此贫道跟踪到此，恰巧遇见你们买了他的宝剑，一同走进店去。贫道知他夜间必然要来盗还的，遂预先到那里伏在屋上偷瞧，你们一切的经过，贫道早都看在眼里，所以不用你再说。

"现在这位姑娘用镖打倒了他，要将他结果性命，贫道不得已出面阻止，并非袒护我的徒弟；因贫道愿意把他带回山去，重行教导，使他熬过一回苦，或者可以觉悟前失，改过自新。唉！贫道一生传授了两个徒弟，不料传之不得其人，都与贫道的宗旨不合。娄震的师兄程远，别号'踏雪无痕'，所习的本领比较他高出两倍，可惜下了山，被人家引诱，走入魔道，竟在海外做了海盗。贫道一时也寻他不得，以后仍想把他找回山去管教，不比你们二位昆仑门下，能够出人头地，为你们师父增荣的啊！"

剑秋、玉琴听这位老道说出"昆仑门下"四个字，好像认识自己的，不由十分惊奇！估料这老道是个非常的人物了。剑秋便道："请问仙师法名？怎样知道我们二人是昆仑门下？"道人又笑道："你们不认识我么？我却早已见过你们的了。"琴、剑二人闻言，更是仿佛迷离，摸不着头路，自思平生实在没有见过这老道，何以他说认识的呢？

老道见二人兀自怀疑，遂又说道："可记得东海别墅一回事么？当你们半夜捕鬼的时候，贫道也曾在那里作壁上观。后来那一个飞步逃走，要想作漏网之鱼，经贫道追上去，将他擒住，揭去他的鬼脸，放在林中，等候你们来把他捕去的，不过贫道没有露脸罢了！那时恰巧贫道路过那里，协助你们除去了那个小丑，以后我探听之下，便知你们是昆仑门下的剑客。不禁为老友一明禅师庆贺了，为什么我收的徒弟不如人家呢，自愧无知人之明了。"

琴、剑二人听老道提起东海别墅捕鬼的事，确实觉得那时是有第三者在内相助，但恨不能得见一见，很是疑讶。原来就是这老道在那里游戏三昧么？且闻他说禅师是他的朋友，于是二人一齐向老道拜倒道："仙师是我师父的友人么？幸恕失敬。"

老道把二人扶起说道："现在贫道把我的姓名告诉你们吧，贫道就是青岛崂山一阳观的龙真人，和你们的师父一明禅师是很契合的。禅师时常到崂山上来小住，贫道也听他谈起你们的侠义仁孝，可敬之至！你们都是有根底的，前途深长，可喜可喜。"

剑秋道："蒙仙师这样奖掖后进，惭愧之至，弟子等也曾听禅师说起仙师大名的。"

龙真人叹道："我哪里及得上禅师，便是为了那两个畜生，心里也气恼得很。我有两口宝剑，一名流星，一名百里，是我幼时从滇中得来的。那百里剑赠了我的大徒弟程远，因为违反了我的三训，深自懊悔；不料这流星剑又被娄震盗了下山，借作于入财物的东西，真是污了我的宝剑。现在我带这畜生回崂山去，这流星剑既已卖给了你们，我就送与爱剑的人罢。"

剑秋道："这是仙师的宝物，我等不知，一时高兴买了下来，现在明白了真相，仍请仙师收还便了。"龙真人指着宋彩凤说道："就是这位姑娘用的么？我瞧她武艺很好，我愿意将剑赠送与她，这就是她的缘法，你们不要客气。"剑秋见龙真人说话坚决，便叫彩凤拜谢，从地上拾起那剑。

龙真人又喝令娄震立起，将身边的六十两银子取出来奉还，娄震只得摸出银子，双手还与剑秋，剑秋不肯拿，龙真人道："你不肯拿时，我这柄剑无异卖给你们了。"剑秋方才谢了收下。龙真人说道："好，我们后会有期，再见吧。"于是带着娄震，回头便走，且说道："你这畜生腿上有了镖伤，待我到前边去代你医治罢，你以为外边没有能人么？今夜吃了苦头哩！"娄震垂头丧气地跟着龙真人去了。

剑秋等立着，瞧龙真人等走入了林子，才一齐回转店中，且喜无人知道。只有曾毓麟立在庭中，呆呆地瞧望，一见他们回来，心中大喜，便问可曾将刺客追获，剑秋、彩凤把这事告诉了他，曾毓麟也代彩凤喜悦。大家回到房里，再行安睡。梦熊却睡得正酣，一些也不觉得。直到次日天晓，大家起身，听他们讲起昨宵的事，方才嚷道："你们何不告诉我一声，也好使我瞧瞧热闹，得便赏他一弹。"

玉琴道："只来了一个，还怕我们战他不过，却要唤你起来相助么？"毓麟道："大哥多喝了酒，睡得如死人一般，便是有人来将你扛去了，恐怕你也不会醒的啊。"说得大家都笑起来。

剑秋见了店主，将饭钱付讫，离了官渡驿一路无话，早已到了江南。其间虽曾经过扬州和苏州，他们也没有耽搁，坐帆船，赶至杭州。觉得江南山软水温，和北方大异；况又正当春日，青山含笑，大地如绣。玉琴等游目骋怀，大家十分有兴。又想起"北人乘马，南人乘船"这句话，确乎不错。江南水道纵横，港汊分歧，行旅的人大都坐船，挂上一道风帆，水天辽阔，纵其所如了。

他们一到杭州，便住在城外清泰旅店里，仍开了两个房间，都在楼上。因为三月中，四处来杭进香的人很多，游客也不少，所以旅馆住得很满。他们的两间是相并着，在最后一个院子里，后面便是一个小小天井，北面一条短墙，墙外就是街了。

当夜大家坐定了，商议明天去游湖还是先去游山，玉琴、彩凤主张游湖，剑秋、梦熊主张先游山，毓麟和窦氏则无可无不可，争论不定，于是又要拈阄了。

毓麟道："我们到了此地，山要游，湖也要游，畅观胜景，何争一日之先呢？"

剑秋写了两个阄儿让玉琴来拈。玉琴拈了一个，解开一看，上面写着"山"，不由把嘴一努，丢在桌上。剑秋看了，笑道："前次被你拈胜，今番要依我了。"玉琴道："便宜了你。"剑秋取过买来的西湖地图，看了一回，夜深了，各自安睡。

次日一清早起来，用了早餐，六人也不雇轿，也不坐马，教一个本地人引导着，往游南山净慈寺、法相寺、石屋洞、烟霞洞各处胜地，一一都去游观。途中岚影苍翠，野花媚红，山径曲曲弯弯，引人入胜。四顾幽静清丽，疑非人间了。

玉琴回顾毓麟已跑得额上出汗，便问道："毓麟兄，你跟着我们跑可觉乏力么？"毓麟摇头道："不。"

彩凤说道："他只好说'不'了，做了一个男子汉，怎会走不过女子呢？"窦氏道："这却不能如此说的。毓麟是一个斯文公子，不能和你们走惯天涯之人比的。"

毓麟脸上不由一红道："你们太小觑我了。我虽没有你们那样精通武艺，可是走走山路总行的。况且这里的山不比北方的山荦角峻险啊！"玉琴道："毓麟兄不必发急，我是说着玩的。"一边说，一边已走至虎跑泉。

虎跑泉是在定慧寺内，相传昔有二虎跑地作穴，泉水从穴中涌出，因此得名。清高祖南巡时曾至此一游，所以泉旁立着一块御碑。泉水共有三眼，游人都将制钱抛投，左右转侧而下，亭底亮晶晶的都是钱。六人坐在厅上啜茗，一尝清泉佳味，僧人们端出果盘来敬客。

这时忽然外面一声高喝道："慧觉老和尚快快端整美酒、嫩鸡，洒家来也。"声如洪钟，惹人注意。剑秋等回头一看，见有两个出家人大踏步走进来。

首先的乃是个形容丑恶的怪头陀，头上戴着金箍，短发茸茸，披在颈后，双目突出，好似缢死鬼一般，满裹着血筋。一张阔口，唇边露出两只獠牙，短髭绕颊，密如刺猬，额上有一道很深的刀疤；身穿布衲，脚踏芒鞋，肩着一枝铁禅杖，杖头系一青布包裹。背后一个和尚年纪还轻，一张雷公嘴，生得尖嘴尖脸。一齐走到厅前，向琴、剑等众人望了一下，口里又喊道："慧觉老和尚何在？洒家来了，还不迎接，更待何时？"

厅侧客室里便走出一个老僧，面貌很是慈祥，见了怪头陀，先向他行礼道："不知师父驾到，有失迎迓，且到里面坐。"怪头陀把杖头包裹取下，交给寺中一个僧人接去，又将铁禅杖向地下一拄，咚的一声，石上爆出火星来，便拖了禅杖，跟老僧进去。

此时梦熊也觉得有些奇怪，便问剑秋道："你们瞧那怪头陀倒有些蹊跷，不知哪里来？他一双眼睛真可怕。"剑秋点点头道:"这双眼睛是吃多了人肉所致,我以前见过一人也是如此的。"便对玉琴说道:"那东华山的混世魔王樊大侉子不也是这个样子的么?"

玉琴答道:"正是,我料那头陀也非好人。"毓麟道:"相貌如此凶恶,当然是盗匪之流,我若在夜里遇见了他,一定要当他是个鬼了。"

梦熊不觉哈哈地笑将起来,剑秋刚要说话,忽见那边室里一个光溜溜的头颅探出来,正向他们窥视,尖尖的雷公嘴,就是方才一起来的年轻和尚了。玉琴指了一指,说声:"咦!"那头颅又缩进去了。于是众人心里一齐起了大大的猜疑。

梦熊此时忍不住喊起来道:"哙,你这尖嘴和尚鬼鬼祟祟的向人家张望什么?"刚要再说下去时,剑秋早已摇摇手,叫他不要声张。梦熊不知剑秋有什么意思,只得缩住口不说。

剑秋便对众人道:"我们归去吧,时已不早了。"于是付去茶资,大家立起身来,走出虎跑寺,取道往湖边而归。梦熊遂大声说道:"那两个秃奴必非善类,生得奇形怪状,好不可怕。"

窦氏道:"那头陀所携的铁禅杖足有七八十斤重,他能够用这东西,本领必然不小,大约又是江湖上的怪杰。"剑秋道:"瞧了那头陀,要使人想起韩家庄的铁拐韩妈妈,她的铁拐好不厉害!我们险些着了她的道儿。"

玉琴道:"那时候我们的剑术还是浅薄;挨了现在,我们却不怕她。无论如何要和她拼个上下,不必有劳云三娘了。还有那母夜叉胜氏的一枝钢鞭,也不输于铁拐啊。"众人且说且走,毓麟和彩凤指点着道旁风景,说说笑笑,更是兴浓。

玉琴和剑秋、梦熊、窦氏谈论着怪头陀,她的眼睛很锐利,无意中回头一看,恰见离开他们背后十数步路之处,那个雷公嘴的和尚偷偷掩掩地跟着他们行来。她便将玉肩向剑秋的肩上一碰,轻轻地说道:"你瞧那秃奴,果然有些蹊跷,在后面跟着我们来了。"

剑秋听着，也回头瞧了一眼，连忙别转脸来，装着若无其事，低低对玉琴说道："琴妹，我们别睬他，让他尽跟，索性让他知道了我们的住处，只要好好防备，他们也奈何我们不得。"玉琴点着头，仍泰然地走着，窦氏母女、毓麟兄弟却没有觉察。在夕阳影里一路走回清泰旅馆，天色已黑下来了。

一行人将进店门时，琴、剑二人又留心向后面一看，果然那个和尚一直跟了下来，远远地立在那里窥探他们入内。琴、剑二人绝不声张，直等到了里面，大家坐下休憩。

曾毓麟伸了一个懒腰，喝了一口茶，先对众人带笑说道："今天我喝了虎跑寺的泉水，觉得旅馆里的茶没有味了，无怪史人卢仝、陆羽以品茗试泉为生平第一要事呢。"彩凤笑嘻嘻地对他说道："你游得快活么？两条腿可跑得乏力，总算被你赶上了。"毓麟道："如此清游，胡可多得？虽跑折了两条腿也是快活的。"

玉琴冷冷地说道："毓麟兄真快活么？可知道我们又遇着尴尬事了。"

毓麟怔了一怔，说道："有什么尴尬事？莫非在虎跑寺遇见的怪头陀要来寻衅么？"梦熊在旁嚷道："我早知他们不是好人的，吃人肉的贼秃当然非盗即贼。但是他们和我们素不相识，要来寻我们做甚？"彩凤道："方才那个贼秃向我们张望得着实有些不怀好意。"玉琴道："姊姊不知道，那个雷公嘴的秃奴，在我们归途中曾蹑足追踪到店门口呢？"彩凤道："啊！那贼秃跟我们至此的么？那是一定有意窥伺我们了。"

剑秋低着头，好似寻思一般。窦氏问他道："岳先生，你们可认识那两个么？"剑秋道："我也正在思索，实在不认得。"

玉琴道："大约他们是金光和尚门下一流人。我们以前在宝林寺、白牛山、天王寺、邓家庄等各处和峨嵋派结下冤仇。便是我们不去找他们，他们也是时时刻刻的要求报复。也许我们不认识他们，而他们认识我们呢，不然那贼秃和我们偶然邂逅，便来跟踪做什么呢？"

窦氏道:"这样说来,今晚我们却不可不防了。"琴、剑二人都点点头,毓麟听了,脸上露出懊恼之色,说道:"此次我同你们南下,玄女庙、抱犊崮纠缠了好多时,你们都杀得辛苦。现在到了明媚的西子湖边,正好及时行乐,探幽选胜,谁料又要生出岔儿来,未免令人扫兴。"

玉琴微笑道:"此次不是我们去兜搭在身上,乃是人家找来的,避也避不掉。然而在我看起来,好如家常便饭,没有什么惊天动地的大事情。"

窦氏道:"好姑爷,你放心吧!有我母女俩在此,管叫那贼秃猖狂不得,决不使你损伤一发的。况且又有岳先生和玉琴姑娘相助,你尽管高枕而卧,不用多虑。"玉琴道:"伯母说得甚是,放着我们这几个人,还怕敌不过那两个秃奴么?"

毓麟听大家这样说,心中稍慰,点头说道:"你们不要笑我胆怯,我是只会拿笔杆的人,前番两次遇险,幸蒙玉琴妹和彩凤妹舍身奋勇将我援救,我是感谢不尽的,今夜仗你们去对付吧。"

彩凤把手指向毓麟脸上,羞着道:"你真是一个怯书生,还要笑你,不怕害羞么,今夜我拼着不睡,保护你何如?"剑秋笑道:"甚佳甚佳,毓麟兄,你有了这位武艺超群的嫂嫂做保护人,何畏之有?以后你快快拜她为师,学习起来吧。在这个叔季之世,丈夫上马杀贼,下马草露布,文武都用得着的啊。"

说得众人都笑起来,梦熊却嚷道:"我游了一天,身子倒不觉十分疲惫,肚里却饿得很,快快吃了晚餐,再商对付之计罢。"剑秋道:"不错,我的腹中也觉空空,要想吃喝呢。"遂和大家点了几样菜,吩咐店小二早为准备。店小二先将灯掌上了,接过菜单,出去知照,不多时已将酒菜送上来。

大家坐定,将晚饭用过,又闲谈了一番,窦氏道:"我们如何防备?要不要先说妥?"剑秋道:"这里只有毓麟兄一人可照常安睡,我们五人可分在两间房里埋伏,专等秃奴前来,不要声张，看他们怎样下手。"

彩凤道："我和母亲及玉琴姊一同潜伏在这房里，保护毓麟，好叫他放心大胆。"剑秋道："很好，我与梦熊兄伏在间壁房中，若有风声，互相接应，不要放走了秃奴。"

于是大家取出兵器，穿了短装，准备停当。剑秋、梦熊走至隔壁房间里去，大家把门窗关上，彩凤便对毓麟说道："你安睡吧，少停秃奴若来，有我们抵挡，你切不要声张。"

毓麟诺诺答应道："谨遵妹妹吩咐，我真是疲倦得要睡了。"又向玉琴说道："恕我无礼。"遂先脱了长衣，上床去睡。

窦氏和玉琴、彩凤又静坐了一歇，养息着精神，听听店里人声渐静，约莫已过二更时分，玉琴遂将桌上的灯吹灭。她和彩凤各挟宝剑，伏在毓麟睡榻左右，窦氏却伏在桌子底下，等候动静。

毓麟虽然睡了，可是心里有了警戒，哪里睡得着？瞑目想起了那头陀的情状以及那柄铁禅杖，总觉得有些恐怖；虽有琴、剑等众人在此，仍未能帖然安宁，只是在床上翻身。

彩凤起初以为毓麟已入睡，及听他时时翻身的声音，忍不住低低说道："做什么还不安睡？请你放下一百二十个心，我和琴姊姊都在你床边做保驾将军呢。"毓麟道："多谢多谢，我正睡着哩。"

彩凤道："呸！你睡着了还会开口讲话吗？"这句话说得玉琴在旁听了，不禁"噗嗤"一声笑了出来。彩凤又要开口时，窦氏道："你们别声张了，那东西快来哩！"于是大家屏息无声，再听店里已是十分静寂，一般旅客大都已入睡乡。

这样等了好久，忽闻窗外微有一阵风声，两扇窗顿时开了。一条伟硕的黑影如箭般地射进室来，双脚落地，杳无声息，已至毓麟床前，"呼"的一禅杖打下。

毓麟是醒着的，如何不觉得？只急得他失口喊声："啊呀！"但是禅杖落下时，当的一声，已有一剑从毓麟旁边飞起，挡住那禅杖，乃彩凤的流星剑了。同时玉琴也已一跃而起，一道白光径奔那黑影的头上。

那人见室中已有戒备，忙将禅杖收转，架开玉琴的剑，回身便走。窦氏已从桌下跳出，喝声："着！"双钩向那人脚下左右卷来。那人将禅杖往下用力一扫，"当当"两声，窦氏的虎头钩早已荡开，一耸身跳上了屋面。

玉琴喝声："不要走！"和窦氏双双随后跃出，见屋上立着二人，就是那怪头陀和尖嘴和尚了。玉琴挥动真刚宝剑向前进刺，那尖嘴和尚一摆手中两柄烂银戒刀，拦住便战。

这时剑秋已从那边房里跃上屋顶，怪头陀见他们都来了，大吼一声，抡起铁禅杖，向剑秋当头打来，剑秋舞着惊鲵宝剑敌住，窦氏也使开虎头钩来助剑秋，五个人在屋上"叮叮当当"的狠斗起来。

彩凤本要出外助战，却被毓麟将她一把拉住，央告道："好妹妹，你别出去战了，在我这里防御着吧。我见那怪头陀实在害怕，请你别走，他们大约敌得住的。"彩凤见毓麟发急，也不忍走开，恐防有余党入室，所以仗剑立在床前，听屋上厮杀的声音。梦熊却因一则自己对于登高的技能不济事，二则估料怪头陀凶悍，非己能敌，不敢冒险，取过弹弓，立在窗槛上，想得间发他一弹。但是他们已杀到后边去了，影子都望不见呢。

原来那怪头陀和剑秋等战上数十回合，觉得剑秋等果然名不虚传，自己一击不中，反给人家拦住，倘然惊动了地方，这里是个繁华热闹的大都会，将有牵连的事情，不如走罢。因此且战且退，到得后边，蓦地将弹杖一扫，打开剑秋的剑和窦氏的钩，往后一跃，一翻身跳下地去了。那尖嘴和尚也将双刀一紧，架开玉琴的剑，跟着飞身跃出墙来，已到了后街。

剑秋、玉琴、窦氏一齐跟在后面跳出来，那怪头陀蓦地一回身，便有两个飞锤向他们头上飞来。三人左避右闪，躲过了第一锤。那第二锤恰巧飞到玉琴耳边，玉琴左手一起，把飞锤接住。正想回击时，那两个贼秃已趁这隙儿，一个转身窜入旁边小巷里。

三人追去时,已不见了踪影,这里两边都有小巷,不知走向哪一条?玉琴还要搜索,前面灯火照耀,却来了一队巡夜的兵丁,剑秋不欲多事,一拉玉琴衣袖,说道:"回店罢,不要追了。"玉琴、窦氏遂随着他跃上围墙,来到自己屋顶上,仍从窗里飞身跃入。

这时彩凤已将灯点亮,毓麟坐在床上,梦熊也走了过来,店中亦有少数人闻声惊起,向楼上探问,但都没有瞧见剑秋等回来。剑秋遂伪言屋上有贼,已被他们驱走,叫他们安心睡眠,楼下人听说没事,也就各自归寝,不再查问了。

彩凤见他们片刻之间已回来,便问道:"刺客逃走了么?"剑秋道:"竟被他们逃走了,便宜了这两个贼秃。"窦氏道:"那怪头陀的铁禅杖果然不错,老身的双钩也急切近他的身不得,有些好本领,可惜不归于正,也是徒然!"

玉琴将接住的飞锤在灯光下细看,足有八九斤重,锤形甚小,作八卦式:是铜制的,角上都有棱尖,锤中刻着"法喜"两字,大约是那怪头陀的名字了。玉琴便将锤给大家看,且说道:"这锤有棱角,很不易接,稍一不慎,手上便要划碎,方才我用二指将锤夹住,真是侥幸。"大家接在手里传看,都说厉害,险些儿着了那贼秃的暗算。

彩凤指着毓麟说道:"都是他拖住了我,不放我出去助战,否则那贼秃即有铁锤,我也要还他一袖箭呢。"毓麟道:"方才那怪头陀跳进来的时候,不问情由便往我床上兜头一杖。你们想,教我这文弱之身怎禁得起这七八十斤重的禅杖一击,怎不令我骇杀?幸亏彩凤妹妹代我挡住了,保得无恙。想你们三人足够对付的,自然不肯放她出来了。"

玉琴笑道:"不错,你谢谢她罢。"毓麟果然在床上向彩凤作了一揖道:"多谢妹妹。"彩凤微笑道:"你这人真是吃奶的孩子了。"

剑秋将飞锤放在桌上道:"那怪头陀想是来行刺的,他们总是和我们有什么冤仇，不然何至一见面后就跟踪前来下毒手呢?"玉琴道："我早说过了，他们定是峨嵋派中人，明天我们只要到虎跑寺去一问究竟，便知端的了。"剑秋点点头。

梦熊把飞锤取了去，说道："这个东西你们留着没用，不如给我带回家去做个小玩意吧。那铜是很好的，制得甚佳。我想那贼秃轻易放出，中不着人，岂非太不值得呢!"

剑秋道："你瞧锤上不是有一个小小的环么？本来为系铁链的，不过系了链便放不远罢了。"梦熊道："不错不错。"玉琴道："你既心爱此物，就送与你罢。"梦熊大喜，便将飞锤放入衣袋。

窦氏道："此刻将近四更，我们还可安睡一刻，料他们不敢再来了。"于是大家放下兵刃，各自回房，解衣睡眠。

次日早上起来，天色阴沉有雨意，剑秋便和梦熊上虎跑寺去探听，玉琴等在屋中坐着闲谈，没有出去。到午饭时，二人回来了，玉琴、彩凤忙问二人可曾探得底细？有没有遇见怪头陀？

剑秋道："哪里会再见？我们跑到寺中找那慧明老和尚，向他们问起情由。原来他和那两个秃奴并不十分熟识的，只知怪头陀名唤法喜，尖嘴和尚名唤志空，常在江浙沿海走动。他们富有多金，不知从哪里得来的，以前曾一度捐出五百两银子，给寺中修理大殿，所以他们每至杭州，便借宿在那里。性情粗暴得很，慧明和尚见他们还是惧怕，只将好酒、肥肉款待他们，直等到他们回去。

"至于他们的来历，因为他们很守秘密，实在不知晓，他不敢详询。昨天二秃奴来后，志空在我们出寺的时候就跟着出来的，到晚上他们就别了老和尚出来，不知上哪儿去，今天并没有再往。他既然如此说法，我也不必把夜间的事告诉他听了，只苦了我们二人的腿，白跑了一遭哩。"

玉琴道："暂时便宜了他罢，将来再遇见时，他那双凶恶的红眼睛我总认识他的，再和他算账。"剑秋道："只好如此了。"

窦氏道："这事已过去，我们别谈，莫忘了我们是来游西子湖的啊。"剑秋道："不错，今天大有雨意，我们俩在归途中曾飘着数雨点，明日再行出游吧。"

这天众人吃了饭，便在旅馆中闲谈，没有出外。到傍晚时，天上的云散了开来，屋上映着一角淡淡的残阳，玉琴喜道："明日大概可以天晴，我们可以一游湖上了。"夜间大家恐防万一怪头陀再来行刺，仍各当心防备，然而一夜很平安地过去。

次日天晓，玉琴、彩凤首先起身，临镜梳妆，各换了一身新衣，益见清丽，毓麟和剑秋瞧着心中甚乐！大家用过了早餐，遂走出店来。到得湖畔，雇了一只较大的游艇，一同坐上，舟子打着桨，便向湖心摇去。波光照映，其平如镜，许多小艇来来往往，上面坐着惨绿少年，红粉佳人，都是来游湖的。四围岚影苍翠，好似美人在那里临镜晓妆，梳他们的凤髻，娇媚可爱。

玉琴瞧着，不由喝声彩！他们都是在北方久居的人，现在见了这山明水秀的西子湖，不觉都沉醉在大自然的怀抱里了。先到钱王祠、白云庵两处游览一过，遂至三潭印月，大家在九曲桥上徘徊着，又到潭边，见三潭相对着立在水中。相传这是宋时苏轼在杭设立的，倘在月明之夜到此，那么月光映潭，分塔为三，十分好看的。

剑秋等游玩良久，遂又回船，望丁家山一带摇去，到午时已至孤山放鹤亭了。大家坐在放鹤亭上饮茗，遥望保俶塔如簪花美人，临风玉立，很令人心旷神怡。众人又往谒林和靖墓及鹤冢，还有亭下的小青墓，摩娑古碣，发思古之幽情。

此时毓麟便滔滔地把林处士梅妻鹤子的故事告诉众人听，继又讲着冯小青的一段历史。玉琴、彩凤听了，心里都觉惨然，眼眶里几乎掉下泪来。毓麟又吟小青的四首绝句诗道：

稽首慈云大士前,莫生西土莫生天。
愿将一点杨枝水,洒作人间并蒂莲。

春衫血泪点轻纱,吹入林逋处士家。
岭上梅花三百树,一时应变杜鹃花。

新妆竟与画图争,知是昭阳第几名?
瘦影自临春水照,卿须怜我我怜卿。

冷雨幽窗不可听,挑灯闲看牡丹亭。
人间亦有痴于我,岂独伤心是小青。

青冢黄昏,美人千古,这几首绝句诗流传人间,正够动人哀思。

彩凤点头叹道:"像小青这般遭遇,自是红颜薄命,但古今来痴心女子甚多,岂独一冯小青呢!"

玉琴道:"小青的身世固是可怜,然我终怪她是个弱者,受大妇那样的虐待,一些不会抵抗,以致幽闭孤山,终身不得再和那冯生见面,到底忧郁而死,不过徒为后人所悲。对于她自己一生的幸福,却完全断送了,为什么不毅然决然的和大妇脱离呢?"

彩凤也说道:"小青果然是弱者,但是冯生也何尝不是弱者呢?假如他自度没有力量制服那大妇,那么何必多此一举,白白地害了一个多才多艺的好女子呢?"

毓麟笑道:"你们俩说得也不错,可是古今女子大都是弱者,诗人吟咏的,小说家所写的,很多很多,像小青处于她的环境中,心里未尝不想抵抗?无如伶仃弱质,尽人摆布,一些没有反对的力量。那时社会上也没有人对她同情,肯出来助她的,自然不得已,只有一个'死'字是她可怜的归宿了。这种是消极的反抗,你们都是一剑敌万人,巾帼中的英雄,当然和她不可同日而语了。"

彩凤道："是的，换了我时，一定不肯这样的忧郁而死，为仇者所快心，须要搅他一个落花流水，不肯退让的。"她说到这里，不由脸上一红，又说道："呀，我也不肯做人家的小妾了。"

玉琴道："倘然我在那时的话，一定要把那大妇浸在醋瓮里，教她喝一个饱；再把小青救出来，使她和冯生见面，让他们二人平安地住在一起，成就一对神仙的眷属，岂不爽快！"

毓麟听了玉琴的话，不觉笑道："爽爽快快，可惜冯小青没有遇见玉琴妹妹啊。"玉琴道："不是我说废话，若然现在我遇见了这等事，自然起了不平之心，要干涉一下的。"

剑秋笑道："琴妹，你倒像古押衙了。物极必反，我料再隔数十年或是百年，中国的妇女必有解去束缚，放任自由的一日，再没有冯小青这种人了。"玉琴叹道："这也难说啊！"

梦熊在旁听得不耐烦，却嚷道："这一个姓冯的女子已死了好几百年，你们尽管在这里议论些什么？游了半天，我的肚子也很饿了，快快吃饭吧，吃饱了好再去游玩。我的兄弟酸溜溜地一肚皮的书，你们要听他讲书时，不如夜间回到旅馆里坐着再听吧。"

剑秋道："好，梦熊兄要吃饭，我们腹中也有些饥饿，就在此山用吧。"

梦熊一嚷，把众人的谈话打断，才一齐回到放鹤亭上，点了几样菜、三斤酒，大家吃了一个饱。毓麟抢着把账付去，大家下了山，仍坐着小船向前面各处去游。到了岳墓，大家上岸，走进岳王庙去，拜谒武穆像。

剑秋自认为岳王后裔，向岳王焚香下拜。玉琴等也对此民族英雄都肃然起敬。又看了精忠柏及坟前竖立的四奸铁像，一则流芳百世，一则遗臭万年，游罢出来，心中很多感慨。又到玉泉去观鱼，上栖霞山游栖霞洞、紫云洞，一个儿凄神寒骨，一个儿暮云凝紫，都是瑰奇不可名状。岭上又多桃花，又有桃溪，满目绛英，煞是好看。游罢了栖霞，回到岳墓前下舟，在湖上返船归去。

见夕阳映射水面，鳞鳞然作黄金的颜色，又好如霞彩绮丽。可爱的西子披着艳丽的衣裳，把它的明眸送人回去。大家都觉得目酣神醉，说不出什么话来。回转了客店，都说快乐快乐，尘襟都被湖水洗净了。

夜间各自早睡，次日又去游灵隐、天竺、韬光等处，登北高峰清啸，再游宝石山、葛岭而归。又次日往江边一带游玩，在云栖吃午饭，登六和塔观钱塘江。又次日游城隍山、紫阳山、凤凰山等处，又至城中走了一遍。

这样他们在西子湖边一连游了五六天，天天游玩于青山绿水间，几乎把别的事都忘却了。他们本是来游西湖的，自然要把西子的面目看个饱了，其时各处来此进香的人也很多，到处都见游人。

他们在灵隐曾听人家说起普陀山风景的佳美，玉琴心里很想乘便往那里一游，向众人征询同意，剑秋首先赞成，毓麟夫妇也愿同往，窦氏和梦熊当然也没有话说了。他们在杭又流连了两天，刚要准备动身到普陀去，忽然店小二领进一个人来和他们相见，大家一看，认得是曾福。曾福见了众人，一一叫应。毓麟弟兄不由一呆，便问曾福怎样寻到这里来的，家中可有什么紧要的事情？

曾福禀告道："大少太太前几天忽然患了寒热病，十分沉重，虽请大夫前来诊治服药，见是服了药后，如水沃石，一天不好一天。老爷和老太太急得没法想，恐防大少爷和二少爷在杭游玩，一时不归，因此打发我星夜南下，来找寻大少爷等，请你们赶紧回家去。我赶到此间，走遍各处旅店方才找到，真不容易啊！"

梦熊听了，不觉跳脚道："哎呀，我的浑家有了重病吗？曾福，照你这样说法，路远迢迢地一来一往，要耽搁许多时日；即使我马上赶回家去，恐怕她也早已长逝了。啊呀！我的妻呀!"他说着,顿脚大哭起来。

剑秋连忙劝道:"梦熊兄,这事先要定行止,不要先哭乱了你的心。"毓麟也说道:"大嫂子病虽沉重,并不一定是死的,父亲母亲因我们在外边不知道,自然只得打发曾福来叫我们回去。你哭得这样惨有什么用呢?"

梦熊听说,收住眼泪道:"回去回去,那么我们今夜就回天津去吧。"毓麟道:"哥哥你又来了,今日时已不早,我们来得及就动身吗?要走,明天走也不为迟。"于是他又向曾福详细问了一遍,叫曾福便在此间住下。

毓麟便对剑秋、玉琴说道:"我们本想跟你们一起去游普陀,现在出了这个岔儿,老父有命,不能不回家乡,只好半途分手,你们去游吧。"又向彩凤道:"我不能不伴大哥同归,你心里如何?"

彩凤还没有回答,窦氏早说道:"你们弟兄俩都要回去,一则路中要人保护,二则彩凤也未授不归,老身和女儿当然也伴你们一齐回去了。"

剑秋道:"你们既然都要回去,不如一齐走吧,普陀之游只好俟诸异日了。"毓麟道:"有了岳母和彩凤妹妹伴送我们回里,你们二位难得到此,正好往游普陀,何必要跟我们同回?这真是煞风景的事。"

梦熊又说道:"兄弟说得不错,你们二位大可不必回去,况且这是小事情,也许我们赶回家时,我的浑家病已好了,那么你们俩不是跟我们上了当吗?"

玉琴笑道:"这样说,梦熊兄何必哭呢?"毓麟、彩凤又再三劝琴、剑二人不要同回,仍去游普陀。玉琴才道:"既如此说,我就让你们先回去,我和剑秋兄去游了普陀山,再回津沽来望候你们。"彩凤道:"这样我们也安心了。"

这天晚上,大家到酒楼里去畅饮一回,方才归寓。次日早上,梦熊、毓麟和窦氏母女以及曾福带着行李,和剑、琴二人别了,动身回天津去。

剑、琴二人自毓麟等去后，他们便又在杭州游了一天，才也别了西子湖，动身向定海县去。到得那里，雇了一艘帆船驶至普陀。风和日丽，海不扬波。二人付去舟资，很活泼地跳到岸上，找得一个引路乡人，领导他们上山。只觉得山上风景又清丽又雄壮，与别处不同。

白华庵门前有两株香樟大树，三人都不能拱抱，是数百年的老物。石磴清洁整齐，一路走上去，寺院林立，钟声频闻，顿使二人想起昆仑山的一明弹师来。到得文昌阁，才坐着略事休息。又至普济寺游览，殿上小龛内供着十八尊真金罗汉，寺前有御碑亭。

二人徘徊片刻，遂至法雨寺。天色将晚，寺中僧人留他们在此下榻。夜间进餐都是素馔，笋菘菘韭烹煮也很精美，可称山中佳肴，别有风味。晚餐后，二人到客房里，各据一榻，解衣安睡。

晨间听得远近禅院内钟声遽响，清心宁神，加着山鸟弄吭，清风习习，使人遍体清凉。二人遂去遨游古佛洞、梵音洞，上佛顶山畅游一天，晚上仍回到法雨寺歇宿。

第三天又至千步沙海滨去散步，见许多渔船正开向东面去。海涛汹涌，一望无际，小浪打至山下，濒洞有声。二人立看，对着前面的大海，出神的遐想。天风吹着玉琴的云鬟和缟袂，飘飘欲仙。

剑秋侧转脸来瞧着玉琴，不由微笑。玉琴打了一个呵欠，回头见剑秋正对她紧瞧着，不由脸上一红，走了几步，又回身过来，对剑秋说道："海阔天空，安得驾一小舟，挂轻帆，乘长风破万里浪，快意当前！一览瀛海之奇观，探冯夷之幽宫呢？"

剑秋拍手说道："琴妹这话说得好畅快！我也有此想。缓日我们回去的时候，可以取道海路，坐船到上海。游罢了苏州，再坐船北上津沽。其间经过东海、渤海、黄海，虽不能说乘长风破万里浪，比较在内地乘小舟、驴车就来得爽快。将来倘有机会，我们俩真的可以到海外去走一遭。明朝时候，宦官郑和三下南洋，收服异邦，生擒番酋，石破天惊，到海外去做一番事业。区区之心，窃慕于此。"玉琴听了，点头说道："剑秋兄，你若果有此志，我当追随同行的。"于是二人又在海边上席地坐下，指点着海景和远近的岛影，谈古说今。直到夕阳西下，海上风云变色时，方才回寺。他们在山上游了七八天，兴尽思返，二人因要打海道走，便托寺僧代他们去雇一帆船，开至上海。

寺僧就对二人说道："你们二位不如仍从定海县回到杭州，再从那里北上吧，何必海行冒险呢？"剑秋道："海行有什么危险，我们又不怕风浪？"寺僧道："风浪还是小事。"玉琴道："那么又有什么大事呢？你这和尚说话太蹊跷了。"

寺僧道："二位有所不知，近来海盗非常猖獗，时出抢劫，这里的海面大不安静；而且这些海盗都是有非常好的武艺，官军不敢进剿，所以近日到山上的人很少。否则在这个时候，正是香火盛的当儿，山上何致如此冷落？这是你们二位亲眼所见的，出家人安敢打谎。"

玉琴听了，便笑道："唔，原来为了海盗之故。但是我们却不像是官军那样的畏盗如虎，我们很想见见那些海盗，看他有怎样的好本领呢。难道他们都有三头六臂的吗？一样是个人，怕他做甚？"寺僧见玉琴这样说，不觉瞪着双眼，说不出什么来。

剑秋道："你不要奇怪，我们决定要从海道走，遇盗不遇盗，不必多虑，就请你代我们雇一艘小舟，决不连累你的。"寺僧见他们如此坚决，毫无畏惧，估料不出他们的来历，只得代他们去雇船。回来复命道："这里的船因怕海盗抢劫，大都不肯去冒险。问了许多船户，方雇了一艘，但是船资须要加倍，不知你们二位意下如何？"

剑秋道："多花些银算得什么！请你知照船上人，我们明天一早动身。"寺僧答应退去。玉琴就对剑秋说道："我们此去，海上不生岔儿也就罢了；倘然遇见海盗，一定不要放过他们。"剑秋答道："是的，我们以前逢见的都是陆路盗寇，海上的还没有交过手呢！"于是二人在法雨寺又耽搁了一宵。

次日早晨，剑秋取出银子，谢过了寺僧，吃过了早餐。寺僧引了一个舟子与二人见面，好引导他们下山。琴、剑二人行李很是轻简，由舟子负着，二人别了寺僧，跟着舟子向山下走来。

到得海边，见有一只半旧的渔船停在那里，问询之下，始知这只渔船也是寺僧再三商量，许了重资，方才肯载二人动身的哩。二人走到船中，虽觉简陋，总算聊胜于无。坐定后，舟子送上一壶茶，解了缆，离了普陀山，向海中出发。

正遇顺风，挂起一道布帆，往前驶去。二人在船上好不快活！这时阳光照在海面上，鳞鳞然作金色，渔船被波浪推动，一上一下地颠簸着。二人在船上远眺海中，雪白的海鸥掠着舟上的帆边，三三两两地飞过，白羽映清波，很是鲜丽，增添人生的兴趣。

舟行不多路，忽见前面有一帆舟，舟上立着几个商贾模样的人，面上都露出惊惶之色。还有一个商人倒在船舷旁，一臂已断，血迹淋漓。

玉琴忍不住向船上人问道："你们是到哪去的，为何这等形状，莫非遇见海盗？"说时两船靠拢过来，那边早有一个老者颤声答道："正是，我们一伙人是从海门开到温州一带去贩货物的，却不料行至半途，忽遇海盗，把我们所带的金钱一起劫去；又把我们的同伴杀伤，凶恶异常，实在可怕。现在我们都变得进退狼狈了。"

剑秋道："海盗在哪里？"一个商人指着东北面海上数点黑影说道："那就是盗船，他们刚才行劫了去的。"玉琴道："可追得着吗？"

老者向玉琴瞧了一眼，说道："他们坐的是打桨的小舟，我们是帆船，况且向东北去，又是顺风，追是追得上的。不过我们都不是海盗的对手，追上去不是送死吗？"

玉琴道："你们也太可怜，海盗煞是可恶，待我们追上去，把你们被劫去的金钱夺回来就是了，你们且少待罢。"遂吩咐自己的舟子快追。舟子犹豫不敢答应，玉琴拔出剑来，叱道："快追！"舟子瞧见这样情景，吃了一惊！不敢不依，又加上了一道帆，那船便如奔马一般地向东北方驶去。

剑秋、玉琴立在船头上，大家横着宝剑，心中充满着不平，不顾一切地去追海盗。海风吹动着他们的衣袂，海浪打到船边，看看前面的盗舟渐渐追及了。这时海盗也已觉得背后有人追赶，三只浪里钻的小船一齐回过身来，准备厮杀。

琴、剑二人向前仔细瞧时，见三只盗船上长长短短的立着十数个短衣扎额的健儿，个个怒眉竖目地举着兵刃。正中一艘船头上，首先立着一个黑衣大汉，头上戴着一顶笠帽，赤着一双脚，手中高高举起一对雪亮的钢叉。右边一艘船上，首先立着一个锦衣华服的美少年，抱着一口宝剑，神情安闲。左边船上，当先立着的乃是一个秃奴，身穿蓝绸短衲，脚踏草履，右手挺着一枝铁禅杖，威风凛然，杀气满面。原来就是在虎跑寺蓦地相逢，后来到清泰客栈里行刺不遂的怪头陀，一击不中，翩然远逝。

琴、剑二人本疑那怪头陀是个空空儿之流，忽来忽往的，究竟不知是什么一回事。以后可能再有一天重逢，却不意在这茫茫的大海上又遇见了，怎不诧异？所以玉琴又将宝剑一指道："贼头陀，那天晚上胆敢存心不良，来栈行刺，侥幸被你兔脱。今又在海上纠众行凶，抢劫人家的财帛，原来你是个罪恶滔天的海盗。"

第五十七回

虎斗龙争飞镖伤侠士
花香鸟语舞剑戏红妆

　　那怪头陀见了二人，一双凶恶的红眼发出火来，也大喝道："小丫头，你是我们峨嵋派的仇人，屡次欺侮我党，杀害我党。好，现在你们敢是把头颅送上来了，须吃我一禅杖。"

　　怪头陀正说着话，剑秋已怒不可遏！耸身一跃，已跳至那只小船上，使个蝴蝶斜飞式，一剑向怪头陀头上劈去。怪头陀飞起禅杖，当的一声，迎住剑秋的宝剑，回手一禅杖，对准剑秋腰里打去。剑秋侧身避过，又是一剑向怪头陀肚上进刺，怪头陀又把禅杖架开，二人便如猛虎相扑地猛斗起来。

　　玉琴也舞动着真刚宝剑，跳至黑衣大汉的船上。黑衣大汉勇猛非凡，一对钢叉上下左右地飞舞，好如团团白云，叉上的铁环叮叮当当地响成一片。玉琴的宝剑也成一道白光，秋水四合，把两团白云包在白光中，或左或右，或上或下，往来刺击。

　　惟有那美少年却并不动手，只抱着剑，立在自己的船上作壁上观。他觉得琴、剑二人的剑术神妙，都是有真实本领的人，不禁暗暗佩服。他从身边摸出一样东西，拈在手里，踌躇着还不即发。那黑衣大汉和玉琴战了多时，看见敌人真是劲敌，虽然是个女子，而她的武艺，只在自己之上，不在自己之下；久战下去，自己恐怕要吃她的亏，便想用别的方法去对付。

玉琴不知那大汉心里的意思，尽把剑紧紧迫着，因为那大汉的钢叉柄绕着一种软藤，宝剑削不断它。那大汉又很狡猾，不让钢叉的头和剑尖碰着，又斗了十数合，玉琴觑个间隙，陡地飞起一足，正踢中那大汉的腰窝。"唉哟"一声，一个翻身，连人带叉跌到海里去了。玉琴大喜，挥动宝剑向后面四五个盗党砍去，众盗都纷纷跌落水中。

只剩玉琴一人在这小舟上，正要回身来战那美少年，忽然觉得那小舟大大地摇晃起来，低头一看，船边有几个人头探出来，正在扳动这舟。她说声："不好！"连忙把剑往船边只一掠，早削落了几个手指，方知道海盗们都通水性的，要在海里暗算自己。这时候船梢底下又钻上一个人来，正是被自己踢下去的黑面大汉，刚要奔过去用剑刺他，不防那大汉已展双手将船梢握住，用力一扳，那船便倒翻过来，船底朝天。玉琴立脚不住，已跌到海里去了。

剑秋一边和怪头陀厮杀，一边留心瞧到玉琴被海盗暗算，翻落海中，心里不觉大吃一惊！接着便见那黑面大汉双手挟住了玉琴，钻出水面来，大喊道："我已把这小丫头擒住了。"同时几个落水的海盗也已浮出水面，一盗早取得玉琴的真刚宝剑在他手中，又有两盗把那小舟翻过来，大家跳到船上去，都说这小丫头可恶，累我们落了一回水。

那黑面大汉也挟着玉琴爬至船上，掷下他手中的钢叉，取过一根索子，将玉琴缚住，回头对那美少年说道："你们在此对付这男子吧，我先把这小丫头带回岛上去。幸亏劫来金钱都在你船上，没有损失啊！"说罢，吩咐手下盗党划回去，黑面大汉一声令下，众盗把桨划动，那只"浪里钻"便飞也似的冲着海浪向前边驶去。

剑秋十分发急，自己又被怪头陀一枝禅杖绕住，急切不能脱身，喊了一声："不好！"急把剑使一个银龙搅海，分开禅杖，往怪头陀腰里刺去。怪头陀见这招数厉害，连忙退后一步，收转禅杖来架格时，剑秋乘势一跃，跳回自己的船上，要想叫那舟子去追前面的浪里钻。恰在这个时候，那美少年把手一抬，便有一件东西很快地飞奔剑秋咽喉而来。

剑秋一则没有防备，二则心慌意乱，急闪不迭，正中他的左肩。顿时就觉得一阵麻木，从肩膀麻到胸口，心里模糊起来。身子蹲了下去，眼前一黑，不知人事了。

美少年哈哈大笑，对怪头陀说道："法喜师父，那厮已中了我的毒药镖，一定不能活了，我们也可省得动手。高大哥业已回去，我们一齐返舟吧。"怪头陀答应一声，两只浪里钻回转船头，立刻追着那前面的小船一同去了。

这里剑秋船上的两个舟子瞧了这个情形，早已吓得面如土色，战战兢兢地躲在船子边，不敢动弹。直等到海盗们去远了，便立起身子，走到船头上来。看见剑秋蹲在那里，口里呻吟着，一动也不能动，唤他也不应。肩头上淌出黑色的血来，一只亮晶晶的红缨钢镖，一半儿插在他的肩窝里。

一个舟子忙喊道："哎哟！这位客人是中着海盗的毒镖了。你还记起吗？我们以前在定海县的时候，曾经看过草台戏，有一出唤做《茂州庙》，就是演的黄天霸捉拿'一枝桃'。黄天霸是本领非常的英雄好汉，但他一个不留心，中了'一枝桃'谢虎的毒药飞镖，险些儿送了性命。后来幸亏讨着救药，方才转危为安，保得无恙。我瞧这位客人方才和海盗战的时候，一口剑青光挥挥霍霍，端的和黄天霸有些不相上下。现在他中了毒镖，没有救药，如何是好？"

那一个舟子笑道："老三，你真是个戏迷，亏你记得清楚。你看见过黄天霸的吗？"那舟子笑道："黄天霸不是现今的人，我如何能够见他？不过我在戏上看见了，便想得出他的为人，还有一出《连环套》捉拿窦尔墩，也是他的好戏。"

那一个舟子道："你不要讲黄天霸了，我们把这位客人怎样办法呢？本来我们不高兴出来做这生意的，都是山上法雨寺的和尚再三商量，许了我们的重利，方才把船驶出的。不料半途果然遇见了海盗，出了这个岔儿。一擒一伤，真是晦气。我们还没有送了性命，还是大大的便宜。我想法雨寺的和尚总是知道这两个人的来历，不如把他送回去，交代一个明白。死也好，活也好，脱了我们的关系。"那一舟子点头道："是的。"于是二人下了一道帆，拨转船首，挂上偏帆，向原路驶回。

此时那商人的船还在后面徘徊着，直等到剑秋的船过来，舟子把经过的情形告诉了，他们一齐咋舌惊骇，没奈何，也只得驶开去。

当剑秋的船将要驶至普陀山时，忽然对面来了一只大船，桅杆上挂着一面杏黄旗，上有丝绣的黑色"飞海"二字。船头很阔，一只藤椅上坐着一个道人，面目清朗，微有短髭，身穿杏黄色绣花的道袍；两边立着四个戎装佩剑的娇婢，形状怪奇。两船相近时，那道人一眼瞧见了渔船上蹲伏的剑秋，立刻喝令渔船停住。那个舟子估料不出道人是怎么样的人，不敢不依，便把船靠拢来。

道人立起身，指着昏迷的剑秋向舟子问道："你们是哪里来的？这少年如何受伤？快快直言告诉给我听。"舟子就将剑秋和他的同伴如何单身追盗，如何和海盗恶斗，以及一个被擒、一个受伤的详细经过，一一奉告。

道人听了，点点头道："如此说来，这人也是个侠义之辈。他中了人家的毒药镖，命在呼吸之间，我怎样可以袖手旁观不救他活命呢？且喜身边带得解药在此，大约也是这个人命不该死罢。"遂吩咐一个侍婢道："你与我把这人抱到船上来。"

遂有一个年轻侍婢娇声答应，将双袖卷起，露出雪白的粉臂，跳到渔船上；施展双臂，把剑秋轻轻托起，跃回大船，放在道人面前的脚下。一个侍婢过来，把剑秋的衣服解开，露出他的肩膀，把那支红缨钢镖拔下。只见上面一个很深的小孔，四围都已红肿，小孔里慢慢儿地流出黑色的血来。

道人仔细看了一下，便从他身边取出一个小小的金瓶，揭去了上面翡翠的瓶盖,倒出一些白色的药粉在他的手掌里;又吩咐侍婢取过热的清水,先用一块软布蘸了,把剑秋的伤口洗涤干净;然后将他掌中的药粉同水化了,蘸在一块清洁的布上,把布卷好,塞在剑秋肩上的小孔里,外面又用布把来包扎好。剑秋完全失去了知觉,尽让人摆布,只是昏昏地睡着,一些也不知道。

舟子在渔舟上看得呆了,那道人便对舟子说道:"此人遇见了我,也是他命不该死,再隔一小时,他就可以醒过来了,只是还须服药方可无患。待我带回去,把他完全医好吧,你们可以放心回去,山上和尚若然查问,你们仍可老实说的,决没有事。此人可有什么东西留在你们舟上?"

两个舟子听道人这样说,也不敢不依,便将剑秋的行箧和宝剑送上大船。道人瞧见了那柄宝剑,暗暗点头,吩咐一个侍婢把剑秋的东西和那只拔下的钢镖一齐收藏好,又取出三两银子,赏给那两个舟子,打发他们回去。然后叫两侍婢把剑秋好好弄至舱中去睡息,下令驶回岛去,自己也回到舱内,取酒痛饮。

果然隔得一小时后,剑秋口里呻吟了两声,悠悠醒转。睁开眼来,见了这个情景,不由大大惊奇!想起方才自己和玉琴追赶海盗,正和他们大战,玉琴中了暗算,被海盗们捉去;自己又受着人家一飞镖,立刻痛得昏晕过去。大概是一种毒药飞镖,此后便模模糊糊地不晓得了,却是怎的又在这船上?前面坐着那个短须的道人又是谁呢?旁边还立着四个戎装佩剑的侍婢,正在侍候那道人喝酒,好不奇怪?想我从前在邓家堡中了毒箭,幸亏找着一位不知姓名的矮老叟将我救活,现在又逢到了何人呢?

他瞧着道人,正要开口时,那道人也已回过头来瞧见了他,便把手向剑秋摇摇,说道:"你不要讲话,危险的时期没有过去,等我给你服了药,方才稳妥,此刻你仍旧睡着不要动好了。"剑秋听道人如此吩咐,只得仍自睡着。一会儿,见道人饮酒已毕，那四个侍婢取出乐器，吹的吹，弹的弹，在道人面前奏着很好听的歌曲。道人却闭目坐在椅中，静听雅奏，剑秋更觉奇怪。

到了晚上，这大船泊在一处海岸边，舱中点起五色明灯，有几个健儿走入舱来，听道人吩咐；道人却换了一种话，说了几句。剑秋觉得非常难听，一句也听不懂，像是粤闽之间的土语了。道人又在舱中摆了许多酒菜，四个侍婢陪他畅饮，剑秋不能吃什么东西，有一个侍婢给他喝了一口清水。道人等熄了灯火，各自安寝。

剑秋听着窗外风涛之声，想想自己所处的境地，大有迷离惝恍的样子，又想：玉琴陷入盗手，此时不知性命如何？我一则受伤，二则正不知被他们载到什么地方去，以后却不知能不能再和女侠见面，恐怕又是很难的了。所以他心中非常凄惶，一时不能安眠，听道人们都已鼾声如雷，深入睡乡了，直到下半夜，他方才蒙眬睡了一觉。

次日醒来，见红日射到舱中，道人等都已起身，这船正向南面驶行。这天，剑秋依旧喝口水，睡着养息，听道人对他的娇婢说道："须再服过一次药后，方能进食。"说也奇怪，自己的大小便竟一昼夜不通，当然危险的时期没有过去啊！

薄暮时，渐渐驶近一个海岛，岛边有很宽广的港湾。这大船驶入港时，两旁停着许多大小船只，有几艘和自己坐的一样大，桅杆上都挂着一盏黄色的灯笼；各处钻出许多甲士，向着这船欢呼行礼。岸上也放起三个号炮，好似欢迎他们回来。

这船便在岸边停住，道人吩咐两个健儿用一张绳床抬剑秋上岸，便见道人已坐在一顶绣花的轩轿里，四个人抬着他走。那四名侍婢却各坐上一头黑驴，跟着轩轿而行，自己的绳床也紧随在后。黑暗中走到一处黄墙金阙，是很大的建筑物，又像庙宇，又像宫室。门前灯光照耀，有一小队甲士，手里都握着红缨长枪，在那里立着。一见道人到来，连忙举枪行礼。

道人出得轿，四个侍婢带着剑秋的绳床，一齐走入门去。

里面门户重重，十分广大，又有一队少女，各提着鹅黄色的纱灯，款步来接。一直到得一座大堂上，点着五色的玻璃灯，四壁绘着许多彩色的龙虎图形，华丽夺目，正中供着一个全身羽士的仙像。剑秋正在惊愕审视，那道人却吩咐一个侍婢持着烛台，引导着把自己抬到堂的东面去，道人自己却举步走入后堂去了。

他们把剑秋曲曲弯弯地抬到一个小小庭院里，向南面三间平房，那娇婢到了左边的室门，把剑秋抬进去，烛台放在桌上。借着亮光，见这屋里陈列着床榻几椅，像是一个客室。两健儿放下绳床，把剑秋扶到榻上去睡，那娇婢遂对剑秋说道："你在这里静睡着，不要动身，待我去请示了再说。"她说毕，便同两健儿带着空绳床回身出去。

剑秋只得安心卧着，隔得一刻，那娇婢托着一碗热腾腾的水走来，取出两粒黑色的药丸，放在桌上，把剑秋扶起来说道："这两粒丸药是郑王给你吃的，你吃了必要大泻，然后再吃一粒，肩上换一次药，便可进饮食。三天之后，可恢复健康了。"剑秋谢了一声，娇婢遂将药丸取过，教剑秋和水吞下，服过了药丸，仍教剑秋睡下。

不多时，有一个女仆提着一个便桶进来，放在榻后，侍婢便和女仆一同走去。一会儿，她又来了，和那女仆抬了一张藤榻前来，对剑秋带笑说道："我奉郑王之命，来此伺候你的，你如需要什么，请你对我说，不要客气。"

剑秋点点头说道："有劳你了。"那侍婢又忙着将榻子放在一边，铺好枕褥，那女仆又搬了不少应用的东西前来，放在室里而去。时候已是不早，那娇婢把房门关上，换过一枝红烛，将身边佩剑取下，悬在壁间，坐在榻上，对剑秋睇视着。

剑秋瞧她身着青罗衫子，鬓边插一朵淡红色的鲜花，脸上薄施粉脂，倒生得秀丽。暗想：那救我的道人很是奇怪，大约是这岛上的主人了，但是他为什么教一个在他身边服侍的娇婢来伴我呢？

只听那娇婢对他说道:"你服了药,闭上眼睛安心睡眠一番,把恶血泻出后便好了。"剑秋点点头,遂闭上眼睛,一会儿果然睡去了。

直到下半夜醒来,觉得腹中大痛,想要大解;张眼见桌上烛台半明,那个娇婢横睡在那边榻上,鼻息微微。剑秋不欲去惊动她,自己挣扎着起身,但是那娇婢已醒了。见剑秋在榻上坐起,连忙一骨碌翻身下床。她的外衣已脱去,身上只穿一件薄薄的湖色小衣,酥胸微露,云鬟半偏,睡眼惺忪,玉面晕红,轻轻走到剑秋面前说道:"你要大解吗?"

剑秋道:"是,不知茅厕在哪里?"娇婢笑着,将手一指那边的便桶说道:"这里不比北方,你不必上茅厕的,只要坐在这个东西上好了,你不要自动,待我来扶你。"遂伸出粉臂来扶剑秋下床。

剑秋也觉得自己丝毫无力,只得由她扶着,走到便桶边坐下,腹中又是一阵疼痛,立刻泻下许多粪和血来,小便也通了。不多时,肚中已出干净,顿觉身子轻松多了。娇婢送过一张草纸,剑秋揩了起身,那娇婢仍过来扶他到榻上去睡。

等到剑秋躺下时,她就坐在他的脚边问道:"你可觉得适意吗?待我来代你捶一回腿吧。"剑秋忙道:"谢谢你,我现在很觉舒适,不用捶,你到那边去安睡吧。"娇婢不答,却捏着两个粉拳,便至剑秋的两腿上一起一落地轻轻捶着。剑秋见她十分诚意,也未便峻拒,且觉她捶得自己十分松快,遂让她这样捶了;捶着捶着,自己也不知在什么时候睡熟了。

等到醒来时,天色已明,那娇婢也已不在房中,自己觉得腹中有些饥饿;遂穿衣起身,虽然脚仍稍软,比较昨日已好得多了。坐在椅子里,瞧瞧屋中的器具,大都是藤和竹制的,自己的行箧不知何时已放在他的榻下,他的惊鲵宝剑也已和那娇婢的佩剑一起并挂在壁上,心里觉得稍慰。但一想到玉琴的生死问题,心里突突地跳动,十分难过!

现在自己已和玉琴远隔两地,且不知道怪头陀等是哪里的海盗，他们将玉琴擒去，一定要加害于她的。那么玉琴形单影只，又没有我在她身边，一个人怎能够逃生？她的性命不是凶多吉少了吗？我和她相处数年，奔走南北，行侠仗义，几次三番遇过危险，却都能化险为夷，出死入生的。

大破天王寺之后，我师云三娘为媒，我们俩便缔结鸳盟，满拟将来一对儿长为比翼之鸟，白头偕老，情天常圆。谁知今番在海上遭逢着这个岔儿，同命鸳鸯，竟作分飞劳燕。若是能够像以前那样的暂时分散，自然日后有重逢的一天；但是假若她不幸而死于海盗之手，那么今生今世我不是再难睹她的玉颜吗？早知如此，我们不如和毓麟、彩凤等一齐回转了津沽，便没有这事了。

他这样想着，心中如焚，又充满着悲伤的情怀，从身边摸出他常佩的那个定情宝物白玉琴来，在手掌上玩着看着。正在出神的当儿，忽听庭院中纤细的脚声，那个娇婢已走将进来，见了剑秋手里的白玉琴，便问道："你从哪里得来这个东西，好玩得很，能不能送给我？"

剑秋忙说道："这个东西是我家传之物，常常佩在身边，恕我不能送你，请你不要见怪。"

那侍女便一声不响地从她身边取出一粒白色的丸药，倒了一杯热水，送到剑秋面前，说道："你吃了这药丸便完全没有事了，你中了人家的毒药镖，倘没有遇见我家郑王，恐怕此时你早已不在人间了。"

剑秋将白玉琴藏了，对那侍婢带笑答道："你说得不错，我很是感谢你家主人的，但不知这个岛名唤什么，你家主人又是怎样的一位人物，我听你们称他郑王，难道他做过什么王吗？到底是怎样一回事？请你告诉给我听可好。大约你家的主人必有非常好的本领，可是他一边称王，一边又穿着道服，使人看了，好不奇怪，你快告诉我吧？"

那侍婢摇摇头道："你说我家主人有非常好的本领，果然不错。但他的号令十分严厉，轻易不许我们在他背后讲他的；

如有故违，将有不测之祸。你若要知道真情，请你自己问他；他若高兴和你说时，自会给你知道。现在你也只可称他郑王便了，你不要再问我，免得被别人听见，快些用药吧。"剑秋见她不肯说，也不能勉强她，累她受祸，遂取过药丸，和水吞下。

侍婢说道："今天你可以吃东西了，你的肚子想必很饿，待我去唤他们送来。"剑秋点点头，她就回身走出去了。隔得一刻，她和女仆端上早餐来。她自己坐在一旁伴剑秋同食。吃毕，有那女仆搬去，她又教剑秋去睡着养息。剑秋听她的话，便去睡了，可是白天哪里睡得着？那侍婢便坐在剑秋榻前伴他。

剑秋便向她问道："你姓甚名谁？是不是也能武艺的？这个你可告诉我，总不要紧的吧？"

她笑了一笑，一手拈着衣角答道："在我郑王身畔共有四个侍婢，也是她的女徒。你在船上瞧见的，我就是四人中的一人了。我们的武艺都是郑王教导的，虽不算好，也不能说平庸。我姓傅，名琼英，还有那三个同道的姊妹，一名琼华，一名琼秀，一名琼丽。我与琼华年纪最轻，你猜猜看，我可有几岁？"

剑秋道："你是不是十六岁？"琼英道："琼华是十六岁，我还要比她小一岁。"剑秋道："那么，你是十五岁了。以后我就唤你的芳名可好？"琼英点头道："好的，我也没有请教你先生的大名呢。我已告诉了你，你必要告诉我的。"

剑秋道："我姓岳，名剑秋，山西人氏，一向住在北方。此番我和同伴南下，游了普陀山回去，在海中遇见了海盗，遂和他们厮杀起来；不幸中了他们毒药镖，而我的同伴也被他们捉去。我蒙你家郑王把我救活，住在此间；但我心里非常挂念我的同伴。日内即须拜别郑王，前去探听盗踪，搭救同伴的性命。"

琼英道："你的同伴既被海盗捉去，此时一定遇害，哪里等得及你去救他呢？"剑秋听了琼英的话，皱紧眉头，一声不响，琼英又道："你好好休养着吧，不要多忧多虑了。"

剑秋将牙齿一闭，右手向榻边一拍，只吓得琼英直立起来，问道："怎的怎的？"剑秋道："无论如何，我必要去想法援救的，倘然他们把我的同伴杀害了，我也要杀尽那些奸盗，代我同伴复仇的。"琼英微笑道："你到了岛上，若要离开，须得郑王允许，方可自由，他若不让你走，恐怕你也走不成的。"

剑秋道："他留我在此何用？我若见了他的面，当和他说明一切，他自然同意。"琼英重又坐下说道："你耐心住着，见了郑王再说，不过郑王如此优待你，你不要忘记他的情谊啊！"剑秋道："当然，不会忘记的。"琼英和剑秋说了一刻话，便走出去了。午时又走来，和剑秋同用午膳，一天到晚地陪着他。

剑秋究竟受的是外伤，已服过道人的药，创口早已凝结，精神回复得很快，次日已若无其事。走下地来，急欲一见郑王，谢了他帮助之恩，可以向他告别，离开这地，去找玉琴。谁知消息沉沉，郑王仍没和他相见，他数次令琼英去传话，琼英说道："郑王不高兴见人时，说也无用，反而逢彼之怒；他若想着你，自会请你去见的。我如有机会，总代你说。"

剑秋没奈何只得等候见面，可是过了两三天，仍不见动态。他心里十分气闷，暗想：再不见时，自己只有悄悄一走。所苦的不知这里是什么地方，又是在岛上，四面是水，茫茫大海，我一个人没有小舟，教我怎样走呢？

琼英瞧得出他面上忧愁的形色，便常常讲些笑话，引剑秋喜欢，很是美态动人。无奈剑秋一心一意，放不下玉琴的安全问题，虽有美色当前，并不心动。只觉得琼英会说讲，带着三分孩子气，如小鸟一般，很有些令人可爱而已。

一天饭后，庭心内花香鸟语，天气清朗，剑秋却仍闷坐室中。琼英指着壁上的惊鲵宝剑，对他说道："岳先生有这口宝剑，武艺一定很好。我从郑王也学得一二剑术。左右无事，不如便在这庭心里和你比试一回，看你的本领怎样高妙。"剑秋摇摇头道："我的本领也属平常，不必献丑了。"

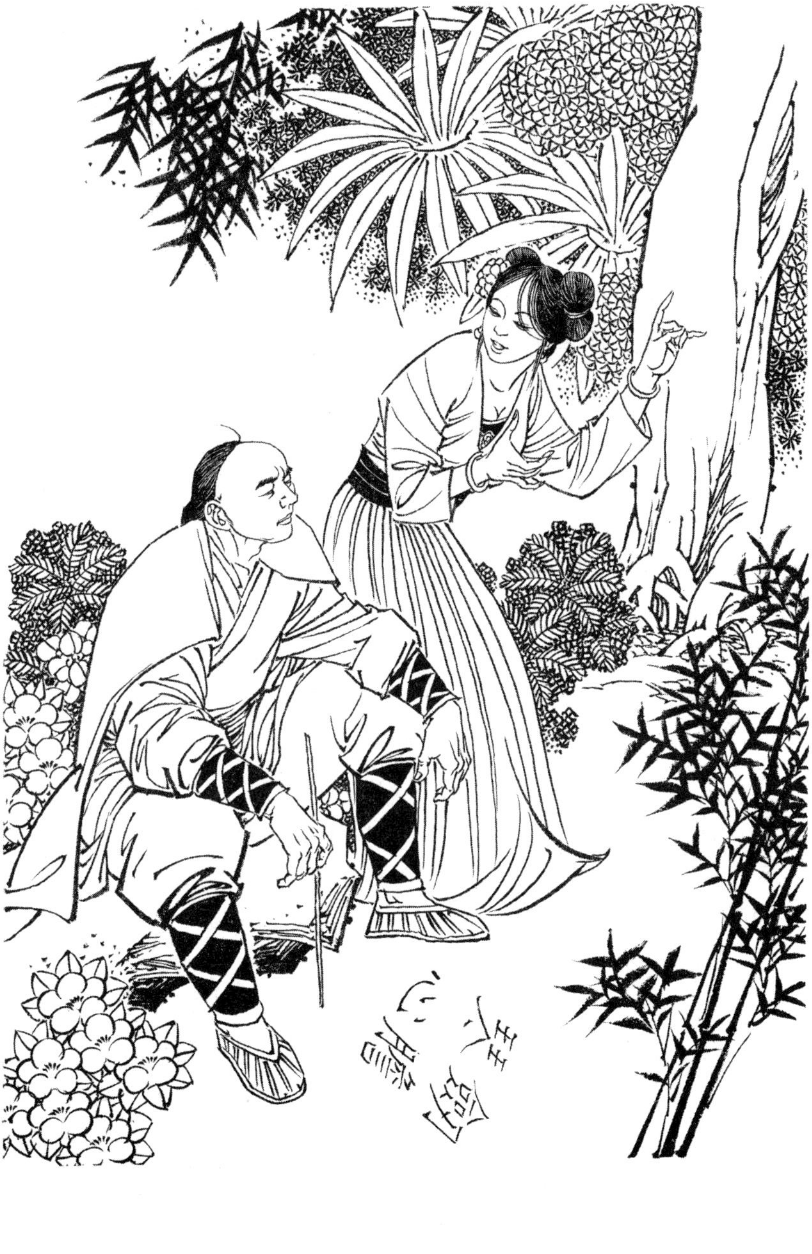

琼英一定要比试的，哪里肯歇，已向壁上取下她和剑秋的两柄剑来，把惊鲵宝剑递送到剑秋的手里，说道："请你比一回，只要彼此手里谨慎些，大家就不会受伤了。"剑秋听她如此说，暗想：照这个样子，自己倘不再答应，不但使她讨没趣，也许要疑心我胆怯了；我就和她戏弄一番，可以试试她的本领好不好。遂立起身来，说道："你既然定要比试，我只得遵命了。"琼英大喜，便把自己衣衫扎束好，握着她的宝剑，走出房门，一个箭步到庭中，娇声唤道："岳先生，快些来啊。"

剑秋也就跟将长衣脱去，提着惊鲵宝剑，走到外边。琼英见剑秋到来，退后数步，把剑使个解数，一剑向剑秋下部扫来；剑秋把剑往下架开，踏进一步，轻轻地回手一剑，看准琼英发边刺来。

琼英倏地一跳，已至剑秋身后，又是一剑，从他头上劈下，说："岳先生，看剑。"剑秋赶紧将剑收转，使个丹凤朝阳，恰巧碰在琼英的剑上，当的一声，琼英的剑直荡开去。倘然剑秋顺势一削时，琼英的剑早成两截了，但是剑秋并不想伤她的剑，所以也就缩住。

琼英见剑秋果然身手灵捷，料他不是弱手，便把她所学的神化太极剑术使将开来。立刻左一剑右一剑的，好像有数十百道剑光，数十百个人影，团团儿将剑秋围住。换了别人当此，早已招架不来；但剑秋识得她使的太极剑是武当派的剑术，想这小妮子果然有些本领，所以她要逼着自己和她比试，这倒未可轻忽！失败在小女子手里，岂不要被人耻笑吗？遂也把自己的剑术施展开来，抵住她的进攻。

青光和白光闪闪霍霍地在庭中飞舞着，战了二十多个回合。琼英卖个破绽，故意使剑秋撞进来；剑秋明知故犯，跟着逼进。琼英早使个蝴蝶斜飞式，一剑向剑秋耳边削来。剑秋早把身子一侧，避过这剑，又踏进一步，将惊鲵剑使个蜻蜓点水，向琼英胸中刺去。琼英闪避不及，叫了一声："哎哟！"正要往后倒下去时，剑秋的剑早已收住，舒展左手，将琼英一把擒住，轻轻提将过来。

"当啷"一声，琼英已将剑抛在地上，乘势倒在剑秋怀里，将手一抚她的酥胸，喘着说道："险啊险啊！岳先生，你的剑术果然高妙，若是我和你真的动手，方才这一剑我还有命活吗？"

剑秋见她已是佩服他，很觉得意，便拍着她的香肩笑道："琼英，你别惊，我和你戏耍的，你的剑术也着实不错啊。"

琼英却闭着双眸，依旧倒在剑秋怀中，驯伏着不动，芳香直透入剑秋的鼻管。好剑秋！竟能坐怀不乱。微微一笑，一松手将琼英放下地来。琼英脸上红红的，对剑秋横波一笑，低头拾起宝剑，一溜烟地跑到房中去。剑秋也跟着步入，各把剑仍悬在壁上。

剑秋穿了长衣坐下，琼英倒了一杯香茶，双手送到剑秋面前。剑秋忙谢了接过，一饱而尽，将茶杯放在桌上。

琼英纤手一掠鬓发，傍着剑秋坐下，笑嘻嘻地说道："岳先生，方才我使的一路剑，名为神化太极剑，是郑王教会我的。据说比较外边别人使的神化太极剑繁复，很有几路令人难以招架的剑法。那么你的剑术果然非常之好，真是一位异人，倘给郑王知道，必要惊奇你了。"

剑秋道："请你不要告诉郑王。他知道了，又多麻烦。我急于要去找我的同伴哩。"琼英闻言，默然不答。剑秋恐防她要泄露的，很是后悔。

到得次日晚上，琼英从外边走来，带笑对他说道："好了好了，郑王今夕要请你去相见了，只是你须格外谨慎，郑王的性情喜怒无常，很令人难以捉摸的。"剑秋点头答道："我理会得。"

隔了一歇，便有两个戎装的健儿走入院子里来，一见剑秋，忙立正行礼，说道："郑王有请岳先生。"剑秋立起身来，整整衣襟，跟了两个健儿走出去。琼英紧随在后，刚走到外面走廊里，又有两个小鬟，提着两盏杏黄色的纱灯，迎上前来导引。

剑秋跟着他们，转了几个弯，前面有一宽敞的厅堂。堂上灯烛辉煌，鼓乐繁响。堂下站立着七八个健儿，一见剑秋到来，便高声向堂上禀道："岳先生来了。"剑秋遂昂然走上堂去见那岛上的奇人。

第五十八回

飞舻醉月秘史初闻
扫穴黎庭芳踪遽杳

"思明堂"三个龙飞凤舞铁画银钩的大字匾额，首先赫然映入剑秋的眼帘。五彩锦屏之前，端正着一桌丰盛筵席；正中镂花大椅上坐着那个道人，身上仍着一件杏黄绣金的道袍。旁边立着三个侍女，在他的右首坐着一个少妇，身穿绣花衣服。年纪虽有三旬左右，而容颜仍是娇嫩如处女一般；髻上戴着一只颤巍巍的珠凤，更是富丽。堂的两边有着大玻璃镜，映着灯光，更见明耀。

剑秋见了道人，便向他深深一揖，称一声郑王。那道人见剑秋英风凛然，仪表不凡，也就和少妇立起答礼，指着左边的一个客座说道："壮士请坐。"剑秋谢了坐下。琼英向三个侍女笑了一笑，便立在剑秋身后，剑秋遂向道人说道："小子在海上误中了狗盗的毒药镖，幸蒙遇见郑王，把我援救。再生之德，没齿不忘。"

道人笑道："壮士说哪里话来，见死不救，岂是人情？这是我分内的事，壮士不必放在心上。但不知壮士怎样遇见盗匪，又从哪里来？壮士的来历能否见告。"

剑秋答道："小子平生略知武艺，是太原人氏，姓岳，名剑秋。此次和我的同伴来游普陀，归舟时在海途中遇见客商被劫掠，一时仗义心热，便和小子的同伴单舟去追海盗，和他们巨战一番；不料同伴被擒，小子也中人家暗算。这是我们没有本领，以至于此，惭愧得很！"

道人听了，便哈哈笑道："岳先生，你不要这样很客气的自称小子，四海之内皆兄弟也，我是很喜欢结交天下英豪的。当救你的时候，我见过你所用的宝剑，便知道你也是很有来历的人，所以把你载至岛上；又叫我的侍女琼英专诚侍候。等你调养痊愈后，再和你细谈一切。彼此剖心相告，方不负此一段意外遇合因缘。岂知岳先生依然见外，一味客气，把庐山真面隐瞒着，难道以为我不足与话吗？"

剑秋听道人这样说，心中暗吃一惊，想他莫非本已知道我的出身来历，刚要回答，道人又说道："昨日琼英无知，要和你比较什么剑术，竟败在你手。她跟从我学的神化太极剑，虽然小妮子功夫尚浅，然而也曾出去对付过能武的人。现在你能视若无物，可见岳先生必定是有来历的剑客，但不肯以实相告罢了。我闻中原有昆仑、峨嵋两派的剑客，而昆仑剑侠更是出奇超群，很令人羡慕，欲一识其人，岳先生敢是昆仑剑侠吗？"

此时剑秋方知琼英已说了出来，那么不能再隐瞒不露了，遂即把自己的来历直说。道人鼓掌而喜道："好，我这一双眸子果然还不虚生，岳先生正是昆仑门下的高材，幸亏没有失礼。当然琼英不是你的对手了。"这时众人都是惊喜，琼英更对剑秋很得意地微笑着。

道人说道："你既然实言告诉了我，那么我也不妨把我在岛上的事情奉告一二，免得你猜疑不置。"

剑秋道："正要请问郑王的历史，今蒙见告，小子当洗耳恭听。"

道人遂说道："我就是延平王郑成功的后裔，所以便抱着宗族的观念，一心要继我祖之志，驱逐胡虏，光复神州。使我炎黄子孙不受异族的歧视，而太平天国的失败也使我非常痛心。我在这个岛上经营部伍，制造战舰。想等候中原有事，可以乘机起义，已有二十多年了。

"然而年华渐老，事业无成，一腔雄心也减去不少。蒙部下推戴，冠上我'郑王'二字的尊号，不得已而效虬髯之称王海外。岳先生可要见笑吗？又因我少时从武当门下学得剑术，因此我仍是道家装束，自誓倘不成就我的志愿，那么我就没有脱去道袍的日子了，所以我的名字也不愿意告诉人家了。我的别号是'非非道人'，你就称我为道人吧。不必称什么郑王，我真是愧不敢当的。"

剑秋听得"非非道人"四个字，好像自己曾听什么人提起过的，正在思索。道人又说道："我这个小小琼岛是琉球群岛之一，远不及台湾巍峨之地，成不了什么霸业。非先联络内地豪杰，一同揭竿而起，彼此响应，决不能摇撼清室。虽然现在的清室已没有平定三藩时那样的武功盛大，然而正当太平天国和捻匪覆灭之后不远，一般人民在经过一番战乱以后，都想暂时度些平安的日子。那辍耕陇畔，彼可取代的思想，自然也消沉了。

"记得我以前曾在海上援救过一个童子，乃是太平天国忠王李秀成的幼子，在我岛上长大的；而我也曾将剑术传授给他，所以武艺很好，思想不错，是一个有志的青年。后来他就辞别了我，到内地去。我曾把联络中原豪杰的事托付他，但是他去后，消息杳然，不知道怎样了。有时我很想念他，现在逢见了你，可称和他一时瑜、亮。倘然你肯在此助我时，使我多添一只得力的膀臂，将来我若不幸而赍志以殁，也好把这个小小根据地托给你。不知你意下如何？"

剑秋听了，忙说道："这一个重大的责任恐怕我担当不下的。并且小子漂泊天涯，如闲云野鹤，潇洒惯了，也恐没有这种雄心和勇气啊！郑王所说的姓李的少年，莫非是龙骧寨的李天豪吗？"

道人见剑秋知道李天豪，面上露出惊异之色，答道："正是的，岳先生怎样和李天豪相识？"

剑秋道："那么郑王就是李天豪兄所说的非非道人了。我和天豪兄是在寨外邂逅的，那龙骧寨在张家口外，崇山峻岭之中，很是秘密，外人不易轻至。他和一个壮士名宇文亮的一同占据在那里；又联络邻近的白牛山上的绿林，厉兵秣马，积草屯粮，正在积极扩充。小子曾在龙骧寨里住过好多天，因此知道一切。只是年来为着别的事情，没有重去罢了。"

道人听了剑秋的话，不禁喜悦道："此子果然不负我的，但他何以不到这里来一谈呢？不知他现在可有家室？"剑秋道："天豪兄已娶得宇文亮的胞妹蟾姑为妇，也是一个巾帼英雄。"道人点头道："这样很好，今天我听你告诉的好消息，真使我快慰的！现在且喝酒吧。"

剑秋正谦辞间，堂下有人唤道："单将军来了。"接着便见一个身躯伟硕的壮士，大踏步走入，面如锅底，须如刺猬，十分雄武，见了道人俯首行礼。道人便代剑秋介绍，方知此人就是单振民，是岛上的一员勇将，道人非常信任他的。

单振民听说剑秋是昆仑剑侠，也很表示敬意。道人便请单振民入席相陪，又指着他自己身旁的美妇人说道："这就是我的第十六宫吴姬。"剑秋方知是郑王的宠姬，大家举杯畅饮。肴馔很是丰富，大半都是海鲜。堂外皎皎的明月也把她的娇脸映到里面来，非常明丽。

席间，郑王又吩咐宫中歌女前来，一奏清曲。道人令下后，屏后便姗姗地走出四个少女，掌着异样的宫灯；背后一小队女子，手里捧着各样乐器，一齐走出来。向道人行礼后，排列在席前。一个美貌的少女催动乐鼓，笙箫琵琶，众乐齐响，吹弹得非常好听。道人对剑秋说道："这就是唐明皇所奏的《霓裳羽衣曲》了，你听了觉得如何？"剑秋答道："此曲只应天上有，人间哪得几回闻，果然非常悦耳，非寻常之曲可比。"

道人点点头，使用手一拍吴姬的香肩，说道："今夜我觉得甚乐，你可舞一回，请岳先生指正。"吴姬嫣然一笑，立起身来道："那么我到里面去换了衣服再出来舞吧。"道人说："很好。"吴姬便闪身走入屏后。

《霓裳羽衣曲》奏毕，吴姬已换了一身紫色绣银花的衣裙，走将出来，香风四溢；手里挽着一条五色的彩带，走到筵前，将丝带旋转着；摆动柳腰，施展玉腕，翩然地舞将起来。弥漫的乐声在旁和着，进退疾徐，无不中节，舞得人眼花缭乱，倩影和带影也分别不出了。

非非道人见剑秋虽然看着听着，却是正襟危坐，好像不动心的样子，暗暗点头。吴姬舞罢，放了丝带，重复入座，道人一摆手，众女乐也就退去。道人便又叫琼英上前斟酒，且对剑秋带笑说道："岳先生，你要说我太享乐吗？唉！本来这个道不道、王不王的海外孤臣，满怀着宗社之痛，不得已而醇酒妇人啊！况且食色性也，我的耳目口鼻和常人无异，当然难避女色。岛国之乐，只有此耳！想岳先生当不以为狂悖的。且不知岳先生可有过家室？"

剑秋答道："小子流浪江湖，尚未成家，平常时也想不及此。"道人哈哈笑道："难得难得。在我的身边，有四个侍女，也是我的女徒，都能武术；而琼英美丽，性情柔和，尤为此中翘楚，还是个处女，所以我叫她伺候岳先生。虽经过数天光景，而我瞧这小女子一片痴情，已对于你有十二分的爱慕。倘然岳先生有意收她做个姬妾，使她得侍奉左右，也是琼英之幸了。"

道人说到这里，琼英恰巧斟酒到剑秋面前，玉脸晕红，代剑秋斟满一杯酒，美目向剑秋流盼，说一声："岳先生请用一杯。"

剑秋听了道人的话，本想一口回绝，但当着众人之面，不忍使琼英难过，遂答道："多蒙郑王如此看得起我，万分感谢。可是小子孤单已久，守戒之期未满，容我稍缓再定吧。"

道人点头道："也好。"剑秋遂举起杯一饮而尽。道人和单振民一边劝着剑秋喝酒，一边问问他昆仑门下的情形；剑秋应对得非常佳妙。直到酒阑灯灭，月影移西，方才散席。仍有两个女子提着纱灯，导引剑秋回转客室，琼英也跟着剑秋归寝。

剑秋在室中略坐一歇，因为多喝了些酒，便解衣安睡；见琼英低头坐在对面，只是一声儿不响。剑秋遂问她道："琼英，你为什么不开口？"琼英仍是不答。剑秋有些知道她的心事，暗想：小女子情窦已开，很是钟情于我；大约因为我方才没有直截了当的答应郑王，所以她失望了，恼恨我了。倒也怪可怜的！便握住她的柔荑说道："你是很活泼的，为何此时竟像木偶一般，可是有些恼我吗？"

琼英把她的头倒在剑秋臂上，低声说道："你嫌我丑陋吗，守什么戒呢？莫非故意骗人。"

剑秋道："你不要疑心，这是真话。因为我学道以来，曾对天立誓，十年之中不破色戒，所以我一时不能答应郑王，似乎辜负人家的美意。不过我并未拒绝，将来我也许不负你的。"琼英道："那么，你还有几年戒期呢？"剑秋道："只有一年了。"

琼英微笑道："你不要骗人，我也是好好的女孩儿家，你休得轻视。"剑秋笑道："你待我很好了，我哪有不知之理？必不哄骗你的。"琼英叹了一声道："这却由你吧。"两人又闲谈了一刻，方才各自安睡。

次日非非道人又请剑秋去相见，要留剑秋在岛上，共同计划。剑秋不好答应他，也不好向他谢绝；只说自己须要去找得他的同伴，杀却海盗，以复一镖之仇，然后心头气息，再定行止。道人见他的意思很是坚决，便叫部下到浙江海面舟山群岛那里去访问盗踪，早日回来报信，打发了好几个人去，且嘱剑秋耐心等。剑秋当然只得暂时安居在琼岛了。

有一天，非非道人邀他一同坐着镇海战舰到海面去巡弋。剑秋本觉得无聊，出去海上宽散宽散，也是很好的事，自然应允；琼英和三个侍女也随着同往。镇海舰上挂着三道大帆，在洪涛中向前驶去，势如奔马一般，非常迅速。剑秋和道人坐在船头上,看着滔滔的燕浪,指点远近一点一点的岛影,心里觉得异常雄壮;然而一想着了玉琴,怅望大海,心里又触起忧烦。

这时,忽见南面有一艘外国的兵轮,在海中鼓浪而行,烟道里黑烟缕缕;比较他们坐的镇海舰快上数倍,而且庞大得很。船头上隐隐安放几尊大炮,桅杆上悬着一面蓝地红条的国旗,向东边开过去。隔得不多时候,那兵轮早已不见,只瞧见水平线上一缕黑烟罢了。

道人指着那黑烟的去处说道:"这是欧罗巴洲英吉利国的兵轮,竟在这亚洲的海面上耀武扬威地驶着,外国人的势力渐渐侵略到中国来了。你方才看得他们的兵轮,不用人力,也不用风力,却用着火力。开足了轮机,快得异乎寻常。

"我们坐的镇海舰,可算是帆船中的大王了,然而哪里比得上人家的兵轮?倘然我们的帆船和他们的兵轮交战起来,速率上已望尘莫及,岂能获胜呢?况且他们的兵器又不是我们的刀枪、弓箭可比,胜负之数,不待战而可定了。

"我料数十年后,外人的军备更要进步;中国若不急起直追,力求御侮固边之术,那么不要说在我的领海里没有我们翱翔的余地,恐怕他们还要深入堂奥,撤我藩篱,喧宾夺主的把我国的王权尽行夺去啊!像满人这样的颠顸无能,真是大可虑的。所以我汉人先要努力革命,取回政权,才可维新图强呢。"剑秋听了道人的话,很是感慨,点头称是。

天晚时回转琼岛,道人又设宴款待剑秋。次日道人便陪着剑秋在岛上各处游览。又次日,道人在海上阅兵,大小战船一齐出来,在波涛中操演;军容严整,真是有纪律之师,非乌合之众。剑秋对道人说了不少赞美的话,道人道:"他日若我能驱此健儿到故国去逐走胡奴,那么我志得酬,虽死不恨。"

剑秋道:"我看满奴的气运已衰,我汉人中间很有许多志士在那里暗中进行革命的事业。只可惜一般人民的头脑还是不清楚,革命的思想还未普遍;还要国内执笔之士在那里鼓吹革命思想，灌输入他们的脑中去，方才可以义旗一举，四海响应。"道人说道："不错，我情愿做一个陈胜，为思想前驱啊！"剑秋道："有志者事竟成，我预祝郑王的成功。"

阅兵回来，剑秋觉得郑王很有雄才大略，无怪他要称雄海上，不甘屈居人下，但是他的行为未免奇突。虽然说是醇酒妇人，大丈夫不得志于时；然而一个人兴造创大业，若先沉湎酒色之中，那么温柔乡也足够消磨人的壮志啊！我瞧他也只能成一方之霸而已。他说愿为陈胜，首先发难，这也许是可能的事哩。他教我留居此间，帮助他一切，但我却无志于此。将来李天豪、宇文亮、袁彪等倒可以联络着，做一番革命的事业的，现在我只望早日得到海盗的消息，好去找寻女侠，把她救出来。万一不幸而她不在人间，那么我只有披发入山，从此不愿意再在尘寰中立足了。

隔得数天，道人请他去会面，因为差出去探问的人已得着消息回来。据说那天在海面上行劫客商的众海盗乃是丽霞岛上的。丽霞岛是舟山群岛之一，一向常有盗踪。海盗的头领姓高，名蟒，别号"翻江倒海"；精通水性，使一对钢叉，万人不敌，手下盗党都是很厉害的。盘踞在那丽霞岛上，时常在海面行劫，或是骚扰沿海乡村。官兵惮他勇猛，也不敢去进剿，所以他们日益猖獗了，至于掳人的事却不知晓。

剑秋既知海盗所在地，便向道人请命，要告借一舟，前去丽霞岛搭救同伴。道人说道："他那里人手既多，地方又是不明，你一人前去，恐怕寡不敌众，不能得胜；不如待我率领健儿，助你同往，庶克有济。"剑秋听道人肯亲自走一遭，大喜道："多蒙郑王不惜劳驾远出，热心相助，使我更是感激了。只是此事宜速不宜迟，小子要求今天立即动身，不知郑王意下如何？"

道人见他如此情急，一笑允诺，把岛上托付了单振民，遂下令镇海、潜海两舰预备出发。他和剑秋带了琼英、琼华、琼秀、琼丽四个侍女，以及二十健儿，一齐下舟，便在这天下午动身出发。

在途中，道人仍是饮酒作乐，态度很是安闲，剑秋却恨不得自己坐的船，风帆之外再加上翅翼，一飞就飞到丽霞岛。便想起所见的那艘英国兵轮来了，同时觉得碧眼儿的猛飞突进，实在是令人可惊可爱的，中国若不努力从事于改良，他日难免要吃外人的大亏哩！琼英趁着空隙，悄悄向剑秋询问他一心要搭救的同伴究是何人，是男是女？剑秋不肯直言，仍是含糊回答。

舟行两天，已近丽霞岛，渺小的岛影已显露在前面，道人遂对剑秋说道：「我们是黑夜动手，还是白日进攻？」剑秋道：「若我救我的同伴，自然黑夜上去为妙，倘和他们明枪交战，恐防他们要逃遁了。」

道人道：「既然岳先生如此主张，我们不宜再向前进，不如缓缓而驶，黄昏时到岛边上岸，较为隐秘。」于是下令两艦卸落两帆，慢慢驶行，这样又行了一段海程。

非非道人正和剑秋立在船头上向前眺望，四个旁侍，忽见对面有许多小舟很快地驶来。剑秋连忙指着说道：「这些小舟来得可疑，莫非海盗已经探知我们的行踪，前来抵御吗？」道人点头道：「大概是的，这里海面上常有他们的船只来往，耳目很灵。我们这两艦正向他们的岛上驶行，他们当然要起疑心而来阻止了。」便回头对琼英等说道：「你们好好预备吧。」

琼英等四人立即走进舱中去了，脱了外面的衣服出来；一齐穿着粉红色的紧衣短靠，头裹青巾，脚上套着尖细的铁鞋，手里横着明晃晃的宝剑。剑秋看了，很是欢喜，他自己也拔出惊鲵宝剑，准备和海盗厮杀。那边潜海艦上的众健儿也已得令预备。道人却笼着双袖，仍是从容不迫，熟视无睹，此时对面的小舟已和两艦渐渐接近。

剑秋瞧得清楚，只见小船上七长八短的果然立着许多海盗，手中各执兵刃，一齐呐喊起来。当先一只较大的船舶，众桨飞动，箭一般地驶来。船上立着的黑面大汉，手里横着两柄钢叉,正是前番将玉琴擒去的巨盗,大约就是所说的盗魁"翻江倒海"高蟒了。仇人相见,怒不可已!

剑秋叱咤一声,身子一跃,已跳上那舟,两脚立停,一剑已向高蟒胸口刺去。高蟒把手中钢叉架开,说道:"原来你没有死,又来寻衅了。"剑秋也说道:"狗盗,你把女侠用暗算擒去,现在她在何处?快快把她释放,方才肯罢休,否则我把你一剑两段,以泄我恨。"

高蟒喝道:"原来姓方的丫头和你是一对儿,你不放心她么?现在她已做了我的老婆了,你还来找她做什么?前次你中了毒镖,侥幸不死,今番前来,一定性命难保了。"剑秋闻言,更是发怒,紧咬牙关,舞剑进攻。高蟒也将双叉使开,叮叮当当地战在一起。

这时候,左边飞来一舟,舟上立着一个雷公嘴的和尚,握着双刀。右边也有一舟很快地驶上,船头上立着一个年轻汉子,赤裸着上身,胸口黑毛茸茸,面貌也生得和高蟒一样丑陋,手中挺着一柄九环大砍刀,一齐向海舰杀来。琼英、琼华便跳到左边的船上,敌住那个雷公嘴的和尚,琼秀、琼丽也跳到右边的舟上,和那年轻汉子接住厮杀。

非非道人却很镇静地作壁上观,瞧他们战了多时,不分胜负,道人便从他身边掣出一柄短小的竹叶剑在他手中,一转动时,只见一道金光,道人一耸身,如黄鹤一般,早飞到左边的船上。琼英、琼华见了,闪身让开,雷公嘴的和尚急忙将双刀抵住金光,但是这一道金光非常夭矫,分不出剑的光和道人的影。雷公嘴的和尚只觉得眼也花了,手也乱了,一对双刀不知向哪里招架。不消三个回合,金光飞到他的头上,那贼秃狂呼一声,身子倒在船头上,一颗光头已不在他的颈上了。

高蟒瞧得清楚,大吃一惊!料这道人必是个异人,自己不是他们的对手,况且今天羽翼少了,不如仍用水底功夫取胜吧,遂把钢叉向剑秋面上晃了一晃;剑秋让避时,高蟒一个翻身跳到海里去了,接着小船上众盗党也一个一个跟着跳下去。

剑秋明知海盗们仗着水性，又要来翻船了，只苦自己没有入水功夫，仗着宝剑，双目向水中注视着，很留心的防备。果然看见船梢边水底伸出几只手来，搭住正要扳动。剑秋连忙跳过去，将惊鲵宝剑向下只一扫，便有十数手指坠在船里。此时琼英、琼华也已双双翻身跳入海波中去，潜海舰上也有八九个健儿，执着兵器，下海和海盗们厮杀。

海浪更是汹涌，一阵阵鲜红的血直冒上来，剑秋方知琼英等都谙水性。小女子竟有这样多能，倒也难得！他遂跳到那边小船上去助琼秀、琼丽。那裸身汉子急了，一刀向剑秋顶上猛力砍下。

剑秋把剑往上迎住刀锋，顺势只一削，即听"当啷"一声，那汉子手里的一柄九环泼风大刀早削做两段，刀头落在船板上。汉子更是惊惶，一翻身滚入海中。琼秀、琼丽都娇喝一声，跟着跳下去。

剑秋见非非道人门下的四个女徒一样都能水性，非常惊奇，只不知他们在水底可能战胜海盗，回头见非非道人已回镇海舰，自己也就回到舰上。

道人对他笑道："狗盗敢在我们面前卖弄水底本领，多见其不知自量了。琼英等年纪虽轻，却自幼练习游泳，水性非常好的，我料一定能够对付得下，你请放心。"剑秋点点头，一会儿，果见琼秀、琼丽浮出水面来，琼秀手中高提着一颗血淋淋的人头，便是那汉子的头颅，爬到镇海舰上来报功。接着又见琼英、琼华也从波涛中钻出身躯，琼英口里衔着她的宝剑，手中托着一物，和琼华也回到舰上来。

道人便问："贼魁高蟒怎样了？"琼英答道："高蟒那厮果然厉害，不愧翻江倒海之名，在水底和我们交战，更是勇猛，我等围他不住。后来被小女子乘闲一剑刺去，把他的左目剜了出来。但是却被那厮漏网逃去了，小女子等特来请罪。"说罢，把手中托着的一只眼睛献上。

道人笑道："今天你们作战得非常勇武，使我很是欢喜。

高蟒虽然逃去，非你们之罪，且亦已挖了他一目，以后料他不能再猖狂了，你们很辛苦，快到舱中去换衣吧。"琼英等四人答应一声，一齐回到舱里去，其他众健儿也都杀了众盗，回上舰来。

剑秋见海盗们死的死，逃的逃，海上已没有阻挡，便对道人道："高蟒已逸，二盗被杀，料想盗薮中虽有羽党，决没再有力量抵抗我们。只是我的同伴尚不知下落，是否被他们幽禁在岛上，须往那里寻找一遍，小子的心方安。"

道人说道："不错，正要捣其巢穴。"遂命两舰向前快驶，在日落大海时，两舰已到了丽霞岛，傍岸泊住。琼英等四人都已换了衣，走出舱来，琼英立在剑秋一边。剑秋回过头去瞧她，她也在那里凝视剑秋，四目接触着，琼英微微一笑，低下头去。

非非道人遂留琼秀、琼丽和健儿等十人留守舰上，他和剑秋带了琼英、琼华以及健儿等，一齐走到岛上。岛上海盗的党羽早已得知消息，只有十数人前来抵抗，早被他们毫不费事地解决了。剑秋捉住了两个盗匪，吩咐两名健儿看守住，他和道人等闯到盗窟中去搜寻。

盗窟宏大非常，四面都找；到天色渐黑，仍不见玉琴的影踪。非非道人却把盗窟里的武器粮秣以及金银贵重等物一起捆载了，叫手下健儿运回舰上。

剑秋一心在玉琴身上，不见了玉琴，心中自然异常懊丧，道人说道："此时还不见你的同伴，大约早被海盗所害了。"剑秋不答，便叫把那生擒的两个盗党推来审问，也许他们知道一二的。

二盗遂说："此间岛上共有二三百党徒，三个头领，大头领是翻江倒海高蟒，二头领是高蟒的兄弟高虬，三头领是踏雪无痕程远，在这岛上盘踞多年。去年新来了两个头陀，一个名唤法喜，别号怪头陀；一名志空，别号雷公。他们是四川剑峰山万佛寺金光和尚的徒弟，属于峨嵋一派的。只因怪头陀曾做了淫思的事,无颜回见金光和尚了,索性住在这里,也做了海盗。

"众人中间要算高蟒、怪头陀、程远三人的本领最是高强,高蟒精通水性,能在海底潜伏三昼夜,生啖鱼虾过活;怪头陀的一柄铁禅杖,使得神出鬼没,还有他的飞锤也是百发百中的;程远精剑术,善用毒药飞镖,中者无救,所以远近官兵都奈何他们不得,不幸现在失败在你们手里。"

二盗的话没有说完,剑秋忍不住问道:"前数天你们岛上不是擒回一个姓方的女子吗,如今她在何处?曾否被你们杀害,为什么不见,快快直说。"

二盗又道:"不错,前数天高蟒曾生擒一个美貌的女子回来,听说是什么昆仑门下的女侠,怪头陀称她仇人,一定要把她杀害。但是高蟒和程远商量之后,却把那女子关在水牢里,怪头陀便和程远有些不欢。隔得一天,程远和那女子忽然失踪了,高蟒十分不悦。那一天,怪头陀忽又不别而行,所以岛上少了两个能人,高蟒势孤力薄,以致有今日之祸!若是那两个不走时,你们也未必能够得胜的啊!"

剑秋听得玉琴性命安全,心中稍慰,只是又不知她走到哪里去了。还有那个程远,他的姓名很有些耳熟,却记不起是何人。自己中的毒镖就是他发的了,不知他怎样和玉琴相识,会一齐走的,倒是一个很大的疑问。我好容易找到这里,不料仍是扑个空,好不令人烦闷。他这样想着,非非道人和琼英也都听得清楚,道人笑了一笑,便把二盗放去。

他们见岛上已是真空,不欲多留,于是回转舰上。道人对剑秋说道:"原来岳先生的同伴是个同门女侠,无怪你急欲找寻了。可是这事真不巧,她又和人家一同走了。她既然是个巾帼英雄,决不吃亏的,你放心吧!我们今晚在此停宿一夜,明日仍请岳先生同返琼岛何如?"

剑秋把手搔搔头说道:"蒙郑王雅爱,本当跟随左右,效犬马之劳。只因我与女侠已定鸳盟,不见她人,方寸已乱,所以我还想到内地去找寻，大概她必然回到大陆去的。我们在天津有一很好的友人，我若追寻不到，将来到那里必能重逢了。明天我想和郑王等告辞，他日若有机缘，当偕女侠重来琼岛，拜谢大恩。"剑秋说毕，向立在旁边的琼英瞧了一下，见琼英低着头，面上露出怨色；却又觉心里有些不忍，但是他无论如何决定要去追寻女侠的，也顾不得了。

　　非非道人知道剑秋已有决心，勉强留他不住，且亦留之无益；落得做个人情，送他走了。于是琼英的事，剑秋既有女侠，落花有意，流水无情，不必再提了。遂点头答应，便在船上设筵代剑秋饯别。酒至半酣，又命琼英等四人取出乐器，奏出《阳关三叠》来。琼英一边弹着琵琶，一边眼眶里滴下泪来。剑秋听着瞧着，心中不胜悲伤，恋恋的情绪几乎压抑不下，他也没有什么话可以安慰琼英了。

　　次日清晨，非非道人早吩咐两个健儿从舰上找得一只帆船，送剑秋回转宁波上岸，又取出百两纹银，赠给剑秋做路费；因剑秋所带的行李放在琼岛，不能带去呢。于是剑秋向道人及琼英等辞别，离了镇海舰，跳上帆舟，往东边驶去了。非非道人也就率领二舰回转琼岛。

　　至于玉琴又到哪里去了呢？这却要从程远的来历说起。

第五十九回

鸳鸯腿神童吐气
文字狱名士毁家

广场上围着一大群人在那里瞧看，一迭连声的喝彩。圈子里正有一个年轻力壮的汉子，赤着上身，两臂肌肉结实，一对拳又粗又大；下身系着一条蓝布裤，脚穿薄底快靴，脸上却有一个大疤，正是一个朔方健儿。指着他面前的一具石锁说道："我的拳术承蒙诸位赞许，真个非常的荣幸。现在又要试试我的力气了。"遂运用双臂，身子微微一矬，把那石锁提将起来；两臂向上一伸，那石锁便高高地提过他的头上。然后徐徐放下，再举起来，再放下去，这样一连三次；又把身子旋转来，连打十几个转身，将石锁轻轻放到地上，面不改色，气不发喘，众人拍起手来。

那汉子带笑说道："我这个不算数，待我再来使一下千斤担。"走到他身后放着的千斤担地方，只用一只手把那千斤担举将起来，向他肩头上一搁；那千斤担两头是两个大圆石，中间贯着一根竹杆，约有二三百斤重，那汉子左右手轮流使着，演出各种身法，旁观的人都咋舌惊奇！

最后那汉子突然间将千斤担一个失手，向上一抛，约有一丈光景高，向汉子头顶上落下，众人都代他捏一把汗！那汉子却很镇静地等那千斤担落下时，也不用双手去接，把肩头只略一挺，恰好接在竹杆中间，两端的大圆石晃了一晃，便停在他的肩头上了。那汉子方才用手一托，轻轻地放在原处。众人又拍起掌来。

那汉子便向大众拱拱手，说道："在下缺少了盘缠，在此卖艺献技，多蒙诸位赏识，惭愧得很，现在要请诸位帮助，请慷慨解囊吧。"汉子说了这些话，看的人都是面面相觑，没有一个拿出钱来，有几个反而渐渐溜开去了。他等了一歇，又说了几句好话，却不见有人肯解囊相助；本来密密层层的围着一个大圈子，可是现在这个大圈子稀了薄了。

汉子见此情形，不觉十分气恼，便又开口说道："诸位在此看了好多时候，竟一些也不肯相助吗？不要怪我说句得罪的话，偌大的一个青州城，竟是一毛不拔的吝啬鬼，白看人家费气力，算你家老子晦气，鬼迷了好多时。你们不要走，老子不一定要你们钱的，只觉你们敢来和咱比一比拳头，若是咱输了，老子这口气才消呢。倘然你们一个个都走了，青州城里竟无一个好男儿，都是不中用的脓包了。"

汉子这样骂者，人丛中忽然走出一个十一二岁的童子来。这童子生得眉清目秀，头戴一顶黑色的小帽子，身穿青灰竹布的小长衫子，走到里面，指着汉子问道："你骂谁？"汉子冷笑道："咱就骂你们青州人便怎样，为什么你们白看人家费力，不肯出一个钱呢？"

童子冷笑一声道："好，你敢骂我们青州人吗？你以为青州城里真个没有人吗？谁叫你到这里来卖什么艺，献什么技？出钱不出钱，由得人家，你岂可这样漫骂？究竟你有怎样高大的本领，你家小爷偏不服气，倒要和你较量较量，使你看青州人是不是不中用的脓包啊。"

汉子听了童子的话，对他看了一眼，露出藐视的样子，说道："你是个小小孩童，咱不应和你计较，难道青州真的没有人,却让你这童子出来吗?快去快去。"童子又道:"你倒说得这样好大的口气,就是因为我们青州的大人不屑和你动武,所以由小爷出来赶走你这王八羔子。"汉子哇呀呀地叫起来道:"你也骂起来了,既是你这样说法,老子却不能不和你较量了,老子的一对拳头却不能识得人的,打死了休要怨人!"

童子笑了一笑,立刻使个金鸡独立,说道:"来来来!"汉子便跑上前,一伸拳使个饿虎擒羊,来抓童子。童子却并不回击,轻轻一跳,已跳至汉子背后,汉子抓不着他,回过身来,又使个猛虎下山,双拳一起,向童子顶上击下。童子只低头一钻,从大汉腰里钻了过去。

汉子双拳落了空,心中格外恼怒,回转身骂道:"促狭小鬼,你逃来逃去做什么,看老子打死你。"一边说,一边竖起双指,踏进一步,看准童子面门点来,要挖他的眼睛。这一下,来势又快又猛,童子要躲避也来不及,口里喊得一声:"啊哟!"身子向后一仰,跌倒在地。

汉子虽没有挖着他的眼睛,见他业已倒下,心中甚喜!连忙抢进一步,便握着拳,一脚提起,要来踏他的胸脯之际;不料那童子双腿齐起,使个鸳鸯分飞,向汉子大腿上只一扫,喝声:"去吧!"那个汉子一翻身,跌出丈外。

童子早已霍地跳起,哈哈笑道:"你这没中用的东西,还敢说青州城没有人吗?"那汉子也早翻身立起,满面羞惭,对童子熟视了一下,说道:"好,真有你的,老子三年后再来领教。"说毕,便和他的两个同伴收拾收拾,走开去了。旁看的人都说:"好爽快!程家的小神童果然不错,代我们青州人出得气了。这卖艺的自以为本领高强,竟不料反败在小神童手里,也是他的倒灶。"

那童子赶走了汉子,得意洋洋地走回家去,走入庭院时,有一个五十多岁的老叟在那里浇花,童子上前叫声:"爹爹。"老叟回转头来,放了水壶,对童子背上相了一相,问道:"远儿,你到哪里去的,为什么你的背心上沾有泥迹,莫非你又去和人家打架的？"

童子知道这事瞒不过，只得立正着说道："爹爹，方才我走到街上去玩玩，瞧见广场上有一个卖艺的汉子，在那里耀武扬威地骂我青州人都是不中用的饭桶。孩儿听了不服气，遂和他比武，被我用醉八仙的拳法把那汉子打跑了。孩儿一时也没有受伤，不过睡倒在地时，背上略沾些泥，忘记揩去罢了。"

老叟听了童子的话，微微叹口气，便对童子说道："远儿，你跟我进来，我有话同你讲。"童子遂跟着老叟，走到里面一个书房里，老叟坐在太师椅上，童子立在一边，听老叟说什么。

老叟咳了两声嗽，皱皱眉头说道："远儿，大智若愚，大巧若拙，而大勇若怯。孟夫子说：'抚剑疾视者流为匹夫之勇，一人之敌，不足为大勇'。所以一个人有了本领，千万不可好勇斗狠，目中无人，一言不合，便和人家拔剑而起，挺身而斗。贤如子路，孔老夫子尚且要说：'好勇过我，无所取材。'又说他要'不得其死'，可见好勇足戒了。

"我程望鲁年纪已老，膝下只有你一个幼子。你的母亲早已不在人间，你姊姊又远嫁在徐州沛县，家中只有你我二人，形影相吊，其余都是下人了。我虽然一向在仕途中供职，可是因为年老多病，无意再贪俸禄，遂告老回乡，在家中养花栽竹，以乐天年。此后只希望你长大起来，作一个有用的人，荣宗耀祖，被人家说一下'程氏有子'，那时我就死在九泉，也当含笑了。

"只因你从小倒是身强力壮，喜欢习武，我以为你不为治世能臣，即为乱世名将。好男儿理当文武兼全，所以我就请了河北名拳师王子平来家教你的拳脚。虽然不到两年，他因要组织镖局而辞去，但是你已学会了许多拳法，仍是终年练习不辍，你的武艺便与日俱长。里中人爱重你，代你起了个别号，大家提起了'小神童'程远，没有不知。我就恐怕你有了名，反而阻碍你的上进，不免要生出自负之心，故在教你读书的时候,常常警戒你的。

"谁知今天你又在外边多惹是非了,须知泰山高矣,泰山之上还有天;沧海深矣,沧海之下还有地。你的师父王子平也说过的,他的一对双钩可以称得天下无敌,岂知有一天,被一个干瘦老头子用一根细小的竹竿把他打败的,江湖上尽有能人。况且这辈卖艺的人靠什么的,今朝被你打跑,他岂肯甘休?势必要再来报复的,你不想结了一个暗仇吗?唉!你这样不肯听我的话,叫我灰心了。"

程远是天性很孝的,他把那卖艺的汉子赶走,也是出于一时高兴;他又听得那汉子临走的时候说过,三年后再来领教的一句话!料想那汉子吃了亏,当然要再来报仇。可是他恐怕说了出来,更要使他的老父担忧受惊,事已做了,悔亦无及。遂对他的父亲点点头说道:"孩儿自知不是,一时没有想到,蹈了好勇之过,今后愿听爹爹的训诫,再也不敢到外面去多事了。"

程望鲁见儿子已认了错,也不再深责,遂说道:"你既然觉悟自己的错误,很好,希望你以后不再如此,我心里就可稍安了。只是你时时要防备着啊!"程远答应了一声,便退出去。从明天起,他就在家中读书,不敢到外边去乱跑,早晚仍很勤练功夫,以备将来可以对付那个卖艺的汉子。

光阴过得很快,看看三年已将满了,程远不忘这事,格外戒备着。恰巧他的师父王子平保镖南下,归途时路过山东,想会程家父子,便弯到青州来探望。程家父子十分欢喜,便留王子平在程家盘桓数天。提起这件事,王子平便说自己现在没有要事,不妨在此多住几天,倘然那卖艺的前来寻仇时,自己也可以相助一臂之力。程望鲁听了,自然欢迎。

王子平在程家一住半月,却不见有人前来,也没有什么消息,这不过是一句说说的话,谁知他们来不来?王子平虽说没事,可是开设了镖局,终不能在外多时逗留,所以他决计要辞别程家父子,动身北上了。

程家父子当然不能坚留，便在动身的前夜，设席代王子平饯行。王子平大喝大嚼，吃了不少，散席时，已近三更，他就回客室里去睡眠。当他走过庭院东边的时候，忽听屋瓦"咯噔"一声响，他心中一动，把手中烛台向上一照，却瞧不见什么。接着又听叫了呜呜两声，知道屋上有猫，也就不疑，闭门熄火而睡。

但是他的肚里不争气，作痛起来，使他难以入眠，一会儿一阵便急，再也熬不住，遂起身下床，开了房门。刚要想举步走出门时，忽见那边一条黑影，很快地闪到里面去了。他的眼睛何等尖锐，此时来了夜行人，一定是来复仇的；自己既然在此，程远又是他心爱的徒弟，不能不管这事，也就蹑足跟着跑到里面。

程远和他的父亲分开住的，他睡在下首的房里，王子平瞧得清楚，见黑暗里有人在那里偷撬程远的房门，他就一声不响地伏在黑暗中窥探动静。见那人刚将门撬开的时候，程远房左的短窗一开，程远已托地跳将出来，那人回头见了程远，便喝一声道："好小子，你可记得三年前的一句话吗，今晚你家老子前来收你去了。"

程远也喝道："狗养的，休要夸口，你家小爷等候多时了。"那人便把手掌一起，使个大鹏展翅式，很快地落到程远身旁来抓程远。好程远绝不慌张，身子一侧，避开了这一抓，右腿一抬，使个旋风扫落叶，一脚向那人大腿上扫去。那人双足一跳，早避过了这一扫，右手拳一起，又是一个黑虎偷心，向程远心口打去。

程远把右臂一拦，格住那人的手臂，自己使一个叶底探桃，去抓那人的肾囊。那人把双腿一夹，要想夹住程远的手，程远早收了回去，这样，二人一来一往地狠斗，足有五十回合光景，不分胜负。

子平瞧着暗暗欢喜，他徒弟的拳技确有非常进步，小小年纪已有这个功夫，将来未可限量，所以他也不即上前相助。那汉子见程远毫无破绽，自己不能取胜，心中好不焦躁，得个间隙，退后两步，倏地从他身边举出一柄晶莹犀利的匕首，恶狠狠地向程远身上猛力刺去。

这时王子平恐防有失，叱咤一声，跳将出来，疾飞一足，正踢中那人执匕首的手腕。那人出于不防，"当啷"一声，那柄匕首早飞出去，坠在地上。那人回头见了王子平，手中的匕首虽然失去，可是心中的怒火格外直冒，双拳一起，使个双龙夺珠，照准王子平的脑袋打来。王子平把两臂向上一分，那人的双拳早已直荡开去，身子晃了两晃，知道来了能人，刚想变换拳法，王子平早已一腿飞去，喝声："着！"那人急忙跳避时，腿上已带着一些，禁不住仰后跌倒。

程远大喜，正要上前去踏住那人时，对面屋上忽来了一件东西，飞向他的面门；连忙将头一低，那东西从他的头发上擦过去，骨碌碌地滚落在庭阶上。程远呆了一呆，那人早已从地上爬起，一飞身跃到屋面上去逃走。

程远要想追时，被王子平一把拖住，说道："不要追了，放他去罢。"

程远遂听他师父这样吩咐，也就遵命立住。其时家中下人已闻声惊起，程望鲁也照着烛台，同家人走出去瞧看，很是惊讶。

程远便告诉他父亲说道："原来就是那卖艺的汉子前来复仇，自己在床上恰巧尚没有睡着，听得声息，便开窗出来，接住相斗。幸亏师父前来帮助，方把那人打倒；但是屋上又有暗器飞来，大约尚有余党在上面接应，因此让他逃去了。"于是父子二人齐向王子平道谢。

王子平对程远说道："你的武艺真是不错，那人的拳法如疾风骤雨，很难招架，而你能从容招应，临敌无惧，难得难得！我所以教你不去追赶，因为人家在黑暗中不知多少，且有暗器，一个不留心，便要吃他们的亏，还不如让他们逃去。他这次又失败了，也知道我们不可轻侮，以后也许不会再来了。"

程望鲁听着，抢着说道："王君的话不错，冤家宜解不宜结，还是放宽一步的好。"

程远见他们如此说，也就惟惟称是，便取了烛台，在地下照着，拾起那个匕首，一看柄上刻着一个"汤"字，大约那卖艺的汉子姓汤了。又去阶石边寻得一块光滑的鹅卵石，却不知是谁在上面使用这个暗器搭救他的同伴？又不知那姓汤的究竟是个何许人，是不是江湖上寻常卖艺者，这个闷葫芦一时却不能知晓。但是隔了三年，那姓汤的本领并不见得十分高强，竟要来复仇，岂非可笑？然而今番他们不仅是一人到来，且挟有兵器，自己若没有师父在此相助，那么胜负之数也未可一定啊。

于是王子平再到厕所去出了恭，大家仍旧各自归寝。下半夜很平安的过去。王子平又在程家连居三日，方才告别回去。程远因为姓汤的已来报复过，失败而去，大概不敢再来，所以渐渐放心。

但隔得不到七天光景，有一日，是个阴天，程远在下午读罢了书，从书房里走出来。走到庭心里，瞧见他家中养着的一头大狸猫，正伏在一枝树下，窥伺在他们前面地上走着的一只喜鹊。那喜鹊正在地下觅食，哪里知道强敌觊觎，大祸临头，仍是二步一步地踱着，很安心似的，一些儿也不觉得，可说毫无防备。所以那狸猫张大着一双虎视眈眈的眼睛，等到那喜鹊渐渐走近时，便突然将身子向前一跳；两只前爪向前一扑，奇快无比。喜鹊要避也来不及了，早被野猫一口衔住了，跑到墙角边去大嚼了。

程远瞧着这狸猫捕鹊的姿势，心中一动，顿时想着了一记拳法。他正站立在庭心中想着，忽然外边闯进一个二十多岁的少妇来，略有几分姿色。头上梳着一个高髻，插着一朵红色的花，身穿品蓝色的女外褂，黑裤子底下一双窄窄的金莲。不知是何许人？怎样闯到里面来？

他正要询问，那少妇将手指着他说道："程远程远，你好欺侮人！胆大妄为，你仗着在家坐地之势，又有你师父相助，把人家打倒。全不想人家两次受了你的欺，岂肯罢休！"

程远听了这话，知她是姓汤的一党人，跑上门来寻自己了，便答道："不错，是你家小爷打倒了人又怎样呢？你来寻我做甚？"少妇冷笑一声道："我就是因为不服你的本领，前来领教领教。"

程远知道这事已无可退避，便将长衣一脱，使个金鸡独立之势，预备少妇进攻。少妇也就奔上前，使个五鬼敲门，向程远面门打来。程远将头一侧，跳在一边，回手一掌劈去；那少妇身子也很灵捷，她向后一仰，避过了这掌，早已飞起一足，来踢程远的肾囊。程远轻轻一跳，已至少妇身后，少妇回身来时，程远却已一扑而前，学着方才那狸猫捕鹊的方法，双手抓住少妇的肩窝把她提将起来。

正想乘势往外一掷，但见那少妇虽然被他提了起来，而她的身躯却挺得水平线一样的直，一对小足紧紧地并在一起。程远心里不觉有些奇怪，两臂用力，身子一弯，把那少妇一掷丈外。

但那少妇跌下去时，立刻爬起身来，对程远说道："你这小子果然厉害，老娘去也。"回身便走，非常迅速。

程远走出门去瞧她时，早已不见影踪，心里未免有些莫名。想这少妇的本领倒在姓汤的之上，自己虽然把她摔了一个跟斗，可是却不能就说她败北的。不知要不要再来？他们的党羽共有几个？自己倒要好好提防呢。也没有将这事告诉他的父亲。

恰巧明天程望鲁到城外华严寺去，访晤寺中的住持圆通上人，程远也跟了去。因为程望鲁是这寺中的施主，而圆通上人能琴能弈，毫无俗气，所以程望鲁时常到寺中去弈棋的。

这天父子二人到得寺内，他们是走熟的，不用通报，一径跑到圆通上人的禅房里，却见圆通上人正伴着一个童颜鹤发的长髯道人在那里讲话。圆通上人见程家父子到来，忙合十相迎，又代他们介绍与道人相见。方知道这位长髯道人乃是青岛崂山一阳观中的龙真人,是一位有道之人,大家遂坐着闲谈。

程远坐在下首,龙真人对程远相了一相,面上露出惊异之色,自言自语道:"可惜可惜。"程望鲁和圆通上人都不明白龙真人的意思,程望鲁忍不住先问道:"请问真人有何可惜?莫非……"

龙真人指着程远,向程望鲁说道:"实不相瞒,我就是可惜令郎。令郎相貌不凡,精神溢于面宇,正是个神童,将来未可限量。只是现在他的寿命不满三天了,我岂不要说可惜呢?"

程望鲁听了龙真人的话,不觉大惊,忙问怎的。程远心里却有些不信。圆通上人也很惊奇,问龙真人道:"何所见而云然?"

龙真人笑道:"这事须问他自己的,最近他可曾和人家动过手吗?"

圆通上人道:"这位程公子是青州有名的小神童,拳术很好,也许和人家较量过的啊。"程望鲁便说道:"有的,大约前十天的光景和人家动过一回手。"遂将卖艺的来此报复,王子平相助击退的事告诉一遍。

龙真人道:"原来令郎是大刀王五的高足,当然虎生三日,气吞全牛。不过我看他并非在这个上,试问他在一二日内可曾和别人动过手?"

程远起初听了,还不相信,今闻龙真人一口说定他最近一二天内和人家动过手,好像已烛照昨日的事一般,知道不能瞒过,遂将自己和少妇动手的情形,完全吐露。

龙真人听了,点点头道:"对了对了,可是你已受着致命的重伤,难道自己还没有觉得吗?"程远尚没有答话,程望鲁早顿足说道:"哎哟!远儿,怎样又和人家动过手,自己受伤还隐瞒不告诉人呢?"程远道:"孩儿实在不觉得。所以没禀知你老人家。现在真人说我受了重伤,我还不明白呢。"龙真人道:"你试解开衣服来看看便知。"

程远真的立在地上,将身上的衣服一齐解开,龙真人过去，指着程远的肚子上面两点豆一般大的黑色的影痕纹说道："你们请看这是什么？"程望鲁和圆通上人走过来瞧得清楚，程远自己也瞧见了，好不奇怪。心中正在暗想，龙真人遂说道："方才我听了你的说话，已知你怎样受伤的。大凡不论和什么妇女交手，须得防备她的一双小脚。有本领的妇女，他们足趾上暗暗缚着锐利的刃锋，或是穿着铁鞋尖，乘你不防的时候，暗中伤害，最是狠毒。

"你把那少妇提起来的时候，她的身子能像水平一样的直挺着，那么掷她的时候便不容易了。大概她乘你掷她的当儿，你不提防，她的足尖已轻轻点及你的肚子，而你不知不觉地受了她的暗算。所以她虽跌了一跤，就此走去。你受了这个重伤，三天后一定发作，而且迟则无救的。贫道见了你的面色，所以窥知其隐。"

程望鲁听了，急得什么似的，便问龙真人可有救治之法，程远被龙真人一说，提醒了，他自己也就十分发急。

圆通上人便说道："龙真人，你是有道之人，老衲一向知道你精通剑术，内功高明，你既然瞧得出他受了伤，一定能够有法救治的。可怜程老居士平日为人很好，以前是个清官，只有一位小公子，倘然不救，岂非可惜！请你务须代他们想个法儿，救救这位小公子吧！"程望鲁也苦苦相求。

龙真人方点头道："见死不救，是说不过去的事，待贫道救活了这位小公子吧。"遂教程远把外面的长衣脱了下来，横卧在那边禅床上。龙真人运用双手，在程远的身上按摩，约有半点钟的光景，又在程远的肚皮上骈指推了七八下。程远四肢异常舒服，便觉喉间一阵奇痒，龙真人将手放开，说道："你起来吐吧。"

程远翻身立起，走到痰盂边，吐出三口黑色的瘀血来，龙真人便道："伤血已出，可以无恙了。等贫道再开一张方子，连服三天药，包你不会再发。但在三天之内，须好好静养，不要劳动。"于是龙真人向圆通上人借了纸笔，开了一张药方，交给程望鲁，程家父子自然感谢万分。程望鲁且教程远向龙真人叩头，拜谢救命之恩。

圆通上人对龙真人带笑说道："你既然救活了小公子，不如收他做了徒弟，以后你们也可常常来往。"程远听说，正中心怀，果然要龙真人做他的师父；因他听得圆通上人说龙真人精通剑术，这真是自己无从学得的。

龙真人却说道："一则程家小公子已有贤师，二则我现在尚有些俗事缠身，不能在此耽搁，将来再说吧。况且他若要跟从我学艺，非到山上去不能成功，老居士只有这一个爱子，也肯放他远离吗？"

程望鲁听了龙真人的话，果不舍得父子相离。他的意思最好龙真人能够住在他们家中教授武功，但龙真人已声明过是不可能的事，所以他也就主张稍缓再说了。

父子二人在寺中盘桓多时，将近天晚时，方才告别回家。程望鲁因他儿子已得出死入生，此行真是不虚，心里非常喜悦，然而程远却因不能追随龙真人学习剑术，心里反有些怏怏不欢。回去后照着龙真人的说话，连服了三天药，身子依然很好，若无其事。这都是龙真人的功德，心里很是感激他、想念他。自己仍在读书之暇，练习武艺，防备姓汤的再要来报复。其实，他们以为程远受了暗伤，必死无疑，不再找他了。

程望鲁因为出过了这个岔儿，轻易不肯放他儿子在外乱走，要他儿子涵泳仁义，浸淫诗书，养他的气。但是程远仍是念念不忘在练习功夫的一端，岂肯弃武就文呢？程望鲁自己却忙着付印他的《东海诗集》。这因为他的诗词非常之好，所作也很多；友人称赞他能够追踪杜工部，大家情愿相助出刊之资。程望鲁好名心重，一经友人的怂恿，于是把他的诗集整理一过，付诸剞劂了。

光阴过得很快，程远的年纪长大起来，益发出落得丰神俊拔，是个美少年。青州人见了，都啧啧称赞，说他是个跨灶之儿。程望鲁的《东海诗集》也已出版，流传人间了。

在这时，忽然有一家姓官的，托人到程家来说媒。原来在这青州城里有一家满人居住，主人翁官胜，是满洲皇室中的贝勒，生有一个爱女，正在及笄之年，待字闺中，想要择个佳婿。官胜有几次见过程远，现在由小神童而变为美少年，心里格外欢喜他；以为袒腹东床，非此子莫属。一心要想把自己的爱女配与他，所以就托一个乡绅到程家来做媒人。以为自己是皇室贵胄，他女儿相貌也生得不差，天孙下嫁，降格相求，程望鲁十分之九能够答应的。

谁知程望鲁素来嫉恨他，因为官胜在青州仗着是个满人，作威作福，鱼肉良民，好做是个恶霸；遂不肯和他缔结朱陈之好，一口回绝，且说了几句轻视的话。那乡绅讨了一场没趣，回去在官胜面前捏造了许多坏话，气得官胜咬牙切齿，说道："他这样看不起我，我必给他一个厉害，方肯罢休！"从此求亲不遂，结下了一个冤仇。可是程望鲁梦梦地不在心上了。

又过了一个月，程望鲁接到他女儿的来信，招她的弟弟前去游玩，因为她的婆婆六十大庆在即，当有一番热闹。程望鲁遂端整了一份厚重的礼，且叫一个男下人伴送程远到沛县去。程远因途中恐遇强暴，故带了一柄剑在身，以防万一。可是路中平安无事，到了他姊姊的家中，见了姊夫秦康，送上礼物，姊弟相见，不胜快活。程远便住在那里吃寿酒，秦康又陪着他出去玩，住了一个多月，却没有接到家中的信。挂念老父，急欲回里，遂带了下人，和他姊夫姊姊握手道别，赶回青州去。

谁知家中竟出了天大的祸事，他的老父已不在人间了。大门上贴着十字花的封皮，竟无路可入，他心中怎不惊惶？正在门口徬徨着，恰巧邻家张老爹扶着拐杖走来，一见程远，便道："你的父亲犯了灭门之祸，你还不快快逃走，却回家来做甚？"

程远便问老丈此语怎讲，张老爹叹了一口气，说道："此间非闲话之地，你跟我到那边冷僻无人的小巷里去，待我细细告诉你罢。"程远点点头，遂跟着张老爹悄悄走到那小巷中，张老爹方才告诉他道:"原因虽然为着令尊印的那本《东海诗集》,而祸种却仍是你啊。"程远听得不明不白,急问道:"怎样我是祸种呢?"

张老爹道:"难怪你不明不白,我起初也不知道,后经人家说了,方明底细。原来这里的满人官胜,前次曾托一个乡绅到你家里来说亲,要将他的女儿配给你,但是你的父亲坚决拒绝,他遂此恨你们,要想法来陷害你们。

"凑巧尊大人的《东海诗集》里有一首《泰岱诗》,中间有两句措辞稍不稳妥,便被他指为毁谤当今皇上,大逆不道;奏了京中的大臣,平地里起文字狱来。山东巡抚遂着令青州府将你父亲捉拿到案,严重治罪;可怜你父亲是个年老之人,怎经得起这个风波?三木之下,气愤交并,便死在狱中了。官府便将府上查封,这正是前十天的大事。你侥幸不在这里,没有被捕;现在老朽告诉了你,不如快快逃走吧。别的话我就不说了,我要走哩,免得被人撞见。"

程远听了这个消息,不觉滴下泪来,心中又是愤怒,又是悲伤。他老父业已受了不白之冤,化为异物,从此父子俩再也不能相见了。他转了一个念头,把脚顿了一顿,忙向张老爹道:"老丈可知官家住在哪里?"

张老爹答道:"便在兵马司前。"说着话,张老爹早已扶杖而去。

程远回到自己的家门前,又对着封皮望了一望,跳跳脚。从身边取出十两银子,交给那个下人,对下人说道:"你该知道老爷已被人害死了。我已无家可归,你不必再跟我,不如到别处去帮助人家吧!"那下人接了银子,问道:"那么公子走到哪里去呢?"程远摇摇手道:"你休要管我,我自有去处。"说毕,一抹眼泪,抛了下人,大踏步向兵马司前走去。

兵马司前乃是一条很阔的街道,但因为在城东,比较冷僻一些。一边是人家,一边是沿河。在相近巷里,有一座高大的房屋,黑漆的大门,街沿石很高。对面河边立着一个很大很高的招墙，招墙里有"鸿禧"两字，墙后弯转去的地方便是河滩，是隐秘的所在。

这天，忽然有个少年伏在那里徘徊着，好像等候的样子。他脸上微有泪痕，而眉目间还露着一股杀气，不时用眼瞧着那个大门墙。阶石上立着一个二十多岁的下人，反负着手，向巷口看了一看，口里自言自语地说道："怎么主人还不回来呢？王大人在里面等得不要心焦吗？"停了一刻，那下人走进去了。但是那个少年伏着那招墙的背后，却依旧守在那里，这还有谁呢？当然就是那无家可归、蒙冤不白的程远了。

约莫又隔了一个钟头，便瞧见巷口飞也似的有一肩绿呢大轿向这里跑来。四个轿夫抬着轿，呼呼喝喝，好不威风。中间坐着一个蓝袍大袿的老者，嘴上一口八字须，戴着一副玳瑁眼镜，手里拿着一个翡翠的鼻烟壶，嗅着鼻烟，傲睨自若。大轿抬到那门墙前，轿夫便喊着："快开正门，大人回来了。"

在这个时候，程远瞧得清楚，轿子里坐着的不是他仇人官胜还有谁呢？他就虎吼一声，一跃而出，抢到轿子边，一手抓住轿杠，只一按，前面的两个轿夫早已立不住脚，跌倒在地。

轿向前一倾，官胜坐不稳，便从轿门帘里跌出来；被程远当胸一把拉住，一手从衣襟里掣出他身边带着的防盗短剑，向官胜晃了一晃，喝道："你这胡虏，我父亲与你何仇何冤？你竟敢兴起文字狱，陷害我老父，并且害我无家可归，我与你有不共戴天之仇，世间有了我，便没有你。你以为仗着势力，便可横行无忌吗？狗贼！你今天逢了小爷，死在临头了。"

官胜认得他就是程远，此时吓得他魂不附体，急喊："救命！"可是程远的短剑早已插入他的胸腹，鲜血直射出来，溅得程远满面都是红了。程远拔出剑，又照官胜头上砍下去，"咔嚓"一声，官胜那颗头颅已切将下来，提在程远手中。四个轿夫吓得目瞪口呆，有一个伶俐些的早逃过去，喊着道："救命哪，有刺客杀人哩！"

程远仰天吐了一口气，也不顾轿夫的呼喊，他自己提了人头，口里衔着短剑，大踏步走出兵马司前去，官家的下人闻信跑出来，一看他家的主人躺在血泊中，脑袋已不翼而飞，绿呢大轿横倒在一边，忙问："怎的？"轿夫指着巷口走的程远的背影说道："刺……刺客！……刺死了老爷……去了。"

第六十回

作刺客誓复冤仇
听花鼓横生枝节

几名家人听得老爷被刺客刺死,正是祸从天降,莫不大惊!一齐同轿夫在后追来。程远听背后有人追赶,回身立停,瞧了一瞧。见他们等到自己回身时,吓得倒躲,哪敢上前来捉他?不由哈哈笑了一笑,掉转身便走。大家见他拔步走了,仍悄悄地跟将上来。

有一个认得程远的,暗暗告诉同伴说道:"这是程家的小神童,武艺好生了得。不知他刺死了老爷,走向哪里去?"便叫一人从间道抄出去,到衙门中去报捕;可是程远却一径走向府衙去。道旁瞧见的人,无不惊讶,跟在后面瞧热闹。

等到程远走至府衙前时,背后已跟着许多男男女女,拥挤得很;府衙里的人也早已闻得消息,带着铁尺、短刀以及锁链等物走出来。大家围住程远,口中只是呐喊,却不敢近他的身。

程远冷笑一声,走上石阶。捕役中间有一个老练些的,瞧了程远的情形,也有几分明白他的意思,便大着胆走上前问道:"姓程的,你杀死了人,却跑到这里来,莫非自首吗?"程远说道:"正是,你们的狗官何在?我要见他。"捕役便带笑说道:"很好,你真是个男子汉大丈夫!杀了人,束身归罪。待我领你去见老爷,吃官司保你不吃苦。"于是他们把程远带到里面去,官家的下人以及轿夫也一齐跟着进去做见证。瞧热闹的人也都一拥而进,捕役连忙上前阻拦驱散,但是已有好多人溜入里面去了。

青州府得禀报,暗吃一惊,不敢懈怠,赶紧坐堂,吩咐把姓程的带上来。他心里也明白,这程远必为父报仇,然而不能不问。现在眼瞧着程远挺身上堂,手里提着一颗血淋淋的人头,英风满面,坦然无惧;心里不觉也有些胆怯,便勉强壮着胆,将惊堂木一拍,喝问:"程远,何故杀人犯罪?"

程远把手指着他说道:"狗官!你们自己做的事难道还不明白吗?官胜那厮因和我父亲有了一些小仇隙,兴起文字狱来害人,我父亲的老命不是白白地送在那厮的身上吗?你这狗官真是吃屎不明亮的。我此来为父报仇,杀了官胜。大丈夫一身做事一身当,特地到此自首。"

青州府听了程远的话,点点头道:"原来你是代父报仇,故把贝勒杀害。但是你该知道,你父亲自己文字不检点,诽谤当今,自取其咎,岂能怪恨人家呢?"青州府的话还没有说完,程远大喝一声道:"狗官!谁耐烦和你多讲?你家小爷已把官胜杀了,报得杀父之仇。随你们怎么办吧,这颗头颅也交给你了。"说着话,将手一扬,那颗人头直抛过去,啪的一声,正打在青州府的头上,溅得他一脸的血。

青州府又惊又怒,战战兢兢地说道:"反了反了,左右快把他拿下。"一边说,一边早已回身逃入后堂去了。捕役们见此情形,不敢得罪程远,遂上前说道:"程公子,你既到此,请到监里去坐坐吧!这事以后自有发落。"程远仰天打了两个哈哈,跟着捕役们便走。捕役把他送入监狱,将好酒好肉款待他,不敢怠慢。

这时程远心中已满拟不再活了,安心坐监,听由官府把他如何治罪。青州府备文上报,官家将官胜头颅领回,缝上尸

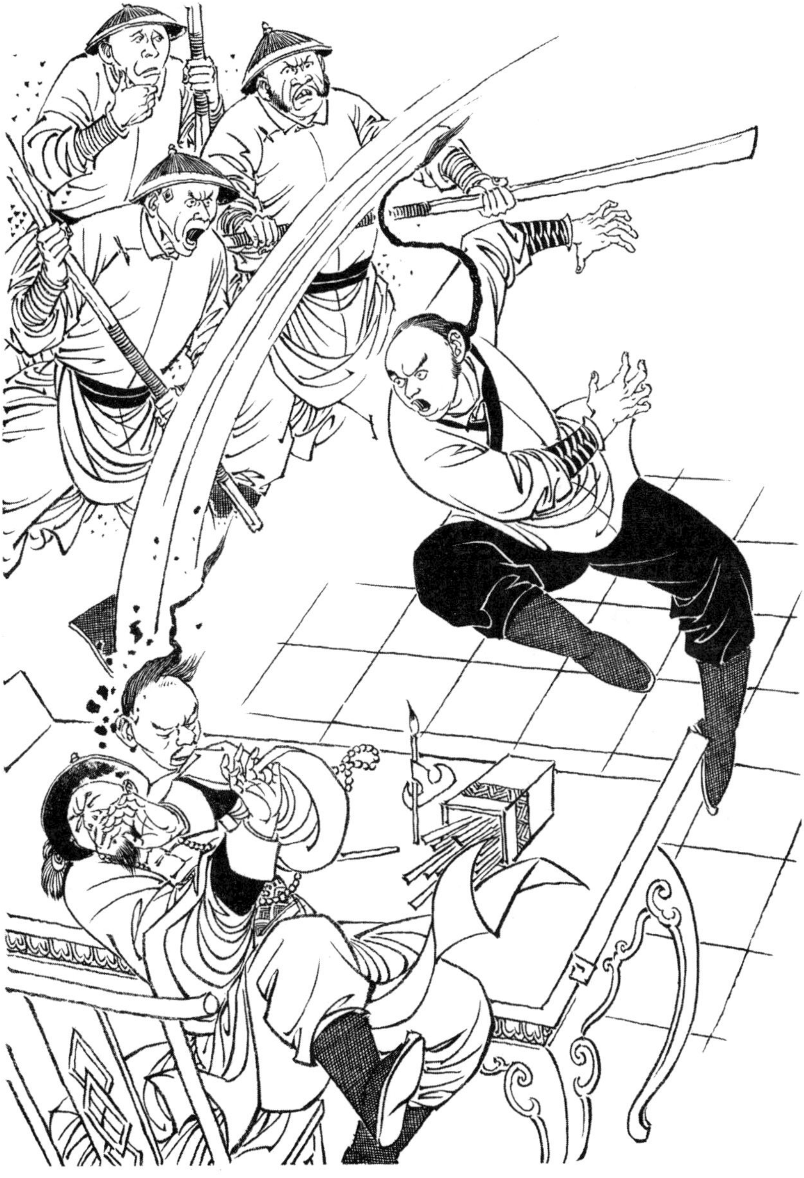

身,用棺木盛殓,自然怨恨程远,必要使他定一个死罪。然而大多数的人民都很可惜,以为他是第二个徐元庆,不愧孝子。既然他自首,决没有死罪之理;然因他是文字狱主犯的后人,当然不会轻恕的。

程远在狱中糊糊涂涂地过了一个月光景,恰逢狱中犯人大闹起来,许多狱囚都越狱飞逃,乱得不得了。他自然也就乘势一走,不情愿再做个傻子,坐着等死了。他遂逃出了青州城,向冷落的村庄走去,想自己将到什么地方去呢?若去投奔他姊姊,恐怕他日泄露了风声,依然不能安身居住,反而害了姊姊一家,还是到别的地方去吧。可是身边分文全无,又没有栖身之处,正在野径上徬徨,忽听背后有人喊他道:"程远,你到哪里去?"

程远回转头着时,正是龙真人,心中大喜,连忙赶过去向他拜倒。龙真人伸手将程远扶起,程远刚要把他的事情告诉,龙真人却微笑道:"你不必再说,我都知道了。今天我正从青州出来,在此遇见了你,真是巧事。现在你已家破人亡,不能再在青州安身,茫茫天涯,将往何处去了?"程远道:"弟子正为着这事踌躇不决,敢请真人指示。"

龙真人道:"你前次要拜我为师,只因我不能住在你家,而你又不能随我到山上去,我遂没有答应。现在你已没有了家,不如跟我同回崂山,我当把剑术传授你。"程远听了,不胜欢喜,又向龙真人下跪,说道:"弟子愿随师父同行。"龙真人点点头,于是程远便跟着龙真人一路回到崂山去。

那崂山在即墨县境,是沿海的一座高山。有句古话说得好:泰山自然高,不及东海崂!它的高度也就可想而知了。程远随着龙真人一路上山,看着山上的风景,顿觉胸襟一清。

到得一阳观里,龙真人便安排了一个寝处与他。因为程远于武艺上已有很好的根底,不必再从下层做起;但因程远一心要学剑术,遂把静坐练气之术教授给程远,使他先行自修。程远遵着龙真人的秘传,天天朝晚习练,早晨日出的时候,又至山顶上去吞英吐气。这样过了半年，龙真人方把削好的柳枝给他试舞，须脱手即去，招手即来，使用得悉如心意。当这个时候，龙真人每日又和他讲解一小时。看看过了一年，程远的功夫已有大大的进步。

一天，龙真人从他的道房里捧出一柄绿鲨鱼皮鞘的宝剑来，教程远拜跪如仪，告诉程远说道："今日把宝剑赐你习用。"又说明了宝剑的来历。说此剑名唤百里，削铁如泥，砍石立碎，苟能运用，百里之内取人首级，如探囊取物一般。程远受了剑，向龙真人拜谢。龙真人又教训一番，且教程远宣过誓，方才能够使用。从这天起，程远天天精心习练，三年后已有很好的剑术。龙真人自谓收得一位得意的高足，薪传有人，很优待他。

程远一面学剑法，一面又习得两种本领。他在山上时，往往于夜间在山径深涧之中习练飞行术，久而久之，他的飞行功夫已超绝顶。因为有一天，山上下了大雪，山坡上铺满了一白无垠的雪，程远提起双足，便在雪地上跑过去；捷如走兽，雪上一点痕迹也没有。众道侣大为惊叹！代他起了个别号"踏雪无痕"。此外他又练得一种很厉害的暗器，乃是追魂夺命毒药镖，有百发百中之能，这是他瞒着龙真人抽暇练就的。

后来被龙真人知道了，龙真人很不赞成，遂训诫程远，教他非至必不得已时不可妄用此物。因为彼此相斗，本是人类不得已的事，以杀止杀则可，以杀引杀则不可。用暗器已抱着不光明态度，何况还要敷上毒药，使人立刻有性命之忧呢！程远听了龙真人的说话，惟惟受教。他在山上苦修了若干年，龙真人觉得他性质很聪慧，若要修炼到至上之域，便嫌他根底尚浅，非神仙中人，所以也有些意思想遣他下山。

适值有一天，从济宁州到了一个急足，来向龙真人下书乞援。原来在济宁州有一家富翁，父子二人都以慷慨好义著名。姓叶，父名一德，精通武艺，曾考中武秀才。子名飞，自幼也随父尽心习练武艺，且善射，有百步穿杨之技，真是一位少年英雄。在他们的家乡，很有一些小名声。济宁的民团也是他们父子二人做的主干，一向倒也平安无事。有一天，却不知从哪里来了一个怪丑的大盗，在济宁城内连偷了数处，都是门不开户不启的走失了钱财。并且有一家壮丁很多，起来和盗抵抗，反被那盗杀伤多人，报官请捕，也不能破案。

于是叶氏父子格外防备，且将想法帮助捕快捉盗。果然有一夜，那大盗光临他家屋里来了。首先发觉的乃是叶一德，他正在书房里静坐着看书，尚还没有睡眠，那大盗早已在屋面上徘徊。只因他也素闻叶氏父子的大名，见下面有灯光，尚不敢鲁莽下手。但是叶一德非常细心，早已察觉到屋上有人，一面暗暗牵着壁上设置的警铃（是通到里面的，这里牵着，里面便发出响声，使人知道了）。他牵过警铃后，悄悄地从墙上摘下他用的一柄七星剑，拿在手中，一开后窗，扑地跳上屋面去。见屋上立着一个高大的黑影，便喝一声："狗盗！胆敢闯上我叶家来吗？管教你送死了。"那大盗也早闻声，还转身躯，一摆手中双刀，跳过来说道："老贼，谁怕你厉害？胆小的也不敢上你门了。看刀！"使开双刀，向叶一德身上砍去。叶一德不慌不忙，使开那柄七星剑，和那大盗在屋面上一来一去地战斗。只见屋底下灯笼火把，霎时都明。

叶一德的儿子叶飞，手中挟了一根杆棒，带着弓箭，领着家中的壮丁前来助战。叶飞抬头，见他父亲正在屋面上和一个浑身黑衣状貌奇丑的大盗狠命相扑，他遂大喊道："爸爸，不要放走了那盗贼，孩儿来了。"一纵身，已上屋顶，摆动杆棒，便向那盗下部直捣。那盗见叶家父子左右夹攻，下面又有许多壮丁，防备严密；今晚遇到了劲敌，难以取胜；何论盗窃，不如走了吧，免得恋战吃亏。遂将双刀使个解数，向两边一扫，架开叶氏父子的兵刃，往后一跃，跳出丈外，向外逃去；喝一声："便宜了你们，休得相追。"

叶一德正要追赶，叶飞早从他背上取下弓，抽出两支箭来，搭在弦上，看个准，"哨哨"地两箭，一前一后，向那大盗飞去。那大盗脚步很快，早已走近外墙，觉得背后有物前来，连忙将身子一闪，左手刀向后一掠，扑的打下了一支箭；不防第二支箭已至，正中臀部，叫了一声："啊呀！"连滚带跳地跳出墙外去了。

叶氏父子见盗已中箭，心中大喜，追到外边看时，却不见影踪，料想那盗未伤要害，所以被他逃去了。叶飞对他父亲说道："那贼盗虽然被他逃去，却中了我一支箭，少说十来天总不能再出来干这勾当了。"叶一德点点头，两人遂不再前追。壮丁早已开了大门，出来接应，于是叶氏父子还身进去，吩咐壮丁们各自安睡，一宵无话。

次日这消息传了出去，大家更是佩服叶氏父子的本领，只说可惜那盗没有捉住，仍不能破案。便在第三日的早上，叶家人开大门时，门上忽然插着一封信，用小刀刺着，下人连忙将信带到里面，奉呈与叶一德看。

叶一德拆开看时，乃是一张小小纸条，上面写着道：

叶氏父子，我昨夜一时失措，中了你家小狗头的一箭，被你们侥幸得胜；然而你们该知道我并不是好欺的，过了些时，自会有人前来代我报一箭之仇。你们请防备着罢！话不说不明的。再会！

虬白

叶一德刚才看毕，叶飞适从里面走出来，叫了一声："爸爸。"立在一旁。一德便将这信给他看，并且告诉他如何来的。

叶飞看了说道："当然，他受了一箭，被他逃去，结下仇恨，他岂肯不报？我们只要好好儿的防备着，盗党若再来时，待孩儿一箭一箭地把他们射死，方快我心。"叶一德却摇摇首说道："飞儿，你不要自恃本领高强，以为天下无人。他以后再来时，必定要请比较他本领高深的人前来复仇，我们父子两人究竟力量很薄，未可轻信。"一德说了这话，叶飞站在一旁，双手叉着腰，口里虽然不响，似乎心里很有些不以为然。

叶一德拈着胡子，沉吟良久，说道："我倒想着有一个人可以请他相助的。"叶飞道："可是崂山上的龙真人吗？"叶一德点点头道："正是，龙真人以前到这里来募捐，我们曾捐给他巨款，并留他在我家居留多日，很欢喜他。他见你试射，也很赞美你。谈起武技，他的本领超出我们之上，且精练剑，是一位有道之士，我很佩服他的。他临去时曾对我们说过，如有急难，要他相助时可以请他到来。现在我们不如差人去请他来济宁盘桓几天，倘然盗党重来，有了龙真人在此，可以高枕无忧。"

叶飞心里很不赞成他父亲的法儿，以为他们父子都有很好的本领，何以远道去请人相助？所以笑了一笑，勉强答道："这样也好。"于是叶一德便恭恭敬敬地修了一封书翰，差家人到崂山去见龙真人，请他下山。

龙真人看了来信，他觉得程远也具上乘的武技，派他下山去相助，正好试试他的本领。叶氏父子自己也是个有本领的人，得此臂助，可以不妨事了，免得自己下山走一遭。遂先打发了来人回去，附了一封复函，说明自己不能下山，特遣他的高足前来相助，约三五天后可以动身。于是在这三天之内，龙真人又讲解了不少给程远听，然后叫他下山到济宁州叶一德家去相助防备。并且叫程远休要生骄心，好杀戮；又须不取非义之财，莫行非礼之事，检点品行，休亲女色等等。

程远一一拜受，遂带了百里宝剑，穿了一身朴素的衣服，腰边佩上镖囊，辞别龙真人和观中同伴，独自下得崂山，向前进发。身边有龙真人给他的盘缠，省吃俭用，晓行夜宿，这一日早到了济南。

济南是山东的省会，有巡抚驻节在那里，市面来得比较繁华，且名胜之处很多，所以程远想在此休息一二天再走。好在离济宁的路程也不远了，于是投下了一个客寓。

他一人赶路，行李颇简，放在一边，又把百里剑挂在壁上，带了房门，便出来到大明湖一带去游玩。虽然一人独游，觉得寂寥，然而看了风景，可以宽畅不少胸襟。他在大明湖坐舟游了一番，便还转客寓，走到半途，见那边一个旷场上有几株绿柳，一湾流水，很有些风景，却围着一大群的人在那里观看。

程远左右无事，也挤进人丛中去看时，只见场中有一个壮男子，穿着奇形异状的衣服，脸上套着一个小丑的面具，和一个妙龄的女子立在圈子中，正在对众说话。那女子穿着一身淡红色的衫裤，头上梳着一个时式的新髻，鬓边插上一枝花，薄薄地敷一些脂粉；底下一双莲瓣，穿着大红绣花的鞋子，瘦窄窄的不盈三寸。样子虽然有些忸忸怩怩，却十分俊俏。身上套着一个花鼓，手里拿着一个绕着红缘布的鼓槌。原来这一对儿是演凤阳花鼓戏的，远远地还立着一个黑面的健儿，又好像是卖解者流。

程远瞧着这三人，觉得有些奇怪，那戴有面具的壮男说过了开场白，那女子便咚咚地打起花鼓，两人一面唱，一面跳动着；做出滑稽的形状，以博众轩渠。那女子唱起一支《盼情郎》曲来道：

描金花鼓两头圆,挣得铜钱也可怜;五间瓦屋三间草,愿与情人守到老。青草枯时郎不归,枯草青时妾心悲。唱花鼓,当哭泣,妾貌不如郎在日。

她这样唱着，声音好如黄莺儿一般的清脆。说也奇怪，全场观众大家都是一声不响，很静很静。程远听着这曲，觉得很有些意思，且唱得非常好听。见那女子在场上回旋了几下，然后再唱着道：

凤阳鞋子踏青莎,低首人前唱艳歌;妾唱艳歌郎起舞,百乐哪有相思苦？郎住前溪妾隔河,少不风流老奈何。唱花鼓,走他乡,天涯踏遍访情郎。

这一曲比前又佳妙了,差不多把凤阳女儿的情窦唱了出来。所以那女子唱到"唱花鼓,走他乡,天涯踏遍访情郎"这三句时,许多人都拍手起来。甚至有人喊起来道:"原来你这个小姑娘出来访情郎的吗?那么情郎在此!"众人又哈哈大笑起来。

那女子却若无其事,等到观众静了些时,她又敲着花鼓和那戴面具的壮男子且舞且唱地唱着第三支和第四支曲调道:

白云千里过长江,花鼓三通出凤阳;凤阳出了朱皇帝,山川枯槁无灵气。妾身爱好只自怜,别抱琵琶不值钱!唱花鼓,渡黄河,泪花却比浪花多。

阿姑娇小颜如玉,低眉好唱懊侬曲;短衣健儿驻马听,跨下宝刀犹血腥。唱花鼓,唱不得,晚来战场一片月,只恐照见妾颜色。

四支曲儿唱罢,这花鼓戏也停止了,四面的观众大声喝起彩来!许多青蚨也如雨点般向那女子身上掷去。那女子早抢得一只盘子在手里,四面遮拦,钱都落在她身边的地上,没有一钱掷得中她。凑巧立在程远身边有一个汉子,取出一个大制钱,乘众人掷钱稍歇,那女子垂下手的当儿,用那制钱瞄准着那女子的脸上飞将过去,喝声:"着!"那女子果然没有防备,制钱已到面前。不及遮拦,也不及躲闪,有些人都代她捏一把汗。但她却不慌不忙,张开樱桃小口,将那制钱轻轻咬住,吐在钱堆里。那戴面具的壮男子又当众说道:"这位的眼功手法果然不错,可是我妹妹自有躲避的本领。请诸位试再掷些,如有伤痛,决不抱怨的。"说罢这话,众人又纷纷地把钱向那女子面上、身上、足上各部一齐掷去。那女子将手中盘左拦右遮的,一会儿众人囊中的钱都掷空了,只得歇手,都说:"这女子果然厉害！怎么这许多钱一文都打不到她的身上呢？"

程远看得技痒难搔，本想也要从身边摸出些钱来试试，却因记着师父的训话，不欲在外多事，所以没有动手。后来见众人都不能命中，而那男子的说话又很有些看不起人，心中未免有些不服气，再也熬不住了。此时那男子已在俯身拾钱，嘴里却又说道："诸位没有钱再掷吗，恐怕诸位的囊中已空空如也了罢。"说着话，哈哈大笑起来。

程远早从身边摸出了两枚制钱，喝一声道："莫小觑人，钱来也。"第一个制钱飞向那女子的胸前，那女子一伸手，早将钱按在手里，跟着第二枚钱飞向她的耳边来，其疾无比。女子急偏头让时，她鬓边插着的一枝红花，早被制钱打落在地上，众人不由大呼起来！那女子虽没有受伤，却受了一个虚惊，两道秋波已瞧见了程远，而背后立着的黑面汉子也将走过来说话。

程远却早已一溜烟地跑还自己的客寓，坐下休息，泡了一壶茶，很是闲适。那时天已渐渐黑了，店里都上起灯来，程远坐了一歇，想到后面去便溺，方才走出房门，只见那三个演唱花鼓戏的男女也走进这店里来投宿。他心里暗想：正巧，我上这里，他们也赶上这里了。一边暗想，一边走到后面去，解过手后，还身出来，见那三个男女正开了在他对面的一个房间里住下。那黑面男子立在他房门口闲瞧，一见程远走来，连忙向他抱拳打恭，带笑说道："先生也住在这里吗？"程远只得回礼，又答应一声："是。"那汉子又说道："先生的手法非常神妙，方才把我妹妹鬓边的花朵打落，据我妹妹说，先生用制钱打人，好似用惯了暗器一般的，非常准确，非常神速。打落花朵，明明是有意不想伤人而然，否则她的右眼一定要受伤了。"

程远微笑道："令妹言之太甚了！我路过这里，观了一刻，偶尔相戏，使令妹受惊，幸勿芥蒂。"汉子笑道："便是真的打坏了右眼，也只好算命该如此，岂能怪怨人家？"

两人说着话，程远一瞥眼，早见那唱花鼓戏的女子俏面庞在房门口探出来，正向自己偷视着，等到程远看她时，她笑了一笑，缩了进去。程远也就没有和大汉多说话，还到自己房中，正想喊店伙进来，预备进晚餐，却听门外足声响，那黑面大汉又和着一个黑面健儿走进房来。程远只得起身招呼，请他们二人坐下。

那黑面大汉先开口说道："我们姓常，弟兄二人，还有一个妹妹，一向在外面走江湖卖艺唱戏的。贱名龙，我的兄弟名虎，妹妹名凤。方才戴面具的就是我的弟弟常虎了，我们得和先生萍水相逢，真是巧得很，料想先生一定是武艺精通之人，所以我们弟兄得愿意认识一个朋友，特地不揣冒昧，到这里来请教。"

程远说道："我有什么本领？你们不要看错了人。"常龙把手向程远背后的壁上一指道："先生，有这个东西，便是一个铁证，何必隐瞒？"程远回头一看，原来就是方才自己挂上的那柄百里剑了，遂微微一笑道："略识一些罢了。"

常虎道："请问先生贵姓？"程远老实地说道："姓程名远，本是青州人氏。"常虎点点头道："很好，我们弟兄已吩咐店家预备了几样菜、一瓮酒，请程先生进我们房间里去饮酒闲谈，不要客气。"程远道："我们还是初见，哪里好叨扰。"

常龙哈哈笑道："四海之内皆兄弟也。这是难得的，务请程先生赏光，因为我们很愿意结识朋友，先生不要以为我们是唱花鼓戏的人而不足以交啊。"

程远被常龙这么一说，反觉得难以推却，只得跟着他们二人走出来，搭上房门，跨进常家弟兄开的房间。房里灯光明亮，沿窗已摆着一张大方桌，四把交椅；桌上也有几样冷盆，又见那个女子正立在窗边，含笑凝视，向程远瞧着。

常龙便代程远介绍道："这就是我的妹妹常凤，你们方才在场上已见了面。"又对他妹妹说道："你过来见过程先生，这位程先生也是一位江湖异人，居然被我请来了。"常凤遂走过来向程远行了一个礼，轻启樱唇，叫了一声："程先生。"程远也唤了一声道："凤姑娘，方才得罪，幸乞恕宥。"

常凤笑道："这是程先生的技能高强，幸亏程先生真心不欲伤人，所以我只落了一朵花。又感谢，又惭愧！"常龙笑道："这也叫作不打不相识，我们入座吧。"遂推程远上面坐了，自己和常虎左右相陪，只留着一个空座，常龙便叫常凤过来同坐道："今天难得的，妹妹也过来陪陪程先生。"常凤遂走过来侧身坐下，常家弟兄遂挨次向程远敬酒，程远谢了。大家吃喝着，讲起话来。

程远见常凤虽然低着头，露出含羞的样子，然而却时时将秋波来偷窥他。

常龙向程远问起身世，程远见常氏弟兄很是爽直，也就老实把自己如何先从大刀王五习艺，其后他父亲受着文字之祸，闹得家破人亡，自己如何杀死了仇人，如何越狱逃去，又如何在崂山上从龙真人学习剑术等事，约略相告。

常龙听着，时而喜，时而怒，很代程远表同情；且知龙真人是齐、鲁之间的大剑侠，也是有道之士。程远既然是龙真人的高徒，当然是有很好的本领了，不胜佩服！常龙便又问程远："此番下山将往哪里去？"程远也直说道："我是奉师父之命，到济宁州去帮助叶家父子，防御大盗前来复仇的。师父说叶一德父子很有本领，叶飞又善射。我若到了那里，盗党不来则罢；盗党若来时，须叫他尝尝我的追魂夺命毒药镖。"常龙面上一惊道："原来程先生不但精于剑术，且能飞镖，真是多才多能。你的毒药镖在哪里，可否赏观一下。"

程远一时高兴，从身边镖囊里摸出一只镖来，递给常龙看。常龙执在手里，一看那镖是纯钢炼成的，雪亮耀眼，只有五六寸长，上面系着一条红缨，连忙赞道："好镖好镖。"又传给常虎、常凤等看。

程远说道："此镖敷有毒药，这药草是在崂山上采了炼制了，中在人身，可于二十四小时内断送性命，惟我身边藏有解药，可以施救。"常凤看罢，仍还给常龙，由常龙交还程远藏了。大家又吃些菜，喝些酒，谈谈江湖上的轶事，不觉已至更深。程远既醉且饱，向常龙等道谢了，独自归房安寝。

次日早上起身时，只见常龙又走来向程远道："程先生今天早上上济宁去吗？"程远点点头说道："是的。"常龙道："我们兄妹也有事情要去济宁，我们可否一同走？"程远闻言，顿了一顿，没即回答。

常龙又道："从济南到济宁也无大城，我们在济南已演唱了三天，很赚些钱，盘费尽有了，所以沿途也不再卖艺，情愿伴同程先生走，以解途中寂寞，可好吗？"

程远勉强答应，大家用罢早餐，付去房饭钱，一齐上道。赶了一天，前面是一个小镇，名唤清风驿，天色已晚，他们四人就在一个小客寓里歇下。

晚上，程远仍听他们兄妹三人在屋后低低谈话，不知说些什么，只有一二句听着，常龙道："怎么你不赞成呢？哦，我知道了，我明白你的心意。"接着又听常凤说道："我总不愿意照你们这样办法的。"以下又听不清楚，等了一会儿，常龙道："这样总好了。"以下便没有声音。三个人走进房内，一同点了菜，吃夜饭。

因为这店房间甚少，只剩下这一间，程远不得不和他们同居一室。晚餐后，大家又讲些话，便要睡卧。室中只有二榻，常龙让程远独睡一榻，他妹妹常凤独睡一榻，他自己和常虎睡在地上。

程远睡的时候，把宝剑横放在枕边，镖囊也没有解下，因为他方才听了常氏兄妹的说话，心里未免有些疑惑；况且三人的来历也不甚明白，不可不防，遂假寐着，不敢入梦。隔了良久，不见动静。他又觉得有些疲倦，遂也酣然安睡了。

不料睡到明天早上醒时，摩挲睡眼，一看常龙、常虎兀睡在地上，鼻息如雷，似乎熟睡的样子。又看那边榻上，却不见了常凤，心中觉得了些奇怪。暗想：天这么早，大家都没有起身，这小姑娘独自到哪里去呢？他遂坐起身来，回头一看，枕边放着那柄百里宝剑早已不翼而飞；再一摸腰边的镖囊，内中藏着的三支毒镖也不见了。程远失去这两个宝物，心中大惊，不觉失声而呼。

第六十一回

妙计布疑云英雄被绐
孤身陷敌手女侠受惊

在这个时候，常龙、常虎被程远大惊呼醒，各从地上爬起，忙问程远何事，程远怒道："你们不要假作态，你们看，常凤到哪里去了？"二人回头一瞧，不见了常凤，便也惊异起来道："咦，我妹妹到哪里去，好不奇怪？"程远道："真是奇怪，我的宝剑和毒镖也不见了。"常虎道："啊哟！程先生的剑和镖怎样会失去的呢？"

程远大怒道："不是你们的妹妹盗了去，还有谁呢？你们快快说出来。她盗我的东西，究竟怀的是什么意思，你们断无不知之理。"常龙、常虎道："我们都睡得很熟，哪里知道呢？"程远道："不要赖！"他一边说时，一边从他镖囊里忽又摸索出一样东西，乃是一张小纸条，上面写着道：

程远先生伟鉴：

我很佩服你的本领高深，因为你能将我的鬓边花击落，实非容易之事；但我很有好胜之心，所以把你的镖和宝剑乘间取去，和你是相戏的，你能取还吗？请你不要错怪我的哥哥。

凤白

程远看了这张纸条儿，见笔迹很弱，又有几个是别字，像是女子写的，当然是常凤和他相戏了；但不知含有什么作用，对于自己弄什么玄虚？深悔自己太喜欢和人家兜搭，以至于此，若不早将东西取还，岂不要耽误行程呢！于是他将这纸条掷给常龙、常虎看了。

常龙道："程先生，你是明白的人，我妹妹一时好胜，和你戏耍罢了；你若要使物归原主，只要你自己去找常凤好了。"说毕哈哈大笑，常虎也说道："有了这个纸条，便可证明非我们弟兄之咎。"

程远冷笑一声道："你们休要假撇清，自家兄妹，安得不知，现在我又不知她在哪里，人地生疏的，我往哪里去寻找她呢？你们弟兄反倒若无其事，哼！我不问你家妹妹要物，好在有你们二人在此，我只向你们要便了。"常龙道："那么你将怎样办呢？"程远道："要你们二人领我去同找。"

常龙、常虎听了，面对的看了一会儿，常龙遂说道："在这里附近有个明月村，记得那里有一家熟识的人，我妹妹也许走到那边去，我们不如陪伴程先生同去吧。倘然找不到时，我们也是无法可想了。"程远冷笑道："既有这个地方，去了再说。"大家穿好了衣服，开了房门，喊打水，彼此洗过脸后，吃毕早饭，三人遂一齐出门。

程远不知明月村在哪里，自然跟了常氏弟兄闷走，常龙、常虎走了一段路，前面是一条河，常龙回头对程远说道："到明月村去，走旱路太远，不如走水路，较为近些。"程远道："随便你们走旱路走水路，只要将我领到明月村便了。"

于是三人沿着河边走去，只见那边泊着一只小舟，常龙便高声喊道："船上有人吗？"跟着见船上钻出个老汉来，问道："客人们要往哪里去？"常龙道："我们正要坐你的船往明月村去，你年纪老了，待我们自己来摇吧。"老汉道："很好，本来我也摇不动哩。"老汉把小船靠近岸边，自己走上岸来。

常氏弟兄便和程远跳到船中，常龙走到船梢去摇橹，常虎立在船头，将篙点着水，这船便渐渐向前移动，回头对那站在岸上的老汉说道："你放心吧，我们从明月村回来可以把船交还你的。"常龙摇着橹，一声欸乃，小船就摇向前边去。摇了一大段水程，河面渐阔，程远坐着，有些不耐，便向常虎说道："到明月村究竟有多少路？"常虎摇摇头，程远又回转身问常龙道："什么时候可以到达？"常龙答道："这却难以知晓。"

程远听听他们弟兄二人的话，忍不住又跳起来道："怎的？你们二人既答应伴我前往，怎么又不知晓？"常虎将篙子横在手里答道："我们弟兄本不是摇船的人，也不认得明月村在哪里，只好摇到何处是何处了。"程远大怒道："呸！你们既不认得路，又摇什么船，显见你们三人串通一气，又想把我骗到什么地方去了。"

常虎哈哈大笑道："你又不是十六七岁的小姑娘，我们要把你骗到什么地方去呢，这都是你强迫我们的啊，怪人家做甚？"程远心中大怒，又说道："哼，你们都是坏人，王八羔子的，待我先收拾了你们，再去找寻你家小丫头。"

常虎把篙子指着程远说道："你骂人吗？不要欺侮我们弟兄无能，来来，我们较量一下，狗养的怕你。"程远被他一激，立即跳到船首，说道："很好，待我先来收拾你这小子。"常虎正要将篙子横转了打程远，早被程远抢住在手，右脚一起，已把常虎踢落水中。

此时常龙在船上瞧得清楚，放下橹，把手指着程远骂道："姓程的，你怎敢害我兄弟？"程远心里正十分恼怒，遂回身抢到船后来说道："索性也把你收拾了罢。"一出手使出那个野猫捕鹊的解数，扑上前去抓取常龙。常龙见他来势凶猛，不及躲闪，快把身躯向后一个翻身，扑通到了河里去。

只剩程远一人在船上。他又不会摇船的，又不认识路径，虽然将常氏弟兄打落水里，但自己却怎么办呢？常氏弟兄和他们的妹妹都非好人，我悔不该和他们同行，以致着了他们的道儿，他们说的明月村，又安知不是用语欺人呢？不如回到寓中去再说。于是他就走到船头上，把篙子点着水，正要回船，却见这船滴溜溜地在水中很快地转着，自己险些站不住，便喊："奇哉怪也！莫不是今天我遇着了鬼么？"

他正在惊疑之际，又见船梢后水里钻出一个黑脸来，正是常龙，程远骂道："小鬼，原来你没有死，快快跳上船来，拼个你死我活。"常龙笑道："姓程的，你莫要逞能，请你水里来吧。"说着话，把船梢一扳，程远说声："不好！"这船早已一个翻身，船底向了天。

程远跌入水中，心里明知常氏弟兄乃是精通水性的，不料又着了他们的道儿。刚要挣扎，早被一个人执住了他的头发，向河底直沉下去。程远一张口，一口气地连喝了几口水，狠命地伸手要打那人，但是他的手方才伸出时，又被一人紧紧按住，相助着把他压下去。这样在水中厮打了一刻，程远喝的水一多，立即昏迷过去，不省人事。

及至他醒转过来时，不知怎样的被常氏弟兄把他紧紧缚住，睡在河边，身上又换了一身干的青布衫裤。看看河中船也没有，人也不见，常氏弟兄又不知到哪里去了。他躺着，觉得有些疲软无力，想想常氏兄妹的行径，不知有何作用？若是他们真心要杀害我，那么早将他沉死，何以又把自己救起，抛在这里，似乎含着戏弄自己的意思。我吃了这个亏，又将如何报复呢？心中恨恨地咬着牙齿，希望有人前来解缚。

一会儿，只见前面有一人很快地走来，像是个女子。及至走近身时，原来正是找她不到的常凤。他心中又气恼又惭愧，只苦自己被缚着，不能和她一拼，所以双目怒视，向常凤表示着愤愤的意思。但常凤却含着笑容，对程远说道："程先生，我家哥哥太鲁莽了，尚乞恕宥，待我来解缚罢。"一边说，一边将程远松了束缚。

程远立起身来，对常凤说道："姑娘，我倒要谢谢你了，你将我的剑和镖盗去，又有什么意思？我上了你哥哥的当，在你们的面前失败，我亦无颜再见哩。"说毕，他脸上露出一团懊丧之色，不顾常凤答话，掉转身飞也似的走去。

他恐怕常凤要追住他说什么，所以施展他的飞行功夫，一会儿已跑了六七里路。前面是一个山坡，山坡下有一座黑松林，他回头不见有人，立定身子，仰天叹了一口气，自思：我奉师命下山，自谓艺已大成，不料失败在凤阳花鼓女儿手里，足见我的阅历太浅，易受人欺！他们虽无意害我，然而这个玩意儿已闹得我大大丢脸了，我要去找常凤，却等她来解缚，这不是大笑话么！总而言之，我无面目见人了，不如死罢。

他这个一想，脑中充满了轻生之念，便走进黑松林，解了腰带，打了一个结，向树枝上一套，自己一伸项子就挂了上去。眼前一黑，心里一阵难过，模模糊糊地什么都不知道了。

但是经过了若干时候，自己的耳畔听得有很尖脆的声音在唤他，睁开眼来看时，自己并没有死，却软软地睡在常凤怀中。常凤席地盘膝而坐，正用她的纤手抚摸他的胸脯，更觉羞惭与愤怒交并，跳起身来，对常凤说道："我自己寻死，干你甚事，要你来解救做什么？"

常凤见程远责问，她却一些也不发怒，带笑说道："你这人太不识好歹了，我紧紧跟着跑来救你，却反给你骂吗？"程远道："我既失败在女子手里，无面见人，所以自尽，你何必来缠绕不清呢？"

常凤又道："好好一个男子汉，前途方长，却效女子寻短见，这算什么呢？难道你为了失去东西便要死吗？那么我也好还你的，请你不必发急。我们兄妹和你并无恶意，聊做游戏，你却就要认真吗？倘然我真的让你这样死了，岂非大大对不起你吗？所以我赶来看你的情形，哪知你出此下策，即使你负气，也何致于此？你要找我，我在这里啊。"

程远听了常凤的话，也觉得她说的话很合理而又婉转，自己确乎不该如此轻生,就是不服输,也该再和他正式较量较量。又想常凤这小姑娘确乎有些本领的,不然他的飞行术自信是很好的,她怎能跟得上呢?他这样想着,所以低下了头,倒没有答话。

常凤见他这个样子,像是有些悔意,便又说道:"程先生,你是个聪明人,现在觉悟了吗?料你吃了一些小亏,心里总是气得很,不肯和我们干休!那么,你我不妨用真实本领决个雌雄,我若输了,情愿把东西还你,并且教我两个哥哥向你赔罪,你若输了怎样?"这句话直说到程远心窝里,他本气不过他们用诡计暗算,以致自己失败,且也瞧瞧常凤究竟有多大的本领,敢出此言,顿时提起了他的精神,说道:"这样很好,我若输了,也不再向你们要东西,从此披发入山,一生不再跑到人间。"程远说罢,遂先走出林子去,常凤跟着也走到外面,两人对立着,各使个旗鼓,交起手来。

程远起初因要试看常凤的拳术,所以退让三分,见常凤果然身手便捷,拳法精妙,一步一步地向自己紧逼过来。倘然自己不使出几个特别的解数,休想取胜!也许要失败在她手里的。所以他不敢怠慢,遂把王五教授他的几路杀手使出来。果然常凤抵敌不住了,额上的香汗向下直淋。然而她还不肯示弱于人,依然左跳右闪,上格下拦地招架着,得个闲隙,一拳打向程远的腰里来。

程远早料有此一手,等到她的拳近时,身子一弯,给常凤打个空,而程远早已回手一拳,望常凤肩上击去。常凤向左边一闪,但不知程远这一下是虚的,刚才打出去,早又收还,乘常凤往左边闪避时,使个银龙探海,踏进一步,一伸手搭住常凤的腰肢,轻轻地一把提将过来。还防着常凤有什么解救的手法,所以不敢将她扶住或是放下。

哪知常凤并无抵抗,反把身子倒入他的怀里,说道:"我输了,你的武术真是不错,我既被你擒住,悉凭你把我怎么样办吧。"程远一听这话,便将她好好地放在地上,说道:"得罪了，我把你怎样办呢？方才你赶来救了我的性命，难道我此时还要和你过不去吗？你们既然和我玩的，那么请你现在把东西还了我吧。"

常凤笑道："程先生不用性急，当然要还你的，我们且到旅店中去再说，我哥哥也在那里等候了。"程远踌躇一会儿，点点头道："我就跟姑娘回去也好。"于是程远跟着常凤便走。常凤把脚一紧，向前飞也似的跑去，程远放出功夫，追随后面，相差仅一肩。任常凤跑得怎样快，而程远总是这样的相差着。将近原处里许时，程远便把脚步放快一些，抢出了常凤，常凤也把脚步加紧追上去，两个人好似比赛一般。这一里路程，一霎眼已走完了，来到一座小桥前，方才立停脚步。

常凤和程远相差三步路，常凤便带笑对程远说道："你的飞行术十分神速，使人佩服！"程远道："不敢不敢，姑娘的功夫也已到了上乘了。"常凤把手向桥下一指，便见那边有一只小船摇过来，船上立着一个老汉，撑着篙笑道："姑娘和先生平安回来吗？我方摇到这里呢。"常凤遂请程远上船，说道："这一遭不敢戏弄你了，归去吧。"二人到得船里坐定，老汉把船摇回去，常凤陪着程远在舱中谈笑。

程远问道："你们兄妹虽是唱凤阳花鼓的，却有这种好本领，使我佩服；大概你们是江湖上的能人吧，我倒有些怀疑。"常凤张着小嘴笑道："程先生不用怀疑，我们兄妹是走遍天涯访寻仇人的，所以化装唱那花鼓，也知道是早晚瞒不过程先生眼的。"程远道："你们的仇人是哪一个，现在哪里？"常凤答道："这事稍停，我哥哥自会告诉你的。"

程远见她不肯说，也不便再问，就和她闲谈起来。常凤口齿伶俐，娇憨动人，足够解去途中寂寞。午后已回到了清风驿，二人上岸，由常凤付去了舟资，步入旅店。

只见常龙、常虎立在房门口盼望，一见二人回来，便道："好了好了，你们大概已和解了。"程远心里还有些放不下方才水里吃亏的一回事，只点了一点头，不大理会，大踏步跨进房中，在沿窗椅子上坐下。

常龙、常虎却走过来向他作揖道："程先生，我们适才和你相戏，请你不要见怪。"

程远只得说道："好，你们弟兄二人的水中功夫果然高强，我中了你们之计，跌翻在二位手里，惭愧得很！"常龙道："这事不要提了，我们自知真实的本领不及程先生，所以略施小技，和程先生游戏三昧，触犯尊怒，千祈勿怪。"

常凤又从她的褥底取出程远的那口宝剑和毒药镖，一齐交还程远，且笑说道："这两种东西始终没有离开这里，是我故意写了字条激你出去的啊。"

程远接过，也带笑说道："这都是我的鲁莽以致于此，幸蒙赐还，感谢之至。"此时常龙早吩咐店小二摆上酒饭，请程远同用午餐。程远肚里正饿得很，大家入席，狼吐虎咽般将饭吃毕。

常龙又拉着程远到窗前，对他说道："方才的事，我们虽然和你相戏，却也借此有两个要求，征求你的同意，不知你能不能允诺？"程远问道："什么要求？凡是我可以允许的，我总可遵命。"常龙道："程先生尚没有家室，我这妹妹年方十八，虽然不是出身在闺阁之中，而容貌尚称不错。她的武艺你也见过了，比较我们二人来得高强，一向想找个俊杰之士和她配偶，现在遇见程先生是个年少英雄，多艺多能，所以我们冒昧奉询，倘蒙不弃，便叫她侍奉巾栉可好吗？"

程远起初对于常凤本不放在心上，经过一番交手，觉得常凤的本领和自己相去不远，小小女子有此能耐，倒也难得；并且生得很美，说话又讨人喜，所以他的刚强之心也有些动了。今常龙先来向他征婚，他略想一下，便答道："我是个光身的汉子，无才无能，若使常凤姑娘下嫁于我，岂非鸦凤非偶吗？"

常龙哈哈笑道："不要客气了，你能够同意，我们已不胜光荣。"

这时程远偷瞧常凤坐在床边，低着头，好似静听他们的说话，不免仍有些含羞之态。常虎双手叉着腰，睁大着眼睛，立在桌子边，也在听自己说话。

常龙又说道："侥幸侥幸，第一个要求你已答应了，我们都是自家人哩，再说第二个要求罢。我们本来居住在浙边的海岛上，捕鱼为生，此番出来，从海道到了山东，一路乔装改扮，唱花鼓戏掩人耳目，正要到济宁去找仇人报复。但是我们的仇人也非弱者，倘得你和我们同去，相助下手，便可无虞了！好在你也是到济宁去的，当然答应。"

程远问道："你们的仇人是谁？我是到那里去奉着师命，帮助叶氏父子的。"常龙道："我们的仇人是那里的恶霸，姓柴名振海。他的武艺很高，羽翼甚多，若得将他除去，也为地方除害，所以我们要请你帮助。"程远听了，便道："这样也好，我就跟你们同去，把那恶霸除掉吧。"

常龙大喜，便拖着程远走到常凤面前说道："一言为定，你们两口子将来成为夫妇，真叫作有缘千里来相会。现在大家握一下手，就算文定了吧。我们江湖上人是很爽气的，不用什么繁文。"于是常凤娇躯微抬，和程远握了一下手，常龙、常虎都笑起来了。

这一天，大家仍在清风驿过夜，次日付去旅资，四人一齐向前进发，常虎仍戴面具，避人耳目。到得济宁，就在城里一个小客寓内住下。

到得晚上，常龙、常虎叫人准备了酒菜，和程远、常凤一同畅饮，又对程远说道："事不宜迟，今夜我们便要到姓柴的那里去下手，早日复仇，以快我心！也好使程兄事毕后，再到叶家去。"

程远听了点点头道："很好，我初到这里，是不识途径的，全仗你们引导我。"常龙道："我兄弟都认得。"席散后，四人静坐一回，听听外面已无人声，常龙便道："我们好去下手了。"于是大家脱下长衣，扎束停当。

程远自己挂上镖囊，背插宝剑，瞧常龙手里已拿着一对雪亮的钢叉，常虎也带着一柄朴刀。而常凤右手握一宝剑，左手却握着一个圆如车轮的东西。上面有一排锯齿，又有一排钩子；四面都是钢条，一只手恰巧伸在轮中，有钢条护着，不怕被敌人损伤。

程远奇怪地问道："这是什么兵器？我倒没有见过的。"

常凤笑嘻嘻地说道："这是我自己发明的，使动这家伙时，轮形便不停地滚转着，上面有齿，可以锉伤敌人的兵器；上面有钩，可以钩住敌人的兵器；而且使急了，可使敌人不能进攻，是防卫一己之利器，唤做'老虎轮'，我是练熟的。"程远道："好个老虎轮！这真是可攻可守的家伙，今夜要看你怎样试用了。"于是熄了灯火，开了后窗，四人便轻轻跳上屋面，离开客寓，由常虎为导，曲曲弯弯地向前紧走。

这夜月亮也没有，夜色昏黑，街道上静悄悄地没有人声。四人一路走着，无人知觉，早来到一个高大门墙的人家前面，常虎又领着他们走到侧面去，有一围墙比较低一些，四人一齐轻轻跳到上面，鹤伏鹭行地向里面有灯光处走去。但是走到里面，一进房，屋上却都布满着绳网，叫人难以行走，程远便将百里剑去砍那些绳网。

常虎有些不耐烦，先跳下庭心去，谁知庭院里有人防守着，一见屋上跳下一人，知道有人来了，连忙跑到里面去报信。常龙等见仇人已有防范，四个人索性站在庭中，等候他们出来厮杀。一会儿，屋里喊声大起，有许多庄丁拿着军械，照着火把，杀将出来。

当先一个老者，手持宝剑，跳到庭中说道："狗盗！想来复仇吗？老夫等候多时了。"常龙、常虎便使开手中家伙，和老者战在一起。

程远见那老者一口剑舞得白光霍霍，料知本领不弱，正想上前相助，却听里面有人大喝一声道："狗贼！休要依仗人多，你家小爷来也。"便有一少年跳出，手中张弓拈矢，蓦地里一箭向程远面门射来。程远急忙将头一低，那箭呼地从他头顶上掠过，射去了一小绺头发，头皮上也微觉疼痛，吓了一跳！因他没有防到这么一着，险些送去性命，急挥手中百里剑，正要上前；常虎一见那少年，便丢了老者，抢上前去，和那少年决斗。

那少年放下弓，挺起手中杆棒，接住常虎便战，一边却说道："原来就是你这坏东西来了吗？"将杆棒使开了，只向常虎下三路捣去，几个回合，常虎早被他扔了个跟斗，爬起来再战。常龙恐防兄弟有失，连忙赶上前相助。

老者哈哈笑道："你们都不要和老年人作战吗？须知我年纪虽老，手中宝剑不老。"他说时，常凤早跳过去，娇声喝道："你这老头儿，休要口出大言，待我来结果你的性命。"老者一瞧，来的是个女子，便说道："呸！女贼来了。"一剑便往常凤当胸刺去。常凤将剑架住，一面使开老虎轮，和老者酣战起来。

程远在旁看着，觉得常凤的武艺果然了得，剑轮并进，战得二十余个回合，已把老者渐渐逼退。又见当老者的宝剑刺进去时，常凤手中的老虎轮在老者的剑头上绕转了一下，已把老者的剑钩住。老者正想用力夺还，而常凤右手一剑，已很快地向老者头上扫去。老者不及闪避，早削去了半个头颅，仰后倒地。

这时那少年一根杆棒使急了，如龙飞凤舞；常龙手中一松，也被他摔了一个跟斗。他见他的父亲被常凤杀死，顿时怒气冲天，心愤欲裂，将杆棒就地一扫，常龙、常虎急退时，那少年一箭步已跳至常凤面前，要代他父亲复仇。

不料程远立在一边，手里早托着一支追魂夺命毒药镖，因为他见那少年的杆棒实在使得厉害，正想乘隙以报复一箭之仇，现在见他跳过去时，立刻觑准少年背后发出一镖。那少年的精神全在常凤身上，没有防备，所以这支毒药镖射中他的右腰，大叫一声，跌下地去。

常虎跑过去，手起一刀，又把那少年的一只臂膀砍下，骂道："你这个王八，把我弟兄大摔跟斗，你现在再起来使你的断命杆棒吗？"再想加一刀时，程远早拦住说道："他中了我的毒药镖，一定不会复活，你又何必再动手呢，不知屋中可有羽翼？"常虎摇头道："没有了。"程远道："那么走罢。"于是四人还身跃上屋顶，跳出围墙，一路还转客寓，大家坐下，将兵器放好。

程远低声说道："凤妹妹的老虎轮果然不错，那老者便吃亏在这个上啊。"

常虎道："那小子的杆棒也十分厉害！不知怎样的被他搅急了，碰在他的棒头上，自己就立足不住，马上跌倒了。"

程远点点头道："这种杆棒，使用的大都是能人，其功用专在摔人跟斗，别种兵器很难抵挡。除非护手钩可以破他，或逢到会空手入白刃的人，也可抵敌，所以今夜你们兄弟二人吃一些亏了。还有我看他的弓箭也很厉害，因此我发毒药镖伤了他，然而现在我心里却有些可惜他哩。你们不是说他们是恶霸吗，但我看他的情形却不像啊，这是什么道理？"

程远说罢，常虎耐不住，呵的一声，笑将出来。这一笑却更使程远怀疑，便又追问道："你们究竟和他有什么怨仇，要把他们杀死，那家是不是姓柴？"

常龙答道："那家姓叶，他们父子二人就是我们的仇敌，因我兄弟常虎以前也被那小王八射中一箭，养了一个月的伤，方才好呢。"

程远一听这话，止不住跳起来道："呀，我又上了你们的当了！你说姓叶的，莫非就是我要保护的人吗？"

常龙道："不敢相瞒，正是这二人。我们以前在途中，因为听你说起要到济宁去保护叶家父子，他们已是很厉害，怎样可以再加上你呢？所以我们不放你走了，一路同至此间，先去动了手再说。我们自知太对不起你，请程兄看在我妹妹的面上，宽恕了吧。"

程远此时恍然大悟，知道明月村的一回事就是他们牢笼自己，我虽知他们有些作用，却不料依旧堕入他们的彀中，不是鬼摸了头吗？他越想越气越愤恼，便指着常龙、常虎说道："你们总不该这样弄人，大丈夫凡事都要光明磊落，岂可设计陷人！"

常龙笑道："请你原谅，我们也是不得已而如此。倘然和你说明了，恐怕要请你袖手旁观不管这事，也是不可能的，怎肯帮着我们去动手呢？"

程远大怒道："你们为自己打算，可以说称心适意了，但是我呢？我此次下山乃是奉着师父龙真人的嘱咐，特地赶到这里为叶家父子帮忙的，现在反而帮了人家去把他们杀害，一则怎样对得起叶氏父子，二则叫我如何可以回崂山去复命？害得我进退狼狈，不如和你们拼了吧。"说着话，跳起身来，一拳就向常龙胸口打去。

常龙急忙跳在一边，常虎便提着两个拳头嚷道："你真的要拼命吗？我弟兄也有拳头，此番却不让你了。"程远道："谁要你让？"跳过去，一伸手要抓常虎。

常虎一闪身，跳至桌上，刚要还手，常凤早奔过来，把程远双手拦腰抱住，说道："此事木已成舟，你们在这里闹什么？若给店中人听得了，那么外面正出了血案，于我们大大不便的。闹穿了时，我们怎能出得这济宁城呢？况且我们现在总是自己人了，有话好说，何必动手。"说到这里，又对程远说道："你宽恕了他们吧，倘然你一定不肯干休时，请你先把我打死了可好，我总不还手的。"

程远被常凤一说，心中的气稍平一些，真的要闹穿了，大家都不方便的。他立住脚步，一声儿不响。常凤又娇声问道："你听我的说话吗？"程远道："你放了手再说。"

常凤道："我先要你允许之后，方才放手，否则我宁死不放的。"程远道："你有这样赖皮的吗？我一准不动便了。"常凤听程远已答应，便放开来，又用手去抚摸程远的胸前道："你不要气了，一切的话明天再谈。"

程远叹了一口气，倒到椅子上坐下，常虎也从桌上轻轻跳下,说道:"妹子,都亏你解了围,这是我们的不是,我也自知对不起人家的。"常龙道:"程兄是明白的人,当能不和我们计较。"程远却不说什么,隔了一歇,大家脱衣安睡,于是这一场黑暗中的纷扰告终。

直到天明,程远第一个先起来,因为他昨夜有了心事,未能安睡,常龙、常虎却睡得酣适。常凤恐怕程远要负气私走,所以也没有安心睡着,一见程远起身,她也跟着起来,带笑对程远说道:"今天我们断不能再在此间逗留,须要早早回去了。"程远瞧了她一眼道:"你们回去了,事已了结,当然是很快乐的。但我无家可归,崂山又不能再上,辜负了师父的意思,无面目再去拜见他,从此天涯海角,一任此身漂泊过了。"

常凤道:"你休要这样灰心,我既然配结了你,将来有福同享,有难同当,我们都要回转丽霞岛,自然也要请你同去,怎能放你一人独走呢?"遂过去把常龙唤醒,说道:"时候不早,你们忘记昨宵所做的事吗?快快动身离开这里吧。"

常龙、常虎被常凤唤醒,连忙拔衣开了房门,大家洗脸漱口,用过早餐,常龙去付店资,立却动身,又对程远说道:"委屈程兄同我们一起走吧。"常凤道:"我早和他说明了,自然一同走,便是他若要离去时,我也不放他走的。"说罢,又对程远嫣然一笑。

程远一时自己难定主意,就跟着他们同行。出得店门,走在路上,早听有人在那里讲昨夜叶家的血案,四人匆匆地出得济宁城,幸喜没有露出破绽,此番不走海道了,却取道江南。程远一路跟着他们走,常凤总防他要走开,所以一步不离地监视他。程远心里为了此事很不高兴,自悔在路上和人家多兜搭了,以至上了常氏兄妹圈套,把这事弄坏。现在自己还回不得崂山,又和常凤订了婚,只得跟他们到海岛上去再说。且见常氏兄弟待得自己很好,而且常凤也如小鸟般依人可爱,有一种魔力,如磁石吸针般把他吸住,因此也不想走到别处去。途中无话,到了乍浦,雇得一只海船,驶到了丽霞岛。

程远见岛上壮丁很多,好像都服从常氏弟兄的,所以他们回来时,大家都出来欢迎。又见常氏兄弟的住宅很是闳大,以为他们在岛上是很有势力的,心里也有些猜疑。

常氏弟兄还来后,马上筹备常凤和程远的婚事,吉日也早择定,程远做现成的新郎,大小的事一概不问;到了吉期,便取了新衣,和常凤成婚。岛上的人见程远丰姿英爽,气宇不凡,都啧啧称赞说道:"好一位新郎,真配得上这一位美丽的姑娘。"

拜过天地后,送入洞房。华烛影里,程远见常凤艳装凝坐,更饶天美。他就上前走到她的身边,笑了一笑,握着纤手,同入罗帏。这一夜的风流恩爱,当然这一对都是甜蜜的,忘记了别的一切。

婚后的第三天,常龙、常虎从岛上带着众健儿坐船出去。程远虽不知他们为什么事,心里却已瞧科了数分,便问常凤。常凤带笑回答道:"我们的秘密索性告诉了你吧!你是爱我的,当不至于鄙弃我。我们兄妹三个并不姓常。"程远听了大奇道:"唉!直到如今,你们还是弄着假姓名,对我守着秘密?"

常凤将手一拍程远的肩头笑道:"你不要奇怪,这是我们的不是,我和你做了夫妻,自然不该再瞒,并且这事也不得不说明了。我们姓高,我大哥名蟒,二哥名虬,他们都有翻江倒海之能。在这丽霞岛上,干的是海盗生涯,一向横行海上,附近官兵都奈何我们不得。今天他出去,也只为好些时候在海面上没做买卖,所以要出去搜拢一些油水了。"

程远听了这话,徐徐说道:"那么你也是一个女海盗了,你的名儿可真呢?还有济宁的一回事,我还有些不明白,你们究竟和叶氏父子有什么大仇呢?"

高凤道:"我的名儿仍是一个'凤'字,不过换了姓罢了。那叶氏父子和我二哥有仇。只因以前二哥曾独自往山东做买卖,到了济宁,闻得济宁城内富户很多,所以他施展本领盗劫了数家,官中捕役捉他不得,未能破案。有一次他到叶家去下手,因为叶家也是富室,不料惊动了叶氏父子,非但不能得利,反被那叶家的小子射中一箭,险些伤命。还来后把这事告诉了我们,于是我们兄妹三人便去报复。半途行至济南,恰巧遇见了你,得知你就是去帮叶氏父子的人。起初我们想暗中把你除掉,后来我大哥见你是一位英雄,不忍杀害,所以想出这条计策,把我配与你,骗至济宁,先去叶家动了手,好使你懊悔不得!这也是我们的一种苦心啊,却给你时常怪怨呢。"

程远又点点头道:"原来是你们的苦心,但是那时候你作什么主张?"高凤对程远媚笑道:"你想我能舍得把你杀掉吗?倘然我不要你时,恐怕你没有今日了。你虽有本领,尚非惯走江湖之人,怎防得到人家的暗算?"程远笑道:"不错,我倒要谢谢你哩,我确乎是个没有经历的人,以致上你们的圈套。"

高凤笑道:"你还懊悔吗?"程远不响,高凤别转脸去,自言自语道:"一个人的心是难买得到的,大概你的心里总……"程远不等她说完,便走过去拉着她的手,又把她的脸儿推回来说道:"我的心给你了,我没懊悔,你放心吧,但你的心又如何呢?"高凤喜道:"我的心嘛,早已到了你的肚子里了。"说着话,把她的粉脸钻到程远的怀中来。程远便抱住了她,和她接了一个吻,这样可见程远早已做了高凤妆台下不叛的臣子了。

高蟒、高虬回来后,因为此行很是顺利,大宴部下。高蟒知道自己的妹子已把真相告诉了程远,遂对程远说道:"你现在不要唤我常龙了,这条龙变了蟒,在海里兴风作浪,要害人的,你赞成不赞成?幸亏有只凤是没有变,请你也入伙罢,做海盗也很逍遥快乐的。"程远听了,只得点点头。高蟒便请他率领一部分的健儿,做了头领。

程远虽是如此,他究竟是个好人家的子弟,在崂山上又时常听龙真人的教训,现在陷身不义,心里总有些不愿意,不过被高凤笼络住了,他不得不屈身为盗。可是他在岛上,除了饮酒看书以外,时和高凤练习武艺,难得出外跟高蟒、高虬去行劫的,高蟒也不能十分勉强他。

不多时候，高蟒、高虬又邀了怪头陀法喜和志空和尚两个来入伙。那怪头陀虽然本领高强，但是他名说是出家人，而对于"酒色"两字却不能守戒。每天非喝三四斤酒不能过瘾，最好每夜有妇女陪他同睡，数日不御女，他就打熬不住了。即使高蟒不出去行劫，他也要拖着志空出去采花。这样，他的一生，不知糟蹋死了多少良家妇女，积着一身的罪恶，一些没有觉悟。因此程远对于这两个贼秃十分鄙视，不和他们亲近的。

高氏弟兄虽然粗鲁，而对于女色却不放在心上的，自从怪头陀等入伙以来，行劫时常要带一二妇女回来，专供怪头陀寻乐。程远在旁，看得十分气闷，只为了高凤，他勉强在岛上留住。

不料事有出人预料之外，高凤和程远婚后，便得了身孕，肚腹渐大，到了临盆时期，遇着难产，岛上又无接生能手，所以高凤痛了两日一夜，小儿还不落地，她就香消玉殒，长辞人世了。程远和她爱好，见她惨死，抱着尸身，放声痛哭！经众人再三劝解方止。高蟒、高虬自然不胜悲哀，没奈何只得把高凤厚殓了，便葬在岛上，一块黄土长埋艳骨。

程远本来无意为盗，屈居于此地的；现在他的爱妻又死了，人亡物在，触景伤情，心里郁郁不乐。高蟒见程远如此，只得用好言安慰，且允许程远将来必要代他找到一个好女子，重续琴弦。程远大有曾经沧海之感，含糊答应着。后来高蟒虽曾劫得一二面目姣好的女子回来，想要送给他为妻，然而程远哪里看得上眼，一一拒绝，却都给怪头陀奸污。

程远便对高蟒说道："令妹死后，我心已死，请你不必再代我想法。世间美貌女子固然不少，但欲求像令妹精通武艺的人却不可多得啊！何必去劫了来给别人糟蹋，重增我的罪过。"高蟒听了这话，知道程远的意思，遂惟惟称是。

这一次高蟒得到手下谍报，到海面上来行劫，因程远好久没有出去，勉强要他出来相助。却不料遇到了琴、剑二人，虎斗龙争般在海上剧战了一番，剑秋中了程远的毒药镖，玉琴给高蟒在水里擒住，一行人回转岛上。

其中最高兴的要算是怪头陀和志空了，怪头陀便告诉高氏弟兄说道："这女子便是北方著名的荒江女侠方玉琴，还有她的同伴岳剑秋，都有非常的好本领，同属昆仑门下，和峨嵋派一心作对。自己曾在杭州逢见过，在旅店中行刺过，未曾得手。竟不料这一遭男的中镖，女的被擒，大大地出了一口气！"要求高蟒弟兄把玉琴交给他，由他去处置，代峨嵋派复仇。谁知高蟒心里别有用意，遂含糊回答道："要待自己问清了口供，再作道理。"他遂将女侠禁闭在铁牢内，这铁牢的墙壁都是用铁做的，屋上只开了两个小窗洞，有些亮光透入，可以知道昼夜；但是窗洞上下面都是有极粗的铁丝网遮盖着，饶你有本领的人也难以出走，墙上又有一个小洞，有铁板关着，大约是送饭送水用的。

玉琴到了这里面，身上束缚虽解，而手里的真刚宝剑早被高蟒取去，手无寸铁，怎能出得钢墙壁般的牢狱呢？她席地坐着，觉得身上尽湿，很难抵受。一会儿墙上的小洞开了铁板，有人抛进一套衣服来。她连忙取过，觉得很软很滑，都是绸制的，便将身上湿衣服脱下，将那套衣服穿在身上，不长不短，恰是正好。

她穿好了衣服，在牢中徘徊地走着，见旁边只有一个小小铁门紧紧闭着，四面毫无出路，难以逃走，不觉长叹一声。又想起方才在海面上血战的一幕，自己陷身盗窟，凶多吉少，又不知剑秋的下落，心里非常气闷。然而她的一生，天南海北，受过了多少次数的危险困险，所以心里尚能镇定，他们既不即杀，且待以后见机行事再说罢。

不多时，外面上窗洞上的铁板一开，便有亮光射进来，有一个人把一盘饭和菜从洞里传送进来，说道："姑娘，吃饭罢。"玉琴腹中早已饥饿，便走过去接了，且吃饱了肚皮，再等机会。她吃了两碗饭，仍把那盘传出去，那人接过，把铁窗依旧关上，走去了。

玉琴坐下地来，一会儿天色已黑，牢中又无灯火，更见黑暗，她没奈何，倚墙壁而睡。听得门外又有足声，好似在那里有人巡夜一般，她想起了以前和剑秋在宝林寺堕身狮窟之内，更是危险万分！然而幸有剑秋同在，大家商量脱险的法儿，到底能够出死入生。还有那大破螺蛳谷时，自己也被风姑娘诱堕地坑中，但有那头忠义的金眼雕救她出去。

此刻剑秋不知何往，金眼雕也早已为主殉身，自己陷落在海外岛上，更有何人能来相救呢？且思剑秋一人独战群盗，不知他究竟如何，能否逃生？倘然也没有被害的话，他或能设法前来救我，即使我死在盗手，他也必要代我复仇的。所可虑者，不要他早已遇害了，那我们俩死在海上，我师父和云三娘也不知这回事啊！她想了好多时候，方才有些疲倦，这样睡着了好一刻，遂立起来走了一回，重又坐下。隔了一歇，又有人送早餐前来，她吃罢早餐，自思海盗并不杀她，这样把自己幽禁在此，作何道理？倘然天天如此，自己不要闷死吗？反不如爽爽快快的好！

她心里正在发急，忽见铁门开了，有四个海盗走进来，用一具钢铁手铐把她的手反铐住了，对她说道："你快跟我们去见头领。"玉琴闻言，毫不惧怯，跟着他们便走。穿过了几进屋子，来到一座方厅上，见那活擒自己的黑面海盗，正和一个美少年坐在那里，海盗把玉琴推至高蟒面前。

高蟒便问道："你就是江湖上著名的荒江女侠方玉琴吗？"玉琴毅然答道："正是，你们这些狗盗在海上杀人越货，凑巧被我们碰见，所以追来，要把你们除去。不幸被擒，惟有一死而已。"高蟒听了，便回头对程远笑道："程兄，你看她虽是一个女子，倒这样十分倔强，不愧是个女侠了。"程远笑了一笑，未有答话，他尽瞧着玉琴。玉琴见程远气宇不像绿林中人，心里也有些怀疑。

高蟒却并不发怒，又对玉琴说道："我们这里是丽霞岛，我就是头领，姓高名蟒，别号翻江倒海。陆地上由你们称能，海面上惟我独霸了！你的同伴姓岳的早已死在海中，你被我们擒至岛上，欲归无路，只要我命令一下，管教你立刻丧生！倘然你能够顺服的，只要听我的说话，将来幸福无量。"玉琴因要听他的下文，所以耐着性子不响。

高蟒以为玉琴已有些软化了，便指着程远，向玉琴带着很和缓的声音说道："这就是程远，别号踏雪无痕，精通剑术，本是我的妹夫，这因我妹妹不幸故世，他如今还没有续娶，立志要得一个有本领的女子为妻。现在我瞧你的本领确乎不错，且看你也是个没有嫁过人的姑娘吧，若能情愿做程兄的妻子，我就代你们做媒。"

玉琴听高蟒说出这些话来，两颊通红，心里又气又怒又羞，便大声骂道："呸！你们这些狗盗，安得生此种妄想，我方玉琴并非贪生怕死之辈，可杀而不可辱，岂肯跟你们这种狗盗！亏你落得了狗牙说出来的，狗强盗，快快闭口。"

高蟒被玉琴"狗强盗、狗强盗"的痛骂，心里顿时大怒，便指着玉琴说道："小丫头，不识抬举，你要死吗？就把你杀了也好。"

程远忙凑在高蟒的耳边，低声说了几句。高蟒点点头，又对玉琴说道："你休要不识好心！我们有心免你一死，所以如此。现在给你三天期限，让你自己细细思想，过了三天，再不服从时，决不轻恕。"

说罢，吩咐部下把女侠软禁在水榭里去，且叫两个女仆陪同一起，待她自己醒悟。于是那四个健儿奉了高蟒之命，把玉琴推出去，尽向东边而行。不多时见前面有一很大很阔的水池，中间有一块陆地，陆地上有两间小屋，屋边有三株柳树，倒也有些风景。海盗到得池边，无舟哪能过去的，但见那边有一只小划子船停着。海盗押着玉琴，一同坐到舟中，两个海盗打着桨，把船摇过去。池水很深，水声汩汩，一会儿早到得水榭边。

海盗推着玉琴上岸，到得小屋里，见屋中床帐桌椅俱全，并且窗明几净，比较昨天那个铁牢好得很了。四个海盗把玉琴送到了，两个坐船回去，两个守在屋子外边。玉琴手上的铁铐没有开锁，所以两手仍反铐着，不能活动，且坐在椅上再说。隔了一歇，有两个中年的女仆坐船前来，陪伴玉琴，但吃时并不开锁，由女仆喂给她吃的。玉琴虽觉不耐，也无可奈何。

　　午后因为房门并不关闭，所以走出去散步，见那两个海盗手中各抱着鬼头刀，立在屋子前后监视着她；又见那两个水榭孤立在水中，无舟不能飞渡，自己断乎难以逃走。她散步了一歇，回到室中坐着，自思：被他们这样软禁三天，倒也很难受的；我何不如此如此，佯作允许，到时再想法子，或可比较现在自由一些。倘事不成，同是一死，岂不较胜于此呢？明天我准备允许了，看他们如何？她心中想定主意，预备挨过这一夜。

　　天黑时，女仆代她点上了灯，吃过晚餐，女仆便问玉琴可要睡眠，玉琴摇头道："且再停一会儿。"两个女仆伏在桌上打瞌睡，室中灯光受着风吹，摇转不定，玉琴枯坐着，没精打采，呆呆思想。

　　忽听窗外有人轻轻在那里说话，不多时那闭上的房门蓦地推开了，跳进一个人来。玉琴定睛看时，胖胖的身躯，狠狠的面目，手中握着一枝镔铁禅杖，正是那怪头陀法喜。怪头陀见了玉琴，张开嘴，笑了一笑。这一笑，笑得玉琴心里有些惊惶，知道那厮来意不善，连忙立起身来。同时那两个女仆也已惊醒，抬头见了怪头陀，说声："啊哟！"怪头陀将手一挥，说道："去去去！"吓得两人连跌带爬地都出去了。

　　怪头陀回身把房门关上，在窗边倚了铁杖。见玉琴立在墙边，面上满露着冰霜，星眸怒视，便走过去说道："女侠，今夜你顺我则生，逆我则死；你是个美丽的姑娘，虽是我们的仇人，我却不忍就杀你，待我和你欢乐一番，包管你快活，而且可以使你不死。"

　　玉琴骂道："贼秃，还不与我滚出去！"怪头陀冷笑道：

"俺既来了，安肯便去？好姑娘，请你慈悲些罢。"一边说，一边紧紧逼上来。

玉琴双手被铐，难以抵挡，忽地将身子向上一跳，想要冲破屋椽，逃出去时；却被怪头陀跟着跃上，将玉琴双足握住，猛力向下一拖，玉琴跌倒下来，恰巧滚在榻上。

此时怪头陀双手将玉琴娇躯按住，要去褪她的下衣，好似一头疯狂的狮子，张牙舞爪地将玉琴吞入肚中去。

第六十二回

恶梦初回设谋离虎穴
清游未已冒险入太湖

玉琴被怪头陀双手重重将她的玉腿按住，仰卧在床；自己双手被铐，不能抵御，气得脸色尽变，几乎喷出血来！怪头陀力大如虎，腾出一手，正要剥下玉琴的亵衣，在此千钧一发之际，忽听啪的一声！靠外的一扇窗倒将下来，跟着托地跳进一人，手里横着明晃晃的宝剑，指着怪头陀大声喝道："你这贼秃，胆敢瞒着人家到这里来做什么，别人让你逞能，我程远却不肯放你如此猖獗！"

怪头陀好容易将玉琴擒在掌握之中，好事垂成，败于一旦，心中异常愤怒！只得放下玉琴，回身对程远骂道："你这小子，和我苦苦作对做什么？你也无非想尝鼎一脔，现在我与你拼个死活存亡，谁胜谁得吧。"一边说，一边跑至窗边，取过那枝禅杖，跳出窗去。

程远也跳出去说道："很好，你这贼秃，本要除掉你，现在我们俩决一雌雄罢。"一剑便往怪头陀头上劈去。怪头陀说声："来得好。"把铁杖往上一迎，当的一声，早把程远的剑拦开一边，乘势一禅杖向程远头上打来。程远收剑架住禅杖，忽地一跳，已至怪头陀背后，一剑很快地刺向他腰里去。怪头陀不及招架，把身子向前一跳，跃出七八尺外，回转身大吼一声，一禅杖着地扫到程远脚边来。程远向上一跃，躲过这杖，将剑一挥，正要进刺；怪头陀又是一杖，使个乌云盖顶，直打向程远的头上来，这一下十分迅速，难以躲避。

玉琴此时早已立在窗边观战，虽然这二人都是自己的敌人，可是她的芳心不知怎样的却希望怪头陀败北。眼见这一禅杖甚是凶猛，不觉代程远捏一把冷汗。程远却并不闪避，仗着他的身子灵便，将头一低，在禅杖下直钻进来。怪头陀打个空，而程远已至身边，一剑刺向他胸口，这一下子也是出其不意，非常难御的。

怪头陀怪叫一声，将禅杖向地下一拄，身子凌空而起，向右边打一旋转，好容易避开了这一剑。但是程远的剑尖已触着他的布衲，右乳下划开了一小条，皮肤也有些微伤。怪头陀吃了这个亏，怒火更炽，抡开禅杖，又向程远杀过来。程远也把百里剑舞开，剑光霍霍，变成一道白光，向怪头陀上下左右进攻。两个人斗在一起，杀得难分难解。玉琴虽作壁上观，而觉技痒难搔。

那时候水面上一只划子船摇来，跳上一人，背后又有两个健儿高举灯笼，正是高蟒来了。他手里也横着两钢叉，高声大叫："自己人休要认真，快快住手！"原来当怪头陀到水榭里来时，看守的海盗连忙过去通信，恰巧先撞见程远。程远听了这消息，大吃一惊，立刻坐船前来干涉。女侠没有遭着强暴的污辱，也算她的侥幸了。怪头陀见高蟒已到来，便吼叫一声，将手中禅杖扫开程远的剑光，托地跳出圈子，程远也收住剑退在一边。怪头陀横着禅杖，双目圆睁，兀是怒气未息！

高蟒早已得到部下的报告，知道这事，所以立即过来解围。他当着二人之面，不便说什么，又不好派怪头陀的不是，只得说道："在这夜里，你们不去睡眠，却来这水榭上打什么架；快快回去吧，明天我请你们喝酒。"

怪头陀究竟做贼心虚,心里有些惭愧,便答道:"很好,有话明天再说。"他就跑到水边,跳上一只划子船,独自先去了。

高蟒便带笑对程远说道:"我倒没有料到怪头陀出此下策的,若不是程兄得信较早立刻赶来,恐怕姓方的难保不被他奸污了。"程远道:"可不是吗,我来的时候,那贼秃已把女侠按倒榻上,欲行非礼了。其间真不能容发,好不危险!"高蟒道:"你如此相救,姓方的总当感激你了。"玉琴在室中听得他们讲话,却缩到里面去,装作不见不闻。

高蟒又吩咐把守的海盗说道:"你们奉令在此把守,除了我和程头领外,其余的人一概不准到此,如有故违,你们拦阻无效,马上就来报告。我再派四人在那边看守船只,不许有人偷渡,或可无事了。"高蟒又吩咐女仆好好陪伴,和程远在室中看了一回,女侠别转了脸,不去瞅睬,二人就回身出去,也坐着船回去了。

室外人声渐静,两女仆回身入房,关了窗和门,说道:"好险哪,那个头陀怕死人了。"又请玉琴安睡。玉琴点了一点头,两女仆遂服侍玉琴睡了,她们就睡在地上,转瞬间鼾声大作,都已入梦。

玉琴因方才受了一个很大的惊恐,脑中受了刺激,虽然睡在榻上,却是辗转不能成寐,暗想:怪头陀真是可恶!他不要杀我而要奸污我,以致我险些被他玷污了清白之身。幸亏那个程远来解围,虽然他的目的也是对我有野心,却救了目前的紧急,所以我明天决定答应了,免得这样锁铐着,不能动弹。咦!程远这个名字,似乎在哪里听过的,并且瞧他模样,也不像个江洋大盗啊!

她又想了想,遂想起龙飞买剑,遇见龙真人的一回事来。龙真人不是和自己说过的吗,他收了两个徒弟,都不归于正,那娄震甚至卖剑诈人;还有一个姓程名远的,下了山不知去向,龙真人正要找他,却不料他在海岛上入了海盗的伙呢。那么,我何不如此如此,激他一番,包管他入我彀中。

玉琴打定主意，心里稍觉安宁，便觉有些疲倦，正在蒙眬之际，耳畔忽闻窗外又有声音。她心里不由突地一跳！睁开双眸，月光下只见一扇窗轻轻开了，那个怪头陀又跳了进来。自己喊声："啊呀！"正要起身，不知怎样的手足都软得无力，况两手又不能动，无法抵抗，而怪头陀早已跑至床边，伸出巨灵般的手掌，又将她重重按住。她虽想用足蹴踢，也是不可能，说时迟那时快，自己的下衣已被怪头陀褪去。玉琴出世以后，从来没有遭逢着这种奇耻大辱，咬紧银牙，睁圆杏眼，大喝一声，要挺起身来作最后之挣扎。

这时窗外又有人喝道："贼秃，不得无礼！俺踏雪无痕程远来也。"果见程远横剑飞身而入，怪头陀遂丢下玉琴，回身向程远骂道："你两次破我好事，与你势不两立，有了你没有我，有了我便没有你。"遂抢过禅杖来御程远的剑。二人在室中交手，不及数合，怪头陀足下一绊，向前倾跃下去。程远乘势一剑斜飞，怪头陀早已身首异处。

玉琴见了，不禁大喜！说一声："死的应该。"又见程远放下了宝剑，笑嘻嘻地走过来，对自己作了一个揖，说道："荒江女侠，我一心爱慕你，可惜你铁一般的心、石一般的肠，不能听了高蟒之言，和我同圆好梦。而那个怪头陀却背着我要来奸污你，且喜已被我诛掉了，我两次救了你，为的是什么，想女侠刚强的心必能转软，现在我要再问你，可能爱我吗？"

玉琴听了这话，换了别的时候，早已恼怒了芳心，但她决定想用计引诱程远入彀，所以一点不作怒色，便答道："你这样热诚相救，我岂有不感谢之理？若然你确是爱我的，那么你且把我的手铐松了再说，否则，你们还当我是一个俘虏呢。"程远道："当然要解去，不过我现在还没有知道你的心是真是假，万一开了手铐，你不要反抗吗？"

玉琴有些焦躁地道："当然你要放了我的，我一个人在此岛上，会有什么法儿逃去呢？"程远道："我尚难相信，必要先有一个表示。"玉琴问道："什么表示？"程远笑道："你要情情愿愿的给我在你的樱唇上亲一个吻，就可以证明你是真心愿意了。"这句话教玉琴怎能立刻答应呢？不防程远却不等她的回答，伸手上前，将她拦腰紧紧搂住，抱在怀中。

玉琴虽要挣扎，而觉丝毫无力，程远早低下头，把他的嘴凑到她樱唇上来，她忙别过脸去，说声："不好！"醒过来时，原来是南柯一梦，桌上的灯火摇摇欲灭，已近五更了。额上微微有些香汗，把心思镇定住，自思：大概心里存了警觉之心，所以有些幻梦哩。幸而是梦，倘然是真的，我又将如何呢？于是她更不敢睡了。一会儿，天色已明，她心中稍安，方才睡了一炊许。等到她起来时，洗脸水和早餐已送来，两女仆助着她洗脸吃粥。

玉琴不能自由，难过得很，坐在椅子上，瞧着屋椽，呆呆无语。在这大海中的岛屿上，要求救星，一辈子梦想不到的。剑秋又不知死活存亡，非得自想方法不可，那么只有这一条苦肉计了。她正在思想，忽见女仆对着门外立起来道："程爷来了。"接着便见程远一人走进房来，对玉琴笑了一笑，又点点头。玉琴瞧他手中没带兵器，面上也露着和颜悦色，知道程远对于自己始终没有恶意，暗想：机会来了，我倒不可错过。

程远早走上前说道："玉琴姑娘，今日已是第二天，你的心里究竟如何？我很可惜你白白死在这里啊，并且我也知道昆仑门下都是行侠仗义之人，一向很敬爱的。姑娘剑术精通，为隐娘、红线之流，当然是巾帼英雄，羞与哙伍。但我程某本不甘为盗，屈身于此的，倘蒙姑娘垂爱，我们将来别谋良处。"他遂把自己的出身，以及如何从龙真人习艺，如何奉命下山，受骗到岛上等经过的事情，约略告诉一遍。

玉琴听了，方知程远果然不是海盗一流人物，正好利用他，便把头点了一点道："既然这样说法，我就……"说到这里，假作含羞，低下头去。

程远见玉琴已表示允意，心花怒放，便道："姑娘能够允诺，这是我的大幸了。姑娘被缚已久，我就代你先解了缚吧。"

遂走到玉琴身边，代玉琴松去手上铁铐。玉琴想起昨夜的梦境，玉颜不由微红。程远以为她有些娇羞，更觉可爱，把铁铐抛在一边。回头见两女仆正立在门外，带着笑探头张望，程远便叫道："你们走远些，我有话和姑娘讲哩。"吓得两女仆倒退不迭。

玉琴两手恢复了自由，舒展数下，方觉得爽快，便对程远说道："我要谢谢你了，昨夜那个怪头陀，我和他曾结下怨仇，所以他前来要玷污我。其实我是誓死不从的，只因双手被铐，不能抵抗，幸蒙程先生来救了我……"

玉琴没有说完，程远早摇摇手道："何用道谢，这是义不容坐视的！如姑娘这样可敬可爱的女侠，怎可让那贼秃蹂躏？我和那贼秃素来不合意的，他名唤法喜，和他同伴志空，一同到此入伙，专做采花的勾当，不知给他奸污了多少妇女。自从你姑娘被擒来岛后，他就处心积虑地要把你得到他的掌握之中，都给我们反对，他就想出这恶毒的行为了。不料又被我把那厮驱去，他对我非常怀恨，所以今晨忽然失踪了。查问之下，方知怪头陀已独自一人，背着我们，悄悄地离了丽霞岛，往他处去了，现在请姑娘放心吧。"

玉琴微微一笑，程远遂请她在窗边坐下，自己探首窗外，见近处并没有人，遂在玉琴旁边坐定，正要说话，玉琴却向他说道："程先生，你是崂山龙真人的高足吗？"程远答道："正是，我师父是剑仙，他已将上乘的剑术教授，而且赐给我一口百里剑，削铁如泥。可惜我未能十分精谙，功夫尚浅，已下山了。"玉琴点头道："真是可惜的，你师父正在找寻你呢。"

程远一闻这话，不由脸上变色，急急问道："姑娘，你怎知道我师父在找我呢？"玉琴笑了一笑，遂将龙飞买剑，遇着娄震，演出卖剑盗剑的一回事，然后遇见龙真人，把娄震带还山上去，且谈及程远他走等情，详细告诉程远。

程远便觉得非常惭愧，叹口气说道："我真是一个罪人，都是高氏兄弟妹害了我也，我始终自觉没有面目去拜见我的师父了。"

玉琴见程远说到这里，在他的脸上充满着懊丧之色，遂再说道："君子之过焉，如日月之蚀，只要你能够改过，将来再可以见你的师父。并且我师一明禅师和龙真人也是朋友，我可恳求他老人家代为缓颊的。倘然你长此干那盗匪的生涯，不但埋没了你的一生，你就永远休想见你师父之面了，我是真心的话，你听了如何？"

程远把双手掩着脸说道："我本来在这岛上，非我素愿，一向如芒刺在背，清夜扪心，时觉惭愧。现在给姑娘一说，好似疮疤重发，心里痛苦得很，我非得早日离开这岛不可了。"

玉琴见程远已入她的彀中，暗暗欢喜，便说道："像你这样有根底、有本领，出生在书香门第中的人，前途真可有为，你若愿离开这里的话，我心里更快活！情愿跟你到随便什么地方去的，我总不忘你救助之恩。"

程远就把双手放下说道："有姑娘这样慰藉，我好似黑暗中遇见了明灯，我愿意和姑娘一同想法脱离这岛上。现在我可以去和高蟒说姑娘已答应我了，再要求他不要把你幽禁在这水榭里，由我引导你，便在我前妻高凤房里住下。然后我可以预备船只，背地里瞒了高氏弟兄远走高飞，脱离这个魔窟，照这样办法可以吗？"玉琴道："很好，不过你须要依我两个条件。"程远听了，一怔道："姑娘有什么条件？"

玉琴道："我有一口真刚宝剑，是我师父赐我的，数年来常常带在身边，非常心爱，现在你可知此剑落于何人之手，请你要设法代我取回。"

程远道："这剑被高蟒取去，确是稀世难得的，无怪姑娘不忍舍弃。我见高蟒把这剑挂在他的外房壁上，我常到那里去走的，我可以想法盗回，还有第二个条件呢？"

玉琴道："我虽然答应了你，总是不情愿草草地就在这强盗窝里成婚，须得离开了海岛，再定吉期，你赞成不赞成？"

程远道："如此也好，我们既然决意要离开这岛，当然到别地方去再行结婚，只要姑娘爱我，不负我便了。"玉琴点了一点头，于是程远快快活活离开水榭去了。

到了下午，程远又走来对玉琴说道："我已和高蟒说明，现在把你放出来，你千万要跟着我走，免得危险。"玉琴道："自然跟你走啊。"程远遂带着玉琴走出水榭，坐了划子船，还到那边岸上。一路走到内屋里去，到得一间精美的室中，程远请她在椅子上坐定，说道："这是你的房间，自从高凤死后，我只住了数夜，因为一切景物，足以触动我的悲伤，所以一直住在外面客室里的，今夜委屈姑娘在此独宿一宵。"

玉琴也不说什么，程远又叫两女婢在此陪伴玉琴，他和玉琴谈了一回，便走出去了。这天夜里，玉琴仍戒备着，不敢多睡；自思：现在我双手已得自由，即使有人前来，虽无宝剑，也可抵挡一阵，不至于如那夜的任人欺侮了。但是这一夜却平安无事。

次日，程远陪着高蟒、高虬一同前来和她谈笑，且说大后天要吃喜酒了。玉琴知道程远在他们面前必然说些谎话，所以佯作娇羞，不说什么。高蟒拍着程远的肩膀道："这里独有你享艳福，将来不要忘记了我这个大媒。"高虬也说了几句笑话，然后退出去。

黄昏时，玉琴对着灯光，坐着等候，因为日间程远曾趁着人少的当儿走来，凑着耳朵告诉她说道："船只已预备，今夜可以走了。"所以她打起精神，期待着，然而不见程远到来。两女婢坐在旁边打瞌睡，她心中正在揣测，闻得室外轻微的脚步声，程远悄悄地走来，先唤醒两女婢，说道："今夜你们到外边去睡，由我在此陪伴姑娘。"

两女婢答应一声，对玉琴看了一眼，带着笑说道："方姑娘你早些安睡吧，我们去了。"退到外边，程远就把房门关上，玉琴又听两女婢走在外边说道："我们不要做讨厌虫，今夜他们俩可以欢乐一宵。程爷自从凤姑娘死后，长久守着空房，所以他等不及大后天的佳期了。"带着笑声远远地走去了。

玉琴听了，虽然难堪，却也只好由她们说笑了。程远闻女婢等早已去远，便低声对玉琴说道："我已买通一个姓刘的人，偷得一只帆船，在海滩边等候了。那姓刘的是去年掳来的人，一向勉强在此的，他因我曾救过他的性命，常称我为恩公。他能驾驶船只，现在已升为头目，所以我暗中和他说明了，要一同离开这里。他自然是同情于我，答应我把他所管的船独自驾着，今夜在海边等候我们出走，这样你好放心了。"

玉琴喜道："你办得好，我的宝剑呢？"程远道："你的真刚剑已被我取得，放在我的房里，只因我此时不便携来，少停我们出去时可以给你。今夜高氏弟兄正在里面畅饮不已，我推托头痛，先退出来，大约他们必要醉了，我们出走，决没有人拦阻的。"于是二人静坐着，等到外面人声已静，将近三更时，开了窗，轻轻跳到屋上。程远在先，玉琴在后，越过了两重屋脊。

程远回头对玉琴说道："下面正是我住的客室，你且在此等一回，我去去就来。"说罢，跳将下去，不多时跃上屋面，手里捧着一柄宝剑，双手递与玉琴道："完璧归赵，请姑娘收了吧。"玉琴接过一看，果然是自己的宝剑，心中大喜！忙向程远说了一声道："有烦程先生了。"把来挂在腰里，又见程远腰边也悬着他的百里宝剑，背上又背着一个青布包裹，遂说道："多谢你费神，我们去吧。"她跟着程远，大家施展出飞行功夫，离了盗窟，跑至海边。

玉琴听得海波声，一颗心即时又活泼起来。星月光下，见那边停着一只很大的帆船，程远击掌二下，便听船上也有人回击了两下，跟着有一个汉子走来说道："程恩公来了吗，快上船吧。"

程远遂和玉琴跑到船上，在船中坐定，船舱也没有灯火，黑暗中那人问道："就开船可好？"程远道："只得冒险夜行了。"那人答道："恩公请放心，你不是叫我把船开到镇海去吗，这条水路我很熟的，无论日夜，决不会有危险的。"程远道:"这样好极了。"那人遂挂起一道燕帆,把舟向海中驶去。这夜,二人在船里当然不便睡觉,对坐着闲谈些岛上的事情。

玉琴心里总是放不下剑秋,她前次闻得了高蟒之言,有些不信,遂又向程远探问道:"我们懂武艺的人最爱宝剑,视为第二生命,我多谢你取回了真刚宝剑,心里很是安慰;但是我的同伴师兄也有一把宝剑,不知落在何处,你可看见?"

程远被她突然一问,没有防备,无意地答道:"这个我却不知道,因为,他……"说到这里,忙又停住,玉琴连忙问道:"难道姓岳的没有死吗?"程远只得说道:"他是受了伤落在海里的,所以我们没有得到他的宝剑,姓岳的不通水性,坠在这大海中,又受了伤,自然必死无疑!"

程远说这些话,是因为自己曾用毒药镖把剑秋打伤,恐怕玉琴知道真情,必要怨恨他,故而含糊回答的。但玉琴听了程远和高蟒的话有些不合符节,暗想:既然剑秋受伤堕海,当然也要被他们捉去的,怎肯放走?也许剑秋没有死,逃得性命,无论如何,他总要想法来救我的。但是此时我已离开这岛了,将来他不要扑个空吗?然而事实迫得她如此,也顾不得了,只要大家没死,将来终有一天重逢的吧。程远见她不说话,也就不再说下去,大家合目养神,听着水声风声。

不知行了多少路,玉琴张开眼来,从船舱里望出去。见天空有些白色,远远地在东边水平线上映出五颜六色的光彩来,一会儿紫,一会儿红,一会儿黄,转眼之间,千变万化。渐渐儿一轮红日探出它的头来,天空中和海面上更觉光耀;海波腾跃,好似欢迎着太阳。不多时,红日已完全升上,金黄色的阳光照在深蓝的海水上,更觉雄猛美丽,兼而有之。

见程远正低着头迷迷糊糊地睡着,遂唤醒了他,一同走到船头上来,看日出的海景,海风吹动衣服,很觉精神一快!看了一回,见海面上逐渐地已有一艘一艘的帆船来往,程远走到后梢上,向后面望去,幸喜没有追赶的船,离开丽霞岛已有好多路了。

姓刘的也说道："今日下午可到镇海，岛上高氏兄弟虽要追赶，恐怕已来不及了。"又对程远说道："程恩公，你们二人可觉饥饿？船舱板里藏有干粮和清水，你们可以去吃。"程远道："很好，你要不要吃？"姓刘的答道："我在此管舵，不能走开，好在这里我也有些食物可以吃。"程远道："那么辛苦你了。"于是程远回到船舱里，取出干粮，请玉琴和他同吃，因此二人得以裹肚。

下午时已到镇海，抵达岸上，程远便对姓刘的说道："我们要上岸了，你要到哪里去呢？"姓刘的答道："我不舍得抛下这大船，在三都澳那里，我有一家亲戚是业渔的，所以我想投奔到那里去了。"程远听说他已有去处，遂说道："那么我们后会有期。"便从他包裹里取出二十两银子，送给他，但姓刘的一定不肯接受，他说道："以前恩公曾救我性命，自念无以为报，今番随恩公出来，略效犬马之劳，岂能受赐？况且我得了这只帆船，无异一种产业，今后当在海边做个良民了。"程远见他坚决不受，也就收转银子，背上包裹，伴着玉琴走上岸去，姓刘的也驾舟南去了。

程远和玉琴到了镇海，便在城中歇宿一夜，次日程远道："玉琴，我们走向哪里去？"玉琴道："我想回到荒江去，然后和你结婚。"程远虽然有些不赞成，却不敢违背，只得听她的说话，所以二人又向会稽方面赶路。

这一天，到了会稽城，在一个客寓里住下，晚上二人谈些武艺，很觉有味，更深时，各卧一榻而睡。但是等到明天早上，程远醒来，一看对面榻上，不见了女侠，吓得他跳起来。四面一看，房门依旧关上，惟有东边一扇窗，虽然掩着，而没有搭上了扣，说声："不好！"难道玉琴照抄高凤老文章吗？不，她决不会如此的！再一看镖囊、宝剑，依旧存在，惟有玉琴的真刚宝剑却已不见，可见玉琴明明是抛弃他而去了。这样看来，我不是上了她的当吗？遂开了房门，见店中人正在起身，便想：玉琴此次私走，我和她同睡一间房里，尚且不觉，

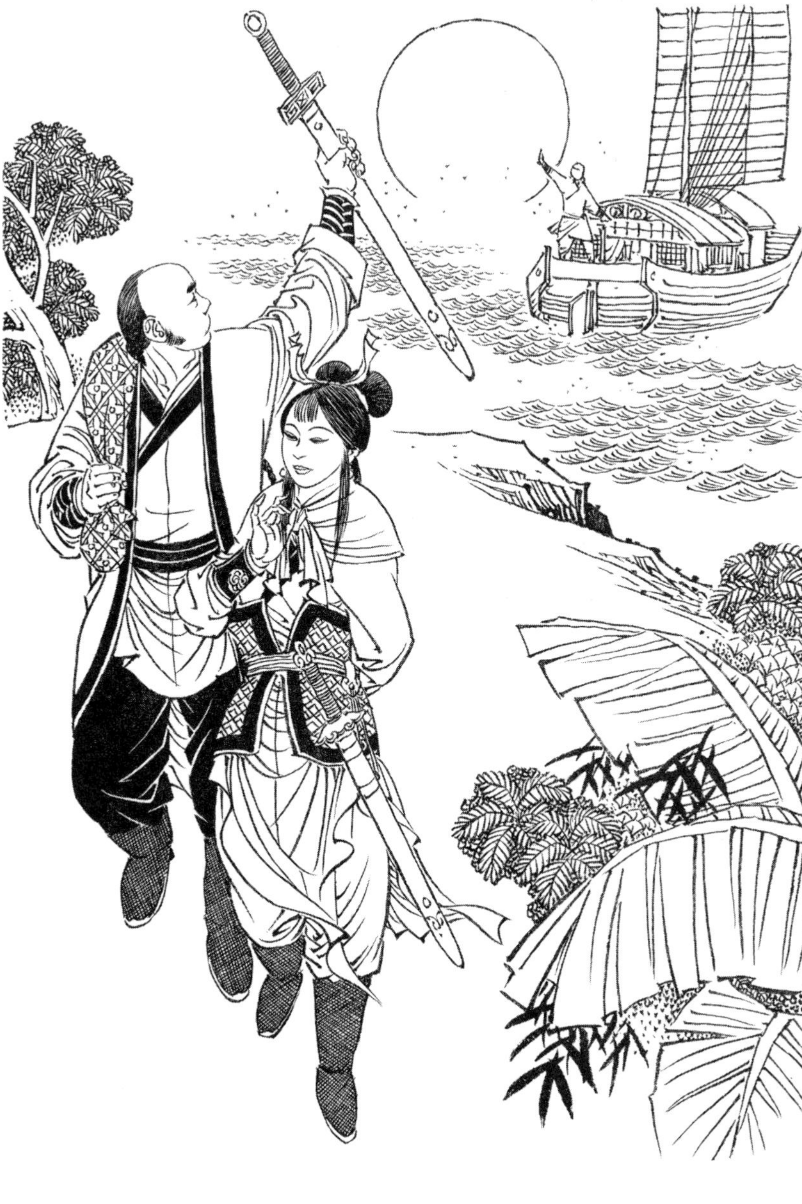

那么去问这些呆鸟做什么呢。

店小二见程远起来，以为他要赶路的，所以连忙端整洗脸水来，又问程远要吃什么，喝什么，但不见了玉琴，自然有些疑讶。

程远满拟和玉琴缔结良缘，以去鼓盆之戚，所以想了心计和玉琴一同脱离海岛，弃邪归正，迷途早返。谁知刚走到这里，玉琴的心业已转变，背地里一走了事，倒反恢复自己的自由之身，自己白白辛苦，岂非又给人利用了吗？走到玉琴的床边去搜寻搜寻，也并没有什么纸条儿，竟无一言半句和他留别，真是狠心极了！他越想越气，要追也追不着，要找也找不着，发怒有什么用呢？颓然倒在椅子上，觉得万念皆灰，世界虽大，自己实无容身之地，自尽吗？也不必，高凤不是劝我的吗！这样看来，还是死者多情，待自己着实不错呢，可惜高凤早夭了。他心里充满着愤怒、怨恨、悲伤、失望，忘记了自己在客寓中，竟拍着桌子狂呼起来！将桌子拍得震天价响，惊动了店中人，都来门边窥探，不知怎么一回事。

店小二便告诉众人道："这位客人和一个年轻貌美的姑娘同来借宿的，但今天早晨，只见这位客人在房里，不见了那位姑娘，大概那姑娘背地里瞒着他跑掉了，所以他十分发急，变得这个样子。不过，小店里是不负责任的，谁知他们的内幕呢？"一个人接着叹口气说道："知人知面不知心，一个人本来是难料的。张村上的戆三官，他的小养媳忽然逃走了，害得他哭了一场，好似死了人一般，四处去寻找，如今还没有找到呢。"

程远听着他们的说话，有些不耐，便走到房门边去，对众人说道："便是我这里不见了人，干你们甚事？议论纷纷做什么？"众人见他的脸上充满着怒气，估料他不好惹的，也就四散走开。程远心里益发气闷，自己打不定主意走向哪里去。

这天天气忽然温度降低，天上布满了云，潇潇地下起雨来，因此程远仍住在客寓中没有动身，见那雨点点滴滴地下个不住，檐流滴个不停，纸窗上风吹雨打，倒好像秋日一般。他闷坐了一天，独自一人尽喝着酒，到晚上已喝得酩酊大醉，倒在床上，昏然睡去。半夜里，觉得非常难过，大呕大吐了一阵；到次日竟卧病不起，头脑昏沉，有了寒热。只得耽搁在客寓里，等到病好了再走。

然而玉琴在那天夜半，带了真刚宝剑，趁程远熟睡的当儿，便悄悄地开了窗，跳上屋顶，离了客寓，丢下程远，独自出走。因为她此时早已脱险，再也用不着程远，况且程远对自己有一种妄想，而自己为了一时权宜之计，勉强允许了他，哄得他十分相信，死心塌地，不怕千辛万苦冒险同自己离开丽霞岛。在这时，自己若不和他早日离开，他倒反难以解脱。这个样子虽然对于他有些忘恩负义，然而因此他也可以脱离海盗生活，重入正路，也未始没有益处的，我只好顾不得他了。

她一边想一边走，正走到一条比较静的街上，要想出城去；忽见前面有个黑影，从墙后溜出来，见了自己，忽又缩去。她喝了一声道："见鬼吗？"连忙跑过去，却见一个细小的汉子，背着一大包的东西，躲在墙脚边。遂拔出宝剑，对着他面上一舞，喝道："你这小子鬼鬼祟祟地做什么？"

那人见了剑光，惊得跪在地下，低声说道："我是个小偷，正从梁家富户里偷得一些东西逃出来的，请你饶了我吧。"玉琴听说那人是个贼，笑了一笑道："你偷得银子吗？"那人道："偷得一百数十两银子，其余的都是衣服。"玉琴道："那么，你将一百两银子快快献上，那才饶你的性命！"那人便从包裹里取出一包银子，战战兢兢地双手送上。玉琴拿着便走，自思盘费有了，这种不义之财，乐得取它，遂向着城墙处走去，飞身越出了城墙，往大路赶奔。

走了不多路，天色已白，她心里挂念着剑秋，想自己不如仍回到杭州去，那里地方较大，也许有些消息。于是她遂渡了江，到得杭州，独住在一间客店中。想起第一次来时，不但有剑秋相随，还有曾氏兄弟、窦氏母女，游山玩水，非常高兴！却不料现在旧地重来，胜景如昨，湖上的绿柳，依旧在春风中摇曳有情，而自己形单影只，冷清清地一些不觉有乐趣了，况且剑秋的生死问题尚是不明呢！

但闷坐了多时，不得不出外去散步。她遂走到堤上去，立在湖边，眺望远近风景，却听背后马蹄声，回头看时，尘土大起，有两匹马疾驰而来。马上坐着两个衣服华丽的美少年，扬着马鞭，快意驰骋。第一个身穿绉纱长袍，面貌英秀，似乎有些相熟。玉琴正在她脑子里思索，那少年一见玉琴，早已把马勒住，跳下马来，背后的少年跟着也将坐马收住，徐徐下鞍。那少年丢了马鞭，先向玉琴一揖道："原来女侠在这里清游。"

玉琴一边回礼，一边仍猜不得这是谁，只得问道："先生怎样相识的？"那少年见玉琴不认得自己，于是便说道："本人姓夏名听鹏，以前在官渡曾见过女侠和岳剑秋先生的。"玉琴被他一说，方才想起红叶村神雕引路搭救剑秋的一事，遂答道："原来是夏先生，想不到在这里重逢。"

夏听鹏道："本已想念，今日无意再见，非常快乐。"遂代那个同来少年介绍道："你来见见这位便是名震北方的荒江女侠方玉琴姑娘，也是昆仑门下的剑侠，没有缘分不会遇见的。"

那少年急忙也向玉琴深深一拜，说道："久仰英名，何幸得识玉颜。"夏听鹏同时对女侠道："这是我表弟周杰，和我一样喜欢武艺的，可惜未能精通而已。"玉琴笑道："不要客气。"

夏听鹏又道："自回家后，本要预备到关外去做事的，却因自己饮食不小心，生了一场大病；而家母身体也时常有些不适，所以贱恙虽愈，家母不放我远行了，我遂困守家园，无事可为。恰巧我那表弟周杰从白门迁来同居，因此我们两人在一起驰马试剑，研究武艺，以遣光阴。前数天，表弟想游西湖，我遂伴他到此。今天游了灵隐寺回来，却不想会和女侠见面，岂非幸事吗？但不知剑秋先生现在哪里，何以女侠独自在此？"

玉琴闻夏听鹏问起剑秋，不觉眉头一皱，说道："我们游了普陀归来，在海面上遇强盗，彼此失散；现在我从海盗的巢上脱险出来，正在寻他呢，此事非三言两语所能道尽的。"夏听鹏听了，便道："原来有此一番经过，想岳先生本领高强，必然也能够化险为夷，重逢之期不远的，请女侠不必忧闷。我们现住在清泰旅馆，若蒙不弃，请移玉步到那里一谈如何？"

玉琴本来一个人感觉得寂寞无聊，苦无同伴，夏听鹏虽然不是十分熟识，然而也是倜傥之人，不觉讨厌，所以应允。夏、周二人大喜，遂拾起鞭子，牵着马，陪了女侠，返到寓中去。二人便叫店中人预备了上等的酒席，款请女侠。于是玉琴又将自己和剑秋分散的事情细说了一遍，二人听了，都以为剑秋一定没有死的。玉琴闻言，稍觉心安矣！夏听鹏又问起云三娘，玉琴回答说："自从重下昆仑以后，云三娘便没有同行，因为她自己也是有要事回到华南去了。"

夏、周二人素来敬慕剑侠，现在见了玉琴，更是快活。就请女侠移到清泰来住，玉琴也答应了，便在二人的间壁开了一个房间住下。二人又随着玉琴在杭游玩了数天，二人想要回转苏州，夏听鹏便对玉琴说了，邀请玉琴到苏州去小住。

玉琴一想：自己一人耽搁在杭州，也非长久之计，剑秋一时又不能见面，不如跟他们到苏州去游玩一番。剑秋若再不见时，我便回到天津曾家去，剑秋若然寻不到我，也许要往那里探问的，比较滞留在南方好得多多。便对夏听鹏说道："上有天堂，下有苏杭，苏州也是很好的地方，既蒙二位盛情相邀，我就到尊处去盘桓数天也好。"

夏听鹏和周杰听玉琴答应，都很欢喜！夏听鹏又去买了许多杭州土产，预备带回家去，分赠亲友。次日又代玉琴付去了房饭钱，动身返苏。

玉琴却在杭州城内外的高墙上，有几处用粉笔写上一行字：琴去苏，剑见即来。在南北高峰的石上也有这个题字，以便他日重逢，她的用心也苦了！那时候交通不便，轮轨未设，所以他们雇了一只大木船，从水道回转苏州。

夏听鹏是住在胥门外的枣市，也是那里有名的富室，房屋很大，周杰也住夏家的屋里。夏听鹏请到了玉琴，便请他老母和妻子等众人出见，又端整上等的酒席，代玉琴洗尘；又打扫一间上等的精舍，为玉琴下榻。好似到了大宾贵客，招待得非常周到，非常恭敬。

过了一天，夏、周二人先陪玉琴到城里玄妙观、沧浪亭各处游玩。玉琴见吴人果然大都是文弱之辈，风气非常尚吟风弄月之习；华筵美酒，夜夜笙歌，醉生梦死，像夏听鹏、周杰之流那样的好胜任侠，研习武艺，却是很少的了。

吴下山软水温，风景幽静，当此春日，虽不及西子湖的佳妙，而名胜之处也不少，嬉春士女，蜡屐游山的甚多。诸山都在城外各乡，夏、周二人在次日便雇了一艘画舫，陪伴玉琴到天平山去游玩，夏听鹏的老太太和妻子都一同去的，但尽一日之欢，游罢天平。

明天，玉琴慕虎丘胜迹最多，想要往游，虎丘离枣市不远，寻常的女子当然仍要坐舟前去，但是玉琴很想春郊试马，所以愿和夏、周二人乘马前去。好在夏家厩中本养有数匹好马，一匹名唤梨花霜，全身毛色洁白，跑时非常迅速，不过有些野性，难以控御。夏听鹏便叫马夫牵出，请玉琴试坐，自己和周杰也各自跨着一匹好马。三个人催动坐下马，出了枣市，往昌门这边跑来。

行至半途，那匹梨花霜发了性子，迎风嘶了一声，放出四蹄，飞也似的疾驰而去。好玉琴，绝不慌忙，两腿紧紧夹住，一任这马奔跑，越跑得快，她心里越快活！累得夏、周二人恐怕赶不上，各在马上连连加鞭，跟着玉琴而驰。

玉琴因为不识途径，所以常常跑了一段路，勒住马回头问询。不多时，已到虎丘，三人下马，走到山上去四处游览。剑池、真娘墓等处，玉琴一一都去凭吊过，英雄美人，千百年后留得这一些遗迹，供后人凭吊而已。夕阳衔山时，三人仍纵辔而归。

又次日，夏、周二人陪着玉琴往游云岩，因为明朝要到邓尉山去，所以下山后不回苏城，便在木渎镇上旅店里开了两个房间住下。黄昏时，三人吃过晚饭，正坐着闲谈，玉琴因为日间在云岩山上望见了烟波渺茫的太湖，便向夏听鹏问起太湖的情形。

夏听鹏正将洞庭湖东西山的风景古迹讲些给她听时，忽听店外头有女子哭泣的声音，很是凄惨，跟着便听店中人的叹气声，又有人骂强盗。三人忍不住，便一齐走到外边来探问。见一个中年妇人和一个女佣，带着一个破散的包袱，坐在店堂里哭泣。

夏听鹏先向店主询问，店主答道："这位太太是姓姚，是住在苏州的。据她说，以前曾开过米行，现在很有些钱。前天带了她的儿子和媳妇到香山去扫墓，且乘便向香山一家典当铺提取八百两银子的存款回来；不料遇见了盗船，不但把他们的银子抢去，而且把姚太太媳妇、儿子都抢到太湖里去。姚太太和女佣此时方才赶到这，身边分文俱无，要借宿在店中，我们自然只能答应她。不过她受到这种恶意的不幸，当然要哭泣不休！太湖里的强盗一天比一天猖獗，她的儿子媳妇既已被捕，一定凶多吉少，也许强盗早把她的儿子杀死了，把她的媳妇添做压寨夫人了。"那妇人闻言，哭得更是凄惨。

店主又劝她道："姚太太，你此时哭也无用，明日还是去报官吧。"

旁边一个客人接口道："报官又有什么用，苏州的官府听到太湖里强盗行动的消息，哪一个不头疼？去年太湖厅曾经会同驻防的官兵到太湖里去进剿，但是送去了许多官兵的性命，一个强盗也没有捉到，今年太湖厅索性装聋作哑了。听说强盗不久要聚集喽啰到各乡镇来骚扰哩。唉！现在变成强盗世界了，有什么话说呢。"店主见店堂里的人越聚越多，便引那妇人和女佣到里面一个房间中去打坐，众人方才散开，但是口里却在讲强盗的厉害。

玉琴随着夏听鹏等回到房中，便向夏听鹏问道："你们苏州地方难道没有人吗？怎样让强盗胆大到如此地步，这些官既然都是饭桶，地方上的人士难道也是木偶吗？请你且把详细情形讲给我听听。"

夏听鹏被女侠一问，不觉面上一红，回答道："吴人文弱，自古已然，我也不必讳言，惭愧得很！据闻太湖中的盗贼，占据在横山一带，作为他们的巢穴，已有多年。起初有盗首三人，一名'混江龙'蔡浩，本领最是高强，能得盗党欢心；还有孟氏弟兄，乃是'火眼狻猊'孟公武和'海底金龙'孟公雄两个，都擅水中的功夫。

"孟公武听说在前年死于北方，但是近来又有一个羽士，名唤雷真人的加入其中，又增加了不少羽翼。也有人说到有白莲教的余孽，图谋不轨，所以湖贼的势力越大，劫案越多。而苏州的文武官员，竟如方才那人所说的装聋作哑，置若罔闻，连巡抚大人也畏盗如虎，这又有什么话说呢。"

玉琴听夏听鹏说起雷真人，便对二人说道："原来是白莲教的余孽又在此地作怪！据我所知的，白莲教中有四大门下弟子，两男两女，就是云真人、雷真人、风姑娘、火姑娘这四个人。云真人早已死在我师一明禅师手里，风姑娘在玄女庙中也被我们杀死，火姑娘在云南被云三娘逐走，只有雷真人一向未闻消息，却不料在这里联络盗贼。你们不要以为小贼跳梁，无甚道理。须知蔓草难除，养虎为患，将来吴人都要受难的。"

周杰说道："女侠的话很是不错，然而我们力量有限，没有雄心去冒险，况且地方官员尚且不肯为力。我们怎可越位代职呢？"

玉琴听了这话，不由冷笑一声道："那些官员，自然都是酒囊饭袋，不足与言。如二位都是俊杰之士，须知诛暴锄恶，为地方除害，自是游侠当为之事。记得我在荒江独歼洪氏三雄，入关后，韩家庄、天王寺、螺蛳谷、邓家堡、乌龙山、抱犊崮、玄女庙等处，都被我们一一除去，甚为痛快！你们二位倘能助我的，何不到太湖中去一探盗匪窟穴？"

夏听鹏道："我等极愿执鞭相随，可是那横山正在西太湖，地势极险！非有舟楫不能飞渡，我们三人前去，也恐孤掌难鸣，于事无济，不比在陆上啊！"玉琴道："这样说来，我们只有坐视其猖獗了。"夏、周二人默然无话。

隔了一歇，玉琴又问道："从此地到太湖有多少路？"夏听鹂道："不远的，从这里到了香山，便入太湖了。前番官军去了七八百人，大小战船百余艘，结果不免杀败，实在太湖中形势险要，港汊分歧，外人进去大是不易啊。"玉琴点点头，知道他们虽学武艺，胆子尚小，哪里有剑秋的胆气，也许他们尚不信任她的勇武呢，所以也不再说下去。大家又谈了一些闲话，玉琴方才回到自己房中安寝，夏、周二人也就脱衣安眠。

到了次日早晨，夏听鹂和周杰起身，见天气甚是晴和，预备伴同玉琴去游邓尉；但是女侠室门紧闭，迟迟不见起身，二人有些心疑；又守候了多时，再也忍耐不住，打开了房门。进去看时，床上空空的，哪里有女侠的影儿？壁上的宝剑也没有了。

周杰不觉喊道："哎哟！方姑娘到哪里去了呢？"夏听鹂呆瞪着双眼说道："莫非她一人悄悄地背了我们，独自到太湖中去了？但这是很冒险的事情啊！"周杰一眼瞧见桌子上砚底压着一张纸条，便取过来和夏听鹂同看，见上面写着道：

> 我今独游太湖，兼访盗踪去也。君等请在此稍待，或返苏城亦可，二三日后我即当归来。幸乞勿念，亦望勿冒险寻我，以蹈不测也。
>
> 琴白

夏听鹂看了便道："果然不出我之所料，女侠冒险入太湖去了。唉！她虽然武艺高深，胆气过人，可是湖中盗匪都非弱者，尽有能人在内。她一人前去，倘逢盗党，岂肯放过她？她又是外来的人，不明地理，不通水性，我们代她想想，真是非常危险的！"

周杰道:"昨夜她和我们的谈话,不是很有意思去走一遭吗?恐她还要笑我们胆小如鼠呢。此行动机,完全在于昨夜听到那姓姚妇女被劫而起的,她不是说过,她的一生时常蹈险如夷的吗?"

夏听鹏道:"我从来没有见过这样勇敢的女子,无怪她的大名在北方很响的!我们虽为男子,自愧弗如,真羞煞须眉了。我希望她能够平安回来,那是最好的事。"

周杰道:"她大约从香山方面走去的,你且在这里守候,让我往香山去一行,找找她的芳踪,已可以知道一二的。"二人商议之下,于是夏听鹏留寓,周杰坐船到香山去。

浩阔的太湖,三万六千顷,七十二峰沉浸在其间,更兼藏着有不少杀人吮血的毒虫长蛇在内呢;而女侠却扁舟一叶,浩浩荡荡地向前去,躬身蹈险。

太湖为五湖之一,地跨江、浙两省,烟波浩渺,帆樯接天,气象十分浩大。这一天,风和日暖,水波不兴,湖中船舶东西往来的很多,有一只小船,挂着一道短帆,从香山方面驶来。

船头上坐着一个女子,盘膝撑腰,婀娜中含有刚健之气,正在那里闲闲地眺望湖景。金黄色的阳光照射到湖面上,映着碧波,非常晴艳。远处有许多小山,高的低的,大的小的,忽隐忽现,若近若远,与风水相抗,就是那七十二峰了。

水天相连处,有许多帆船一点一点的浮着,还有那些湖中的网船,他们是浮家泛宅,终年在湖上生活的。出来打鱼的时候,张着布帆,全凭风力向前推进,而以两船为一列,大家系住了网的一端,乘风而进,非常迅速。又有许多"浪里钻"的小船,一半船身好像浸在水里一样,稍不留心便要沉没的。然而舟子们打着桨,似飞鱼一般在波涛中疾驶,常常可以超出那些普通的船只。

那女子瞧得悠然神往,遂信口扣舷唱着道:"天苍苍兮水茫茫,扁舟独泛兮水云乡,挥我宝剑兮歼虎狼。"

听了这歌声,便知道这女子非寻常裙钗了,原来她就是惯踏虎穴龙潭的荒江女侠方玉琴。她在那天,背了夏听鹂和周杰,存心要独自冒险入太湖,去和那横山上的盗匪见个高低,所以到得香山,便到湖边去雇舟游。

有些舟子问她到哪里去,她说了到横山,大家都摇着头拒绝。有的说那边风波险恶;有的说不及来回,不肯载她去。因为大家都知道,那边正有湖匪,怎敢冒险载一女子前去呢?

后来玉琴明白了,又走到一处停船的地方,叫到一艘小舟,只说自己要到西洞庭去。起初船上人见她是个单身女客,不敢接这生意。玉琴恐怕又不成功,便允许给他们十两银子,雇用三天,自己的饭食也由舟上供给,回来时另有小账赏赐,先付五两银子。船上人见了雪白的纹银,遂答应载她到湖中去了。

玉琴在北方历游名山,南下后虽遨游过西子湖,到普陀山时也曾在海上饱看海景,但是那清秀浩荡的太湖,却还是第一次得见。所以她胸中觉得非常舒畅,一洗尘俗,不知不觉得口里唱起歌来了。横山是相隔很远的,舟子听玉琴说的是到西洞庭,他们自然把舟驶向那里去了。

午饭后,玉琴又走到船头闲眺,见前面已有一山相近,便问舟子道:"这是什么山?"舟子答道:"这是龟山,将近东洞庭山了。姑娘要到西洞庭还有许多水程,我们要绕着东面驶过去,恐怕到那里已经天晚了。"玉琴道:"那么我不要去游西山了。"舟子面上露出欢喜之色,忙说道:"我们不如便在东洞庭山泊舟吧,东山风景不输于西山,而且山上果树很多,尽客大嚼的。"玉琴道:"我也不想游东山,要到横山去瞧瞧呢。"

舟子听玉琴说要到横山去,脸上立刻变色,对玉琴又仔细看了一下,问道:"姑娘,你到横山去做甚?"玉琴故意装作坦然无事地答道:"有人向我诉说,那里风景很好,大可一游,所以我想前去。"舟子听了这话,不由笑道:"姑娘,你是说着玩的吗?"玉琴正色道:"谁和你说玩,我要到横山去,你们须得带我驶往，我一样给你们钱的。"

舟子把头都摇摇道："姑娘，你不要上了人家的当，你既然不知情，我来告诉你听吧。近年来，在这太湖里十分不安静，因为有了湖匪。"说到"湖匪"两字，把声音低一些，又向四边瞧瞧，并无别船相近；有两艘网船早已去远了。遂又说得响一些道："那湖匪便盘踞在横山上，非常厉害！常常出来行劫往来船只。太湖厅曾率官兵去剿，也被湖匪杀得大败而还，所以，我们靠水面上赶生意的人，轻易也不敢到湖中来，恐怕碰见他们。你是年纪轻轻的姑娘，被湖匪见了，不是玩的。平平安安到西洞庭已是谢天谢地谢神明了，怎样说要到横山去游，不是自己送上去吗？姑娘，你听谁说的，这不是好人啊。"舟子说时，乍着舌，好似很害怕的样子。

玉琴冷笑一声道："凭湖匪怎样厉害，总是一个人，我们也是人，为什么要怕他们呢？"舟子见玉琴听他告诉了山上有匪，却仍泰然，没有一些恐慌之状，又听她说话强硬，不觉诧异起来。船屋上的舟子听他们的对答，也走到舱边说道："姑娘，你以为我们说谎话吗？昨天湖上还有行劫的事，传闻有一个妇人也被掳去，姑娘难道真的不知吗？我们说的句句都是实话，生意岂肯不做的呢？"

玉琴道："有无匪也罢，你们只带我开到横山去就是了，如有祸殃，决不怪怨你们！你们怕湖匪，我却不怕的。"先前的舟子又道："好姑娘，你倒有这般胆量，但我们却不敢去。金钱虽是贪的，然而性命也是重要的，做什么去白送性命呢？我们此次驾舟到湖中，载姑娘到西洞庭去，不过贪了姑娘的十两银子，方和伙计们冒着这个危险。若是要到横山，我们情愿不要钱的了。"

玉琴带笑道："再加你们五两银子，可好吗？"舟子摇头道："不去不去，不要说五两，五十两也不敢去的，我们穷人的性命也很宝贵的啊！"玉琴听了，心里虽有些不快，而不欲用高压的手段去强逼他们，便道："你们真是胆小如鼠，所以盗匪这样猖獗。"

后面的舟子又道:"从这里到横山去,湖面很阔,恐有风波,尽我们的力驶到那边,也要夜半了。况且山边港汊甚多,我们又不认得,不要说有盗匪在山上,便是太平时没有湖匪,我们也答应不来的。在西山那里的船户,他们常在湖中往来,精通水性的也很多,对湖中诸山大都熟悉,他们的胆子比较我们大。请姑娘到了西山,另去雇舟前往吧。"

玉琴听他们如此说,只得先游了西山再作道理,遂回到舱中憩息,不觉又想起剑秋来:若是今天我和他在一起,那么他便有主张,助我同往。程远的话不知是真是假,倘然他还生存在天地之间,将来我总有一天和他重逢;万一他已遇害,那么天地间再也难得这个知心的同伴,我也只有削发入山,不履红尘了。想到这里,她心里又觉得十分难过,从头上取下那个佩戴着的翡翠的小剑来,把玩之下,睹物思人,一颗芳心又飞向天涯去了。良久良久,方把那翡翠剑戴上,叹了一口气,立起身来,又走到船头上去眺望风景,以解郁结。

水声荡荡,这只船向前驶着,前面已望得见隐隐的岛影,舟子告诉说道:"西山快到了。"其时夕阳西坠,照到帆船上来,天已近暮,忽听那边水中有几艘小小的渔船在那里打鱼。

玉琴的船驶近去时,见渔船上站着几个年轻的渔哥儿,身上都穿着短衣,袒开胸脯,下系短裤,赤着足,手里各执着鱼叉,正在刺鱼。一个渔哥儿将手向前边碧浪中一指道:"这不是一条大鲤鱼吗?弟兄们快快动手。"接着便有两把鱼叉,"唰唰"地向波心飞去。玉琴跟着看时,见果有一条金鳞的大鲤鱼,足有四五尺长,冒出水面来。鱼叉飞过去时,那鲤鱼泼喇地向水里一钻,早已不见,鱼叉都落了空。

一个渔哥儿早喊道:"快请浪里滚史大哥来。"话犹未毕,船舱里似霹雳般响,喝一声道:"我来也。"跳出一个矮短身躯的渔哥儿来,当头顶心挽了一个椎髻,两道浓眉,一双虎眼,相貌很是英武。上身赤裸着,露出黑色的皮肤,下身套着一条黑布短裤，短至膝骨以上，赤着双脚，手里握着两柄红缨标枪。

此时，那条大鲤鱼又在前面水波里略一闪现，那人手中的标枪早已掷出，喝声："着！"一枪正中鱼背；但是，那鱼受了伤没有死，又往水底一钻，要想逃生。那人又喊一声："不要走！"起身跃入水中，不见了人影，水面上起了许多小泡，那些渔哥儿都静静地向水里瞧望。一会儿，水波向两旁一分，那人早从水底钻起，一手握着标枪，一手托着那条大鲤鱼，踏着水波走来，如履平地。

玉琴的船驶过去，恰巧那人在玉琴船前经过。玉琴这样瞧着，很是惊异，那人也对玉琴瞧了一眼，口里说了一声："好一位年轻的美姑娘！"很快地走到他自己的小舟上去，将鱼向舱中一掷，对众人说道："今天得了这条大鱼，大家可以喝酒去了。"玉琴见这渔哥儿，水性精通，眼尖手快，暗暗佩服！但是，自己的帆船一刻不停地向前驶着，转瞬之间，那些渔舟早落在背后，耳边却还听到渔舟上一片唱歌声呢。等到舟到西山时，天色已暮，玉琴的船便泊于山下。那里停的船很多，但是客舟甚少，大都是些渔船，两个舟子蹲在船梢上煮晚饭。

玉琴本想到横山去的，现在弄假成真，却到了西山，山上虽有名胜之处，夏听鹂曾经告诉她的；而此时已是天黑，也不好上岸去游了，只得坐在舱中，好不闷气！自思：前在北地，常驰骋于山岭之间，今到了江南，却一直坐着船，摇摇晃晃的；水行不如陆行来得爽气，以后我还是回到北方去。

一会儿舟子已掌上灯来，将晚饭送上，玉琴一见桌上几样菜肴，乃是鲜鱼汤、炒虾仁、笋片红烧肉、白斩鸡之类，比较日间更来得精美，烹煮得十分可口，这却比北方吃得好了。她独吃了三碗饭，洗过脸，舟子便将残肴撤去，又送上一壶香茗来。玉琴喝过一杯茶，便走出舱来，见天空中一轮明月，照得湖上也是一片波光，远近诸峰都已浸没；岸边都是竹篱茅屋、渔人之家，渔船上也有点点灯火，倒映在水里，一晃一晃的，四周很是寂静。

玉琴赏着月景，恋恋不舍得回舱去睡眠，隔了些时，舟子轻轻地走来问道："姑娘，舱中睡处已代端整好，请姑娘将就睡一宵吧。"玉琴道："再停一会儿。"刚说话时，忽听岸上东首远远地有许多人飞跑而来，十分哗噪，玉琴不明白是怎么一回事，便和舟子一同观看。

只见当先有一位短壮的人，飞也似的跑至岸边，背后有十数人紧紧地追着，高声喊道："不要跑，快快还我们的钱来！"那人没有路走了，手中提着一个青布小包，回头哈哈大笑道："你们要钱吗？跟我到水里来要吧。"说毕，将身一跃，早已到了水中，背后追赶的人，此时也齐追到水边，喊着道："那厮入了水，更是没法对付，如何是好？"有几个渔家哥儿说道："他水里的本领虽好，但他已灌足了黄汤，凭我们许多人的力量，难道捉他一个不住吗？不要怕，大家来。"说时，已有二三人扑通地跳到水里去，跟着又有七八人下水，水里顿时翻起浪花来。

玉琴在月光下瞧得清楚，起先的那个人，正是方才在湖中逢见的入水捉鱼的渔哥儿，那些追他的人大约都是伙伴，但不知为了何事起衅，这却不知道了。

此时，这幕趣剧正在继续进行，只见远远水面上，那人已冒出水面，怪声笑道："你们果然来吗？我别的没有奉敬，只好请你们喝些清水了。"同时在他的四围，已有几个人游到他的身边去，想要动手，却被他挥动双手，一个个推翻到水底去。那些伙伴当然也是精通水性的，不肯服输，又浮上来向他进攻，他不慌不忙，在水里翻波逐浪的把他们一一打退。

渔船上的人也从小舱里钻出来看热闹，都拍手大笑道："不愧为浪里滚，有此好身手，他们这些小鬼怎生敌得过他？真是小巫见大巫了。"

岸边追的人尚有五六个站着观看，也在那里摇头说道："我们总是对付他不下的，就是一齐下水去，也不在那厮眼里。"又有一个人说道："不如待我去唤他的浑家前来，倒是一帖药，那厮强硬不过了。"众人都道："好的好的，只有请鸳鸯脸出来了。"说罢，便有两个渔哥儿回身向东首小径上跑去，不多时，已和着一个少妇跑来。

玉琴仔细看那妇人时，穿着淡青竹布衫子，头上挽着一个小小的髻子。一瞧她的脸儿时，不由一惊！半边青，半边白，就成了一张阴阳的脸，好不难看；又兼着一双大脚，穿着草鞋，真是丑陋得很。

那妇人到了这里，便问人在哪里，大家指着给她看道："史大嫂，他们正在水中打架呢。"那妇人点点头，提起嗓子，喊了一声道："史兴，你还不住手吗？"但是相隔甚远，那边忽上忽下的，打得正在热闹之际，怎听得到这里有人呼唤的声音呢？那妇人见此光景，对众人说道："那厮不理会，只得我下水去拖他回来了。"众人道："那么辛苦史大嫂。"

妇人笑笑，把外面的衫子脱去，露出里面一身白肉，胸前系着一个大红肚兜，又把脚上的草鞋除去；然后走至众人前面，使一个虾蟆入水式，早已跳到水里。一个头露出水面，两手向前划着，宛似一条人鱼般，很快地泅到那边去。岸上人、舟上人一齐紧紧瞧着。玉琴看得很有趣味，也是目不转瞬地紧瞧着水中的人。

他们正和史兴乱打着，一见史大嫂泅来，连忙都缩开一边去，史大嫂见了史兴，便骂道："你在外面喝醉了酒，又要和人家打架吗？前番闯祸还怕不够吗？快快跟我回去。"

史兴不答，只顾在水里寻人打。史大嫂便泅至他近身，又说道："你要打人吗？我同你打一下子可好。"说着话，双手来抱史兴。史兴立刻钻入水中去，史大嫂跟着同下，只见水波轰腾，浪涌如山，估料二人在水里大战了。

隔了一会儿，方见二人都又露出水面，月光下瞧得清清楚楚！那活虎生龙般的史兴早被史大嫂紧紧地拦腰抱住，挣扎不脱，气牛牛地说道："不要这样，我跟你去可好？"史大嫂道："逃走的不是人。"史兴道："好，我要逃走是乌龟。"史大嫂笑道:"呸!谁教你要做乌龟。"岸上人和船上人一齐春雷也似般喝起彩来!二人早泅到岸边,一齐走上。

史大嫂又对史兴说道:"回家去,伺候你家老娘洗澡。"说毕,套上草鞋,取了青衫子,拖着史兴便去。众人见史兴跟着史大嫂走去,又是一阵拍手大笑,说道:"史大哥,史大哥,只有你家大嫂来收服你了,你抢的钱呢?"

史兴道:"小鬼们,明天老子再和你们算账,钱在水底里,你们自己去取便了。"史兴去后,早有数人在水中捞摸了一回,把那钱包取得,众人欢笑着,一齐向小径上走去了。

邻近船上的人看完了这一幕趣剧,也各自进舱。水面上依旧静寂,皎洁的明月映在这里,风吹动了一道道的银波晃荡着。舟子便向玉琴说道:"姑娘,时已不早,这帮人都已散去,请姑娘安睡吧。"玉琴答应一声,回进舱中,舟子早代她关上舱门。

第六十三回

醉酒狂行水中闹趣剧
游山闲话湖畔访异人

玉琴很羡慕这个醉酒闹湖的渔哥儿，水性精通，气力又好。还有那个史大嫂，虽丑如无盐再生，却有这样好的水性，能把丈夫制伏。不要看轻她是村渔妇，也有好的本领呢。可惜不知他俩究是何许人，明天我倒要留心问问山上人呢。想了一会儿，方才解衣安睡。

明日早上起身，舟子送过早餐，便问玉琴可要上岸一游，他可以去找个土人来做向导。

玉琴道："我今天虽要游山，可是明天我仍想到横山去，你们倘然一定不肯载我前去的，无论如何，着落在你们身上，须得在此间代我请好一艘船，你们方可回去。"

舟子当然答应，便先上岸去。不多时候，领了一个洞庭山的土人前来，约有三十多岁，是个很老实的乡农。玉琴向他问问山上的风景，他都能回报得出。玉琴遂道："很好，那么有烦你引导我做一日之游吧。"又吩咐舟子道："今天我回来时，你们必须代我请定一艘船，不可有误。舟金多少，我决不计较的。"舟子道："姑娘放心，我们总代你出力请定就是了。"

玉琴遂跟着乡农走到岸上去，见那边居民都很朴实，非耕即渔，又有许多人家都有园地，种植果树。山上最高的是缥缈峰，玉琴登峰一望，洞庭诸山悉在其下，湖波浩瀚，水天一色，不由得喝声彩。又去游著名的林屋洞，石壁上题有"林屋洞天"四字，洞口只有一人高，而深不可测，洞前积水盈膝，游人不能进去。

　　乡农便告诉她说："以前在春秋吴国时候，吴王特请灵岩丈人入洞搜寻，洞中十分黑暗，丈人昼夜秉烛地走了七十多天，还没有走完，只得回了出来。说里面有石床、石几、石砚、石枕、金庭玉柱、石钟、石鼓等物。后来吴王再叫人进去，隔了二十多天回来报告说：洞中有奇怪的虫豸，有和鸟般大的蝙蝠，地上有许多人马的足迹，进去不得，所以，一直便没有人敢入内探寻了。五六年以前，洞中出过一条大蟒蛇，益发无人敢冒险相近。"

　　乡农又道："这洞可通到湖南省洞庭湖中的君山，可惜世人不能走此长途，犯此奇险。"

　　玉琴听了，半信半疑，瞧瞧洞口的情形，确乎长久无人入内了；想要自己进洞一探，继思也没有多大意味，况且一个人鼓不出兴来，便一笑而罢。又去游过石公洞，走得那乡农也有些喘气。他见玉琴虽是女子，却是步履矫捷，一些不觉疲倦，心中大大奇异！便说道："姑娘到底是北方的女子，不比我们苏州的小姐，一向娇养惯的，金莲窄小，走不上半里路，哪里会爬山呢。"玉琴笑笑。他们的午饭是在一处僧寺里吃的，此刻时已傍晚，乡农便引着玉琴还转。

　　玉琴瞧他有些疲倦的模样，忽然想起了什么事的，瞧见前面有个歇凉亭，走到亭前，玉琴便对乡农说道："你走得吃力了吗？不如在那亭里坐一会儿吧。"乡农点头道："姑娘，你也坐一刻可好。"玉琴道："好的。"于是走入歇凉亭，亭中有几只破旧的椅子，二人遂对面坐了下来。恰巧有一担卖豆腐浆的经过亭前，玉琴买了十文钱的一碗豆腐浆，请乡农吃，乡农连连称谢。

玉琴自己并不要喝这东西，瞧着乡农很快地把豆腐浆喝完了，便对他说道："你在这里住了多年，山上的事情可都知道吗？"乡农听了，便将大拇指一翘，答道："不瞒姑娘说，我的别名唤做'老百晓'！就是不论什么大小事情没有不知道的，所以我敢引导姑娘游玩，在这西山一百多里地方，只要你有什么问题，我都可以回答你的。"

玉琴笑道："老百晓，我就问你一个人，你可知道？"乡农道："可是山上关帝庙里的老和尚？还是大财主张善人？还是镇夏市的王秀才？"玉琴笑道："都不是，我要问你的是一个渔哥儿，有人称他是史大哥的，昨夜他在水里和许多同伙大闹，人家说他抢钱，后来被他的妻子拖回家去的。你可知道到底是怎么一回事？"

乡农道："原来是史大哥史兴，我知道的，他确是西山的一个奇人，说来话长，待我详细说给姑娘听吧。"玉琴道："很好。"乡农遂取过旱烟袋，装好了一筒旱烟，就火刀石上打出一点火星来烧着了烟，慢慢地吸了两口，于是他一边吸烟，一边告诉给玉琴听。

他说道："史兴是山上人，自幼便没有父母，跟着他的叔父打鱼为生。只因没有读过书，所以一字不识，不过他的膂力很大，在小时候就跟着一个姓陆的老僧练拳。那陆老僧就是方才说的关帝庙内的老和尚了，刀枪棍棒，无一不精，驻锡庙中好多年月，大家不知道他的来历。

"初见他秉性温厚，若无所能，也不注意；那庙破败了，老和尚也不向人化缘。后来有一次，山上来了一伙强盗，抢劫乡民赵姓、彭姓等家，关帝庙适在邻近，众盗打开庙门，也想进去抢劫。不料，那个老和尚提了一根棍棒，从黑暗里跑出来，举起手中棍棒，左劈右扫，把一伙强盗打得落花流水，大半受了伤，狼狈而逃；抢劫下的东西也都乱抛在地，不及携去，仍得物归原主。从此，山上人都知道老和尚能武艺，是个了不得的人,一齐敬服。赵姓、彭姓等家对他更是感激,醵资重修关帝庙,报答老和尚相助之恩,从此,山上也太太平平,盗匪们不再敢来打劫了。

"史兴在那时候常常到关帝庙内去闲玩,庭中有个一百多斤重的石香炉,史兴有一天高兴,竟双手把那石香炉举了起来,恰被老和尚瞧见。他就欢欢喜喜地唤史兴进去,问了他一回,知史兴是孤儿,却有这样很好的力气,便愿意把武艺教授史兴。从此,史兴常跟老和尚学武,竟被他学全了武术。史兴还有一个本领,就是泅水,在这里的渔户大半本都会此道的;因到太湖里去打鱼时,常遇见风浪,有覆舟之祸,若然学会了游泳,便可活命,似乎没甚稀罕。

"然而史兴的入水本领与常人不同,他能在水底潜伏三昼夜,生啖龟虾,又能踏水如履平地,不惧风浪。太湖中各处他都闯过的,没有不熟的地方。捕鱼的技术也很好,能手执两枝标枪,左右击刺,百发百中,真是渔哥儿中人杰,大家称他为浪里滚。因此,有一个姓武的老渔翁看中了他,要把他的女儿嫁给他为妻。讲起武家的女儿来,倒也是一个奇怪的女子。"乡农说到这里,又装一筒烟,吸上几口。玉琴听得很有趣味,便催他道:"快说快说。"

乡农咳了一口嗽,又讲道:"武家的女儿名唤双喜,因她呱呱下地的日子,正是她父亲四十寿辰,所以取了这个名字。可是从小就生得十分丑陋,面上一半有了青色的记,半爿脸儿完全变做青色,还有那半边脸却又很白的,便成了一个鸳鸯面孔,大家都称她鸳鸯脸。这样的女子自然无人要去娶她,更兼她在做女儿的时候,便有很凶的名声,动不动就要打人,将来一定是个雌老虎,谁肯低首下心地去做她的丈夫呢?不过,她却也有一个本领,就是入水的功夫比任何人都高强。

"有一次,她跟父亲出去打鱼,在湖面上遇见了史兴,大家入水抢鱼,竟被她获胜,老渔翁便托人向史兴的叔父处去说亲。史兴的叔父便问史兴可愿意娶武家的女儿,史兴却一口答应,因为史兴家中赤贫,又是孤儿,除了武家的女儿,谁肯嫁给他?史兴的叔父见史兴答应,便一口允许,老渔翁大喜,便把史兴招赘在家中。

"史兴成婚后,因岳家积些钱财,足供温饱,便懒得出去打鱼,反喜欢赌博饮酒;夫妇之间为了此事,常常相骂相打,到底史兴屈服了,只得出去捕鱼。可是身边钱一多时依旧好赌好饮,吃醉了酒就要乱打。人家有些忌惮他,凡逢到对付不下时,只得去唤他的妻子出来。他见了妻子,便不敢动野蛮手段了。他的师父老和尚,后来因他好赌好饮,所以渐渐不喜欢他,不肯再传授武艺了。老渔翁不久也得病而死,他们夫妇俩便住在山下,依然打鱼。

"昨天史兴捕鱼甚多,大获其利,回来时他就和许多同伴到小酒店里去喝酒;不知喝了几多黄汤,人已醉了,还不回家,反邀了伙伴们到杜五郎家里去聚赌。史兴起初胜利的,十分高兴,便自作庄主,大摊牌九。不料牌风不顺,常常输,他心里未免有些急了,恰巧第三条有了颜色,大家把许多钱下注;这一条倘被庄家统吃,他就可反败为胜,若是输了,就要立不起身。

"倒是他大着胆子,把两粒骰子掷出去,是个两点,待大家依着次序取牌;史兴拿着两张牌,却不扳看,静待人家先扳出来看点子。上门扳的是一张么六,一张三,是个一点。大家都说输了输了,怎么三门点子通小的,颜色在哪里,都上当了。

"史兴哈哈道:'我只要扳个两点,便可全吃,这一遭你们吃亏了。'有人说道:'你不必扳两点的,只要你一个人扳一点,便可吃通庄哩。'史兴欣然说道:'那么你们瞧着,待我来扳吧,倘然扳了个鳖十,今年我一定要死,不再赌钱了。'他一边说一边拈起一张牌来看时,乃是张么四。他嚷道:'有了这牌,一定不会成鳖了。无论如何,决不会没有点子的,我稳吃通庄。'他说罢,遂将那一张很快地扳开来时,众目齐现之下,大家一片声喝起来,乃是一张'二四',拼起来也是一点,恰是个'无名一',是一点中的最小的点子,庄家非但吃不成通庄,反要通赔钱。

"史兴一双眼睛对两牌睁圆着,口里狠狠地说道:'怎的?我是无名一吗,不是活见鬼吗,要死老婆了。'众人欢笑不已,有的道:'史大哥,你该倒灶,不管你要死或是你老婆要死,我们总是赢的,快快赔钱来。'

"哪知,史兴一看自己身边的钱赔不够了,双目一竖,向众人说道:'呸!一吃一,我是通吃的。'大家说道:'史大哥,你扳的是无名一啊,当然要赔的。'史兴道:'这张么四虽是无名,而这张二四是至尊的配对,庄家拿着一对至尊岂不要通吃呢?现在么四和二四搭档,不能算无名一,是要算至尊一的,是要算一的,所以庄家通吃。'大家嚷道:'没有这个道理,这是你一人杜造出来的。'史兴道:'明明是至尊一点,一吃一,统统都要吃的。'一边说,一边从他身上解下一块青布来,双手把三门的钱哗哩哗哩地一齐掳入布中,作一把提了,立起身来说道:'明天会。'

"大家见他动手抢钱,输了反说胜,岂肯放他走路?便有几个渔哥儿将他拦住道:'不要走,你这样行为,不是抢钱吗?快些还我们的钱来。'史兴睁圆怪眼,骂道:'呸,我是赢的,谁要抢钱?放屁放屁!'一伸手把当先两人打倒,窜出门去便跑。大家都说浪里滚喝醉了酒,如此蛮不讲理,我们不要放过他,于是一齐在后追了去。

"史兴回头见众人追赶,他就不回家去,一径奔到湖边,遂在水中大闹了一回。这是姑娘亲眼见过的事,后来仍请了他的老婆出来,方才收伏了他。昨夜我也在旁边瞧热闹,我若不知晓,也不能说是'老百晓'了。"说毕,又猛吸着旱烟。

玉琴听这乡农把史家夫妇讲得有声有色,真是一对儿水上怪杰。自己抱的缺憾就是不谙水性,此番到横山去,也是大大的冒险;若得此二人为臂助,很有用的,只不知道这二人可肯相助同往。想至此便又问乡农道:"你知他们住在哪里吗?"

乡农答道:"就在水边。"玉琴点点头道:"这两个人倒很奇怪的,水里的功夫都不浅,我想去同他们一谈,你若肯引导我去,我当厚谢。"乡农道:"姑娘要去时,我可引路。"

玉琴是急性的人,听乡农已允,立起身来便道:"我们快走吧。"乡农跟着走出凉亭来。见西面一个车轮般大的红日,已落到湖中的水平线上,白茫茫的湖波映着一片晚霞,很是好看。

二人从山坡小径里走去,两边树木很多,樵夫荷着柴,也在归去;有唱得很好听的小鸟在林中婉转而啼。乡农一路采些水果给玉琴解渴,自己也吃了不少。不多时,已到平地,渐渐向水边走来,从一条小路上抄到一处矮屋,门前有许多桑树。乡农指着说道:"这里便是史兴的家里了,待我先来叩门。"

玉琴点点头,乡农敲了两下,只听里面有妇人声音说道:"外面哪一个?"乡农道:"是我也。今天有一位客人来找你们呢。"说着话,两扇柴扉呀的一声开了,正是那个史大嫂,仍穿着淡青布的衫子,立在门里,嘴里咕着道:"哪里来的客人?"玉琴瞧着史大嫂的鸳鸯脸,几乎要笑出来,刚要走上前说话时,门里早窜出一条硕大无比的黄狗,张开大嘴,露出巉巉的尖牙,不咬乡农,却向玉琴身上扑来。玉琴没有防到这么一着,黄狗的前爪,已搭住了她的香肩,张口便向玉琴喉间猛噬。换了别人,不死便伤。幸亏玉琴是有本领的人,不慌不忙,一伸手抓住黄狗的前爪,使劲往外一掷,那黄狗早已跌出丈外;翻起身来,再接再厉,又往玉琴胸前猛扑。玉琴向旁一跳,躲过了。

这时史大嫂连忙喝住那狗,又把它踢了一脚,说道:"滚进去!"那黄狗方才退到屋内去了。乡农道:"好险啊!你家的狗怎么如此厉害?若非这位姑娘身手敏捷,不要被咬吗?真是人凶狗也凶,一家都凶,恐怕连那横山上的湖匪也不敢来侵犯你们啊。"史大嫂笑道:"狗见了陌生人便咬的,尤其是城里的人，得罪得罪！不知这位姑娘姓什么，何事到此，可受惊吗？"

玉琴笑道："不打紧，我姓方，因慕你们夫妇精通水性，故特来拜访。"乡农也道："史大哥在家里吗？"

史大嫂摇摇头道："不在家，他今天出去捕鱼，不知几时回来，若去喝酒时，说不定半夜始归。昨夜不是在湖上大闹的吗，这酒鬼的脾气愈弄愈坏了，老娘管他不好，心里正气闷得很，不知方姑娘有什么事？"

玉琴一想，史兴既不在屋，我也不必去和那婆娘说了，女人家十九不肯答应的，反而泄露了我的事；既然不巧，我只得依旧独自去吧。遂说道："我也没有什么事情，不过来看看你们，且欲向你家购几条大鱼。"

史大嫂道："姑娘要购鱼，可到鱼行里去，或是向渔船上买也有；乡人家里只有腌鱼，少有鲜鱼的。"玉琴点点头道："那么，我改日再来吧。"史大嫂也不客气，口里却咕了一声："活见鬼！老娘要缝衣服，谁有空来兜搭？"砰的把双扉关上。

玉琴回转身来，乡农带笑对她说道："姑娘不要生气，史大嫂的嘴是没遮拦，乱冲乱撞，凭你什么人，她都要得罪的。"玉琴笑道："没要紧，倒是直爽的好。"遂和乡农走回自己船上去。因为不见史兴，心里未免有些不快。

她踏上了船头，天色渐黑暗，一群暮鸦从头上飞过，便问舟子道："你们可代我雇定了船吗？"舟子从后梢走来，面上露出尴尬的模样，说道："还没有哩。"

玉琴听说，发了急，把足一蹬道："你不是答应得十足吗？怎么到了此时，还没有雇定船，那么明天我只有仍坐你们的船前去。"舟子低声央告道："姑娘不要见怪，我们说明了到横山去，大家都是横点头，凭你肯许重赏，谁肯冒此巨险？实情如此，我们无能为力。"玉琴道："我不管，你们摇我去。"舟子难住了，没有回答。那乡农忽然把手向那边一指道："姑娘巧得很，史大哥来了。"便听有一阵阵歌声送入她的耳鼓。

第六十四回

快意畅谈解衣为剑舞
奋身苦战投水作珠沉

暮色苍茫中，玉琴跟着那乡农的手还过头去一看，见前面有五六艘渔船来。船头上各立着渔哥儿，打边的一条小船上立着一个短胖的渔哥儿；上身披着一件青布衫，敞露着前胸，下面裤脚管卷起至腿弯，赤着双脚，手里撑着一根竹篙，口里唱着渔歌的尾声道："五湖四海任逍遥。"不是史兴还有谁呢？

恰巧他们的船渐渐向玉琴舟边靠拢来，史兴先把篙点水，船至近身，瞧见玉琴，不由对她看了一眼，乡农忍不住喊道："史大哥，你打鱼回来吗？这位方姑娘适才曾到你家里去拜访你的，恰逢你不在家，所以回船上，现在又在此间相遇，真是巧极。"

史兴闻言，把渔舟泊住，抛了篙子，跳到玉琴船头上来，双手唱个土音说道："这位姑娘曾到我家里去过的吗？姑娘是北方人啊，可是来游玩的，有什么事唤我呢？"

玉琴点点头道："正是，江南人水性真好！昨晚我在这里瞧见你醉酒闹湖，非常有趣，你的水里本领，也可窥见一斑，无怪人家叫你'浪里滚'了。我很想和你谈谈，所以方才来拜访。"

史兴听了玉琴的话，又将双手对玉琴唱个土音说道："不敢不敢，我昨晚喝醉了酒，和弟兄们胡闹，惭愧之至！这里懂水性的人很多，区区本领没有什么稀罕，姑娘不要这样说，既然姑娘欢喜到我家里去坐坐，那么请姑娘跟我去也好。"玉琴道："好的。"

史兴立即回身，跳到自己的船上去，取了一个鱼篓，背到背上，仍跳到玉琴船上来，要请玉琴去。

此时，玉琴早已把钱给了那乡农，打发他去；又对舟子说了几句话，便跟着史兴，一同跳到岸上。史兴说一声："姑娘走好。"自己打前领路。一回里已到他矮屋门前，屋里已上了灯，有一些灯光从竹篱中透露出来。

史兴上前，向门上把手指弹了二下，只听里面史大嫂的声音很响的说道："酒鬼，今天你为何回来得这么早，不去灌黄汤？哈哈！你也领教老娘的手段了。"

史兴忙隔着门说道："不要多讲话，有客人在这里。"又听史大嫂笑道："你有什么贵客呢？不是瘦鬼张三，便是赤鼻李四，在家里时不许你们赌钱的啊！"说着话，门已开了。史大嫂见了玉琴，仔细向她瞧了一瞧，说道："你这位姑娘，不是方才来看史兴的吗？怎么现在一起来了。"

玉琴微笑道："是啊，我在船上逢见了他，所以又来了。"史大嫂道："原来是你，那么快请进来吧。"玉琴跟着史兴夫妇走进，史大嫂便顺手将门关上，那条狗又从黑影里跳出来。史兴嘴里咄了一声，那狗便一声也不吠，只在玉琴足下乱嗅。史大嫂喊了一声："走！"那狗果然就退去了。

史兴夫妇把玉琴让到里边一间屋里坐下，史兴将背上的鱼篮交给史大嫂道："这里头有两条鲜鲫鱼，待会儿你去煮一碗鲜鱼汤给姑娘喝；可把赤鼻李四前天送给我们的一块火腿，在锅上蒸熟了，切成片子，今晚我们要请这位姑娘吃一顿晚饭。"

史大嫂答应一声，玉琴却带笑道："我们初次相见，怎好叨扰？"史兴道："不要客气，这里乡僻之区，没有什么好吃的，我去沽酒来。"说罢，立刻跑到里面去，取出一个大酒瓶，对史大嫂说道："这几日都是你不许我喝酒，所以家中一滴酒也没有了。"史大嫂笑道："便宜你这馋嘴的酒鬼。"

玉琴见史兴要去沽酒，忙从她身边摸出二三两银子说道："我这里有钱。"史兴把手摇摇道："哪里要姑娘的钱？我们虽是穷人，这一些东道还尽得起的。"一边说，一边大踏步地走出去了。

史兴去后，史大嫂又对玉琴说道："方姑娘，对不起，要你独坐一刻了。"便拿着鱼篮子走到厨下去烹煮。不多时，史兴已沽酒回来，他也没有工夫陪伴玉琴讲说，也赶到厨房去帮他的妻子烧饭。

玉琴独自坐着，借着灯光，见这屋子里的陈设很是简陋，壁上挂着两柄雪亮的鱼叉，还有一柄鹅翎铜刺，此外大都是些渔家的用物。暗想：史兴夫妇虽是粗人，然而性情却很豪爽的，和此等人谈话，一点没有虚伪，非常爽快！我到了他家，他们竟这样款待我，也足够显出他们好客之心。我以前在北方时，曾和剑秋在李鹏家中耽搁多时，李鹏夫妇也待我们很好的。北有李鹏，南有史兴，可谓无独有偶了。我此番独探太湖，视歼除群盗为己任，那么少不得要借用他们俩的相助。只不知他们能不能作我的臂助，却要少停再看情景了。她想了一会儿念头，史兴夫妇已把酒菜端将出来，请玉琴上坐，夫妇俩坐在两边相陪。

玉琴遂对他们说道："萍水相逢，承蒙你们这样盛情款待，更使你们如此大忙，叫我如何报答呢？"史兴说道："我们在湖中是个渔哥儿，自知很下贱的，蒙姑娘看得起我们，能到我们家里来坐坐，真所谓蓬荜生辉，草木……"他说到这里，突然间说不下去了。史大嫂笑道："你既然是个渔哥儿，索性快快不说，何必咬文嚼字，学那些学究先生呢？"

史兴笑道："那么我不说了，但是姑娘也不须再说什么客气话，我是对答不来的，快请喝酒吧。"说着话，便代玉琴斟上了一大杯酒，又代他妻子也斟满了一杯，然后再替自己斟了，说道："我们赶快地喝几杯吧。"

史大嫂道："你昨晚喝得还不够吗？若不是老娘强拖你回来时，你不要闯出人命的祸来吗？今夜只有我们喝，却不许你喝。"

史兴笑道："无酒也罢，有了酒时岂可不喝？若然叫我坐在这一边看你们喝酒，那么恐怕我肚里的酒虫也要钻出来了。今晚我们陪客人，你可怜我，就让我多喝几杯，也好使我快活。"

史大嫂笑道："你这样一说，我却不能不让你喝了。但是你该知道座上有了这位姑娘在此，你不得喝醉了撒野无理。"史兴点点头道："我理会的。"说罢，咕咕咕地把自己面前的一杯酒喝个干，又对玉琴说道："请啊请啊。"

玉琴见了这一对夫妇，并不觉得村野可鄙，反而妩媚可喜，也就喝了一杯。提过酒壶，代史兴的空杯里斟满了，自己也注了个浅满。

史兴便向玉琴问道："姑娘是哪里人氏，是不是一人南下，到这里洞庭山来可是游玩的？我看姑娘似乎习得一些武艺的，是不是？"一边说，一边指着玉琴腰里佩的真刚宝剑。

玉琴听史兴说她学得一些武艺的话，便微笑道："我姓方，名玉琴，是关外荒江人氏。此次南下，本有一个同伴姓岳的呢，不过当我们游罢普陀，海上归舟之时，我们俩分散了，我才独自跑到苏州。此次一人泛舟太湖，虽说遨游，可是最大的目的是要访问横山的湖匪。"

玉琴的话还没有说完，史大嫂早抢着说道："姑娘，你怎样知道这消息？横山上的强盗端的厉害，你要去访问他们做什么？"玉琴道："因为他们骚扰人民，我要去取他们的首级。"史兴对玉琴看了一看，说道："姑娘，你这话可是和我们说着玩的吗？"

玉琴正色说道："当然是真的,我和二位初次相见,岂能无端开玩笑的呢?"

史兴点点头道："不错,那些强盗在湖中实在是猖獗异常,抢劫了许多村庄,杀死了许多良民,理该把他们诛灭;但是,太湖厅曾经带兵去剿过也没有用,那些官军都是不中用的东西,反被他们杀得大败,太湖厅本身也险些儿被匪掳去。因为湖匪都非平常之辈,能人很多,要剿灭他们,确乎不是容易的事啊。"

玉琴道："你说他们能人很多,那么你可知道他们一二?"史兴又喝了一杯酒说道："岂但知道一二,便是其中的首领我也认识的。"玉琴道："史先生,你和湖匪的首领相识的吗?"

史兴哈哈笑道："这句话我不敢在外边说,我不但和湖匪的首领相识,而且我们还在水中交过一回手呢。"玉琴点头说道："很好,史先生请你详细告诉我吧。"

史大嫂在旁边说道："姑娘,我们都是粗人,你不要这样称呼,叫这酒鬼怎么当得起呢?这里的人都唤他史大哥,称我为史大嫂的,姑娘请你也是这样的称呼吧。"玉琴道："好,那么请史大哥讲个明白吧。"

史兴遂说道："姑娘,提起那横山,我在小时候也曾去玩过的。记得山上有一个灵官庙,住着数十家居民,半农半渔;后来却来了一伙强盗,占据这个山头,作为他们的巢穴,把山上人民胁迫入伙,有些怯懦的遂逃了出来。那湖匪的首领姓蔡名浩,别号混江龙,本来是长江里的大盗,后来被彭玉麟大人的水师击散了,他遂到这太湖里来栖身。

"起初时大家也不曾注意,后来又加入了孟氏弟兄,兄名火眼狻猊孟公武,弟名海底金龙孟公雄,声势就渐渐地大起来;官军无力进剿,遂酿成了湖中的巨患。

"听说火眼狻猊孟公武死于北方,似乎湖匪折了一条臂膀,可是去年他们山上又来了一个道士,唤什么雷真人的,有非常好的本领。派着人到沿湖各乡村去传布教义,劝乡民入他们的教。有许多甘心附盗的都入了他们的教，和他们勾通一起，因此他们的潜势力着实不小呢。"

玉琴听了史兴的话，心中暗想：原来白莲教的党羽又在这里活动了。他们教中的四大弟子，云真人和风姑娘都已死在我们手里，火姑娘在云南曾被云三娘驱走，惟有雷真人不知他在哪里作祟哩。还有那孟氏弟兄，以前本在韩家庄助纣为虐，当我们大破韩家庄的时候，孟公武早已授首，那孟公雄仗着水性得免，便宜他好多时候。今日既然都在此间，倒可以聚而歼之了。

史兴见玉琴不响，以为玉琴听了他的话吓住了，便笑道："姑娘，我说的都是实话，山上能人恐怕还不止这几个呢。"

玉琴点点头道："不错，多谢你将山上的情形告诉我听，但是你说过曾和他们交过手，这又是怎么一回事呢？"

史兴又喝了一杯酒说道："姑娘，我把这事告诉你，似乎有些自夸，请姑娘不要笑我。"

史大嫂在旁笑道："偏有你的，识趣快快地说吧，你不说时，待我来讲。"

史兴遂说道："这是年前的事了。有一天，我和几个伙伴同到湖上去打鱼，因为没有捕得大鱼，我们的渔船渐渐驶得远了，那里将近横山了。恰逢混江龙蔡浩带了他手底下几个弟兄，也在水上捕鱼。那时我们也不知他就是横山上的湖匪的首领，以为他们不知是什么山上出来的渔船，大家各自捕鱼，两不相犯。忽然，有一条大鱼在水中出现，两边各用飞叉遥遥飞刺，但是他们的叉没有刺中，而那鱼的头上却中了我一叉，立刻浮起在水面不能动了。按着道理，这条鱼当然是属于我们的，我们自然把船划过去取鱼。谁料，他们船上早有两个人跳到水中去，抢得大鱼，想要泅还他们的船上去。此时恼怒了我，立刻耸身跃入湖中，把他们打退，夺还那条大鱼。

"那混江龙蔡浩见了，便在船上向我们说道：'这条大鱼已为我们捕得，怎样可以动手打人，强夺过去？'"

"我就答道:'这条大鱼头上中了我的鱼叉,所以没有逃去,按理应当归还我们有,谁教你们先来抢鱼呢?'蔡浩又道:'这里是横山的湖面,你们也不该前来捕鱼。快快将鱼交出,万事全休。你可知道我是什么人哩?'

"我听了这种野蛮的话,怒气上冲,便向他说道:'湖面上不分区域,只要有本领,大家都可捕鱼。这条鱼不是生在你们横山的,安知不是洞庭山游来的?你是什么人,别人肯让人,我浪里滚史大哥却不认识人的!'蔡浩听了,冷笑一声道:'我就是横山上的混江龙蔡浩。今天你这小子胆敢在我面前逞能吗?不还我鱼,休想回去!'

"我听了他说出姓名,才知他就是湖匪的首领。一则事情已闹僵,二则我也不肯轻易让人的,便索性对他说道:'你就是混江龙蔡浩吗?一向不识,今日相见,亦未见你的高强。你虽是绿林中的好汉,可是总不能不讲理的。无论如何,这条鱼总是我们所得。头可断,鱼不可不还,凭你怎样办便了。我史大哥也是个好男子,什么三头六臂的人,我也不怕!'"

史兴讲到这里,睁圆了一双怪眼,将桌子一拍,杯筷都跳了起来;一只赤着的泥脚向自己坐的长凳上一搁,做出气呼呼的样子。史大嫂指着他笑道:"酒鬼,你讲便讲了,谁要你拍桌子。蔡浩又不在这里,倒吓了人家一跳。"又对玉琴说道:"姑娘,他是个粗人,你瞧了他这个样子,别笑。"

玉琴笑道:"这样讲得很好,有声有色。史大哥,请你快快讲下去。"

史兴接着说道:"那时候蔡浩见我强硬,便要我在水中和他比较一下身手,谁胜谁得鱼。我本要试试那狗盗的本领,遂一口答应。我们两人于是一齐跳到水波中去肉搏,蔡浩水里的功夫果然不错,幸亏我在水底的眼光较他远而且强,而我这蛮牛般的气力也占了一些便宜。因为大家不用兵器,是空手相斗的,所以我和他在水底打了好久。他到底被我打退,我遂得了大鱼,欣欣然地回来。隔了几天,忽然蔡浩派了一个头目前来，送我许多金银彩帛，说蔡浩虽给我击败，却很佩服我的本领，要劝我秘密入伙。"

史兴说到这里，将手在嘴上揩了一揩，取箸夹了一块火腿，送到他的口里。

玉琴带着笑说道："史大哥，此时你真为难了，怎样对付过去的呢？"

史兴将大拇指翘起说道："我史兴虽是个渔哥儿，却也很有志气的。大丈夫在世，若不能做些有益于一国一乡的事，至少也要自立，不要做害人的坏胚子。我在湖中打鱼，将鱼换钱，有酒喝、有肉吃，逍遥自在过我的一生；虽不做官，也是快快活活的！岂肯将父母养下我的清白之身，去做那杀人放火的盗匪呢？所以我立刻拒绝，没有答应。"

玉琴点点头道："史大哥，你这话说得很对，大丈夫当立功扬名，流芳百世，岂能做乱臣贼子呢？那些盗匪快一时之意，杀人放火，称霸山林，然而潢池弄兵，到后来终不免于诛戮，这真何苦？便唐朝的黄巢，明末的闯献，杀人千百万，流血成河。但是杀人者人亦杀其身，自己也不得好报，徒然造成许多流血惨剧罢了。"

史兴道："姑娘说得甚是。不过，现在一般的文臣武将大都只知道刮削民脂民膏，不顾小民的疾苦，他们只要作威作福，自私自利；于是一般小民生活日艰，老弱的死在沟壑，强壮的都去做了盗匪，这叫作官逼民反，所以湖匪的势头渐渐兴盛。那些官兵都是酒囊饭袋，前番去剿湖匪，太湖边上各乡村都受着骚扰，船只也被他们拘去不少；后来官兵败了，许多船沉的沉，掳的掳，一艘也没有还给老百姓，乡民反受了损失。不是剿匪，却是殃民！因此一般人也不希望大军来剿了。现在西太湖各乡村，十有四五都向湖匪通款的，有很多又进他们的教，这样可免湖匪的焚劫了。所以我不但恨强盗，对于那些瘟官也是深恶的。"

史兴这一番说，可谓快人快语，听得玉琴眉飞色舞，连声叫好！便又问道："那么这里可曾受过盗匪的劫掠呢？"史兴笑道："侥幸他们没有来过，这也因为此地的渔户很有团结的能力，乡民也很能自卫，因此没有受着骚扰，将来也难说的啊！"史兴说完了，壶中酒已喝干，史大嫂又去烫了一壶来，史兴代玉琴斟了一杯酒，说道："我已把一切所知道的告诉了姑娘，那么你究竟要去不要去？"

玉琴虽听史兴说湖匪如何猖獗，自己一人进去，本是冒险之举，吉凶祸福，尚未可料。可是，此行目的为的是什么？自己留给夏听鹂、周杰二人的字条又是怎样说的？我不入虎穴，谁入虎穴？既然到了这里，岂可见难而退，反给他们嘲笑呢？

因此，她听史兴问她究竟去不去，她就坦然地说道："我是要去的，不过这里的摇船的人十九没有胆的，一听我说要到横山去，大家都是摇头乍舌，都还答不去。我又不懂水性的，且不会摇船，要去也去不成功。倘然史大哥肯载我去，我岂有不去之理？老实说，我登门请教，也是为了此事，不知你们二位可能助我一臂之力？"

玉琴说罢，史兴道："如此说来，姑娘很有去的意思，若要我们帮忙，我们当然乐意的；但是姑娘一个人能力有限，到了那边，寡不敌众，岂不要劳而无功？倘有危险，如何是好？"

史大嫂也说道："我们并非轻视姑娘，山上的盗匪都是有本领，姑娘虽然勇敢，我们总是不放心。"

玉琴听他们夫妇这样说法，暗想：以一个弱女子而入虎穴龙潭，本来人人以为危险的事，我和他们初次相见，他们还没有知道我的来历，毋怪他们对我怀疑。谁知我以前在关外，初出茅庐，便独诛洪氏三雄，威名震于荒江！后来韩家庄、宝林寺，到处探险，但知向前迈进，岂曾鳃鳃过虑，畏首畏尾。现在他那里能人虽多，然而总不见得有铁拐韩妈妈、四空上人等一般厉害，而我的剑术比较以前已大有进步，谁说去不得呢？我若要他们相信我，非先显本领给他们看不可。

她想定主意，遂带着笑说道："你们二人说的话也是好意，我很感谢。承蒙你们请我喝酒,席间无以为乐,我情愿舞剑一回,略施薄技,请二位指教如何?"史兴夫妇见玉琴这个样子,本来莫测高深,听她口出大言,究竟不知有多少本领,心中很是怀疑,现在听玉琴说要舞剑,一齐欣然说道:"姑娘能够舞剑给我们看,这是最好的事了。"

玉琴于是笑了一笑,脱去外面的褂子,露出里面墨绿绉纱的紧身小袄,从腰里抽出那柄真刚宝剑来,寒光森森,照得四壁光腾。史兴夫妇脸上都觉得有股冷气直逼上来,史兴不由说了一声:"好剑哪!"

玉琴已一个箭步,跳到庭心,二人跟着走出室来,立在一边。

这夜的月色和昨夕一样的光明,明月在天,人影在地。只见玉琴抱剑而立,对着他们说道:"放肆。"遂将宝剑一摆,左一剑右一剑的舞将起来。初起时,二人还瞧得清楚使的解数,到后来,一剑紧一剑,飕飕地,霍霍地,变成一道白光,不见了人影。那白光圆圈渐放渐大,忽东忽西,宛如游龙般不可捉摸。二人耳听着呼呼的风声,眼中耀着闪闪的电光,不觉大为惊讶,从来没有见过这样身怀绝技的女子,莫非她就是古时传说的女剑仙吧。

玉琴舞到十分紧急的当儿,剑光荡动得更是厉害,二人不敢正眼相视,忽见那白光从弧形蓦地向外一泻,好似一道白练,向门外那一株大树上飞去;早已到了树上,那剑光又变做一个车轮般的,在树上旋转几下,便有簌簌的声音,落叶如雨,接着那白光忽又飞将下来。二人瞧得目眩神骇,却见玉琴早提着宝剑立在二人面前,微微笑道:"酒后献丑,请二位弗笑。"

史兴夫妇都说道:"方姑娘,你的剑术出神入化,非寻常可比。我们有眼不识,你是一位女剑仙,真是十分惭愧的。"

玉琴把剑插入鞘中,握着二人的手,从容还至原座,对二人说道:"你们以为我的剑术高强,其实我的功夫还浅,哪里当得起'剑仙'二字?老实说了吧,我就是昆仑门下的剑侠,一向在北方的。此番和我的师兄岳剑秋南下遨游，被海盗所厄，以致彼此分散，不知他的下落。他的剑术和我有一样的程度；至于我师一明禅师、云三娘等，剑术已臻神化，方可以称得'剑仙'呢！"史兴夫妇听了，更是钦佩。

玉琴再问他们道："不知二位究竟可能助我同至横山？此间地理我毫不明白，汪洋太湖，无舟不能飞渡，须得仰仗二位之力。"

史兴道："女侠有差遣，不论什么地方，我们夫妇俩都愿去的，女侠有这样神出鬼没的剑术，还怕什么呢？"玉琴点点头道："很好，明天就请你们载我到横山去，最好夜间上山，他们不至于防备得到。"史兴道："那么，我明天下午载姑娘前往，约计黄昏过后，可以到那边了。"

玉琴见二人已经心悦诚服，肯为己用，不胜欣喜，酒也喝够了，便要用饭。史大嫂便到厨下去盛出一大碗鲜鱼汤来，又将饭端上，请玉琴吃。史兴把壶中剩余的酒一口气喝完了，也去拿了一只大碗盛饭吃。三人将晚饭吃罢，时已不早，玉琴便要告辞回船，约定明日上午她把坐来的船打发回去了，就到史家里来，以便同行。史大嫂遂送至门外，史兴又送玉琴到了她的船边，方才别去。

次日，史兴夫妇一早起来，因为他们遇见了女侠，心里异常高兴。不多时候，女侠已走来了，二人忙着预备午饭请玉琴吃。午后史兴早已把自己的渔船停泊在水边伺候，请玉琴下船，把家中的门户托给邻人代为照顾。

玉琴见史兴带着那两柄雪亮的鱼叉，史大嫂带着一柄鹅翎铜刺，就是那壁上悬着的东西了，三人下了船，摇出港去。逢见数艘渔船，船上的渔哥儿都认识史兴的，便问："史大哥，你们夫妇两个到哪里去？"史兴怎肯直说，口里胡乱地说了一个地名，支吾过去。

出了港，风势正顺，史兴又挂起一道帆来，向横山方面驶去。初时，常常遇见帆船和渔船，可是行了一大半水程，湖里更阔，却找不到别的船舶。但见万顷洪涛，水天相接，水声风声，不绝于耳。史大嫂便对玉琴说道："在这里一段的湖面上，船只往来本是很少的，现在因为横山上有了湖匪，谁敢再在这里驶行？除了湖匪自己的船，人家的船简直不敢闯进这里来。"

玉琴笑道："那么，我们可以说吃了豹子胆哩。"史兴听二人说话，也就说道："少停倘然遇见盗船，他们必要查问，你们可以不必声张，我自会还答的。"

但是又行了许多水路，却没有逢见什么盗船。天色渐暮，史兴把手指着西面一个被晚霞笼罩着的高大山头，说道："这就是横山了。那里港汊很多，芦苇高长，很可以隐藏的。"

玉琴跟着史兴的手，瞧见了那横山，觉得山色岚烟，云影波光，一片好风景。想不到却有杀人如麻的盗匪在那里，世间作恶的人何以这样多呢？虽有三尺龙泉，恐怕也杀不尽。群盗如毛，何况窃钩者诛，窃国者侯；许多巨奸大憨，包藏祸心，为天下害的也是杀不胜杀呢。她想到这里，不胜慨叹。

这时，天色已黑下来了，湖面渐狭，山头已近，前面有几条小港，芦苇一排一排的，长得比人还高。史兴说道："到了到了，今天风势顺，所以到得早。前面必有盗匪，若被他们瞧见，我们更不好推托，乘这时候我们快到芦苇中去隐藏吧。"遂将大帆落下。夫妇二人很快地摇着船，摇进了芦苇深处停住，灯也不敢点，恐怕被盗匪瞧见火光。

三人伏在黑暗里，吃了些预备好的冷饭，听得芦苇外边有橹声、桨声，大约是有匪船摇过，侥幸没有撞见。他们在外边行过，岂知芦苇中有船伏着呢？三人坐守多时，约莫已过了二更，天上明月从云中现出她的姣容来，照到那冷冷清清的湖面上；听听四边除了风水声，别的声音一些也没有。

玉琴不耐久待，便对二人说道："我们可以出去了。"二人点点头，史兴说道："我们到了山下，让我的老婆仍把这船摇到芦苇里守候。我愿跟随姑娘一同上山去，把那些狗强盗杀一个畅快，也让他们识得我史大哥的厉害。"

玉琴道："史大哥，你和我上山是很好的，但不知你可有轻身的功夫？"

史兴摇摇头道："我这个却没有学习得，我师父只教我刺枪弄棒，没有教会我飞檐走壁，惭愧得很！"

玉琴道："一个人各有各的擅长，你虽没有飞行的功夫，却有水底的本领，也自有你的用处。不过此番我上山去，目的是在窥探，倘然遇见了他们，厮杀一阵也说不定的。我自知，凭着我一个人要杀完他们，也是一件难事，将来还须再入虎穴的。你既不会轻身术，不如待我一人上山，较为便捷，请你们夫妇在船上接应我吧。"

史兴听说玉琴不要他去，便有些不高兴，默然无语。玉琴知道他的意思，便又对史兴说道："史大哥，我并非用你不着，请你不要误会。此刻我去探了一回虚实，回来后再和你们想法，怎样去破灭他们，将来你们正有大大的用处呢。"史兴答应一声，便和史大嫂把船摇出芦苇去。见前面水上静悄悄的，月亮的影儿倒映在水里，史兴将竹篙在船头点着水，史大嫂在船梢摇着橹，玉琴按着宝剑，站在史兴的背后。

渔舟向前摇去，到了山下，史兴拣着冷僻之处，将船泊住，可是这里都是乱石烂泥，离开岸尚有一丈的光景。史兴道："姑娘，你能够上去吗？"玉琴点点头，史兴又道："这里虽然僻静，然而我们的船只也不能多时停泊在此，只好仍回到芦苇中去躲藏；姑娘探山回来时，可以在此击掌两下，我们听得了声音，便可出来接应的。"

玉琴道："这样很好，但请你们仔细留心着，我是不懂水性的，山上回来，全赖你们接应。倘然到了天明不还来时，当然是凶多吉少，你们也不必再候，可以回去吧。"史兴夫妇听着玉琴这样说，不觉心中又代玉琴担忧起来，史兴恨不得跟着玉琴同去；玉琴却很安闲地对二人说了一声："再会。"飞身一跃，如轻燕离巢一般，已跳到岸上去，杳无声息。

史兴见了她这样好的轻身功夫，心中稍慰，立刻和他妻子把船摇到近处芦苇中去了。玉琴到了岸上，月光照着山径，很是清楚，她恐防被人瞧见，只拣黑暗处往山上走去。穿过了一个大松林，见前面有许多小房屋，傍山而筑，好像寻常的人家，然而，住在这横山上的人当然都是湖匪的伙伴，决没有好人的。

玉琴悄悄地走到那些屋子背后，见东面一排小屋里都有灯光亮着，里面有牌声、掷骰声，原来有许多人在那里赌钱。玉琴本不欲去惊动他们，但不知史兴所说的灵官庙在哪里，湖匪的首领是不是仍住在那边？自己苦于不识途径，难以摸索。

她正在踌躇，不防有一个人急急忙忙地跑到后面来，撩起了衣服，正要小解；玉琴躲避不脱，只得跳过去，疾飞一足，把那人踢翻在地。

那人见了玉琴，不由一惊！正要呼喊时，而玉琴的宝剑已冰冷地架在他的脖子上，喝道："休要声张！"那人果然吓得不敢开口，玉琴把他像抓小鸡一般拉到那边树林中去，把他放在地上，问道："你快快告诉我灵官庙在哪里，你们山上的首领可在庙中？"

那人答道："从这里向上走，就是一片操场，过操场往东走，不过二三百步路，有一带黄墙，门前新竖立着一对旗杆的便是了，他们都在那里，姑娘请你饶了我吧，我不是湖匪。"

玉琴笑道："你不是湖匪，可是好人吗？"那人不响，玉琴手起剑落，把那人杀了，尸首抛在林中。自己出了林，照了那人说的话，又向山上走去，果然走到了一片操场；穿过操场，前面都是矮屋，并无灯光，大约屋中人都睡了。

又走了一段路，月光下遥见前面有一带黄墙，知道目的地已到，飞步走到那边。见旗杆上的旗被风吹动，招展不已。她恐怕门前有人，便从侧边飞身跃入。细瞧庙里，高高低低新旧房屋很是广多，有的有灯光，有的没有灯光；她跳到了大殿的顶上，听听殿内没有什么动静，于是壮着胆，向有灯光的地方走去。

渐渐走到一个院子上，只听下面屋里有人在那里说话。她使个蜘蛛倒垂式，双足挂在檐上，用唾沫湿透窗纸，戳了一个小孔，用右眼向屋子偷窥。却见屋内正坐着三个人在那里谈话，巧极巧极，这三个人她都认得的，原来就是邓家堡邓氏七怪中的三弟兄，左面是闹海蛟邓驹，右面的是出云龙邓骏，下面的是赤练蛇邓骋。以前在大破邓家堡的时候，被他们侥幸免脱，想不到竟在这里，那么，史兴说的山上能人很多，这句话不错了。静心一听他们的谈话，又是巧极，正在讲起她自己。

邓骏说道："想我们弟兄七人，本来在邓家堡独霸一方，何等威风！偏有那个荒江女侠和姓岳的屡次前来寻事，他们都是昆仑门下，专和那些峨嵋以及绿林英雄作对；所以他们纠合了同党，帮助着那个新到任的瘟官，捣破我们铜墙铁壁般的邓家堡，把我们弟兄杀害了四人，闹得家破人亡。

"我们三个人好容易逃得了性命，在淮安府弟兄会了面，无处安身，便去投奔洪泽湖的满天星周禄。叵耐周禄也像梁山泊上的白衣秀士王伦一般，不能容留林冲，量小非常，使我们忍耐不住，只得离开了洪泽湖，别作道理。幸而遇见了孟公雄，他和我以前在濮州清真观里认识一面，他遂招请我们到这里来安居，否则我们岂不是连吃饭的地方都没有了吗？想起前情，好不可恨！"邓骋道："二哥说得甚是，那荒江女侠和姓岳的这一对狗男女，不知现在哪里？这个血海大仇，不可不报，他日若然撞在我们手里，我必要把二人碎尸万段，以泄我恨！"

玉琴听他们这样说，心中暗暗好笑："你们的仇人就在眼前，想要把我碎尸万段吗？真是妄想！待我来斩掉你们的头颅。"她本要跳下去和他们动手，既而自思：我到这里来，是要窥湖匪的首领和雷真人那些人的，别要打草惊蛇吧！

又听底下邓驹说道："听说荒江女侠和白莲教中人也是作对的，白莲教中人对于她也是衔恨入骨的，冤家甚多，将来总不得好死。这里的雷真人就是白莲教四大弟子之一，他常说：'若遇女侠，必要把她生擒活捉，先奸淫了一个痛快，然后再用惨毒的方法处死她。'"邓骋接着说道："那雷真人本来是好色的羽士，他和他带来的宠姬薛素英，住在那个玉皇阁上，夜夜欢娱，荒唐得很。"

邓骏道："那薛素英虽是个淫荡的女子，却也精通武艺，很是难得。这个小小横山，四方人都来归附，前途很是乐观，我们在这里也大可安身了。"玉琴听了邓氏弟兄的话，一心要去找雷真人，所以不去惊动他们。身子一缩，回到屋面上，又向里面行去。

翻过一重屋脊，立定了，又向四下一望，见东南上有一高阁，而奇怪的是阁上的四角，东南西北都高高地竖着了一盏红灯笼，不知有何作用？想那阁子大约就是邓氏弟兄说的玉皇阁了，我且冒着险前往一探。她这样想着，于是连跃带跳地跑到那玉皇阁上。

南面两扇窗里正有灯光映出，窗前恰巧是一条横弄的屋脊，很是平坦。好玉琴，跨到了屋脊上面，正想去窥探阁中的动静，却不料左首红灯之下，泼喇喇地飞出一件东西来，向玉琴头上猛扑。玉琴抬头一看，乃是一头苍鹰，张着它的尖嘴，要来啄她；玉琴怎敢怠慢，连忙拔出真刚宝剑，退后三步，护住头顶。那鹰见了剑光，遂在上面盘旋，不敢下来，怪叫了一声！只见那三盏红灯之下，扑扑扑，刷刷刷，又飞出三头很大的鹰来，一齐将玉琴包围住。

原来，这四头苍鹰乃是雷真人平时豢养着的随身护卫，非常勇猛，能帮助它们的主人和人家战斗，雷真人常常倚着它们而取胜的。所以他住的玉皇阁上，四角扎好鸟巢，四头鹰一到晚上便埋伏其中，四盏红灯就是它们的记号；这样雷真人可以和他的宠姬在阁内高枕无忧，不怕刺客来了。玉琴又怎会知道有这些东西呢？

此时，阁中的薛素英，正对着银灯独坐，雷真人在里面正和蔡浩、孟公雄饮酒呢。薛素英听得苍鹰飞起和怪叫的声音，知道外面有人到了，便向壁上摘下她的宝剑，身边又带着暗器,开了窗,跳将出来。玉琴正舞着剑抵敌那四鹰,心里不觉又想起剑秋收伏的那金眼雕了,可惜它死于非命,埋骨在云龙山下;否则带在身边,传达消息,相助作战,大有用处呢。

那四头苍鹰合了群,声势更盛,上下进攻,恼怒了玉琴,将宝剑使开,白光飞处,一头鹰已叫了一声,跌下地去。薛素英瞧得清楚,不由大怒,娇喝一声道:"你是哪里来的刺客?敢将我鹰伤害。"

玉琴见阁中一女子跳出,知是雷真人的宠姬,便说道:"妖姬,我来取你的性命。"丢了三鹰,舞剑直取薛素英。薛素英挥剑迎住,二人在屋上狠斗起来。

薛素英虽勇,却不是玉琴的对手,幸有三鹰在旁相助,战了二十余回合,屋下的人都已惊觉。孟公雄第一个跳上屋来,月光下见了玉琴,便道:"原来是你这小丫头闯到这里来了!不要走,我今夜要代我的哥哥复仇,管教你来时有路,去时无路。"一摆软鞭,跳过来便向玉琴头上砍下,玉琴也说道:"草寇,休要胡说!"将剑架住。

她一人敌住二人,本来很从容的,无如头上还有三头鹰飞来飞去的,要乘隙伤害她,所以分了心。孟公雄一心要复兄仇,一柄鞭尽向玉琴身上下进攻。玉琴早防着他,迎住他的鞭,乘着势往外一削;唰的一声,孟公雄的软鞭早已削成两截,孟公雄只得跳出圈子。

在这时候,一道白光飞舞而至,雷真人已到了。玉琴瞧雷真人,五短身材,颔下有须,黄冠道服,和云真人仿佛相像,就预备和他决一雌雄。孟公雄在旁喊道:"雷师父,这女子就是北方的荒江女侠方玉琴,专和我们绿林中人作对,此次难得她赶来送死,休要放了她啊!"

雷真人道:"就是这臭丫头吗?听得消息,我师兄云真人、师妹风姑娘先后死在他们昆仑派手里,我们的教在北方大受影响,好不可恶!"玉琴谁耐烦听他们说话,口里骂了一声:"妖道!"手中的真刚宝剑已刺向雷真人的心窝。

雷真人挥剑敌住，孟公雄又去换了一柄刀来助战。玉琴只身敌住三人、三鹰，觉得雷真人的剑术很是厉害，自己未能取胜。又听屋上喊声大起，有许多人杀来，灯笼火把，照耀如昼。混江龙蔡浩，手里握着一柄三股托天叉，也是不会登高的，高声大喊道："上面的贼子，快快下来和你家蔡爷战一百合。"

玉琴听了，暗想：今晚其势不能取胜，好在我已明白了他们的根底，不如快些脱身回去，再作道理吧。遂将手中剑光往外一扫，跳出圈子，要想走时，似见薛素英右手向上一举，便有一件东西很快地向她身上落下；她顾了上面的鹰，避让不及，左肩头中着。她身上穿得很薄，觉得痛入骨髓！回头一看，原来是一只飞抓，五个钢指早已嵌入她肉中。

此时，薛素英见自己的飞抓已把玉琴抓住，心中大喜！便将手中绳索用力向怀中一拽，幸亏玉琴赶紧将宝剑向绳上一割，顿时摆脱身子，回身疾走。

薛素英拽了个空，跌在屋上，险些滚下。雷真人连喊："可惜，可惜！"便和孟公雄随后追来。这时候，邓氏三弟兄各执兵刃，一齐上屋来助战，把玉琴拦住去路。

邓骏挺着手中一对短戟，见了玉琴，便喊道："我们正在讲起你，你却来了，休想逃走！吃我一戟。"玉琴本想再战，一则恐怕众寡不敌，二则自己的左肩已中了飞抓，疼痛难当，况且背后又有雷真人等追来，所以不敢恋战，虚晃一剑，往斜刺里逃去。

众人怎肯放她，随后紧紧追来，其中要推雷真人和邓骋的飞行功夫最好，紧紧跟着她。玉琴逃到墙边，飘身而下，便急不择路，往西边奔跑。

此时，庙里锣声大起，蔡浩早赶出庙来，传令山上众弟兄快捉奸细。玉琴用出平生功夫，飞也似的往山下逃去，回头看看山上，一处处的火把。夹着喊声，一齐往这里追来，而雷真人和邓骋二人当先，离开自己不过二三十步，稍一迟慢，便被追及。她拼命跑到了水边,向前面芦苇击掌两下,希望史兴夫妇快把船来接应。哪知水面上静悄悄的不见有船到来,她心里大为惊讶!再向四周细细一看时,原来她慌忙间走错了途径,史兴的船并不泊在这里的芦苇中,叫他们怎样来接应呢?

玉琴暗叫一声苦,雷真人已和邓骋赶至身后,仗剑大喊道:"小丫头,前面是水,你想逃到哪里去,好好儿束手受缚,跟我回去。"邓骋也说道:"姓方的,今夜是你末日到了。"

玉琴紧咬银牙,圆眉杏眼,挥动手中真刚宝剑,回身和二人重又狠斗起来。但是肩上受的伤很痛,且又失去了归途,心中惊慌!苦战了二十余合,见背后追的人快要赶到,喊声四起,火把如长蛇一般,映得山林尽红,玉琴自思:今夜又要陷身匪窟了,只得虚晃一剑,落荒而走。雷真人哈哈笑道:"不要走,这里四面是水,你还有什么地方逃生呢!"跟着追来,背后蔡浩托着钢叉,和邓氏弟兄都已追到。

玉琴绕着湖边奔跑,跑了许多路,只见前面茫茫大水,越走越不对了,追声四至,力气已穷,不由仰天长叹!自知此番若被他们擒去,眼前都是仇人,决无幸免之理!恐怕再没有第二个程远来救护了。左右一死,不如投身清波,死在水中,倒也清清白白的。于是她耸身一跃跳到了水中央,一个怒浪打来,把她卷到不知哪里去。

雷真人不防到她有此一着,立定了身子,对着水里发了呆。蔡浩、孟公雄、邓氏弟兄等都已追来,孟公雄闻得玉琴已投水自沉,遂说道:"便宜了那厮!"

蔡浩要想下水去搜寻,孟公雄又道:"我知道她是不懂水性的,到了这个汪洋大湖里去,一定不会活了,何必多此一举呢?我们不如到别处去查看,可有她的同党?因她常和岳剑秋同行的呢!"众人都说道:"不错。"于是大家分着两小队,到山前山后去搜寻。渐渐儿人声与火光俱杳,月光照着湖波,夜间的狂风怒吼着,推动了波浪。可怜这位芳名远播,侠义无双的巾帼英雄竟悠悠地作了珠沉随波而逝。

第六十五回

访女侠蓦地得凶音
观兽戏凭空生悲剧

那夜史兴夫妇在芦苇中守候女侠回来，但是，等到四更时候，仍不闻水滨有击掌之声，心里都有些不安。史大嫂遂对史兴说道："女侠去了好多时候，怎么不见回来，大概凶多吉少！都是你没有伴她同往，没得接应。也许她虽欲回船，而迷失了途径呢！"史兴道："我本来要同她去的，无奈她一定要独自去走一遭，否则我岂有坐在船上打瞌睡之理呢！"

史大嫂道："女侠虽然身怀绝技，剑术高强，然而山上的盗匪中很多能人，她独自一个人闯入虎穴，当然众寡难敌了。我们既然送她来的，怎样办呢？"

史兴道："不如待我也上山去打探一下子吧。"史大嫂摇摇头道："一个人去了没有回来，再要饶上一个吗？抛下我一人在此，如何是好？"史兴道："我们把船摇出外，在山下探望探望，再作道理。"

史大嫂点点头，于是两人把小船摇出芦苇。月影已西，遥望山上有一带火把，向这里蜿蜒而来；原来，这时女侠早已落水，蔡浩等到别处来搜查余党了。史兴恐防被他们瞧见，只得将小船仍隐入芦苇。他仗着自己在水里的功夫高深，回头对史大嫂说道："你当心了船，我要从水里游过去窥探情形，这样好使他们瞧不出我啊！"史大嫂道："你去去就来，看岸边可有女侠的影踪。"

史兴便轻轻跳下水去，从水底泅到岸边，在黑暗的地方探出一个头来，向岸上看去；只见岸上立着许多匪众，持着火把，向四下里照看，其中有一个嚷着道："我们跑来跑去，哪里找得什么余党？真是捉鬼了，大概早已逃去哩，不如回去歇歇吧。"又有一个说道："那个女子本领真好，胆量也大，一人敢到我们山上来。真是奇怪，她究竟和哪一个人作对呢？不知我们山上有这许多英雄好汉，她一人哪里敌得过呢？现在她投水而死，还是她的便宜哩！"史兴听了，心中不由大惊！好似在他的顶上浇了一盆冷水。

一会儿那些匪众都退去了，史兴游回来，爬上船。史大嫂问道："你可窥探得什么？"史兴把湖匪的话告诉了她听，史大嫂将足一顿道："哎哟！女侠投了水吗？她是不谙水性的，一定要葬身在鱼腹。如此美丽如此侠义的姑娘，竟逢到这样悲惨的下场吗？她只身来此，无非为民除害，现在却牺牲了自己，这个大仇谁人代她去报复呢！"说罢，双手掩着面，呜呜咽咽地哭起来。

史兴也凄然说道："女侠不幸而死，果然是可惜的。我们将来如有机会，必要代她复仇的。你不要哭，哭也无益。我们不如把小船摇到别处去探一下，也许女侠虽然投了水，不一定死亡的。"史大嫂道："女侠既然不谙水性，到了这浩大的湖波中，安有幸生之理？不像我们都会水性的啊！"史兴道："且去找找看，这也是没有办法。"史大嫂遂停止了哭泣，把船摇出去。

见山上复归宁静，遂沿着山下向东边摇过去。摇了不少水程，并没有发现什么，看看天上渐渐变白。东边日光已隐隐欲出，那月亮远在云端里，好像美人卸妆欲睡呢。史兴找不到女侠的影踪，只是唉声叹着气！史大嫂便对史兴说道："我们不要再做傻子了，女侠早已落水，当然不会活命。随波而逝，叫我们到哪里去寻呢？再隔一些时候，匪船便要出来；我们不要被他们疑心，不如回去罢。"史兴一想，他妻子的话不错，在此无益，不如回到西山去再说。于是掉转船身，挂起一道短帆，驶回家去。

他们回转了家门，史兴觉得异常乏味。史大嫂对史兴说道："女侠这番丧了命，都是我们间接害她的；因为我们若不答允将船送她上横山去时，她也不能前往啊。"史兴道："那些贼子，早晚必有恶贯满盈的一日，我若在湖中遇见了他们的单船，一定不肯放过他们的。"

这天下午，他没有出去打鱼，在水边闲步，心里只是想念着玉琴，无限惋惜！却见一艘客船摇到西山来，船里有一位少年，步至岸上，见史兴在这里闲眺，便向他探问道："请问你，前天可有一女子从香山那边到此吗？"史兴道："那女子姓什么？"少年道："姓方……"话没有说完时，史兴又道："你可是要找荒江女侠吗？"少年听了这话，面有喜色道："正是，正是荒江女侠，你怎样知道的？可曾遇见她，现在她在哪里？"少年问时，船中又钻出一个少年，跳到岸上来，先前的少年回头说道："好了，我们得到一些线索了，这位渔哥儿知道女侠的。"后来的少年说了一声："好。"便要叫史兴快将女侠消息告诉给他们听。

史兴见近处有人走着，恐防泄露，遂对二人说道："此处不便细讲，请二位到我家里去一坐吧。"二人都说："好的！"于是史兴引导着二人走到他的矮屋里去。

这两个少年究竟是谁呢？当然是夏听鹂和周杰了。他们二人自从发现女侠所留下的纸条以后，周杰当日便赶到香山去探听玉琴的下落；向各处船埠询问，可有这样的一个女子前来雇船，到太湖里去？有些舟子回答不知道，有些舟子却说有是有的，只是他们不敢答应，后来不知她坐着谁人的船去的。周杰探问了数次，明知女侠十九已入太湖，自己一个人可能到哪里去找寻呢？遂回到木渎客寓里，告诉了夏听鹏，商量可有办法。

夏听鹏说道："我们这番是奉陪女侠出游，却不料生出这个岔儿。虽然她自己要去太湖探险，但是万一女侠有失，我们坐视不理；若叫天下人知道了，不是怪我们不义气，笑我们没胆量吗？为今之计，我们与其在这里坐守，不如再到香山去详细访探，究竟女侠坐了谁的船去的，若能逢见船户，那么女侠的行踪总可知道一二了。"周杰当然赞成。

过了一宵，次日早上，夏、周二人又赶到香山去，再往各船埠逐一详问。果然被他们问得一家船户，知道女侠是坐的丁三的船，据说到洞庭山去的，但是丁三的船还没有回来，得了这一个线索，周杰就要坐了船追去。夏听鹏却主张在此等候原船回来了再说，免得在路上错过，反而不能相逢。

这样，二人便住在香山小客寓里静候，过了一天，丁三的船已摇回香山，二人得知，便去查问。丁三把女侠到洞庭西山的情形详细奉告，且说女侠和一个渔哥儿同去。二人问他那渔哥儿姓甚名谁，丁三却称不知。

二人遂要雇丁三的船到西山，去探访下落，丁三只得答应，便载着二人又驶至西山。恰巧在停船的时候，史兴正在湖滨闲眺，丁三便走过来指着史兴，对二人说道："岸上这个渔哥儿就是引女侠去的，你们可去问他吧。"二人听了丁三的话，周杰首先跑上岸来，一问就是，这真是巧得很。

二人到了史兴家里，史兴又请二人上坐，史大嫂也出来相见，彼此通过姓名。夏听鹏先将自己和女侠的关系告诉史兴夫妇，史兴遂将女侠夜探横山，跳水自沉的经过，详详细细地告诉一遍。

夏听鹏和周杰听得这个噩耗，当然知道女侠已葬身鱼腹，空留英名，心里非常悲痛，大骂横山湖匪猖狂无道。史兴也说："女侠这样好的本领，以前曾经过许多恶战和危险，都能取胜。这是她自己讲出来的,却不料此次送命在太湖,岂是她自己意料所及呢?我们总该想法代她报仇才好。不过湖匪中很多能人,女侠尚且不敌,何况我们呢?所以我们夫妇二人忍耐着这口气,无处发泄,将来若有机会,必要杀上横山,捣破盗窟的。"

史大嫂也在旁边嚷着要代女侠报仇,且说:"这样一位又美丽又勇武的姑娘,竟死于非命,真是非常可怜的。"夏、周二人也为了女侠洒了几点眼泪,夏听鹂又对史兴说道:"我等虽然很愿意要代女侠复仇,无奈自己的本领有限,力不从心。但女侠尚有一个同门的师兄,姓岳名剑秋,武艺高强,和女侠仿佛的,可惜他们先前失散了,没有同来;若得此人前至,引导着我们,方才可以冒险到盗窟去。又有她的师长一明禅师和云三娘,都是昆仑派的剑仙,天下无敌的。他们能够来时,雷真人等便不足虑了。"

史兴说:"那么,我们到哪里去找这些人来呢?他们若知道女侠身死的消息,必肯前来歼灭仇人的。"夏听鹂道:"一明禅师和云三娘大概在昆仑山,不过,远隔千万里外,一时怎能够跑到那里去呢!"史兴听了,叹了一口气。

夏、周二人在史兴家里坐了一回,因为女侠已死,各人心中非常不高兴,他们便要告辞。史兴却挽留道:"时候不早,你们断不能再回香山,且在西山歇宿一宵,明日再行动身吧。我们夫妇别的没有奉敬,酒和鱼是有的。大家难得相逢,不妨畅饮数杯。"夏、周二人见史兴夫妇很是直爽,便点头答应。

这天晚上,史兴杀了几条鲜鱼,沽了七八斤酒,夫妇二人陪了夏听鹂、周杰一同吃喝。这夜月色依然很好,史兴多喝了酒,有些醉意;想起了女侠在此舞剑的一回事,心里又是悲痛,又是愤恨,竟大哭大骂起来!取了两柄鱼叉,要拖着夏、周二人同上横山去杀贼。幸亏史大嫂将他按住,对二人说道:"这个酒鬼,只要喝醉了酒,什么事都要做出来的,此后我不能让他再喝了。"

史兴虽经史大嫂按住，夺去了鱼叉，他却仍要喝酒，一会儿又忽地立起身来，嚷着"快到横山去"。史大嫂没奈何，只有把他横拖倒拽地拉进房里去，推倒在床上，回身出来，把门锁上。

夏、周二人见了这情形，不能再留，遂告辞回船；史大嫂向二人道歉，送出门外，还听得史兴在房里大喊大叫呢。二人别了史大嫂，回到船上歇宿，想着女侠的事，深为扼腕！又觉得史兴夫妇也是奇人，不能当寻常的渔哥儿看待的。

次日清晨，二人起身，在船上吃了早饭，丁三便要开船。夏听鸸想念史兴，要想到他家里去探视，向他们告别；却见史兴敞着胸，赤着脚，从岸上急匆匆地跑来，跳到船上，对二人说道："昨晚我喝醉了，多多失礼，抱歉得很。我是一个粗贱的人，谅你们也不致于见怪的。"

夏听鸸道："史大哥，你为人非常爽快，在醉后更显出你的血性来，我等更是佩服。今日返舟，正要前来辞别。"

史兴道："不敢当，我因为恐怕二位要回去，所以赶来相送。"

夏听鸸道："多谢美意，我们到了香山，便要回转苏城，我住在枣墅，你们夫妇俩倘然到苏，千乞请来舍间盘桓。横山方面倘有什么消息，也请你随时通知。我们无论如何，此心耿耿，早晚必要想法代女侠复仇的。"史兴答应了，便道："很好，蒙你们看得起我，将来倘到苏城，必要趋前请安，我不敢耽误你们行程，愿祝你们一路平安，再会吧！"说毕，向二人拱拱手，回身跳上岸去了。

夏、周二人坐游船，回到了香山，重赏舟子，歇宿一宵，次日坐了船，赶往苏城去，真是乘兴而来，败兴而归，心里好不懊恼！两家的人闻得此事，都为女侠可惜，不免怪女侠太好勇了。夏听鸸常觉郁郁不乐，若有所失，驰马试剑的豪兴，也减去了不少。这里过了一个多月，史兴那边消息沉沉，而湖匪的猖狂依然如故。

忽听人说，昌门外边从别地方来了一伙做兽戏的人，有各种表演，有些是滑稽突梯，有些是惊心动魄，大有可观；所以看兽戏的人，可说人山人海，热闹异常。夏听鹏正是闷得慌，周杰怂恿他去看兽戏，于是二人带了家人，一同前往昌门观看。

兽场的票价分作三等，头等每座价制钱二百文，在那时候可算是很高贵的了，座位舒畅而接近，可以看得清楚；二等每人卖一百文，也有座位，不过都是些长凳，而且距离较远；三等每人票价三十文，却只能立着看而没有座位。时而看的人都是二等三等，在头等席中很少的，因为吴人大半胆小，座位太接近了，比较危险些，所以宁可远些的。

夏听鹏等购得头等座位，入场后，选得东边一排的座位坐下，看兽戏的人源源而来，二等三等一会儿早已挤得满了，有些人只得到头等里来，此外还有叫售食物的小贩，挤来挤去地做生意。夏听鹏和周杰坐定后，见场中地方很大，中间有一个黑色的大布篷围着，大约里面藏着各种野兽了；旁边有一堆人，男的、女的、老的、少的，或立或坐，都是兽戏中的人。

到了表演的时间，先有几个人打着鼓敲起锣来，锣鼓一响，看客的精神顿时兴奋。只见有一个人从布篷里牵出两头又高又大的狼犬来，一黄一白，到得场中，那人取过一面小锣，在手里敲了数下；二犬便彼此猛扑起来，其势甚猛，但并不咬伤，扑够多时，白犬被黄犬扑倒在地，算是输了。那人锣声一停，二犬便不再斗，却走过了一个童子来，展开双臂，将两犬的前爪拉住，往上一抬；两犬便在他的臂膊上，头向下，后股向上，倒立起来。

一会儿童子的手一翻，一犬早翻到他的背上，一犬挂在他的胸前；童子摆了一个坐马势，施展双手，把两犬忽然翻到前面，忽然翻到后面，忽而在上，忽而在下；这黄白两犬跟着他的手翻来翻去的，好像风车一般。看得人眼花缭乱，大家喝起彩来！弄了好多时候，方才停手。

夏听鹏瞧这童子不过十岁上下的年纪，梳着两条小辫子，面目生得十分清秀，穿着一身蓝布衫裤，脚踏草鞋，很是讨人欢喜。这场过后，接着便有十二头小白猿，各骑在绵羊的背上，在场中赛跑；跑得第一的猿猴，便有人去代它披上一件红衣，算是得胜。后来又排成队伍，学着马兵的操演，十分整齐，表演毕，循序而入，大众看得很是满意。

锣鼓又响起来，有一个十五六岁的少年，牵了一头黑熊出来，在场中教黑熊表演各种动作，黑熊都听他的号令，一些没有错误；末后，那少年又和黑熊相扑为戏，众人看得正是有味，黑熊的表演又停了，那少年便独在场中打了一套醉八仙的拳法，功夫着实不错。

夏听鹂见那少年生得面貌很黑，臂上肌肉结实，像是个孔武有力的样子。那少年回过去，换了一件黄色纸衣，头上戴着一只彩色的高帽子，和那以前奏技童子，手执武器，一同走出场来；那童子身上穿着红色的纸衣，头上也戴着纸帽，形式甚是滑稽。少年手里握着一管长枪，童子挺着一对鹅翎铜刺，两人各使个旗鼓，对打起来，刺光枪影，杀做一团。

夏听鹂瞧着，便对周杰说道："这两人年纪虽轻，倒也很有些本领，我们及不上他呢！"周杰点点头道："不错，以我看来，那童子的武艺比较那少年高强得多，你看他手里的一对鹅翎铜刺，左右钻刺，着实有几路很好的解数；现在他们不过是表演武术罢了，若是真的动手时，恐怕少年早已败了。"

二人战够多时，忽听那童子口里喝一声："着！"趁少年手中的枪没有收回去的当儿，一刺横飞而入；少年闪避不及，在他的滑稽纸帽上早刺了一个窟窿，少年便跳出圈子，拖着枪走了。观众一齐拍起掌来，那童子笑嘻嘻地提着铜刺，也走过去。夏听鹂觉得这童子果然可爱，恨不得抱他过来，一问姓名。

这时，又有两个十五六岁的小姑娘，坐着两匹白马，身上穿了一青一红的衫子，先在场中跑了几个圈子。锣声一阵紧一阵，而女子便立在马上作天魔之舞，一会儿二马对奔，跑到相近的当儿，二女子各将身子一跃，大家交换了一匹马；这样循环着换，在马上如履平地，看得众人呆了！锣声渐低，二人忽把身躯倒竖在马上，双足向天，嘴里唱起歌来，唱得很是好听。

等到唱罢，二人一翻身坐在马上，向观众笑了一笑，倒退到后面去。便有一个四十多岁的伟男子，发长如鬼，双目的眼珠好像突出在外面，形容生得可怕；手里举着一根很长的黑鞭，在空中挥着，呼呼有声！从那帐篷中引出两头乳虎来，先在场中走了一个圈子，徐徐到得场中。伟男子口里发出一声口令般的怪声音，那两头乳虎便相对着跳舞起来，大众看了不由好笑。这两头乳虎竟像猫儿一般，驯伏得一些也不觉可怕，做罢各种表演，两头乳虎立着不动；伟男子展开双臂，喝一声："来吧！"两虎奋身一跃，早分左右立在他的臂上。

那伟男子便向大众带笑说道："众位爷们看得高兴吗？乳虎的表演尚不足瘾，请诸位稍待一下，看大虎来了。"他说完这话，挺着两臂，把两头乳虎托回帐篷里去。接着，便看他换了一身白色的衣服，臂上套上三个铁圈，手中仍把那黑鞭向空挥着，便有一头大虎从篷帐里跳出来。伟男子只顾把黑鞭不住地紧挥，口里发出"嘘嘘"的声音，那大虎方才跟着他一步一步来到场中。

众人瞧着那虎比驴儿还大，全身毛色斑斓，一对金睛突出，张开血盆也似的大嘴，露出大舌和锐利的獠牙，果然十分威风！令人有些害怕。

那伟男子和大虎对面立着，从臂上取下三个铁圈，口中猛喝一声，向大虎一一掷去。第一个铁圈，抛到大虎面前，大虎伸起前爪一抓，踏在地上；第二个铁圈来时，伸出右前爪抓住，踏在脚下；第三个铁圈飞到时，那大虎张开虎口接着铁圈，衔在口里。

伟男子遂走近虎身，一手拉着虎口里的铁圈，顺着势旋转；那大虎便跟着他团团地打着圈子，只顾转，这样转了二十个圈子，方才停住。看那大虎，前面双脚踏住铁圈，仍然没有换动地位,伟男子便将铁圈从虎口取出,又取出了虎爪下的铁圈,抛在一边;遂叫一个穿红衣的大姑娘前来,他将手中鞭"呼"地一挥,小姑娘早跳到虎背上,骑着那大虎,在场中绕着圈子慢慢儿地走。伟男子在旁边挥着黑鞭,很严密地监视着,这样走了两个圈子,仍回到场中心,红衣姑娘下了虎背。

伟男子又对她说了几句话,她好像很勉强似的,遂向地上仰卧着。伟男子把黑鞭挥了三下,那大虎走过来,伏在红衣女的身上,张开了大嘴,把它的舌头在她的面上舔了数下;此时那红衣女脸色发白,闭着眼睛,一任那虎摆布。四围的看客都很代她担心,倘然那大虎发起野性来,那少女不是很危险的吗?但是那大虎在伟男子指挥之下,竟驯良得一点也不伤害,像和那红衣女很亲热的样子。

伟男子口里又喝了一声,红衣女遂将两臂抱住虎的前腿;那大虎也将前爪举起,好像扶她起来的样子。红衣女从地上立起来时,那虎也做人立,红衣女往旁边一跳,那虎方向地上一坐,昂着虎头,向四下看看。红衣女取出一块手帕,揩着她额上的汗,走开去了。

那伟男子又对大众说道:"诸位爷们,方才瞧了这大虎在那小姑娘的面上舔着,大概很代那小姑娘捏把汗的,这个是危险的事情,但不是这样表演,便不能出人头地。现在这个不算数,因为还不算危到极点,待我把我的头放在虎口里,看它咬不咬?若是它要咬时,我这条性命为了表演而牺牲;若是它不咬我的话,我的头当然还生在我的颈上,我便要开口说话,请诸位爷们另外随意赏赐几个钱,给我晚上喝酒。"

说毕,遂走过去,将虎的口上下擘开,又将自己的头颅徐徐伸到虎嘴里去。那大虎张开着嘴,把那伟男子的头衔在口里,却并不下咬,不肯伤害它的主人。当然这是经过训练的,不然怎肯冒这样的巨险呢?

隔了一刻,伟男子将他的头缩了出来,吐了一口气,带着笑对大众说道:"侥幸得很,我的头还留在我的颈上,没有咬

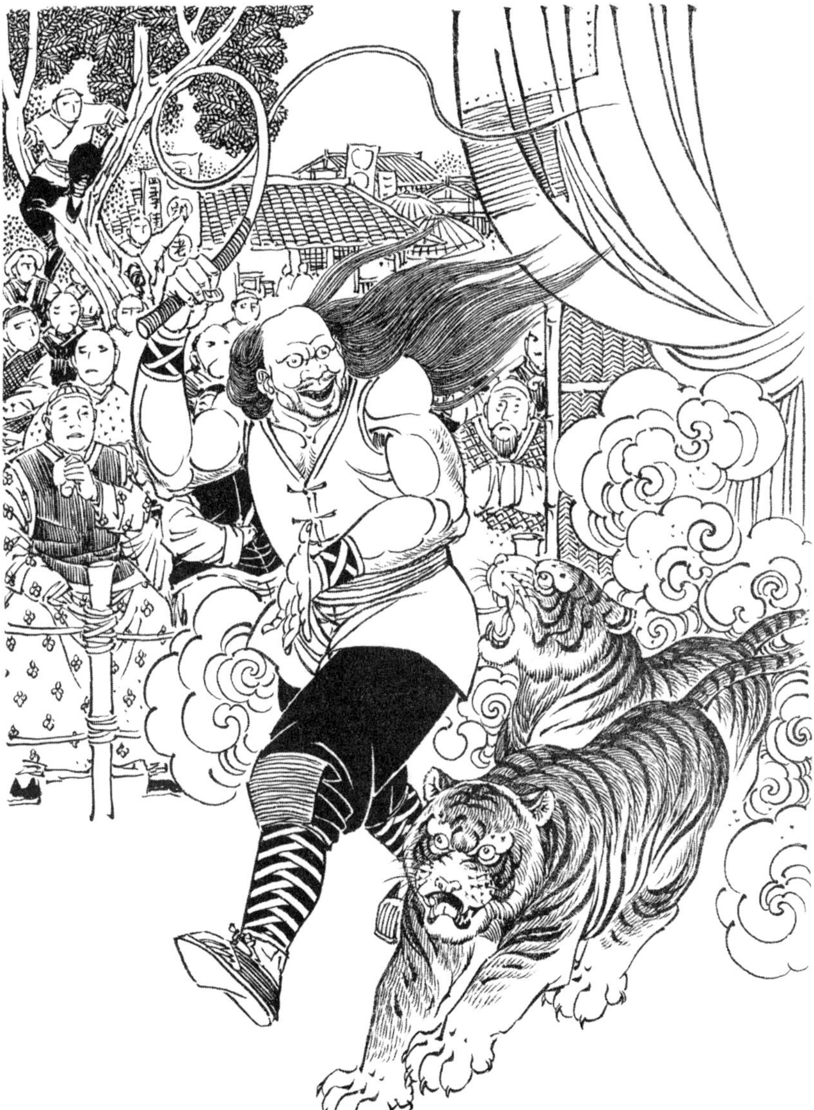

掉,那么,请诸位多多赏赐吧。"他说着话,便有两个汉子托着藤匾,向大众讨赏,众人便纷纷将钱抛在匾里,不多时早已满了。

伟男子见了,十分高兴,便又说道:"多谢诸位的赏赐,待我再来冒险一下,给诸位爷看个饱。"便又将虎嘴分开,将头送进去。他此番格外卖力,尽把头向虎嘴钻入,于是他的头又没入虎口内,两只虎牙碰在他的颈上,十分危险!

正在这个时候,不料观客中有一个顽童,掷了一颗石子,斜刺里向那大虎身上飞去。这一下,不知是他出于游戏性质呢,还是被这恐怖的状态激起了他的反常态度来呢,遂飞了这一石。但那大虎出其不意地吓了一跳,虎吻立合,"咔嚓"一声!将那伟男子的大好头颅顿时咬了下来,鲜血淋漓。这一遭他真的牺牲了,大概他梦想不到的。

全场的人立刻哗乱起来!那大虎失了指挥的人,又见四面的人都在骚动,于是大吼一声,向人丛里跳过去,想要冲出围场。许多看客更是惊骇,大家回身拔脚,急于逃命,东倒西跌,自相践踏,救命之声不绝于耳。

夏听鹏和周杰也都十分慌张,惟有周杰带得一柄短剑,遂拔了出来,和夏听鹏左右分开,保护家人,叫他们不要惊慌。此时要走也走不成了,夏听鹏折了两根椅子脚,拿在手里,瞧大兽戏团中早有那个黑少年和童子,还有红衣女等,一齐手执兵刃,跳出去追捕那虎。

同时,西首头等座里有一个壮士,手横宝剑,一飞身从众人头上跃过去,帮着去拦截大虎。对面正有一个小小土阜,那虎跑到了小阜上,见背后有人追赶,它就回转身来,前面的两爪踞地作势;张大着一双凶狠的金睛,虎视眈眈,专待敌人进攻。兽戏团中的少年和童子等追到土坑下,见了大虎这个样子,一时也不敢上去。

但是,那个壮士却挺着剑向那大虎所在直奔上去,大虎见有人来捕它,狂吼一声,向那壮士头上扑过来。那壮士侧身让过，手中宝剑舞起来，变成一道青光，滚向大虎身上去。夏听鹏等众人瞧得很是清楚，见那一道青光在大虎前后盘旋了数次，那大虎已被刺倒；骨碌碌地滚到土坑下，躺在血泊里，四爪向空中乱舞一回，便不动了。

众人惊魂初定，秩序渐渐平静，可是受伤的人已不少了，许多胆子较壮的人，又一齐拥过来，争看那杀虎的壮士和那死虎。夏听鹏叫周杰保护着家人，自己立即跑到那边去瞧看，那壮士已把剑插入鞘中，神色不变，走下土坑，对兽戏团中的人说道："你们的大虎已咬死了人，又突围而奔，野性复发，虽则有你们追捕，恐防一时难以驯服，又去伤害人畜；所以我拔剑相助，把这虎斩了，使人心可以安定，不过对于你们却有损失了，不要怪我吗？"

黑少年对那壮士说道："我们在此地表演，无非想多几个钱，哪里知道闹出了这个乱子，把我们的团主都咬死了，我们还要这头虎做什么呢？这头大虎是团主在云南山中收服来的，相随数年，十分相熟，每次表演都没得闯过祸；现在不知是哪一个顽童抛了一石子，以致闹出这等惨剧来。那虎惟有团主能指挥它，我等恐难制伏，承蒙先生仗义相助，斩了此虎，免得危害地方，连累我们更要获罪，真是感谢之至，而先生的神勇也是非常佩服！"

壮士微笑道："不敢不敢。"正要回身走去，夏听鹏对那壮士凝视多时，瞧着他一种英爽的态度，威武中带着秀气的面容，认得此人就是荒江女侠的同门师兄岳剑秋。这一喜真可说得喜出望外了，刚要上去相见时，又见那黑少年喊出来道："先生慢走，请问你的尊姓大名，你还可认识我是谁吗？"

剑秋听了，回转头来，对他说道："我姓岳，但与你素昧平生，却不相识。"

那黑少年道："岳先生，可记得当年张家口外骑花驴的童子吗？我姓韦，小名阿虎，现在却单名一个虎字了。我父韦飞虎前在北方，是一个有名的大盗。我母亲那时在家里要把迷药放在浓茶里，给一位姑娘喝了，要把她杀害，劫她的金银；后来都是我骑了那花驴出外，跑到了外面来，遂被你撞着，赶去援救。我母亲后来死在你们手里，我独自逃了出来，也没有遇见我的父亲，吓得不敢回家，一路行乞，到得北京。因逢见了我们的团主赤发鬼余七，收我做他的义子，那时他正在组织这兽团，便带了我到云南去。我从他学习得不少武艺，随着他到处献技，做了漂泊的江湖人。现在我们的团主死了，往后这个团，不知要怎样办法呢？"

剑秋听了他的话，也想着这事，便微微笑了一笑，向韦虎说道："如此说来，我是你的仇人呢！"

韦虎道："岳先生，不要这样说。那时候我年纪尚轻，不知道什么，眼看着我的父母做强盗，杀人劫物，一个月内不知要做多少次，不当一回事的，自然我的心也变成凶恶了。不过今日的我已非昔比，知道我的父母所做的都是伤天害理之事了，杀人者人亦杀之；我一家父子离散，母亲死在人家手里，这真是佛说的果报，我能怪先生吗？"

剑秋点点头道："你这话说得很是透彻，将来你的前途必多光明，可喜可喜！此时许多人围着了我们观看，我也不便和你多说话，你们一行耽搁在哪里？"韦虎道："我们一半人带着野兽露宿在这场中的，一半人却住在渡僧桥旁的招商客寓里，我也住在那边。"

剑秋道："很好，那么我明天早上到客寓来看你，虽然你们遭逢了这惨事，大约不至于就散伙的，但恐官府将要禁止你们续演。我因那边有两个朋友，不要冷落了他们，再会吧。"说毕，回身便走。

夏听鹏在旁边立着，起先听二人讲话，自己不便就去招呼，只得耐心等候，今见剑秋要走，连忙从人丛中挤出来，走到剑秋面前，深深一揖道："岳先生，别来无恙，可认得昔日官渡驿相逢的夏听鹏吗？"

剑秋无意中逢到了韦虎，却又来了一个夏听鹏，起初不觉一呆！但他对于红叶村的一幕，他心爱的金眼雕，便在那时牺牲的，他永远不会忘记的，所以脑子里想了一想，便答道："原来是听鹏兄，此番我刚到苏州，还没有到府上访问呢！"

夏听鹏道："岳先生言重了，今日我们重逢，真是巧极！因为我也急于寻找岳先生，而苦没有消息呢！"剑秋顿了一顿，说道："听鹏兄，你有什么要事要找我呢？"

夏听鹏道："你可知道荒江女侠在前一月里曾来过苏北吗？"剑秋听了，不禁大喜道："我正要找她，她果然到此地来的吗？那么她现在何处呢？请你快快告诉我。"

夏听鹏见剑秋问得这样急切，暗想：自己倘然立刻把女侠珠沉的噩耗告诉给他听，他骤聆之下，不知要气得怎么样子！况且在这稠人广众之中，也不便泄露这个消息，不如稍缓再详细告诉他听。便答道："此刻女侠又到别一个地方去了。"

剑秋不由一呆道："玉琴又离开这里吗？你可知道她到哪里去的？"夏听鹏道："知道的，只是此时不便奉告，请岳先生少停到舍间去，我可以细细告诉。"剑秋点点头道："也好。"于是，夏听鹏引着剑秋回到他的家人那边，又介绍周杰和剑秋相见。周杰方知这位杀虎的壮士，就是女侠的师兄岳剑秋，果然名下无虚，十分敬重。

剑秋把手向西边一指道："我的同伴来了。"夏听鹏和周杰跟着他的手看时，见西边走来一男一女，那男的是个丰神俊逸的美少年，腰里佩着宝剑，和剑秋在伯仲之间；女的是一位年轻貌美的姑娘，并肩走至剑秋面前。

美少年便对剑秋带笑道："剑秋兄，我们看兽戏，谁料看出这种又滑稽又悲惨的事来，猛兽真不可以狎弄的；幸亏你大显神通，立歼此虎，你变做杀虎太保了。"

剑秋笑道："不敢不敢，我恐此虎逃出去伤人，所以杀了它。"说到这里，便指着夏、周二人代他们介绍，且说道："我从这位听鹏兄的身上，探知了玉琴的消息，可喜不可喜？"

二人面上都有喜色，女的带笑说道："那么我们不致扑空，真是幸事，可是女侠在哪里呢？"夏听鹏道："请你们三位到了舍间，便可知道。"

剑秋遂指着美少年说道："这位是姓程名远。"又指着女的说道："这位姓萧，名慕兰，他们和我一同来苏寻找女侠的。"夏听鹏估料，这二人也不是寻常的男女，很表敬意，便叫周杰先送家人回去，自己招待着剑秋等三人同行。

这时候，场中观客渐渐散去，韦虎扛着死虎，回入帐篷，团中人都在那里收拾，莫不垂头丧气，谈论这不幸的事。剑秋等三人却跟着夏听鹏走回枣墅。

看书的读到这里，必定要发生疑问，因为那踏雪无痕程远以前镖打剑秋，是剑秋的仇人；而萧慕兰是卫辉府云中凤萧进忠的爱女。她和韩小香客寓谋刺琴、剑不成，萧进忠虽把琴、剑二人请到庄中，却听了琴、剑的话，到底没有代韩天雄复仇，为自己出气，所以她和韩小香负气出走的。她不但与剑秋站在相对的地位，而和程远也是漠不相识，毫无关系的人。现在怎么这三个人反会在一起走，而变作了同伴呢？当然有一段离奇的遇合，可惊可喜。且待在下慢慢地写出来。

第六十六回

代打擂台女儿显绝技
留居客地俊士结新知

萧慕兰、韩小香从庄中负气出走,他们究竟到哪里去的呢?萧进忠的妹妹虽不能武,而有个姊姊名唤贞姑,也是有武艺的女子,以前嫁给扬州地方一个姓平的盐商,家道很是富有。姓平的名漱芳,自和贞姑结婚,生下一男一女。女名小玉是姊姊,男名小英是弟弟。二人从母亲那里都学得一些武艺。而贞姑因喜欢小英之故,把平生的武艺尽传授于他,所以小英的武艺比较他的姊姊高强。

后来,小玉远嫁至浙江绍兴的西面红莲村,因为村里有一个姓孙名天佑的,是一个美少年。他的父亲以前曾在扬州做过一任县吏,那时候和平漱芳往来亲密,情谊颇笃。平漱芳见天佑温文尔雅,是个浊世佳公子,心里很是相爱,便要把自己的女儿许配与他,央媒出来说合。

天佑的父亲当然同意,两家便择了吉日,先文定了。后来天佑的父亲又到山东去做了一年官,忽然患了急病,在任上去世,天佑遂扶柩回乡。因自己的母亲早已不在人间,家中家政乏人主持,所以写了信,差人到扬州去,和他的泰山商量,想在百日内要与小玉成亲。平漱芳一口答应，于是天佑选定了吉日，亲自到扬州来举办喜事。不过在丧服之中，对于婚礼未敢踵事增华，过于铺张。成婚后，在岳家住了多月，便和小玉告别回去。

贞姑嫁去了女儿，便想抱孙，平漱芳也欲早遂向平之愿，就在本地代他儿子小英配定了一家亲事，涓吉成婚，那时小英方在弱冠之年呢。隔了几年，平漱芳骤患中风，长辞人世，贞姑哭泣尽哀，得了胃疾。

小玉在那时候和她的夫婿天佑，带了他们的结晶物佩韦，一同前来服孝，一住数月。不料，归途中孙天佑感染了些风寒，回到红莲村便病倒。起初小玉还以为是纤芥之疾，没有赶紧代他求治；谁知后来病势剧变，连忙请医来诊视时，已是迟了。小玉年纪轻轻，守节抚孤，过着她的凄凉生活，一心一意地把儿子抚养成人。

佩韦小时身体很好，为人也十分高傲。他的性情和亡父大异，却喜欢习武；小玉遂指点他一二武艺，又代他请了拳教师，在家里教授。希望佩韦的武术能够造就，将来好去考武场，一样也可博取功名。后来拳教师因故离去，而佩韦已学得一身本领，在乡里中颇有一些名望，别人代他起了一个别号唤做"赛燕青"，贞姑看着，心里自然欢喜，这时佩韦已有十五岁了。

镇上本有一铁匠店，店主姓郑，有一儿子名唤百福，很有臂力，特地在自己店中打了一根钢铁齐眉棍，约重七十余斤，常常拿在手里乱使一回。

有一年不知从哪里来了一个行脚僧，恰巧瞧见郑百福在店门前乱舞铁棍，他看了说道："这小子有了如此大的力气，而没有名师指导他的武艺，未免可惜。"郑百福瞧那行脚僧相貌奇怪，立在一边观看，又听行脚僧口里叽咕着说话，好似讥讽他的样子，他的性情就好勇斗狠的，所以抢开钢铁齐眉棍向行脚僧身边追去。

行脚僧依旧屹立不动，那郑百福便使一个旋风，手里的铁棍已向行脚僧头上落下，说："贼秃吃我一棍子！"说也奇怪，那行脚僧避也不避，"扑"的一棍正打在他的光头上。郑百福满拟这一棍总要把这贼秃打个半死；谁料棍下时，好似打在顽石上，反激起来，震得郑百福虎口尽裂。郑百福自己也有些不相信，看看和尚头上丝毫无恙，不觉心里大怒！又骂一声："妖贼！"把手中棍向行脚僧的胸口猛力捣来。

那行脚僧不慌不忙，等棍子到时伸手一抓，早已抓住，轻轻向他自己怀里一拽，那根七十余斤重的钢铁齐眉棍已到了行脚僧的手里，微笑了一下，说道："乳臭小儿，怎敢这样无礼？"两手把铁棍一弯，这铁棍早已弯了一个圆形，变作数圈，套在他臂上。郑百福见了，方才知道这僧人大有来历的，不敢再和他动手。其时店主走出来了，喝令郑百福退下，自己向行脚僧赔罪。

那行脚僧向店主问明一切，遂和店主说要带郑百福上黄山去教授拳术。店主十分愿意，一口允诺，郑百福在旁听了，立刻向行脚僧拜倒。行脚僧笑笑，一手扶他起来，说道："只要你虚心受教，包你一身武艺。"又将那弯成数圈的铁棍拈在手掌中，只一捋，早又变成一条铁棍，却又长了数寸，还给郑百福。于是郑百福立刻拜别了家人，带着一个衣包，跟行脚僧走了。

原来那个行脚僧名唤定慧，是少林派中的高僧，驻锡在黄山妙高寺中，一向不收徒弟的，此刻从普陀回来，路过这里，见了郑百福，忽然心动，便带了他回去。郑百福到了黄山，起初很专心跟从定慧学艺，定慧也把拳术武技，挨着次序一一教导，只是在寺中的生活很苦，郑百福有些熬不住。

看看已过了两年，恰巧有一次定慧因有要事，又要到嵩山少林寺中去走一遭，叮嘱郑百福好好在寺中自己练习，恪守清规，不得私自下山。但郑百福在他师父去后，他在寺中感觉到十分无聊，所以和一个火工串通了，违背师言，偷下黄山，在近邻村庄里去饮酒吃肉，一饱馋吻。晚上来不及回山，便借宿

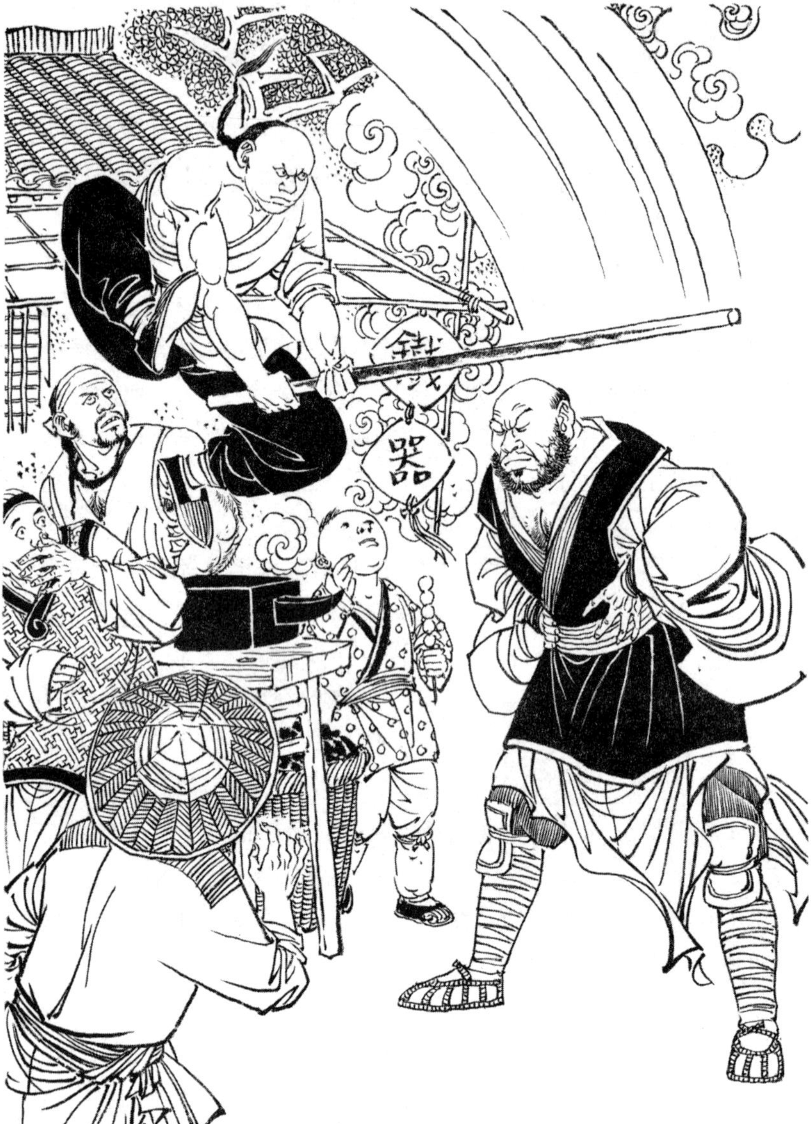
鐵
器

在一家乡民屋里,那家有一个小姑娘,虽是乡娃,而生得姿色美好。

郑百福年纪渐长,食色天性,况又在醉后,不知顾忌,便去强握小姑娘的手腕,口里说些不干不净的话,任情调戏。小姑娘吓得哭了,于是人家出来解围,向郑百福等责问。郑百福自恃武力,动起手来,把小姑娘的哥哥打伤倒地。邻人闻得这事,动了公愤,遂鸣起锣来,全村的乡人拖着钉耙,挟着自卫的刀枪,一齐赶至,把二人围住。郑百福始知自己闯下了祸,遂夺过一柄枪,和那火工杀出重围,回到山上去。

乡人探知是山上妙高寺定慧和尚的徒弟来此闹事,遂静候定慧回来向他理论。郑百福回至寺中,再三思想,知道此事不妙,将来师父回山,一定要把自己严责的。遂不待定慧回寺,偷下黄山,逃回故乡,不肯把这件事告诉家人,只说自己武术已成,可以无敌,定慧教他下山的。人家不知底细,自然相信不疑。

郑百福回乡以后,岂肯安分守己,听他人说起"赛燕青"孙佩韦武艺怎样高妙,他当然不服;遂在村中搭起一座擂台,自称少林嫡传弟子,若有人能把他打倒,愿奉五十金为酬。他父虽然不赞成这个模样,但是郑百福非常倔强,怎肯听从?

他摆好擂台之后,请人写了一副大大的对联,悬在擂台左右,上联是"少林派著名无敌",下联是"红莲村惟我独尊"。又叫人四散去传言,说他要在村里组织拳术的团体,自为领袖,要把赛燕青打倒。

赛燕青也是年少气盛之辈,听了这话,如何不气?郑百福摆擂台的第一天,红莲村附近的乡民得知这个消息,一齐来瞧热闹,擂台的四周站满了人。

郑百福穿着一身黑色的短打衣服,身上系一个大红彩球,露出一双肌肉结实的手腕,向台下观众拱拱手道:"兄弟得少林嫡派真传,愿意和天下英雄一较身手,如有人能胜者,预备五十金奉赠盘费;如若给我打败,便是自不量力,死而无怨!

至于我们村中人，大都是无能之辈，请不要上台来自讨苦吃。"郑百福在台上说这些话，满露出一团骄气，目中无人，明明是向佩韦挑战。村人们听了，自觉无能力和他一决雌雄，但又眼看着郑百福这样睥睨一切，各不佩服，都怂恿孙佩韦上台打擂台。

佩韦也站在人群中观看，瞧了这副对联，又听了郑百福的话，心里也觉得此人自称少林派，大吹其牛，非得把他打倒使他丢脸不可。他正在思量，旁边又有人叫他上去。忽又听郑百福在台上继续说道："我们红莲村一向受别处人欺侮，真没有一个大胆的英雄好汉，现在有我摆了擂台，当可一雪此耻，大概村中人除了兄弟，不见得有第二人吧。"

郑百福方才将话说毕，佩韦早忍不住，从人丛中走前数步，飞身一跃，早已上了擂台，将手指着郑百福说道："姓郑的，不要这样自逞高强，我孙佩韦就是村中人，愿意领教。"一边说，一边脱下长衣。

郑百福对佩韦看了一下，点点头道："你就是别号'赛燕青'的吗？既然不服，我们不妨比试一回。倘有死伤，谁也不能怪怨的。不过我少林门下不打无能之辈，谅你的本领平常，还是退下台去的好呢。"佩韦不由哇呀呀地叫起来道："郑百福，你休要口出狂言！今天你既摆下擂台，我赛燕青决意要和你较量。"遂使个金鸡独立之势，等待郑百福来攻。

郑百福狂笑一声，立刻使一个猛虎上山，将双拳打向佩韦头上后方。佩韦往旁边一跳，躲过了郑百福的拳，右手一起，使个猿猴采桃，来探郑百福的肾囊。郑百福急忙避过，又是一腿，使个金刚扫地，来扫佩韦的足踝。佩韦轻轻跳起，顺势使一蝴蝶斜飞式，掠至郑百福身畔，一拳打向他的嘴边，名为霸王喝酒。郑百福将身子一跳，退后五六步方才避过。见佩韦身手十分灵便，不愧赛燕青之名，不敢懈怠，连忙将他师父所传授的少林拳使出来。虽然他在山上不过学得一小半，自己闹了岔儿，逃下山林，没有全学会，然而已非寻常懂武艺的人可敌了。

佩韦见郑百福已变了拳法，拳法大异，连忙也用出自己的本领和对手周旋。两人拳来脚去地打得非常之快，台下的观众都看得呆了！约莫有六七十回合之际，忽听郑百福踏进一步，大喝一声，已把佩韦一腿踢下台来；佩韦受了伤，伏地不起，经众人把他舁回家中去。

郑百福十分得意，在台上大声说道："什么赛燕青，徒有虚名而已，这是自讨苦吃，谁有本领的快上台来。"但是台下哪里有人再敢上去呢？

佩韦被人舁到了家里，口里呻吟不绝。他的母亲小玉一见如此形状，便问道："你莫不是去打擂台的吗？我千叮万嘱，叫你不要去和人家较量，你偏偏不听我言，背了我偷出门去；现在果然给人家打伤了，如何是好，你伤的什么地方？"佩韦答道："伤在股际，那厮使的少林拳，孩儿自己不小心，教他打倒。"

小玉遂教她儿子睡在床上，自己去取出一个膏药，代他敷在伤处。又说道："这种膏药是我舅舅云中凤萧进忠秘制的，在你外祖母家里存储很多，以前幸我带得数个在此，专治一切跌打损伤。你受的伤还算不重，只要好好睡着养息，不久便会痊愈。只是我希望你以后再莫要恃勇，去和人家斗本领，外边的能人真多呢。"

佩韦道："母亲之言不错，但此次那个姓郑的摆设擂台，他的存心也欲打倒孩儿，所以在台上说了许多自豪的话。孩儿一时气他不过，故上去和他一较身手的。现在孩儿败了，虽自知本领不敌，然而胸中这口怨气怎能平消？望母亲代孩儿出个主张吧。"小玉道："都是你自招其殃，我又有什么主张？我的本领更是不济事，况又有年纪，无能为力了。"佩韦流了两滴眼泪说道："这个羞辱，无论如何我将来必要报复的，否则孩儿也没有颜面再住在这红莲村中了。"

小玉听了她儿子的话，略一沉吟，又说道："那姓郑的果然也太可恶。我想，只有遣人到扬州去请你小英母舅前来，他的本领比我们都高强，只要他能够答应来的话，大概总能把姓郑的打倒的；再不然，我可去请舅舅萧进忠来，不怕那厮猖狂了。"佩韦听说，心中稍慰，于是小玉便写了一封书函，打发一个下人，立刻星夜赶至扬州去，请她弟弟小英到临。孙家的下人奉了主人之命，不敢怠慢，不分昼夜，兼程赶奔，到得扬州平家，拜见了贞姑，送上小玉的手书。

贞姑读了来函，得知自己的外孙给人打倒，女儿要请小英前往，代为出气，她心里也觉愤愤。只是前几天小英适患河鱼之疾，至今未曾恢复身躯，如何可以立即前去呢？她正在捧着女儿的函发怔，里面走出两个婀娜刚健的年轻姑娘来，一个身穿淡红衫子的，走上前问道："姑母，这是谁来的信？"贞姑双眉微皱，把这事告诉了。

那穿浅红衫子的姑娘立刻说道："姓郑的太欺人了，既然表兄有疾，不能前往，我愿到那里去代出这口气，顺便可与小玉姊姊相聚一回。"贞姑微笑道："侄女的武技是我一向佩服的，既然你肯前去，这是再好也没有的事，但请你小心些为妙。"

那姑娘又说道："姑母放心，我去时当和小香妹妹同行，有我们两个人，难道再不能把那小子打倒吗？"原来这位说话的姑娘就是萧慕兰，那一个就是韩小香。她们因负气出走，离了卫辉府，一时没有别的地方可去；想起了她的姑母，所以投奔到此。在贞姑家里一住数月，无事可为。岛上名胜，亦已游遍，又觉有些无聊起来。贞姑探知慕兰离家的原因，劝她仍回家去，而慕兰却不愿意即回，惹她的哥哥嫂嫂讪笑。恰巧小玉来了乞援的信，慕兰得知后，立刻毛遂自荐，愿去一显本领。

贞姑知道这位侄女的武技已臻上乘，只在小英之上，不在小英之下，有了她去，也许足以取胜，因此一口允许。当晚即叫来人歇宿一宵，明日动身。慕兰、小香预备行箧，借此可以到浙江省去一游。

到了次日，贞姑赠送了数十两银子作为盘缠，二人带了随身宝剑和行李等，辞别了贞姑，又和小英夫妇告别。小英在昨晚已由他的母亲把这事告知了他，他也极愿意慕兰等代他去走一遭，不过谆嘱慕兰见机行事，倘能胜了，适可而止，须要给人家有个退步。慕兰含糊应了，跟着小玉家里的来人，离了扬州过江来。一路朝行夜宿，急急赶路，别的地方也不敢逗留，这一天早到了红莲村。

慕兰、小香和小玉还是在小时候见过面，相见之下，欢悦无限！小玉一听得慕兰身擅绝技，是舅舅的爱女，萧进忠一身本领都教授给她；小英既然有病，不能前来，有了慕兰，更是好了。小香虽比慕兰疏远些，而且是个盗女，然因大家都是亲戚，当然亲热。

这时佩韦已能起身强行了，听说慕兰前来代自己出气，喜不自胜！母子俩设宴款待，为二人洗尘。

席间慕兰向佩韦问起郑百福，佩韦道："那厮是铁店里的儿子，本有些蛮力，闻得前年有个行脚僧，自称少林派的，带他到黄山去教授武术；过了二年，那厮走回乡来，自夸尽得少林秘传，非常了得！因为村中惟有我擅长武艺，一心要把我打倒，所以搭了这擂台，向人挑衅。我气他不过，遂上去和他动手，那厮果然有些杀手拳法，所以我失败了。现在那厮仍摆着擂台，气焰更高，自称神拳太保。这消息早已传遍浙东，曾有几处会拳术的人也来打擂台，都不能取胜。姑姑明天若去和他交手，倒也要留心些。"

慕兰也是个心气高傲的女子，听了佩韦的话，微笑道："我理会得，决不吃那厮的亏，好在我这位小香妹妹不是寻常之辈，我打败了，还有她呢。"小香把手摇摇道："你不要说这话，姊姊倘然败于那厮，我更是无济于事了。"

慕兰道："不要管他济不济，明日和那厮一交手便知究竟，今晚我们且畅饮一番。"于是大家饮酒吃菜，直到夜阑方才散席。小玉引导二人至客房里睡眠，一宿无话。

次日大家吃过早餐，小玉、佩韦便陪着慕兰、小香，一同走到郑百福摆设的擂台处来。见那擂台搭造得又高又广,台上放着一只大椅子,椅子里坐着一个魁梧的黑面少年,全身短装,紧扎两臂,筋肉虬结,双手按在膝上,端坐着不动。台口还放着一锭五十两的元宝,此时擂台之前,已站了不少人,都在闲看。有些乡人见佩韦又走来了,且有女子同行,便暗暗指着他窃窃私议。

一会儿郑百福从椅子上站起身来,向台下拱手道:"我自摆设擂台之后,忽已过了半月,先后打倒了无数好汉,大概都已知我神拳太保的厉害了!现在再以三天为限,过得三天,我也要休息休息,因为既没有人能够胜我,我也不必再等了。今日请诸位不要错过机会,有本领的人快快上来,与我见个高低,昨天整整一日,竟没有一人上来,怎么没有一个英雄呢?"说罢,哈哈狂笑。

笑声未毕,只听台下娇声喝道:"姓郑的,休要口出大言,目中无人!我今天倒要领教领教。"说着话,早有一个苗条身躯的年轻女郎,穿着淡红衫子,从人丛中耸身一跃,如飞燕穿柳般跳到了台上。正是萧慕兰,伸出纤纤玉指,指着郑百福说道:"姓郑的,你不要自负不凡,赛燕青乃是我的亲戚,你把他打败了,不过是你的侥幸。自称什么神拳太保,以我看来,可说是狗拳小子罢了,别人怕你,我却要和你斗数合。"

郑百福听了慕兰的话,又对她全身上下熟视一回,哈哈笑道:"你是个黄花闺女,弱不禁风,不守在高楼上,却要来此打擂台,真是蜻蜓撼石柱了。你家郑爷拳下留情,让你回去罢,免在人前出乖露丑。"

慕兰闻言,不由气往上冲,冷笑一声道:"你这厮是瞎了眼的!我既已到此,有什么畏缩?快快交手。"遂卷起双袖,一拳向郑百福打去。

郑百福身子一侧,举起右手,想来抓住慕兰的手腕,慕兰早已缩回来。郑百福见自己抓不着,便使个玉带围腰,要来擒住慕兰的纤腰。慕兰身子便捷,使个金蝉脱壳让过了,又是一拳向郑百福头上打去。二人这样交手了十数回合，郑百福方觉得慕兰虽是女子，本领却果然不弱，遂又使出他的少林拳来，双拳一起一落，如雨点般向慕兰进击。慕兰暗暗点头，遂也使出她父亲教授的一百〇八下天罡地煞拳来。小香、小玉、佩韦等在台下一齐看着，见二人狠命相扑，但见拳影倏忽，使人目眩。

　　隔了良久，听得郑百福一声猛喝，慕兰早已应声而倒。郑百福大喜，便踏进一步，俯身下去，想将慕兰一手提起，羞她一下。不防慕兰乃是假跌，娇躯突然鹊起，疾飞右腿，正踢中郑百福的腰窝。慕兰双足虽穿着紧紧弓鞋，但是鞋头上都系着锐利无比的铁尖，这一下裙里飞腿正踢中郑百福的要害，大叫一声！立刻蹲倒着不能动弹，口吐鲜血，面色惨白！

　　慕兰对他笑笑道："今番你识得你家姑娘的厉害了。"又把那台口放着的五十两银锭揣在怀里，轻轻跳下台来，声色不变。

　　佩韦见慕兰已把郑百福打倒，代自己报了仇，心中怎不快活，和他的母亲以及韩小香一齐从人丛里走出来欢迎慕兰，拥着她回家去。台下的观众见郑百福竟被一个女子打倒，却是意料不到的，莫不惊奇！跟着慕兰观看不已，直等到他们走入屋子，方才散去。郑百福受了重伤，自有他手下人扶着回去医治，锐气尽失，再也不敢轻视天下人了。

　　慕兰自从击败了郑百福，女豪杰的名气传播出去。又有一般拳术家，本是闻风而来打擂台的，但是到了红莲村，郑百福早已倒台了，未免扫兴；又闻得打败郑百福的乃是女子，更是好奇心生，于是便有许多人写信到孙家，要求和萧慕兰比武。

　　慕兰起初不欲多生麻烦，故置之不理，偏偏佩韦和小香极力怂恿，她也摆一座擂台，十天为期，和外边人较量身手，显些本领给人家看。慕兰遂要和小香一同上台，彼此间日应付来人，大家可以休息。小香也是好胜的人，当然答应。

　　佩韦十分高兴，便在门外附近雇了工匠，也搭起一座很大的擂台。村中人一得这个消息，更是视为奇事，纷纷传说。擂台已成，第一天是慕兰，第二天是小香，也照样预备五十金为胜者所得，自有别处的武士和国术家上台去和这两位姑娘角逐。可是两天以来，先后上台比试的共有十数人，都被慕兰、小香打下台去。佩韦母子见了，格外喜悦，慕兰、小香的芳名更是驰遍遐迩了。

第三天又轮到萧慕兰，她立在台上向台下人说过几句话，便叫人去打擂。当时便有一个身躯长大的北方男子跳上台来，和慕兰交手不到七八合，早被慕兰一拳击中了他的项际，受着伤，狼狈下台。接着又有一个矮子爬上台去，要和慕兰交手。慕兰见了他的形状，不由笑道："你这三寸丁也要来和你家姑娘较量吗？"矮子点点头，两下里动起手来。

矮子不知使的什么拳，东一跳西一跳的，倒也很是灵活。慕兰起初不放在心上，手中一个松懈，却被矮子一头攒进，伸起右手，来一个银龙探海，直探入慕兰的腹下，想要一探那销魂的所在。

慕兰急忙向后一跳，退下数步，险些着了矮子的道儿，被他探了宝去；脸上一红，芳心着恼，立即舞动两条粉臂，向矮子上三路攻去。矮子慌了手脚，跳得更忙，被慕兰得间抓住，提将过来，掷于台下；说一声："矮鬼去吧！"那矮子背心着地，啪的一声，如皮球般弹将起来。

说也奇怪，他好似一些不觉痛苦，趁着弹的势头，早已站起身，重又爬上擂台，嬉皮涎脸地对慕兰说道："鄙人拳术虽是不济，然而背心却生得特别之厚，挞不坏跌不痛的，所以鄙人不肯认输，仍要再和姑娘一决胜负。"慕兰指着说道："讨厌的东西，方才我已把你掷下台去，当然你已输，岂有再行比赛之理？"

矮子道："须要你把我打得爬不起来，方才算输，否则我一辈子不服的。"慕兰又气又笑道："生平没有听过这种办法。"矮子道："我不管你听过没有，除非你把我打死了便罢。"

慕兰大怒道："好的，你既然一定要送死，那么休怪我无情了。"于是二人又交手起来。慕兰见矮子的拳脚都不是正轨，恐怕自己真的着了他的道儿，所以攻守进退，丝毫不敢轻忽。

那矮子的拳术并不高明，所以又给慕兰一把抓住衣领，拾将过来，狠命向台下一掷。这一掷使劲更重，那矮子跌了个四脚向天，但他立刻又爬将起来，向台上笑笑道："好厉害的姑娘，我矮子的背心虽硬，也不高兴给你再掷了。"遂向人丛中一钻，顿时不知去向。

慕兰看了，心里十分奇怪，观众一齐哗笑！在笑声中忽见有一美少年"唰"地跳上台来，杳无声息，向慕兰双手一揖道："鄙人路过此间，听得姑娘摆设擂台，打过不少英雄好汉，十分钦敬。鄙人略习小技，偶尔有兴，愿和姑娘一较身手，倘若败了，请姑娘勿笑。"

慕兰听那少年的说话很是温文，完全没有虎虎之气；又见他生得剑眉星眼，英姿俊爽，立在台上，恍如玉树临风，确为生平罕遇的美男子，不由暗暗钦敬。便答道："休要客气，极愿领教。"于是二人各自站定地位，彼此交手。

慕兰觉得这美少年出手便与众不同，当然是个有本领之人，不可轻视，遂使出她的天罡地煞拳来。那美少年也施展平生本领，拳来脚往和她对抗。此起彼落，看看斗到一百回合以上，慕兰见自己不能取胜，心中未免有些急躁。美少年卖个破绽，让慕兰一拳打向自己腰里来，却起个海底捞月，要捉慕兰的手腕。此手怎肯被他捉住？一击不中，早已收回，正要变换拳法，不料那少年张开双臂，向自己身上猛扑过来。

这一下来势迅猛，不及避让，早被少年一把抱住柳腰，轻轻托将起来。台下观众齐喝一声彩，这彩声真如惊天动地。小香、佩韦在后台看见了这情状，非常吃惊，恐防那少年要伤害慕兰，所以赶紧跑过来。少年的手一松，慕兰早已跳下，脸泛桃花，对少年说道："足下的拳术果然非常高明，谅必有名师传授，今日我认输了，台前的一锭银子聊作程仪。但不知足下尊姓大名，可否见告。"

那少年听了慕兰的话，也微笑道："鄙人姓程名远，路过这里，恰逢姑娘摆设此台，一时有兴，向姑娘领教。姑娘的拳术也是非常高深，我很钦敬，方才我有得罪之处，请姑娘海涵是幸。至于那银子我也不敢拜领，但请姑娘也将芳名见示。"

此时佩韦在旁，见那姓程的少年态度和蔼可爱，遂上前和他相见，介绍慕兰、小香，且将摆此台的前因后果告诉了程远，程远很为赞叹。佩韦虽然年轻，颇喜欢交结天下的英豪，因此便要请程远到他家里去叙谈，程远一口允诺，于是大家走下擂台。

看热闹的人见他们会合在一起，大家都说这叫不打不成相识了。有些人代慕兰可惜，有些人赞美程远的绝技，议论纷纷。传到了郑百福的耳朵里，也很惊奇，只恨他受伤未愈，不能前来一睹奇人呢。

程远被佩韦等招接到了孙家，小玉也早经人报告给她知道，大为惊异，所以亲自出来迎迓，一见程远相貌俊美，不由暗暗喝声彩。程远上前拜见了小玉，佩韦便教厨下去预备一桌丰盛的酒席，在后花园思齐堂上宴请程远。

大家先在书房里座谈，佩韦问起程远的身世，程远也就详细奉告，只把自己在丽霞岛为盗以及偕同荒江女侠脱离虎穴事隐过不提。慕兰、小香听了，才知程远是个无家可归、天涯作客的奇人，都代他扼腕。佩韦也将他们的家况约略奉告，但小香是巨盗韩天雄之女，却也不能直言的。

少停酒席已备，佩韦母子和慕兰、小香一齐奉陪着程远，走到后花园来。那花园面积虽不大，而建筑得非常曲折精幽，是佩韦的祖父费了许多心思造下的。大家到了思齐堂上，分宾主坐定，程远见酒席丰美，先向佩韦母子道谢。佩韦先向程远敬了酒，然后一一斟过，举杯畅饮，谈些江湖上的事，彼此很是快活。

散席后，程远便在园中坐了一歇，想要起身告辞，佩韦不肯放他便走，坚请程远在此多留数日，慕兰、小香也在一边挽留。程远虽然心里急于赶路，却不知怎样地软下来，点头答应；遂教人到镇上小旅店里去把他的包裹和宝剑取来，并将房饭钱付讫，他就在佩韦家中耽搁下来，不觉变更了初时的宗旨了。原来程远自从在会稽旅寓里被女侠弃了他而自去，他心里一气，便生起病来，动身不得。旅店老板代他请了一个医生前来诊视，服了数服药，方才渐愈。他在病中时十分凄凉。颇恨玉琴存心诓骗，殊属不情，自己不知怎的偏会堕入情网，受了玉琴的诡言。若给高蟒弟兄和怪头陀等知道了，岂不要笑掉牙齿！好忍心的玉琴，将来必要去把她找到，看她怎样对得起我啊？又忆念起自己的亡妻高凤，洒了几点情泪。

等到病体完全恢复后，他就动身，要到杭州去找寻女侠。刚才赶了一天路，恰巧途中听人传说红莲村有女子摆擂台，本领高强，他听了，心里不由一动，暗想：莫非女侠在那里吗？但是计算日期，已有多时，那么女侠恐不会逗留在这里的。他被好奇之心冲动，遂取道往红莲村来。到得村中，天色已晚，他就住在小旅店里，向人一探听，得知摆擂台的乃是从浙江来的两个姑娘，顿时失望。

然而自己既已到此，不得不一看究竟，所以次日他挤在人丛中观看，始知又是一位身怀绝技的姑娘，暗暗钦敬！技痒难搔，遂上台去和慕兰较量，最后他就用出那一下"猫捕鹊"的绝手，果然取胜了，暗自庆幸。慕兰等慧眼识英雄，将他款留住，打擂台的事也就宣告终止了。

他在孙家连住了好几天，每日和慕兰等闲谈武艺，渐渐把找寻女侠的事淡忘了。

佩韦的母亲小玉见程远人品生得丰采可爱，武术又是超群，就想代慕兰为媒，使他们二人缔结良缘。因为二人的遇合很巧，也可以说是天作之合，然而这事必先得慕兰的同意，然后可以去向程远说合。所以她乘慕兰一人独在的时候，就将这意思告知慕兰，要征求她的同意。

慕兰自从和程远见面后，一颗芳心也不由荡漾起来，只觉得其人可爱，最好永远厮守在一起；现在听小玉说出这话，笑了一笑，不置可否，立刻回身便跑。小玉知道慕兰已有意思，便追出房来，咯咯地笑道："好妹妹，你敢是害起羞来吗？将来要谢我的大媒哩，不要走。"

慕兰走得快，刚跨出院子，却和一个人撞个满怀，二人险些儿都跌倒！慕兰定睛看时，乃是韩小香，连忙立定，说一声："对不起。"小香道："姊姊做什么跑得这般快，大姊姊为甚追你？"慕兰道："有什么事，你去问她吧。"

小玉此时走过来，说道："我正同她说笑话呢！"却不肯直说。大家都回进去了，但小香早已听得小玉口里说着"谢谢我大媒"的一句话，她的心中早已估料到几分，见她们不肯告诉，也只好装作不知。但是不知怎样的，心里老大不高兴，有些坐立不安的样子。

隔了一刻，佩韦走进来，对慕兰、小香说道："现在我有些事，要到人家去走一遭，程远独坐在书室里，请你们二位出去陪陪吧。"慕兰听了这话，跟着佩韦走出去；小香却推说要到房里去更衣，所以慕兰一人来到外边。佩韦走出门去，慕兰便走至书房中，见程远正独坐在窗前看书，他一见慕兰翩然步入，忙含笑相迎。

慕兰微笑道："程先生一人无聊吗？我们到后花园去走走可好？"程远道："好的。"于是立起身来，和慕兰走出书室，并肩缓步入后花园去。花红草绿，景色鲜妍，二人走至一个鱼池边，俯视水底金鱼，浮沉绿草之间，忽在水面唼喋，忽又悠然远逝，很见活泼。二人观了一刻，便在一块太湖石上并肩坐下，大家又谈起武艺来，从武艺上又谈到暗器。

慕兰自言善用袖箭，又说韩小香惯放毒药镖，百发百中，凡人中了毒镖，过了二十四个钟头便没有命活。程远说自己也用一种毒药镖，可是非到危急时候不用的。因为彼此交手以真本领取胜才是正道，若用暗器胜人，已失光明态度了。

从前江南大侠"九头狮子"甘亮，他用的飞镖，上系响铃，镖发时便有一种叮零零的声音，使人家防备；倘再不能躲避，只好怪怨自己没有功夫了。然而甘亮的响镖仍是极难避让的，足见他的本领，远出人上了。

慕兰点点头，遂说："我的父亲云中凤萧进忠少年时惯用飞蝗石子。有一次他在夜间登屋巡视，瞥见后院中有个人影一闪，立刻蹲下地去。我父亲以为是有外人到了，腰边恰系着石囊，遂取出两颗石子，觑准那人面上飞去。只听那人'啊呀'一声，向后栽倒。我父亲跳下地去，细细一看，那人乃是庄中的庄丁。原来那庄丁因为便急，懒得上厕去，便在院中拉屎；不料中了两石子，双目都给我父亲打坏了。我父亲没奈何，只得给了他一笔养老费，教他回乡去。从此以后，我父亲发誓不再用暗器。便是我学会了袖箭，我父亲也再三教我不要轻发。至于小香的毒药镖，他老人家更是不赞成的。"

程远道："小香的父亲谅也是北地一位老英雄吧？"慕兰轻轻笑了一笑，没即回答。程远不知她的意思，向她再问一遍。

慕兰低低对程远说道："我告诉了你，你不要和别人说。我们和韩家虽然彼此都是亲戚，可是我父亲一向和小香的父亲意见不合的，因为小香的父亲韩天雄，在北方不肯安分……"说到这里，程远早抢着说道："韩天雄是北方著名的独脚大盗啊！我听我师父说起，昆仑派的剑侠曾把韩家庄破去的。"

慕兰道："不错，就是一个荒江女侠和她的师兄剑秋，邀了云三娘前去把他们歼灭的。那时候小香适在我家，所以未及于难。她与荒江女侠有了杀父之仇，常思报复。有一次女侠等途过卫辉，被我撞见。我听了小香之言，同往旅店行刺不成；后来怂恿我父亲把他们请到庄上，想要较量一下。可是我父亲被他们把话激动了，没有跟他们动手，放他们去的，因此我与小香负气走到外边来了。"

程远听了这一番说话，想不到慕兰、小香也和女侠相识，有过一回恶感的，他就对慕兰道："凡事当辨是非，断不可意气用事！韩天雄既为盗匪，被人诛灭，自是罪有攸归，断不能错怪女侠等一众人的。尊大人不肯和他们动手，不失光明的态度，你们负气出外是不应该的。姑娘，我喜欢直言，并非我责备你啊。"

慕兰把手掠着鬓发，笑了一笑答道："程先生说得不错，韩天雄生前犯案累累，多行不义，以致于此。我所以和女侠作对，也是听信了小香妹妹的怂恿，又有些好胜之心罢了。其实小香惟有忏悔，她若要为父报仇，那么有许多被她父亲杀害的人又向谁去复仇呢？此间，小玉母子虽然彼此都是亲戚，而因为她是盗女，未免就有些看不起她了。"

慕兰说到这里，在她的背后假山石畔，却有一个人悄悄地立着静听，面上露出怀恨之色，就是韩小香。她因为心里有些不高兴，故走到花园里来闲步散闷，却听前面池畔石上有男女唧唧谈话之声，正是慕兰的声音。她便立在假山石背后偷窥出去，见慕兰正和程远并坐着絮谈，心里就是一怔，遂屏息静听，听得慕兰正在讲她的家世，一味说他们不好，和以前变了态度；不觉将银牙紧紧一咬，说不出的妒与恨，叹了口气，回身走去。

然而慕兰和程远哪里知道这一席话已给小香听去了呢？他们意气相投，正谈得娓娓不倦，忘记了其他的一切。晚上，天空里一钩明月泻出他的清光，下照到庭院中来，花影斑驳，境至清幽。一片一片的白云向西面移动着，倏而如美人，倏而如名马，幻作各种情形怪物，时时在那里变换的，这好似象征着人心的变态。程远在日间和慕兰后花园中一席清谈，印下了心版，大家觉得甚是投契。

后来在晚餐之前，佩韦的母亲小玉特地又到书室中来见程远，问起程远可曾和人家订过婚，程远只得说，以前曾在定海高家入赘过，但是不多时他的夫人已得病故世，现在未续鸾胶。小玉便代慕兰为媒，要请程远答应这头亲事。程远见小玉态度很是诚挚，慕兰的秀姿、慕兰的武艺，他都钦佩的；和荒江女侠相较，似乎在伯仲之间，也是一位女豪杰呢，所以谢谢小玉的美意，表示同意。小玉见程远业已允诺，心中自然欢喜，又略谈数语，方才告辞而去。

明日佩韦得知了这个消息，喜孜孜地到慕兰房中去，恰巧慕兰正和小香坐在一起闲谈，佩韦便向慕兰双手一揖道："兰姨，恭喜恭喜。"

慕兰突然一呆道："何喜之有？"佩韦笑道："我们要吃兰姨的喜酒了，难道你自己还不知道吗？我母亲做大媒，你要请母亲吃十八只蹄子呢！"慕兰给佩韦这么一说，不由两颊飞红，说道："啐！你不要胡说八道。"

小香在旁听着，心里不由一惊，假意问道："你母亲把慕兰姊做媒给哪一个，我倒真的没有知道呢！"佩韦又笑道："此人武艺高强，是个少年英雄，现在正住在这里，除了他，兰姨也不肯下嫁的啊！"小香点点头道："原来是他，我也要问慕兰姊讨吃喜酒了。"

慕兰忍耐不住，立起身来，把手摇摇道："小香妹，你不要听他造谣言，分明是故意来调侃人家。"佩韦道："谁来造你的谣言？你以后做了新娘子，我总得向你讨喜酒喝的，否则我何不向小香姨恭喜呢？兰姨一向很爽直有男子气，怎么今日反有些腼腆起来，难道做新娘都要如此的吗？"

慕兰道："你偏会多说，仔细我来拧你的嘴。"说着话，真的走过去伸手要来拧佩韦。佩韦双手捧着嘴巴，说声："啊哟！"连忙逃出去了。慕兰也跟着追出去。

惟有小香却坐着不动，把手支着头，呆呆地思想，一会儿咬紧牙齿自言自语道："你不要在我面前假撇清，你去和他做一对儿，满足了你的心，我不来抢你的；只是你不该背着我说我的不好，你自己算是清白的女儿，难道人家不是清清白白的吗？即使我父亲以前行为不正当，现在人已死了，你去告诉人家做甚，却不顾亲戚之谊吗？这小丫头倒如此促狭，我错当她是个好人了。"

韩小香这样在房中恨恨地说，慕兰却一些没有知道，她听了佩韦刚才说的话,知道她的表姊小玉已代自己和程远的姻缘撮合成功了。心里暗暗欢喜,未尝不感谢小玉的美意,但是脸上却装得若无其事,走到小玉处来。

小玉见了慕兰,将她一把拉住,把嘴凑在慕兰的耳朵上低低说了几句话,慕兰要想走时,小玉却不放她走,只说如何如何。慕兰道:"任凭你怎样便了,但是我父亲……"说到这里,小香却走了过来,小玉一松手,别转脸来,正要把事告诉小香;慕兰却对小玉霎霎眼睛,小玉便不说了。

小香又是一气,不由冷笑一声道:"你们在这里讲什么,倘然有事,不要瞒我啊!"小玉笑道:"小香妹妹,你将来自会知道的。"小香哼了一声,正想坐下来,慕兰一握她的手说道:"我们到后园去走走吧。"

小香只得跟了同去,走到那个所在,想着这就是慕兰和程远并肩而坐喁喁清谈之处,他们瞒我,可他俩昨天说的话,大半都被自己无意中听得,然而他们却没有觉察。暗道:慕兰,你瞒着我要和人家订婚,态度何以如此不明?真使我怀疑了。我本来同你一齐到此打擂摆擂的,不过被你占了个先,你的本领未必远胜于我啊!即如程远打擂台那天,也不过恰巧轮着你罢了。彼此都和那姓程的是个初知,你却施展狐媚的手段,将那姓程的诱惑得倾向你了;尚恐别人要抢你的,所以背着我说我的坏话。你既然对我如此无情,以后不要怪我无情!她一边想一边咬着银牙,俯视地上,默然无声。

慕兰怎知道小香心里正衔恨于她,却带着笑指点风景,挽着小香的手,绕过鱼池,走到假山上去眺望。小香瞧着慕兰脸上得意的神情,她心里越是怀恨,谁高兴陪着慕兰游园,推说肚子痛,赶紧走回房里去了。

小香到了自己房里,便向床上和衣而睡。她心里对着慕兰一半儿怀恨,一半儿妒忌,闷闷地睡了不知多少时候,忽见小玉走进房来,自己连忙起身,小玉握着她的手,带笑说道:"小香妹妹,我有一件事要问你同意不同意?"小香道:"什么事?"

小玉道:"我来代你做媒,好不好?"小香听了不由一怔,她便含笑问道:"表姊,你这不是戏言吗?"小玉道:"谁来与你相戏?就是那个姓程名远的。我看他真是俊美郎君,所以愿代你们二人做媒,使你们俩成就良缘。"

小香带着怀疑的态度问道:"是那程远吗?我知道表姊已代慕兰姊做了媒,怎样又来同我说,岂非明明向我戏言吗?"小玉道:"你还没有知道吗?慕兰虽然愿意,而程远不知怎样的偏不愿意起来。佩韦问他究竟是何意,他说佩服小香妹妹的武艺高强,容貌秀丽,倒有意于你。所以,我就和你来说了。"小香听了这话,心里仍有些不信,只听房门外脚步响,走进一个美少年来,不是别人,正是程远。

小玉指着程远笑道:"你看他自己来了,你还不相信我的话吗?"此时,小香别转了脸,不理程远,倒有些害羞起来。程远走上前来,对小香深深一揖道:"一向钦佩姑娘是天仙化人,难得相逢,真是有缘,敢请孙夫人代我为媒,早遂求凰之愿,不知姑娘能不弃我吗?"

小香见程远种种殷勤的态度和言语,心里不觉暗暗欢喜,小玉也在旁说道:"表妹,你看程先生这般诚恳,大概你总可以答应了吧。"

于是小香点点头,程远又笑嘻嘻地走近她身边来握她的手,小香把右手伸出来给程远握着。

忽见门外跳进一个人来,指着他们说道:"你们真不要脸,在此鬼鬼祟祟做什么?"小香定睛一看,原来就是慕兰,心里扑的一跳!慕兰面上一团怒容,又对小香说道:"我和姓程的是一对儿,早已文定过了。你这不识羞的臭丫头,竟敢夺我的程郎吗?"

小香也勃然怒道:"什么程郎不程郎,你问问他自己看,究竟是你的还是我的?现在他自己跑到我房里来,向我求婚,并非我来夺你的,你怪我做什么?"慕兰遂对程远说道:"程郎,我早已和你说过小香是强盗的女儿,你为何这样没出息,要和她勾搭呢，快快走罢！"说着话，便上前将他们的手分开来，拖着程远便走，一声不响。

　　程远正要跟着慕兰同走，在这时候，韩小香愤怒到了极点，霍地从床边掣出宝剑，追上前去，就向慕兰头上一剑劈去！只听咔嚓一声，一颗血淋淋的人头滚下地来。再向地下一看时，却是程远的头颅，不知怎的杀错了！不由口里喊声："啊哟！不好了！"同时耳边听得有人高声问她："怎样不好了？"睁开眼来一看，原来是一场噩梦！

第六十七回

一梦太荒唐暗怀醋意
飞镖何突来别有阴谋

小玉正坐在床边,一手握着烛台,对着她微笑,此时小香竟有些恍惚起来。小玉又道:"你敢是正在做梦吗?"小香只得点点头答道:"我刚才做了一个梦,梦见自己跌入大河里,因此喊起不好来了,表姊来此做甚?"

小玉笑道:"你睡得忘记了吗?天晚了,我们要吃晚饭,因为不见你,所以寻到你房里来,你却在这里做梦。"小香一听这话,脸上不禁飞红。小玉不知她的心事,又说道:"快些出去吃饭吧,你为何这样疲倦?吃了晚饭不妨由你睡到天明便了。"

小香遂一骨碌坐起身来,跟了小玉一同来到外边用晚饭,见了慕兰,觉得有些不好意思,也就不多说话。慕兰见小香这两天神情有些异样,心里暗暗奇怪,却猜不出因何如此。小香吃过晚饭,没精打采地坐了一会儿,先回房去安睡了。

这天程远在外面很想遇见慕兰,但是从早上等到黄昏,不见她人倩影,暗想:像慕兰这样豪爽的女儿,难道要因此害羞吗?好不奇怪。

次日下午，他正和佩韦坐在书房里闲谈，佩韦告诉他说道："你们这头姻缘有我母亲为媒，又是彼此同意，当然是成功了。不过此刻兰姨到这里来打擂台，远离家乡，此时还须向她的家长禀明，方可成婚，因此我母亲曾劝兰姨早日回，和你一同去相见。"程远听了，便问起慕兰的父亲云中凤萧进忠。佩韦详细告诉他听，且说："萧进忠武艺虽高，很是爱才，像你前去，一定能中雀屏之选。"

程远听了笑笑。二人正谈得起劲，见慕兰翩然步入，程远起立相迎，大有一日不见如隔三秋的样子。慕兰遂一同坐着，随意闲谈。佩韦因自己已谈了好一刻话，所以推说有事，先走出去。室中只剩二人对坐着，谈谈江湖英雄的事。

约莫隔了良久时候，只听窗外有人咳嗽一声，慕兰听得出是小香的声音，忙立起身来，走出室去瞧时，见小香的背影已走入堂后去了，心里不觉有些惊讶，且有些不快。回到书室里，程远问外面是谁，慕兰道："我也没有看见什么人。"程远坦然不疑，仍和慕兰谈笑自若，又讲了一会儿话，慕兰方才告辞出来。

次日下午，佩韦要奉陪程远到碧浪湖去一游。那碧浪湖在红莲村的西面，相隔不到十里，所以步行前去；又因慕兰、小香到了这里也没有游过，所以邀二人一同前往。小香起初有些懒懒的，不想前去，经小玉左说右说，遂装饰得十分媚娆，随同前去。慕兰却淡妆素抹，别饶清丽。

四人一路走一路讲，已到了碧浪湖。但见前面有一个小小的湖面，四围种着许多柳树，在这暮春三月的时候，丝丝柔条早都绿了，随风吹着摇曳飘拂，好似翻着许多碧浪，倒映入湖中。所以望过去水也绿得更可爱了，碧浪之名即由于此。四人绕着湖岸闲步，芳草如茵，柳树中见有数株红桃，鲜艳可爱，落叶飘落襟袖。远望湖后有一带青山，如屏风也似的列着，这样更见得风景幽美。

慕兰对着碧波，对佩韦说道："这样好的湖却没有游船，未免太沉寂了。倘若今天湖中有船时,我们可以坐了去湖中荡漾,岂不是好?"佩韦道:"此地风景虽好,只惜太偏僻了些,所以游者罕至,土人也没有船只预备了。"

佩韦刚说着,程远将手向东一指道:"你们说没有船,那边不是有船来了吗?"大家跟着他手一看,果见有一艘渔船,慢慢地向这边摇来,船头上立个老渔翁,手里撑着竹篙。佩韦便把手向他一招,老渔翁把船撑过来问道:"你们几位公子小姐相招做甚?"佩韦道:"我们要坐你的船到湖中去一游哩。"老渔翁摇摇头道:"我是打鱼去的,真给你们坐了游玩,那么我不是白白出来了吗?"

慕兰笑道:"渔翁,我们不要白坐你船的,你若载了我们去,少停自有酬劳,岂非和你去打鱼一样的吗?"老渔翁听了笑笑道:"这样也好,你们下舟来吧。"于是四人一齐跳入舟中,渔翁回头对他们又看下一看,说道:"咦!你们四个人跳到舟上来时,怎么我这船没有颠晃,你们的身子怎会轻得如此,好不奇怪?我有些不相信。"程远笑道:"你不要管他了,快些开船吧。"渔翁咳了一声嗽,便走到后梢去摇橹。

四人坐在舟中,真觉得舟摇摇兮轻飏,风飘飘而吹衣,春水绿波足以荡涤胸襟。程远和慕兰更是有说有笑,小香一人坐在后边,心里很觉难过。这样在湖中兜了一个圈子,因为湖面不大,所以都游遍了。

程远便问佩韦:"这里可有什么古迹?"佩韦答道:"碧浪湖边只有一座古墓,据说是以前梁山泊好汉浪里白条张顺之墓。"程远道:"听得张顺的墓在杭州涌金门,怎会这里也有他的埋骨地?"佩韦道:"古人的假墓本来是很多的,安知不是后人附出来的呢?况且张顺这个人,虽然《宣和遗事》上有他的名,然而也是不可考的;《征四寇》上所载的更是小说家言,不足凭信了。"

慕兰道:"我们都不是考古家,不必求什么考证,不管他真也罢假也罢,只要好玩,我们前去走走。"佩韦笑道:"那是荒凉颓圮，不足留连，不比西湖边上的古墓，都有人修理的啊。"

程远听佩韦说起西湖，便想起玉琴，遂说道："他日若有便时，我必要去一游。"慕兰道："我和小香妹也没有游过，缓日我们不妨一齐前去。"说到这里，回头对小香说道："是不是，大概你也很赞成的吧？"小香点点头，勉强笑了一笑，说道："也好。"

佩韦又问道："现在大家可要游张顺墓吗？要游的前面就好停船了。"慕兰道："既然是个荒墓，一无点缀，我们不必去游吧。"大家听了她的话，都同意。于是回到原处，走上了岸，佩韦取钱谢了那渔翁，一同走回家来。

路过一处，有个小小土阜，土阜上有许多大树，忽地从树上飞出两只乌鸦来，在他们的当头，"呀呀"地叫了两声，直飞过去。小香一弯腰，从地上拾起一块小石子，把手向空中一抬，唰的一声飞到上面，便有一只乌鸦一翻身落了下来。

佩韦在旁瞧着，喝一声彩，且说道："小香姨的眼功果然不错，听说你惯用毒药飞镖，北方著名的荒江女侠也中过你一镖的。"小香道："这有什么稀罕？外边能此者甚多，即如慕兰姊的袖箭何尝不高妙。以前荒江女侠在夜间来窥探我们的庄子时，确乎被我击中一镖的，可惜不知有谁解救了她，便宜了这丫头。后来她再来的时候，可惜我不在家里。"她说了这几句话立刻缩住，似乎懊悔失言的样子，所以又说道："这乌鸦对我们叫得可恶，所以赏它一石子，你们不要笑我。"

慕兰正要接口，恰巧树林里又飞出三只乌鸦来，程远即向地上拾起三块小石子，翻身向上发出去。三枚石子如连珠般飞到空中，大家跟着瞧时，但见那三只乌鸦不先不后一齐从空中跌翻下来，落在草地之前。佩韦不禁又喝一声彩，说道："不料程先生的手法竟有如此神妙，恐怕《水浒传》上没羽箭张青也没有你这样的技能了。程先生平日善于射箭呢，还是惯用飞镖的呢？"

程远道:"区区小技,何足道哉?我虽然有时也用飞镖,可是我怎及人家的神乎其技呢!"慕兰带笑指着程远和小香道:"你们二人都会飞镖,真是一个儿半斤,一个儿八两,我的袖箭怎及得你们的高明。"程远道:"使用暗器也是以巧取胜人,究竟是要有真实本领的。"佩韦道:"你们都不要客气,我才是望尘莫及哩。"大家说说笑笑,走回了家门,程远和慕兰心里都很觉快活。

次日早晨,程远正坐在书房里自思自想:我与慕兰的婚姻,大概可以有成功之希望;我本来脱离丽霞岛,目的在荒江女侠身上,可是女侠半途抛弃了我独自一走,可见她人芳心不属于己,这真是落花有意流水无情,令人无限抱憾;不料我在此忽然逢见了萧慕兰,也是一位女中英雄,且喜她对于自己很是钟情,言语之间十分投合,那么我不必再恋于女侠了。

他正在思想着,见一个小丫头拿着一张纸条,笑嘻嘻地走进来,对他道:"这是小香姑娘教我送来的,等候回音。"程远点点头,伸手取过条子一看,见上面写道:

程远先生大鉴:

　　昨日在碧浪湖归途中飞石投鸟,甚佩技能之高!闻先生惯用飞镖,百发百中,小香平时亦喜此道,不揣庸陋,拟于今日下午即在后花园中一较身手,借此可以领教。想先生为当世豪杰,决不示弱于小女子也。即乞赐知为何,此颂。

台绥

韩小香谨上

程远看罢,觉得小香有意挑衅,其心不良,自己何必与女子比较高低?胜之不武,万一失手,那么败于女子之手,也给人家讪笑。若然不答应吧,这条子上明明写着"先生为当世豪杰,决不示弱于小女子"这两句话,我不要被她看轻吗?想了一刻,遂从桌上提起笔来,在那纸条下面批了"遵命"二字,盼咐小丫头拿回去复命。此时他深悔昨天自己在小香面前显什么本领，以致引起这件事来，外面一般通武艺的女子真不好对付的啊！

隔了一歇，慕兰和佩韦走了进来，程远便将这件事情告诉他们听。慕兰很惊奇地说道："小香要和你比镖吗？她用的是毒药镖，人家中了一镖，便有性命之忧的。"

程远笑道："我用的不也是毒药镖吗？她必要我和她比试，有什么话可以推辞，只得冒险周旋一下了。"佩韦道："香姨和兰姨一向都是心高气傲的人，然这事的起因是为了昨日途中飞石投鸟，程先生似乎胜过了她，所以她不服气了。这事答应不好，不答应也不好。"程远道："我想这事只有答应，不过我心里已决定宗旨，断不伤害小香，一方面自己格外留心一些，便可以安然过去了。"慕兰道："你不想伤害她，也许她有意伤害你的，大家用毒药镖，总不是一件稳妥的事。"

佩韦道："我倒有个稳妥的方法在此。"慕兰喜道："你有什么方法快说出来。"佩韦道："我虽然不会用暗器，而家里却也藏着数枝铁镖，待我拣出三枚，少停给他们二位使用。那么万一击中，也不过普通之伤，没有性命之忧，我想二位总能同意的；彼此比试，见个高低就罢了，并无仇怨，何必要用毒药镖呢？"

慕兰道："好的，准照这个办法便了，少停我们做个公证人，可以在旁监视。但是这事起因于小香，我很不赞成的，程先生要好好儿防备着，小香的暗算心计很工巧呢！"三人谈了一刻，佩韦和慕兰走到里面去告诉了小玉，小玉也怪小香多事。慕兰又跑到小香房里去见小香，便问起这事。

小香道："程先生的武术甚是精通，姊姊前番在擂台上已和他较量过身手，我却还没有和他一试，他既是善用飞镖，所以我很愿意与他比个胜负，难道姊姊不赞成吗？"慕兰听小香如此说，只得笑了一笑道："我也并无什么赞成不赞成，但恐你们万一失手，受了伤不是玩的罢了，少停我来作壁上观吧。"

于是她就回身走出，想想小香的态度，在这几天里大大改变，此次又约程远比镖，似乎不是偶然的事，心里也就明白了数分，只是不能明言罢了。

到了下午，小香便告知了小玉，大家走到后园来，佩韦也陪着程远走至，彼此见过，一齐走到东首一片空草地上。程远问佩韦道："就在这地方可好？"佩韦道："正是，此间较为空旷。"

程远便和小香各脱去外面的衣服，走到草地中间立定，大家见小香腰际悬着一个黄色绣花的镖囊，佩韦忙把他拣出的三支铁镖放在二人面前，带笑对二人说道："今天你们比镖，不外游戏的性质，但你们平日彼此用的是毒镖，万一二人中不论哪一个中了毒镖，都不是好玩的；所以我将这三支无毒的铁镖供给你们使用，大概你们也赞成的吧。"程远接口道："很好，当然我们是玩玩的，大家都不要受伤就是一件好事情。"

小香听程远这样说，她心里虽然不赞成，然而也不得不同意，遂向程远问道："哪一个先发镖？"程远微笑道："请姑娘先发也好。"佩韦又说道："我想你们不妨拈个阄儿，以定先发。"小香对佩韦看了一眼，便说道："那么你将阄子来拈。"佩韦道："你只消用一个制钱，向空中一抛，倘然落下来时，正面的香姨先发，反面的程先生先发。"程远道："不论先后总是一样的。"慕兰道："佩韦的说话很公平，快抛吧。"

佩韦遂取出一个制钱，往空中一抛，落下来时恰是反面。程远道："如此却要让我先发了。"小香脸上有些不悦，程远遂从地上拿起那三支铁镖，握在手里。佩韦、慕兰、小玉立在一边，看他们开始比赛。

小香本想自己先发，当然可以占些便宜，现在自己却要先让人打她三镖，然后方可以由她动手。她知道程远的本领是不小的，故心中未免有些虚怯，硬着头皮对程远说道："程先生，请你发镖吧！"说毕，掉转娇躯，向西边很快地跑去。

程远暗想：凭我的技能，又得了先发的机会，要胜她也不是一件难事,但是我在这里客客气气,何必定要伤她呢?宁可人负我,不可我负人。他如此一想,遂很随便地向小香脑后飞了一镖;小香将头向左一侧,那镖便离开耳边约有四五寸,很快地飞向前面草地上落下去了。小香仍往前跑,前面将要尽头,程远又是一镖向她下部飞来;小香双足向上一跳,又闪过了,回转身来向斜刺里便走。

慕兰见程远连发两镖都被小香很轻易地避过,明知程远无心击伤小香,否则他前日飞石投鸟的本领到了哪里去呢!程远心里也想:自己虽然不欲伤人,但也应该给小香知道一些厉害,倘然三镖完全不中,她不要误会我真的不能用镖呢。

小香跑了十数步,见程远第三支镖却迟迟不发,心里未免得有些焦躁,回头来说道:"程先生,怎么不发啊?"程远笑了一笑,说声:"来了。"一镖已向小香脸上飞来,其势甚疾!小香急避时,鬓边带着的一朵红花已被击落,那镖恰从她的颊旁拂过,把小香吓了一跳!

佩韦看着,对慕兰说道:"相差毫厘,真险哪。"慕兰笑了一笑,却不说什么,怎知道这一镖程远手里还让三分的呢。

小香避过了程远的三镖,只吃了一个虚惊,没有受伤,现在要让她发镖了,心中暗暗欢喜,向地下把那三支镖一一拾起。程远对小香说道:"三镖不中,自觉惭愧,请姑娘高抬贵手吧。"说毕,回身便走。

小香跟着追上去,觑个真切,一镖发出,不偏不斜正向程远颈后飞来;程远听得后面风声,回头过来伸手一接,早把小香那支镖接在手里,向地下一抛。小香见自己第一支镖已被程远接住,不由两颊飞红,心里又羞又恼。这时候程远已跑到草地尽处,回转跑来,恰和小香相对。小香迎上去,喝声:"看镖!"把手向左边一招,程远以为小香的镖又来了,连忙向右边一侧。谁知小香只喝了一声,手中的镖却没有发出,等到程远向右边避让的时候,"呼"的一镖,照准程远的头上飞至。

程远避了一个空,知道中计,跟着小香的镖已至脑门,不及回身接镖，只得索性往右边一倒头；小香的镖恰巧从他耳边拂过，落在前面草地上去了。佩韦在旁不禁又喊一声："好险啊！"慕兰暗暗代程远捏一把汗。程远险些儿中了小香的镖，想小香果然厉害，便不敢大意。

小香以为这一镖总可以击中程远的了，谁知又落了个空，心里说不出的万分焦急，于是聚精会神地想怎样再发第三支镖。二人在草地上绕了个圈子，程远从西面折到南面，适和小香成一个三角形，十分接近。

小香心生一计，并不跟着程远追去，很快地扭转身，一镖从横里向程远胸口飞去；程远跑得快，那镖已横飞到他的胸前，不及缩身停住，只用手一撩，那支镖又到了程远手中。这样小香的三镖也没有击中程远，程远以为比赛终止了，便笑嘻嘻地说道："完了，小香姑娘的镖法真是不错。"缓步向慕兰那边走去。

忽见慕兰神色很惊惶地对他说道："背后镖来了！"心里一惊，连忙回头一看，果见一支飞镖已飞至自己的颈后，这支镖是出于程远不料的，幸亏慕兰喊了一声。程远虽不能用手去按，赶紧把身子向右一躺，滑了一个筋斗，才把那支镖让过。爬起身来，回头对小香说道："我们各发三镖，且喜各未命中，彼此无伤，以为幸事。不料姑娘三镖发毕，又来这一镖，险些儿着了你的道儿，难道这也是比赛吗？"

小香脸上涨得通红，喏嚅着说道："我知道程先生躲避的功夫很好，所以又发了一镖，本是试试你的，果然被你让去了。"此时佩韦、慕兰、小玉一齐走上来，佩韦从地上拾起小香的那支毒药镖，双手还给小香道："香姨，请你收藏了吧，你这一镖飞得真是出人意外的，若没有兰姨在旁呼唤，那么程先生一定要中着毒药镖了，岂不危险。"慕兰也冷笑一声道："妹妹这一镖放得出于范围，我不得不喊程先生防备，否则不是我们太对不起他吗？"

小香见众人都向她说话，自知理屈，无言可以掩饰。她本来放这支冷镖是有心要伤害程远的,却不料慕兰眼快在旁喊了一声,以致被程远让过,心中更是一气,只得说道:"我自知理屈的,幸亏程先生也没有受着丝毫之伤,很对不起程先生了。"说罢,穿上外衣回身便走,众人也让她走出园去。

程远带笑对慕兰说道:"我要谢谢慕兰姑娘,方才小香姑娘的这支镖实在是出人意料之外,我完全没有防备的;若没有你在旁喊一声时,正巧中在我的后颈,我还能有命活吗?"慕兰道:"小香此次要求和程先生比镖,我料她不怀好意的,所以我对她很注意,她果然下起毒手来了,这样暗算人家是极不应当的事,使我们对程先生都有些抱歉。"小玉说道:"小香妹妹怎么存心伤人,不知她因何事而和程先生为难。"程远道:"大概前天我们打从碧浪湖回来时,她拾石投鸟,我一时高兴也显了一些小本领,遂引起她嫉妒之心了。"

佩韦向慕兰脸上瞧了一瞧,说道:"恐怕没有这样简单的罢。"程远此刻也有些觉得,把手摇摇道:"我们不要研究了,好在我没有受伤,她自己也很惭愧了。"于是佩韦收拾起地上的铁镖,程远披上长衣,一齐走出园来。

晚饭时,小玉不见小香出来同吃晚饭,遂叫女仆去唤她,女仆回报小香姑娘有些腹痛,不进晚餐了。小玉、慕兰见小香如此态度,心里都有些不悦。

黄昏时,慕兰和小玉谈了一回话,告辞回房,熄了灯,解衣而睡。但是睡倒了枕上,不知怎样的精神有些不安,一时不能入梦。想起了日间程远和小香比镖的一幕,程远的本领确乎比较小香高强一些,他发的镖都是很随便的,明明无意伤害小香;而小香所发的都很厉害,程远避让得准而且快,没有被她命中。后来这一镖,我瞧见小香从她的镖囊里拿出来向程远偷发的,我不得不喊他提防了。小香所以发这种狠心,要将程远置于死地,是大有深意的,她对于我的样子不是也有些芥蒂吗?哦!大约她对于我和程远的婚姻很有些嫉妒之心,但是一则大家是亲戚,二则我为了她远离家乡,她反这样对待我,岂非太狠毒呢！

她想到这里，心里便有些气恼，更不能睡觉。好容易挨到三更时分睡着了，忽又梦见程远和小香正在花园比镖，小香一镖飞去，正中程远的头颅，扑倒在地，心里一吓，吓出了一身冷汗，醒来时方知是梦，略觉安心。但是心头上怎的突突跳跃呢？细想梦境又觉不安，忽听窗边好像有人在那里轻轻地拨动了窗，心里一怔！连忙悄悄起身下床，黑暗里取下床边挂着的双刀，伏在床后，一声儿也不响！

一会儿，窗已开了，跳进一个苗条的黑影来，径奔床前向自己床上一剑砍下，只听得啪的一声，砍了一个空。慕兰娇喝一声，从床后跃出时，那黑影因为一击不中，早知不妙，已回身跃出窗去。慕兰跟着跃出，见那黑影正在前面屋上很快地翻过屋脊去，慕兰运用夜眼一看，那黑影不是别人，正是小香。

第六十八回

烟雨楼老人谈飞贼
灵官庙双侠救英雄

慕兰既知刺客就是小香,却不好追赶了,在屋上待了一待,同时对面的黑影也不见了。

她冷笑了一声,回到房里点亮了灯,坐定后暗想:天下惟有人心最不可测度!韩小香昨天和程远比镖,有意偷发一毒镖要伤程远,她的狠毒已可窥见一斑。这一镖没有命中,反使她十分羞惭,恼羞成怒,她的一口毒气自然要发泄到我身上来了。方才若不是我醒着时,我不是早早做了刀下之鬼吗?唉!这种阴险恶狠的人如何能和她同在一起,我明天要将这事告诉大家知道,即日和她分离,谅她行刺不成,也没有面目再来见我了。

这夜慕兰不敢再睡,一直坐到天亮,梳洗毕下楼去见小玉,适逢佩韦也在旁边,慕兰即将小香行刺的事告诉他们听。小玉母子更是惊奇,却说:"小香怎么狠毒到如此地步!"

慕兰道:"一个人杀机一动,杀心随之而生,小香既欲伤害程远,又要刺死我,真是一不做二不休。幸亏我们都没有被她暗算着,今日看她有怎么样的态度?"佩韦说道:"她所以不顾一切下此毒手，当然是为了兰姨与程先生订婚，这件事她是很有妒意的，你们不看她这几天的神情大大地改变了吗？"

小玉道："人家订婚和她有什么相干？即使她有些妒忌，也不能动手害人的，有其父必有其女，到底强盗的女儿也不会好的。我不敢再留她住在此间了，还是请她早些走罢。"遂自己跑到小香房里去，想看看小香作何光景。不料小玉走到那里一看，房中空空如也，哪里有小香的影子？仔细察看，见小香所有宝剑、镖囊和衣服等物一齐不见了，好不奇怪。便去喊了佩韦、慕兰进来，一同察视。

佩韦便说道："香姨去了，她一日之间做了两件大大对不起人的事，还有何颜面再在此间？无论行刺成功与否，她已决心要走了。"慕兰点点头道："你说得不错，小香既然走了，这是最好的事。照眼前的情势，我也不能和她相处在一块儿了。"三人遂走到外面去见了程远，把这事告诉了他。

程远也说："小香这种行动非但很恶毒，也是不合情理的，她自己已知愧而去，也是很好，我们只要时时防备便了。"慕兰脸上露出不悦之色，对小玉等说道："我此番离家远游，也是为了她和荒江女侠作对，又和我父亲负气，现在她对我如此无情，竟欲把我置之死地而后快！我深悔当初轻信她言了，我也想回家去望望我的老父，他老人家必能原谅我的。"

小玉道："妹妹出来好多时日，现在想念家乡要回家去，这样本合我的主张。我意欲请程先生一同陪伴回去，一面待我写好一封信给妹妹带回，说明我为你们二人撮合的事。想舅父见了我的信，又亲眼看见了程先生，这个美满姻缘一定可以成功的了。将来请你们给我们个信儿，路途虽遥，我们也要来喝一杯喜酒。"小玉说了这话，慕兰和程远笑了一笑，都没有回答，小玉知道二人当然同意的，此时也不再说。

这天下午，慕兰到程远房里谈了好多时候的话，方才走进去告诉小玉，说她在明天便要动身回家。小玉很是知趣，便说道："妹妹定了明天走，明天午时我们略备一些酒菜，代你们二人送行吧。"慕兰道："不敢当的，我在此间许多叨扰。"小玉道："妹妹说哪里话来，此次妹妹南下，是我们请来的，且代佩韦出了气，我们心里非常感激的，没有什么报答你。"慕兰道："我们都是亲戚，姊姊何必客气。"小玉笑道："那么我也只好不说了。"到得晚上，慕兰和程远各自戒备，但是很平安地过去，料想小香已走远，不敢再来尝试了。

次日，慕兰和程远收拾行囊，准备动身，小玉却忙着在厨下指挥下人做菜。到了午时，摆上一桌丰富的酒菜，要请慕兰、程远一同坐在上面，带笑说道："你们二位是一对儿，先在这里并坐了，喝个交杯酒儿。"慕兰怎肯依从，于是程远坐了首位，朝着外面，慕兰坐在左边，小玉坐在右边，佩韦坐在下首，敬过酒，大家且吃且谈，非常快乐。席散后，慕兰便和程远携了行囊向小玉母子二人告别；小玉又把一封信交给了慕兰，母子二人送至村口，叮嘱数语，方才分手。

慕兰和程远离了红莲村，向前赶路，这一天渡过了钱塘江，到了杭州。慕兰以前和小香南下之时，虽也曾路过这里，却没有时间一游西湖。程远也没有到过这里，素慕六桥三竺之胜，不欲当面错过，因此二人商得同意，决定在杭州逗留数天作一畅游，然后再动身北上。于是二人遂投了一家较大的客寓，放下行囊，歇宿一宵。这一遭程远和慕兰因为将来要成伉俪的，不用避嫌，大家住在一间房里，不过各据一榻罢了。

次日，两人一早起身，便出去游湖，觉得山明水秀，心旷神怡，直到晚上方才返寓。次日又去游山，兴致甚好。有一天，在南高峰的石壁上，慕兰指着一行粉笔的字对程远说道："你瞧，这是谁写的？"

程远一看这壁上的字，乃是"琴去苏，剑见即来"。但"即来"两字已有些模糊了，心里不由一动！慕兰笑道："琴即玉琴，剑即剑秋，明明是女侠留言在此的，她恐防她的同伴剑秋或要找她不着，所以如此，真是用心绝细了。"程远暗想：玉琴不忘剑秋之心于此可见，那么以前我对于她的爱慕不是太冤了吗？无怪她要背我而走了。可是剑秋中了我的毒药镖，又落入大海，怎会尚在人间呢？玉琴、玉琴，你也太痴心了啊！

慕兰见程远不响，便又问道："你看是不是，怎么转起念头来了？"程远道："我正在辨认，果然是女侠写的，世间哪有第二个琴与剑呢！这样说来，女侠已经苏州去了，不知剑秋又在何处，他们能不能重逢？"

慕兰道："女侠确是巾帼之英，我以前听了小香之言，有意和他们寻衅，胸襟未免褊狭，如今看来，真不及我父亲度量宽大了。我想在这里倦游以后，也到苏州去一游，人家说：'上有天堂，下有苏杭'。我们到了杭州，那么苏州也不可不去游游，倘然瞧见女侠，我要向她道歉，结交一个朋友呢！"

程远点点头道："你有这个心思，我当然赞同的。"程远说这句话，也因他虽然对女侠已无恋恋之意，而再见一面亦未尝不愿，所以赞成慕兰的提议。二人在杭州畅游数天，遂决定要去苏州一行。程远主张取道嘉兴坐船前去，顺便可以一游嘉兴的烟雨楼，慕兰依着程远的说话。

这一天，二人离了西子湖头，早到得嘉兴，借宿在一家大旅店里。次日二人正想去游烟雨楼，恰逢老天下起蒙蒙细雨来，慕兰皱着双眉说道："天公怎么不作美，下了雨，我们如何出去？"程远道："这雨下得不大，我们何不就冒雨出游，况且我们游烟雨楼，得睹雨景，也许比较晴天来得好，不要怪怨老天吧。"

慕兰听程远这样一说，心中又起了劲，于是二人购了两柄伞，冒雨出去，在湖边叫得一艘小舟，一声欸乃，向烟雨楼摇去。船上有一个年纪很轻姿色秀丽的船娘，殷勤招待，不住地把媚眼对着程远斜瞄。程远在杭闻人言嘉兴的船娘十九很风骚的，今日见了，果然名不虚传！雨丝飘飘斜打篷窗上，澄清的湖波受着雨点的轻洒，化作许多小圈圈儿，好似有无数游鱼在那里仰沫。烟雨楼是在湖中的，二人舍舟登岸，走上楼去，在沿窗桌上饮茶小坐。

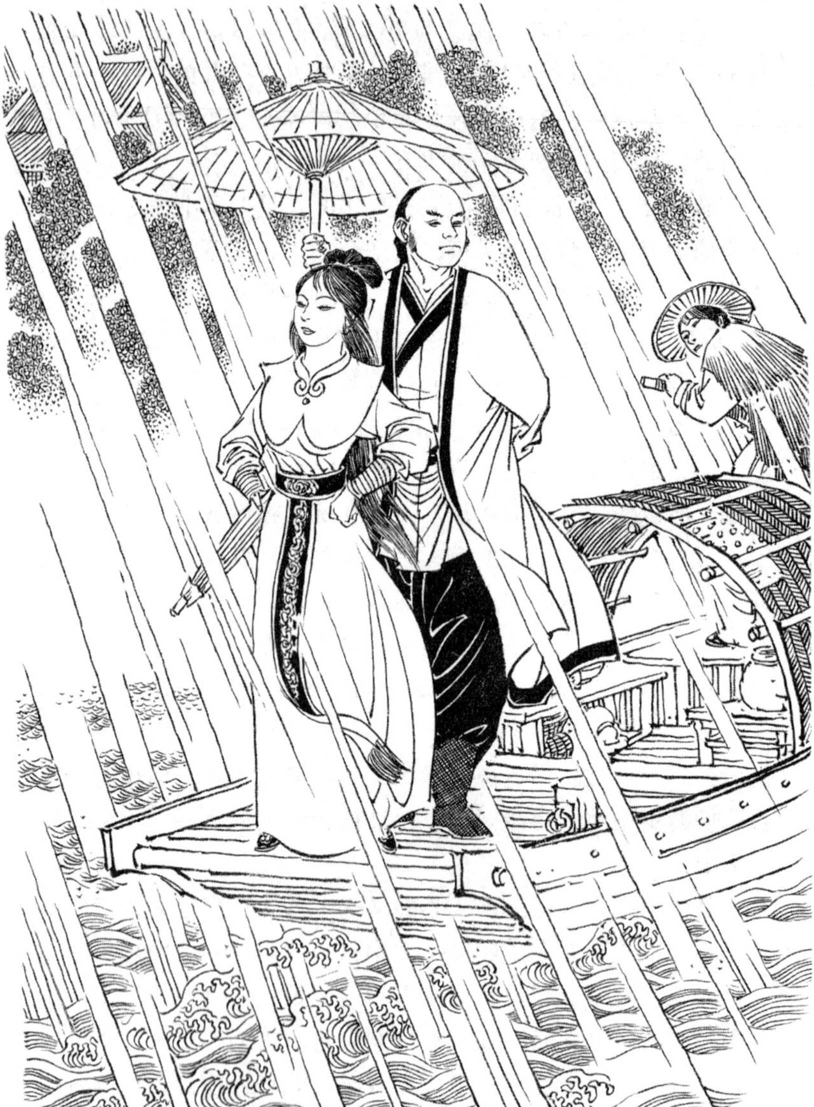

慕兰凭栏望雨，见湖中轻烟细雨笼罩着水波，岸边垂柳迎风摇曳，别有一番风景。一个侍者上前来问二人可要吃些酒菜，程远随便点了几样冷盆、两斤酒，和慕兰在烟雨楼头浅斟低酌，赏那楼外雨景。

楼上游人不多，旁边座上却有一个老者和一个中年男子，也在那里饮酒。那老者已喝得有些微醉，把箸夹了些菜在口里缓缓咀嚼，将手一摸颔下短须，叹口气说道："一个人的命运真是不可知的，你说好吧，好的也会变坏。我的大女婿赵兴，在本县当了几年捕快，好容易今年升了捕头，一家都欢喜，以为此后可以捞一些油水，谁料现在逢了这种棘手的案件，叫他怎样做呢？"中年男子道："这种事真是少见的，莫怪令婿一时不能去破案，你想来无影去无踪的，如何去捉拿呢？"

老者道："这种采花飞贼真像小说书所写的了，我女婿虽然懂些武艺，却如何去捕这种飞贼？前天晚上，他们在陆家巷要道之口埋伏，忽见东边蓦地跳来一条黑影，大家连忙上前去兜捕时，那黑影已一跃而上，到了人家的屋顶。我女婿忙和两个伙计登高去捕，那个黑影已一霎不见了，叫人如何动手呢？就在这夜里，百乐桥有一家人家的姑娘被飞贼奸污，不屈而死，你想可怜不可怜！倘然再隔数天不能破案时，我女婿也要下牢了，他怨得要死，卸不脱这个责任呢。并且这种案件接连不断地发生，县太爷也是脱不了关系的。"

他们俩这样说着，早听在程远和慕兰的耳朵里，又听中年男子说："地方上闹得满城风雨，怎么一些着落也得不到的呢？究竟那个采花贼是怎样的一个人物，难道没有人见过吗？"

老者道："除非有几个被奸淫的妇人见过那贼，别人又怎会瞧见呢。据南门王姓妇女说，那飞贼有一个假面具罩着他的真面目，身上穿着黑衣，躯干伟大得很。把人家妇女强奸过后即走，且在黑暗中，所以不能认识出他的真相。但是摸索所得的，觉得那贼头上的头发甚多，蓬蓬松松地飘在两肩上，没有梳辫，你想奇怪不奇怪？"

中年男子道："真奇怪，我想天下无不破的案，早晚总要水落石出，把那采花飞贼擒获的。东城灵官庙里王灵官听人说是很灵验的，令婿何不上那里去求求签，通通神？也许王灵官能够在暗中帮忙的呢！"老者道："不错，人的力量不济事，只好求神佛呵护了。我想那贼总有恶贯满盈的一日。"

程远和慕兰正听得出神，中年男子一眼瞧着慕兰，不住地向她身上打量一遍，又对那老者说道："在这几天里，城中的姑娘都吓躲在高楼上不敢出来了。只要丰姿稍美丽的走在外边，不幸而被那飞贼暗中瞧见，那么夜间必要光临，一场祸殃就难免了，怎么还有人大着胆子出来游玩呢？"慕兰听了，知道那人是在说她，不由对程远笑了一笑，隔了一刻，老者和那中年男子先去了。

程远便向慕兰说道："你听得吗，这里竟有了采花飞贼，地方上的妇女平白受人蹂躏，而且官中缉捕不得，一时难以破案。方才听那二人说的话，可知那采花贼的本领必然非常高强。那厮仗着艺高胆大，肆无忌惮干这种伤天害理之事，若不除去，公道何在？我想在此不妨逗留数天，暗里察看动静，倘能帮助公家把那贼擒获正法，也不负我们行侠仗义的宗旨，不知姑娘之意如何？"慕兰点点头道："也好，那贼若撞到了我们手里，一定不肯饶他。"二人吃罢了酒菜，付去酒钞，下了烟雨楼，仍坐着原来的小艇回去。

慕兰在舟中向舟子问起飞贼采花的事，舟子们也讲得有声有色，说这事在嘉兴城里发现了二十多天，有三个良家妇女都因不肯被贼污辱而被飞贼用手掐死的。县令虽然加紧缉捕，而不能破案，所以地方上的人十分惊惶呢。程远和慕兰听了，除暴之心更切，登岸时厚赏舟子，一路回转客寓。

那雨下得渐小了，程远对慕兰说道："大概明天要放晴的，我们明日再到街上去走走，打听消息。倘然那贼瞧见了你，一定不肯放过的，我们可以将计就计，诱他前来，以逸待劳。"慕兰微笑道："不见得会有这般巧事的吧？"程远道："姑妄一试。"

到了次日，果然晨曦上窗，天气已晴，程远上午在客寓中和慕兰闲谈，下午要出去走走。慕兰特地敷脂抹粉，修饰得格外艳丽，随着程远走出客寓，只往热闹之处缓步而行。

果见路上绝少年轻貌美的妇女，有些人瞧见了慕兰，都很注意地看上一看。二人跑了许多路，也没见有可疑的情形。从南城转到东城的当儿，忽见那边小桥上走下一个茅山道士，约有四旬以外的年纪，两颊毛茸茸的，生着不少胡子，一双棱角的眼睛，旁边有一刀疤，身穿灰色道袍，走路时很似有些本领的人。而他的相貌也是显现着凶恶之象，必非善良之辈！

那道士凑巧和二人侧面碰见，转向东首的路上去，一眼瞧见了慕兰，很注意地向慕兰一看，走了数步又回头望望。

二人本来要上桥去的，见那茅山道士的形迹有些可疑，慕兰遂立定了，故意对程远放高了声音说道："我走得力乏了，不如回寓所去吧。"程远道："好的，你本是不惯走路之人，回去吧，这地方想必没什么好玩。"二人说着话，回身便走，希望那茅山道人听了他们的说话，若要回身来追踪时，十分之中有七八分的光景了。但是当他们回身走转的时候，茅山道士只又望了一望，并不来追踪，反而很快地向东城走去。

慕兰遂低声和程远说道："此人不对吧？恐我们多疑了。"程远道："无论如何，那道士绝非善类，多少有几分嫌疑，或者在他身上可以找出一些线索来。他虽不来跟踪我们，而我却很想去追随一下，察看察看。"慕兰道："很好，我们一同去。"程远道："你是女子，更易使人注意，不如由我一人独去，即使被那道士见了，不至于生疑。所以姑娘不如先回寓吧，可认识途径吗？"慕兰道："认得的，那么我先回去哩。"说毕，拔步便走。

程远也就回身跟那茅山道士，远远地隔着数十步，且喜那道士并不回头，举步若飞。这样走过了两条街，地方渐渐冷清。在那边沿着小溪树林的旁边，有一座庙宇，那茅山道士走到庙门之前,把手指在门上轻弹两下,便有一个小道童出来开门,让道士进去,庙门随即关上了。

程远悄悄地走近庙前一看,庙上匾额有"灵官庙"三字,便想着烟雨楼头老者所说的话了,他就想假意进去求签,顺便察看一下。继思:此事不妥,那茅山道士方才已见过我在路上和慕兰同行的,此刻马上一人前来求签,这岂是偶然的事呢?我不如回去和慕兰商量了再作道理。想定主意,遂又在庙的四周看了一回,觉得这灵官庙占地并不广,里面的室子也不多的,不过在偏僻旷野之处,两边没有邻舍罢了,于是他一人寻路回去。

见慕兰独坐室中,一手支着香腮,不知在那里想些什么,一见程远回来,便带笑问道:"回来了吗,可得一些疑点?"程远摇摇头道:"没有,此时还不能决定。原来那茅山道士便住在东城灵官庙内,我想明天和你一同到那边烧香求签,看庙中的状况再作道理。"

慕兰道:"这样太迟钝了,我不赞成。"程远呆了一呆,又说道:"依姑娘心思又怎么样呢?"慕兰道:"依我嘛,我想今夜我们俩就到灵官庙去一探究竟,倘然不是的,我们也死了心,何必去烧香呢?若是的,我们便把他们破获,为地方除害,岂不是好?"程远道:"好的,就依你。"于是二人在晚上吃过晚餐,熄了火,大家在屋子里坐着养神。

二更过后,店里已是十分静寂,程远和慕兰脱下长衣,都作短装扎束停当,各人带着兵刃和暗器,开了后窗从屋上翻到店后,飘身而下,杳无声息。程远在前,慕兰在后,施展飞行术,往东城走去。其时正逢月黑夜,数十步外已瞧不清楚。走过一处要道,见有两个捕役守在一家屋檐上,东张西望地观动静,但是二人打从他们对面过去,而他们一些也不觉得。二人未免暗暗好笑,这等没中用的东西,便是守到天明也无用的。

不多时,二人已到东城,灵官庙已在前面,窥探庙宇中,只有一二灯光照在墙角上,四下寂寂无声,只远处有断断续续的犬吠声。程远立定了，对慕兰低声说道："我们且在外边等候一下，倘然有人从里边出来，便更好了。因现在时间还早，庙中尚有灯火，不如等到三更过后再行入庙。"慕兰点点头，于是二人便在一株大树背后席地坐下，离开灵官庙不过五六十步。若然有人从庙中出来，那是很容易瞧见的，而他们却被树荫掩蔽，不易被人家瞧见。

二人守候约有一炊许，庙中静静地哪里有什么人出来呢？慕兰正要催程远进庙，忽然小溪边有很快的脚步声，二人运用夜眼向外望出去时，见有两条黑影一先一后地向灵官庙赶来。到得庙前，当先的黑影耸身一跃，如蝙蝠般跳入墙内去了，后至的黑影跟着一跃也到了墙上；手中明晃晃的横着一口宝剑，像是追赶前人的模样。可惜天上毫无星月之光，瞧不清楚，接着又见那黑影也跳了过去。

于是慕兰一拉程远的胳膊说道："我们快去吧。"一边说一边立起身来，程远也跟着立起，一闪身从树后出来，一同走至庙门前，扑扑扑地早已跳到墙上。见里面正是一个佛殿，佛殿背后的院落里面有金铁相击之声，料是有人在那里动手了。二人忙跃至佛殿屋顶，越过屋脊，果见下面庭中有两个黑影在那里猛扑。二人不知是怎么一回事，暂且不能下手，伏在屋上，冷眼静看。

在这时候，后边廊下一声呼喝，又有一条黑影跳将出来，背后一个道童持着一盏黄色的灯笼。程远借着灯光望去，见跳出来的就是那个茅山道士，身上也穿着短衣，手抱一对鸳鸯锤，喝声道："哪里来的小畜生，敢跑到祖师爷爷的庙里来逞强！"又瞧那厮杀的一对儿，不由一怔！原来中间的一个头陀使着一枝镔铁禅杖的，正是怪头陀法喜，想不到他负气离了丽霞岛，竟在这里。那怪头陀是个好色的妖魔，大约在这里采花的就是他了。但和他交手的又是谁呢？那人是个很勇敢的少年，似乎在哪里见过的，一时却记忆不起了。只见一剑一杖的扑够多时，依然分不出胜负。

那茅山道士忍不住了，将手中鸳鸯锤一摆，跳上前说道："法喜师兄，你且休息休息，待我来生擒他。"怪头陀闻言，便把禅杖着地一扫，跳出圈子。茅山道士便舞动双锤和那少年狠斗。那少年毫不惧怯，把宝剑使急了，浑身上下化作一圆青光，霍霍地只是向茅山道士要害处劈刺。幸亏茅山道士手中的一对鸳鸯锤也是疾若骤息，毫不松懈。

二人斗了五十余回合，那道士虚晃一锤，跳出圈子说道："好小子，祖师爷杀你不过。"少年也喝一声道："妖道淫僧，今晚我特地来歼除你们的，往哪里走？"踏进一步，逼上去时，只见那茅山道士把手中鸳鸯锤朝着少年，锤头与锤头一磕，便有一股黄色烟气从锤头钻将出来；少年鼻子里才闻到这股烟气，"咕咚"一声，立刻向后翻倒，撒手弃剑不知人事了。

茅山道士哈哈大笑道："饶你本领高强，只要遇到了祖师爷的迷魂烟，不怕你不昏倒。"怪头陀赶上前，举起禅杖要向少年头上猛击时，茅山道士忙拦住说道："你这样一杖打死了他，倒便宜这小子了，我有好多时没有吃过人的心，不如把他缚了起来，塞在神龛之下，没有人能够知道的。待到明天夜里端整了美酒，取他的心来做下酒物罢！"怪头陀答应一声，便叫道童去取出一根绳来，把那少年紧紧缚起。

这时候程远在屋上看得愤愤不平，刚想拔出宝剑跳下屋去救那少年，却被慕兰一把拖住。程远不明她的意思，只得忍着不动。

眼见怪头陀和茅山道士缚住了少年，走到殿上去了，二人依旧伏着不动；听怪头陀和茅山道士在下面唧唧咕咕的，不知说些什么话。隔了一歇，都到后面去了。

程远透了一口气，回头向慕兰道："方才我想下去救那个少年，你为什么拦阻住我呢？"慕兰道："那茅山道士锤头里的烟不知是什么东西，果然厉害！你若下去动手，不要和岳剑秋一样被擒吗？"

程远听得"岳剑秋"三字，不由一呆，又向慕兰道："那个被缚的少年难道就是昆仑门下的岳剑秋吗？"慕兰点点头道："正是，我方才细细端详，觉得必是此人，他手里的宝剑舞成青光一团，这更是强有力的证据，因为以前我曾和他交过一回手的呢！"程远给慕兰一提醒，也想出那少年果然是剑秋了。怎么他以前中了我的毒药镖，竟没有死，偏又走到这里来呢？那么我去救他好呢，还是坐视不救呢？

他心里正在紊乱，慕兰又道："下面的一道一僧都有很是了得的本领，不知剑秋怎么追这头陀到此，我们还不明白真相。此刻他们已将剑秋擒住，藏在神龛之下，我们何不暗暗下去将剑秋释放出来，然后一同去收拾他们呢！"

程远听慕兰如此说，只得照着她的话轻轻立起，回到前面大殿之前，飘身而下，见殿上一团漆黑，杳无一人。程远、慕兰掩入殿中，运用夜眼，果见正中有一高大的神龛，金身神像持着金鞭，正是王灵官。二人走至神龛下，开了木板门，伸手向里面一掏，早摸着了一个人体；程远手里一用劲，早把他拖了出来，可是手足都紧缚住，知觉依然没有。

程远便向慕兰道："我们怎样解救他呢？"慕兰道："不如把他救出了庙再作道理。"程远道："好的。"遂把那少年扛在肩上，走出大殿，往墙边一跳，慕兰隐在后面，一齐跃出了灵官庙，回到那大树下的草地上去。程远放下少年，说道："此人受了迷香，一时不能苏醒，我们用什么法儿解救？"慕兰道："不如去舀些凉水，向他面上喷数遍，看他能够醒不醒？"程远道："我们不妨试试，只是没有盛水之器，如何是好？"慕兰道："那么我们不如把他带回客寓去解救，至于庙里的妖道、淫僧，明天再想法子来收拾吧！"

程远听了慕兰的话，仍将少年负起，和慕兰一径赶回客寓，仍从后面进去，神不知鬼不觉地到了室中，把少年横身在榻上。程远便轻轻地出来取了一杯凉水进来，含在口中，向少年脸上一喷。这样喷了数次，那少年方醒了过来。

在程远出去取水之时，慕兰已点下了灯，所以屋子里微有一些光明,那少年见了二人,不觉说声:"啊呀!"一骨碌翻身坐起,又说道:"你们是谁?我怎的在这里,方才那个妖道到哪里去了?"慕兰忙对他摇摇手说道:"请你的声音低些,不要惊动了人家。方才你在灵官庙里被那茅山道士锤上发出的黄烟迷倒,是经我们冒险把你救出来的。这里是客寓,不是庙中了。"

少年道:"如此说来,我真感谢不尽了!我追那怪头陀到了庙中,却上那妖道的暗算,险遭不测,二位又怎样前来相助的呢?"慕兰道:"你可是昆仑门下的岳剑秋先生吗?"少年一怔道:"在下正是,姑娘怎会认识我的?"

慕兰道:"岳先生何以如此健忘,可记得卫辉府旅店内壁上飞镖的一回事吗?"剑秋又对慕兰仔细看了一眼,点点头道:"不错,你就是萧姑娘吧,别来无恙,却在此地重逢,救了我的性命。惭愧惭愧,这位又是谁呢?"他瞧着程远向慕兰询问,慕兰道:"他姓程,名远,正和我一同从绍兴红莲村回到卫辉府去的。"

剑秋想了一想,便向程远说道:"足下可是丽霞岛上的踏雪无痕程远吗?"程远见剑秋向自己追诘,当然不得不承认,遂答道:"以前我错听高蟒弟兄之言,在那岛上混了好些时候,现在已经觉悟,脱离那地方了。"

剑秋道:"足下不是救了荒江女侠一同出来的吗?那么女侠又在何处呢?"程远听了,更是一怔!暗想:自己和女侠的事,剑秋怎会知道?好不奇怪。剑秋见他发呆,便将自己受伤遇救,以及会同非非道人大破丽霞岛,高虬授首、高蟒兔脱的经过约略告诉一遍,且说这是从岛上盗党那里问出来的消息。程远听了方才大悟,但是慕兰又不明白起来了;程远也就将自己的出身以及在岛上的来历,略叙一遍,把自己向女侠乞婚的事只得隐去不提,于是彼此都明白了。程远因自己以前曾镖伤剑秋,所以又向剑秋道歉。

剑秋道:"彼一时此一时,我不能怪怨人家的,现在我们捐弃前嫌，宛如一家人了。只是那怪头陀和茅山道士必须要去锄灭，不容他们造孽作恶，贻地方无穷之害！况且我的惊鲵宝剑也丢失在庙中，落在贼手，也要把它想法取过。"

慕兰道："是的，这两个人既非善类，亟宜锄而去之。只是岳先生又怎样和怪头陀相遇，而知道他就是采花贼呢？可能告诉我们吗？"于是剑秋笑了一笑，低声说将出来。

丽霞岛一役，剑秋虽把盗魁高虬除掉，然而他的意中人女侠玉琴却已不在岛上，竟使自己大大失望！遂别了非非道人，回到大陆来找女侠，可是茫茫大地，向何处去找寻呢？倘若江南不见芳踪，那么只好回到曾家庄去，也许女侠先到那里去的，多少可以得些端倪；否则再上昆仑，无论如何必要把她找到。

他想定主意，先到了杭州。旧地重来，情景不同，觉得一个人踽踽凉凉，很是没趣，勉强打起精神出去游玩。无意中忽然在北高峰上瞧见了玉琴留下的字迹，方知玉琴已到苏州去了。他心中一喜，宛似在黑暗里找到了一线光明，连忙动身赶奔苏州，但他途经嘉兴，也曾到烟雨楼一游，玩赏南湖风景。次日本要动身，但是听人传说城中出了采花奇案，虽有官中严捕，却终不能破案；因此他如程、萧二人抱着一样的心思，暂且留居旅店，要一观动静，到底是什么人在此干这种伤天害理无人道的事情。这一天他踱到街上去散步，很留心地察看有什么形迹可疑之人，忽听前面木鱼响，有一个头陀正在当街化缘，瞧着背后影很像在哪里遇见过的，他就悄悄地远远地跟在后面，只见那头陀一转弯走入了一条冷静的小巷。